小学館文庫

ブレグジットの日に少女は死んだ

イライザ・クラーク

満園真木 訳

小学館

小学館文庫

ブレグジットの日に少女は死んだ

イライザ・クラーク
満園真木 訳

小学館

ブレグジットの日に少女は死んだ

＊主な登場人物＊

ジョーン（ジョニ）・ウィルソン ……クロウ・オン・シーに住む16歳の少女。
アマンダ……………………………………ジョニの母。
アンジェリカ・スターリング=スチュワート……ジョニの同級生。
サイモン…………………………………アンジェリカの父、実業家。
ルシアナ…………………………………アンジェリカの異母姉。
ヴァンス・ダイアモンド………………サイモンの親友、テレビ司会者。
ヴァイオレット・ハバード……………ジョニの同級生。
ドーン……………………………………ヴァイオレットの母、ソーシャルワーカー。
ドロシー（ドリー）・ハート …………ジョニの上級生。
ヘザー……………………………………ドリーの異父姉。
ジェイド・スペンサー…………………ドリーの同級生。
ダイアナ（ダイ） ………………………ジェイドの母、ブックメーカー。
コナー……………………………………ジェイドの兄。
アリーシャ・ダウド……………………11歳で溺死した、ジョニの同級生。
ジェラルド………………………………アリーシャの父、実業家。
ケイリー・ブライアン…………………ジョニの同級生。
ローレン・エヴェレット………………ジョニの同級生。
ジョージーナ・メイ……………………ジョニの同級生。
アナベル・ムーア………………………ジョニの同級生。
バリー・プラウド………………………〈ポセイドンズ・キングダム〉オーナー。
ファラ・ナワズ=ドネリー ……………英語教師。
マシュー（マティ）・マクナイト ……チェリークリーク高校銃乱射事件の犯人。
ブライアン・クーパー…………………チェリークリーク高校銃乱射事件の犯人。
アレック・Z・カレリ …………………ジャーナリスト。
フランシス………………………………カレリの娘。

本書はフィクションです。過去の実際のできごとや実在の人物および場所への言及も、あくまで作品内の虚構として用いられているものであり、その他の登場人物、場所、状況等は注を含めすべて著者による創作です。

ジョージに。
いつでも、どこにいても。

しかしそれらはおおむね私の嘘《うそ》だった。私が悪いのではない。思いだせないのだ。伝説のなかの存在が訪れるこの世ならぬ城へ行っていたように、いったんそこを離れればもうおぼえていない。ただ心に刻まれた驚嘆のぼんやりした余韻が残されているだけなのだ。

——トルーマン・カポーティ

本書は、二〇一六年に十六歳のジョーン・ウィルソンが同じ学校に通う三人の少女に殺害された事件について記したものです。著者はジャーナリストのアレック・Z・カレリで、原本は二〇二三年三月に出版されました。

出版後まもなく、カレリによる取材を受けた複数の関係者が、自身の談話の内容に誇張、さらには捏造《ねつぞう》が含まれているとして批判の声をあげました。

これらの批判に続き、三人の加害者のうちふたりが拘留中に矯正治療の一環として書いた文章をカレリが違法に入手していたことが判明しました。

二〇二三年九月、原出版社は原本を販売中止・回収としました。

このたび、関連訴訟の終了を機に再出版するにあたり、申し出のあった関係者の名前を仮名としています。

作家には（たとえノンフィクション作家であっても）自己を表現し、題材にもっとも適していると自身が思う形で語る権利があると当社は信じるものです。

読者には自ら読んで判断する自由と権利があり、気分を害する人がいるというだけの理由で、芸術的価値のある問題作を歴史から消し去るべきではない――それがわれわれの信条の根幹にあります。よって、多くの批判が寄せられている本書ですが、そのままの形で再出版することを決めました。

《アイ・ピード・オン・ユア・グレイヴ　おまえの墓に小便を》
第三百四十一回──二〇一八年七月一日より

ホスト　スティーヴン・ドイル、アンドリュー・クーンツ、ロイド・アラン
（〇〇：〇〇：三一－〇〇：〇二：四六）

ドイル　どうも。犯罪実話ポッドキャスト《アイ・ピード・オン・ユア・グレイヴ》にようこそ。スティーヴィー・ドイルです。そして相棒はおなじみの……
クーンツ　アンディ・クーンツです
アラン　そしてロイド・アランです
ドイル　さて、きょう取りあげるのはイギリスの事件だ
クーンツ　へえ！（ロンドン下町訛《なま》りになって）イギリスの事件？
アラン　やめてくれ、その訛り
クーンツ　（ロンドン下町訛りで）訛りってなんのこと？　あたしはただのイギリスのレズの女子高生だけど？

ドイル　（笑いだして）アンディ、頼むから

クーンツ　（ロンドン下町訛りで）あたし、レズビアンの女子高生。いま、パンツ《ニッカーズ》穿《は》いてないんだけど？

ドイル　（笑って）アンディ、おいおい

クーンツ　（ロンドン下町訛りで）何よ、あたしの訛り、気に入らない？　このあいだあたしを怒らせた子、火をつけられたんだけど？

アラン　おっと、それネタバレじゃないか？

ドイル　いや、さいわい違う。そこからが始まりだから

クーンツ　（ロンドン下町訛りで）じゃあよかった！　ネタバレのお仕置き、されなくてすむんだよね……？

アラン　いいかげんにしろ、その女の子たちは十四歳とかそのぐらいだぞ

ドイル　いや、十六歳ぐらいだな

クーンツ　じゃあイギリスでは合法だろ？　エロい目で見たってべつにいいんだろ？

ドイル　（笑って）うーん、まあ

クーンツ　（ロンドン下町訛りで）ねえ、あたし、まだパンツ穿いてないよ……　（訛りをやめて）やめた。ほとんどの子たちはべつにかわいくないし

ドイル　うん、ブスだよな

クーンツ　でもドリスって子はべつだ
アラン　ドリス？
ドイル　ドリス？　ドリスだと？　イギリスはいま何年だと思ってるんだよ
クーンツ（ロンドン下町訛りで）一八四三年でしょ！（訛りをやめ、笑って）いや、ドリーでもドリスでもいいけど、あの子は相当かわいい
アラン　でもあの子は年上だろ？
クーンツ　違う、あの子が一番年下だ、って言ったら？
アラン　そうなのか？
ドイル　いや、一番かわいい子だよ
（全員、笑う）
クーンツ　超かわいい子ってのは、決まっていかれてるんだよ。かわいい子がみんなクレイジーってわけじゃない。このポッドキャストを聴いてくれてるかわいい子のために言っておくけど。ただ、超かわいい子はクレイジーなんだ
ドイル　クレイジーさがあるからこそ超かわいいんだよな、たいてい。おれたちはクレイジーな女の子、嫌いじゃないよ
クーンツ　うん。それでレベルが一段あがるんだ。これ、女性差別じゃないよ。おれはクレイジーなかわいい子、大好きだから。かわいいドリスに火をつけてもらいたいよ

（全員、笑う）
アラン　マジで？
ドイル　そろそろ事件の話を始めていいかな
クーンツ　始めてくれ、始めてくれ。おまえが事件紹介を読んでるあいだ、ここでシコってるから
（全員、笑う）
ドイル　よし、きょう取りあげるのはかなり新しい事件だ。あまり知られてない事件なんだけど、すごく興味深いんだよ。ジョーン・ウィルソン殺し。二〇一六年にイギリスで十六歳の少女が友達に火をつけられて殺されたんだ
アラン　ひどいな
ドイル　だろ！　犯人もみんな女子高生だ。十六歳か十七歳の
アラン　マジか。なんでそんな事件が知られてないんだ？
ドイル　ブレグジットにまぎれちゃったんだよ。被害者が殺されたのは、例のイギリスのEU離脱の国民投票がおこなわれた日の夜だったんだ。じつを言うと、この事件を取りあげるのはおれたちが最初かもしれない。この事件のことはどこにも出てないんだ
クーンツ　独占スクープってこと？
ドイル　たぶん、そう言えなくもないと思う。地元の新聞には出たらしいけど、おれはつい

最近知ったんだ。匿名希望のあるすばらしいリスナーが、事件についての〈デスジャーナル〉への投稿を送ってくれてさ。犯人がやってたブログのアーカイブなんかもあった。Ｔｕｍｂｌｒ《タンブラー》の犯罪実話ファンの女の子たちが保存してたらしい。その子たちが元の投稿者なのかどうかはわからないけど、とにかくありがとう、匿名のリスナー！

アラン　〈デスジャーナル〉が何か知ってる自分がやだな

クーンツ　嘘つけ。じゃあ、激アツな最新ネタってこと？

ドイル　そうそう。揚げたてアツアツのポテトくらい……あんまりいいたとえじゃなかったかもな

（全員、笑う）

彼女に何があったか、あなたはもう知っているだろうか。新聞で読んだだろうか。あなたは地元の人間だろうか。彼女を知っていただろうか。インターネットで見ただろうか。ローカルニュースをあさって〝実際にあった事件〟の悪趣味な詳細を見つけてくるウェブサイトで、彼女のことが目にとまっただろうか。いかがわしいサイトに張られたサムネイルのリンク経由で彼女の記事を読んだだろうか。〝彼女たちがこの子にしたことを信じられますか?〟というキャプションとともに、モザイクをかけられた黒焦げ死体の写真と並んだ赤毛のモデルのイメージ写真を見ただろうか。ポッドキャストを聴いただろうか。ホストの人たちがジョークを言っていただろうか。あなたにはダークなユーモアセンスがあるほうで、それを面白いと思っただろうか。それとも、ホストの人たちは気を遣い、適切なところで悲嘆の声をあげていただろうか。内容についての警告をしていただろうか。あなたはそれを飛ばして先を聴いただろうか。

写真を見ただろうか。

写真を探しただろうか。

＊

二〇一六年六月二十四日の午前四時三十分ごろ、十六歳のジョーン・ウィルソンは、小さなビーチシャレーで数時間にわたって暴行を受けたあと、ガソリンをかけられ火をつけられた。加害者はやはり十代の三人の少女で、被害者を含む四人とも同じ学校に通っていた。

事件が起こったのは、ジョーンが住むノース・ヨークシャーのクロウ・オン・シー。スカボローとウィットビーのあいだに位置する海辺の町で、イングランド東岸から、ヨーロッパ大陸に向けて伸ばした小指のように突きでた形をしている。町の北と南にビーチがある。北のビーチはにぎやかで、色とりどりのゲームセンターに土産物《みやげもの》屋が並び、乗ロバや小さな遊園地などのアトラクションもあって、観光客や家族連れが多い。南のビーチはより高級で、しゃれたレストランやこぢんまりした工芸品の店がクロウ・オン・シー城址《じょうし》に見おろされている。

どちらのビーチにも、かわいらしいパステルカラーのビーチシャレーが並んでいる。北のビーチのシャレーは町営で、価格も手ごろなので、町のたいていの家庭が北のビーチのシャレーなら借りることができる。少なくとも、たまの贅沢《ぜいたく》としてなら。南のビーチのシャレーのほうはより新しく民営で、価格も高い。ジョーンが死んだのは南のビーチだった。

二〇一五年から二〇一六年にかけて、南北の両ビーチでシャレーへの放火が相次いでおり、そのため煙を目にした少数の目撃者も通報はしなかった。それは小火《ぼや》であり、クロウの町の消防隊は二〇一五年の地元ニュースの取材に対して、シャレーの小火など〝（自分たちにとって）時間の無駄〟だと答えていた。

ビーチシャレーから火の手があがっていても、気にするほどのことではなかった。三人のティーンエイジャーの少女が乗った車が、朝四時半のすいた道路を飛ばしていたのもそう。クロウの子供は退屈している。十代のちょっとした非行など日常茶飯事だと。

加害者たちは当初、少女A、少女B、少女Cと呼ばれた。地元の新聞が少女たちの実名を載せるまでは。年上の少女Cが運転し、少女Aは助手席に、少女Bは後部座席にすわっていた。車内の雰囲気について、三人の供述は食い違っている。あらゆることについて、三人の供述は食い違っている。ジョーンを痛い目にあわせようと誰が言いだしたのかも、事件の夜に誰が最初に手を出したのかも、三人のうち誰が火をつけたのかも、それぞれ言いぶんが違う。少女Aと少女Cはおたがいのせいにしあった。少女Bは車のなかにいた。彼女はジョーンに手を触れていない。夜じゅう、ショックと混乱でビーチと車を行ったり来たりしていた。あとのふたりに暴行をやめるよう説得しようとしたと少女Bは主張した。ふたりのほうはこれを否定した。少女AとCは、火をつけるのはBが言いだしたことだと供述した。

はっきりしていることもある。時系列については、供述はある程度一致している。火をつけたあと、三人の少女は南のビーチからコンクリートの階段を駆けのぼって、少女Cの車へと走った。それはCが姉から盗んだフィアット五〇〇だった。少女Cは一年ほど前から運転を習っていて、一月に運転免許試験を受けて落ち、三月にも落ちていて、数週間後にまた受ける予定だった。Cは姉からたびたび車を借りていたが、事件の夜は無断で持ちだしていた。

三人は最寄りの二十四時間営業のマクドナルドへ向かった。西に車で三十分のところにある、幹線道路ぞいのガソリンスタンドに併設された店だった。車内で少女Aは、ジョーンがシャレーごと燃えてくれたら、ほかの傷が警察に見つからなくていいのにと言った。シャレーの火事もジョーンのせいということになればいい、不運な事故による死ということでかたづけられればいいと。そうすればジョーン・ウィルソンは、自分の異常な趣味のせいで運悪く命を落とした十代の放火犯として記憶されることになる。

だが、ジョーン・ウィルソンは死んでいなかった。

少女たちがつけた火はすぐに消えた。シャレー自体への被害は大きくなかった。ジョーンにかけたガソリンは、車に積まれていた非常用携行缶に少し残っていたものだった。それはジョーンの服を燃やし、まわりの床を燃やした。見分けがつかなくなるほど顔を焼けただれさせ、身体《からだ》にも致命的な火傷《やけど》を負わせた。しかし、火はそれで消えた。

人体を燃やす大変さを少女たちは見くびっていた。人生の多くのことがそうであるように、死体を処分するのも、映画で見るほど簡単ではない。死体の処分と言ったのは、ジョーンは死んだと少女たちが思っていたからだ。もうすでに殺してしまったと思いこんでいた。火をつけたのは、ジョーンの死を可能なかぎり苦痛に満ちたものにするためではなかった。〝行きすぎたいたずら〟を隠そうと、パニックになってやったことだった。

その数時間前に、ジョーンは車に押しこまれた。少女A、B、Cは、ジョーンの携帯電話を捨て、その手を縛った。逃げようとしたジョーンの頭に煉瓦《れんが》をぶつけた。そして少女Aの父親が所有するビーチシャレーへ連れていって監禁した。少女Cはジョーンの写真を撮り、Tumblrに投稿した。

夜通し凄惨な暴行を受け、頭部に重傷を負いながらも、ジョーンは火をつけられたとき、まだ生きていて、ある時点で意識を取りもどした。

ジョーンがビーチに這《は》いだしたとき、彼女もシャレーもまだ燃えていた可能性が高い。ジョーンの身体は砂にまみれていて、彼女が転げまわって火を消したのではないかと医師は推測している。

アドレナリンも手伝って、ジョーンは立ちあがることができた。こういうとき、人間の身体は驚異的な力を発揮することがある。ジョーンは血染めの足跡を残しつつ、コンクリートの階段をのぼって通りに出た。彼女は裸だった。助けを求めてさまよい、裸足《はだし》に全裸で歩いた。全身砂まみれだった。B&Bや貸別荘のドアを焼けただれた手で弱々しく叩《たた》く姿が防犯カメラにとらえられていた。やっとドアが開いている一軒のホテルを見つけて、彼女はフロント係を起こした。

フロントデスクで眠りこんでいた当時十九歳のルーシー・バロウは、悪夢を見ているのだと思った。夢ならいいのにと思いながら、ルーシーは九九九番に電話した。ジョーンの火傷が〝てのひらより大きいか〟とオペレーターに尋ねられたルーシーは答えた。「全身が焼けてる。焼けただれてるの、全身が。においまでする。かなり離れて立ってるのに」

ルーシーは五分で救急車が来るからとジョーンに告げた。ジョーンは水をちょうだいと言った。話はできたが、聞きとりづらかった。声はしわがれていた。唇が焼けただれていた。

彼女は何度も水を求めた。

ジョーンは自分でグラスを持てなかったので、ルーシーが水を飲ませてやった。救急オペレーターのイヴ・ウェルズの助言に反して。ジョーンに触れてはならない、近づいてもいけないとルーシーは言われていた。それだけ重度の火傷を負っていると、感染症のリスクが高く、命にもかかわるからと。

イヴにとって、それまでは静かな夜だった。ヨーク郊外にあるノース・ヨークシャー救急指令センターに勤務するイヴは、ベテランのオペレーターだが、あれほど肌が粟立《あわだ》つような電話はなかったと話す。赤ん坊のわが子に半狂乱で心臓マッサージをする親とも、配偶者をたったいま殺してしまった夫や妻とも話してきたし、電話口で相手が死ぬのを聞いたこともある。凄惨な暴行にも、悲惨な事故にも、痛ましい死にも数多く触れてきたイヴでさえ、ルーシーからの電話にはかつてなくぞっとしたという。〝においまでする〟という言葉に背筋が寒くなったと。

火傷の通報を扱うことはさほど多くなく、ときに扱うのは業務中や料理中やレジャー中の事故によるもので、故意に火傷を負わされたケースは経験がなかった。スピーカーの通話で、イヴはジョーンに事故にあったのかと訊《き》いた。ジョーンは否定した。声が小さく、ルーシーがその答えを繰りかえした。じゃあ自分でやったの？ うぅん。誰かにやられたの？ うん。

救急車より先に警察が到着した。イヴはルーシーに言って警察官に電話をかわってもらった。狭いロビーに駆けこんで、患者に不用意に触れたり、毛布をかけたりしないよう注意した。ルーシーが言っているほどの広範な火傷なら（いやその数分の一だとしても）ジョーンは感染にきわめて弱い状態のはずだった。

イヴはジョーンに近づかないよう警察官たちに求めた。ホテルに入らず、救急車のあとをついていって、ジョーンが病院に着くまで質問も控えるようにと。警察官たちは、一部の指示は守った。ジョーンから距離をとり、触れないようにした。だが、ホテルには入り、質問もした。誰かにやられたのか。その人物は近くにいるのか。ジョーンはもう話そうとせず、質問にうなずいた。救急車は到着するまでに十分かかった。

ジョーンは救急車に乗せられたあと、少し意識がはっきりしたようだった。救急隊員のディヴ・フィッシャーは名前と年齢を尋ね（ジョーン・ウィルソン、十六歳、と答えが返ってきた）、それから火事にあったのかと訊いた。事故だったのかと。十代の若者がビーチで焚《た》き火《び》をしていることがある。酒に酔っていたかドラッグでもやっていて、その焚き火の上に転んでしまい、一緒にいた友達はパニックで彼女を置いて逃げてしまったのかもしれない。デイヴは数カ月前にも火傷を負った十代の少女を搬送したことがあった。その少女はビーチで酒を飲み、友達と焚き火を飛びこえる遊びをしていて、着ていたジャージの裾に火がついてしまった。今度もその手の事故であることをデイヴは願った。

デイヴは尋ねた。事故だったのかと。だが、事故ではなかった。

ジョーンが加害者たちの名前を告げた。デイヴに向かって三度、名前を繰りかえした。紙がなかったので、デイヴはその名前を腕にボールペンで書きとめた。

名指しされたひとりめの少女がA、ふたりめがB、三人めがCと呼ばれることになった。

ジョーンはそのあと、母親を呼び、意識を失った。それきり二度と目をさまさなかった。

少女A、B、Cがマクドナルドに着いた時間は早すぎて、目あてのブレックファスト・メニューはまだなかった。三人はLサイズのフライドポテトを三つ、ダイエットコーラ、ファンタ、マックシェイクのバニラ味、ハンバーガー、マックチキン・サンドイッチ、ビッグマック、チキンマックナゲットの二十ピースを注文した。

少女Aがビッグマックにマックチキン・サンドイッチをはさんで、〝乱交マック〟のできあがり、とほかのふたりに言った。ただのハンバーガーを注文した少女Bは、その光景を見るのも、聞くのも、においを嗅ぐのも本当にいやだったと警察の取り調べで供述している。

少女Cはフライドポテトとチキンマックナゲットをバニラシェイクにつけて食べていた。少女Aは、その食べかけの〝乱交マック〟（マヨネーズまみれのレタスとケチャップとかじった肉でぐちゃぐちゃの）がジョーンの死体みたいだと言った。このことは裁判でも取りあげられた。三人とも馬鹿笑いした。カフェインと糖とアドレナリンで全員ハイになり、抑えがきかなくなっていた。三人はテーブルを叩いて大声で笑い、鼻からコーラまで吹いた。みんな興奮状態でおかしくなっていた、自分たちのしたことがどれだけ重大でこれからずっとつきまとうのか、よく理解できていなかったと少女Bは語った。少女Aは裁判のときもまだ、そのジョークを面白いと思っているようだった。少女Cはいっさいおぼえていないと主張した。

ジョーンの母親のアマンダ・ウィルソンはガウンにスリッパ姿で病院に駆けつけた。父親のフレディ・ウィルソンは油田で働いていて、あと十六時間は帰宅できなかった。アマンダは最初、娘だと確認できなかった。ジョーンの顔は真っ赤に焼けただれ、目鼻立ちもほとんどわからなかった。ジョーンの髪は火をつけられる前に切られていて、残った髪も焼けてしまっていた。火傷は全身の八割におよんでいたとされる。アマンダは娘の歯をたしかめなければならなかった。ジョーンは左の犬歯が欠けていて、ふだんはプラスチックをかぶせていた。そのかぶせ物がとれていて、アマンダは歯の欠けを確認できた。それから娘の小指の爪が目に入った。それは青く塗られていた。最後に見たときにジョーンがしていた、化粧品ブランド〈バリーM〉のブルーベリー・マフィンという青いマニキュアの色だった。それで娘だと確認できると、アマンダは病院のトイレまでたどりつけずに廊下で吐いた。

少女Bも吐いた。ガソリンスタンドのトイレで。少女A、B、Cは、ジョーンが病院にかつぎこまれたのと同じころにマクドナルドを出た。あとはひどいありさまだった。店員によれば、彼女たちは騒々しく、態度が悪く、テンションが高かった。当時勤務していたスタッフのアン・ブラウンは、少女たちがビーチで飲酒していたのだろう、ひょっとしたらドラッグもやっていたのかもしれないと思った、と話す。三人とも服はよれよれで砂まみれだった。

少女Cはまず少女Aを、次に少女Bをおろした。少女Aの家は町はずれにあって、ガソリンスタンドからは一番近かった。少女Bの家は少女Cの家の近所だった。

少女Aは家に着くやソファで眠りこんだ。およそ二十分後、警察がやってきて起こされた。父親は眠っていたので、少女Aが玄関をあけた。最初、彼女は落ち着いていてふてぶてしかったが、父親があらわれたとたん、警察官によれば〝蛇口をひねったように涙を流しはじめた〟という。父親自身も帰宅していくらもたっておらず、EU離脱の国民投票の結果を受けた祝杯にまだ酔っていた。警察の横暴で訴えてやる、と息巻く彼の目の前で、娘は手錠をかけられて車で連行されていった。

少女Bは家に帰っても寝なかった。母親と暮らす狭い家を泣きながら行ったり来たりし、花瓶を割った。家の電話で、ダイヤルしかけては切り、またダイヤルしかけては切りしているところを母親に見つかった。少女Bは何かあったのかと母親に問いただされ、結果的に罪をほぼ告白した。警察官がまったく無実の〝少女D〟の家のドアを叩いているころ、少女Bの母親は娘を車に乗せて警察署へ向かっていた。

〝少女D〟と誤って呼称されてしまった少女は、加害者たち（と被害者）の知りあいだったが、事件にはまったくかかわっていなかった。彼女はジョーン・ウィルソンに名指しされてはいなかったが、少女Cの別れたばかりの交際相手だったことに加え、地元で〝素行が悪い〟とみなされている一家の一員だったことが不運に働いた（〝素行が悪い〟という言葉は、裁判で逮捕の理由を問われた警察官が使ったものだ）。少女Dは警察の厄介になったことはなかったものの、彼女の兄と複数の親戚にはそれがあった。

ドアをあけた少女Dの母親は、三人の男性警察官の姿を目にして混乱した。家には保護犬のグレイハウンドが何頭もいて、警察官を見ていっせいに激しく吠《ほ》えだし、彼女は犬たちを抑えるのに苦労した。グレイハウンドたちは知らない人間を嫌っていた。母親は、テレビで見るように〝令状〟を見せてほしいと要求したが、警察官に押しのけられ、その拍子にもっとも興奮しやすく行動が読めないグレイハウンドの首輪を離してしまった。犬たちはとくに男性への警戒心が強く、そのため飼い主を押して大声をあげる見知らぬ男性の姿に激昂《げっこう》した。大半の犬はおとなしい性格で、驚きと不安で吠えているだけだったが、とくに興奮しやすい一頭が警察官を噛《か》んでしまった。その犬はテーザー銃で撃たれ、のちに死亡した。

少女Dの母親は、警察が息子を連れにきたのだと思って、息子ならいま寝ているから、犬たちをおとなしくさせたら呼んでくると言った。だが、警察の目的は娘だった。彼女は驚き、娘ならひと晩じゅう家にいた、そばに防犯カメラがあるからたしかめられるはずだと訴えた。しかし、警察は無視して二階に駆けあがった。

少女Dはベッドから引きずりだされた。それから二十四時間近く、困惑し泣きながら取り調べを受けることになったが、ひと晩じゅう家で寝ていたことが警察によって確認され、釈放された。にもかかわらず、彼女の写真が撮られ、地元のポスト・オン・シー紙に掲載された。

少女Cは少女Bと同じ団地に住んでいたが、少女Bをおろしたあと、家には帰らなかった。団地のまわりを何周かして、また道路に出ていった。

少女Cの姉は仕事のために早起きして、車がないことに気づき、かんかんになった。頭から湯気を出しながら、妹をとっちめてやろうと母親の家まで歩いていった。このころには、少女AとBが、主犯は少女Cだと警察に供述していた。だが警察は〝少女D〟にまだこだわっていて、それが少女AとBを混乱させ、取り調べの進みを遅らせた。

少女Cの母親が朝のコーヒーを淹《い》れる横で、姉は妹の携帯電話を鳴らした。家に警察官がやってきたとき、少女Cの継父はちょうど警察に電話をかけていた。

警察が少女Cを見つけたのは数時間後だった。彼女は道路脇に車をとめ、運転席で眠りこんでいた。

自供は早かったが、その内容は混乱をきわめた。三人がやったのは間違いなかったが、犯行の〝誰が、何を、なぜ、どうやって〟の部分ははっきりしなかった。少女A、B、Cは子供じみた言いわけと奇怪かつ不可解な弁明を並べた（いっぽうの少女Dは困惑しうろたえて家に帰してほしいと訴えつづけた）。三人は、おたがいをサイコパスとか、拷問魔とか、低能の乱暴者とか、邪悪な天才とか、意志の弱い金魚の糞《ふん》とか、ミニチュア版のカルトリーダーとか、ケチないじめっ子などと呼んだ。そして小学校時代に始まる、ここにいたるまでの背景を捜査員に縷々《るる》語った。

「学校に戻った悪夢を見せられているようでした」とある刑事は裁判で述べた。「とにかくわけがわからなくて」

ジョーンは三日後に死亡した。彼女の殺害が主要メディアに大きく取りあげられることはなかった。イギリスのEU離脱の国民投票と時期が重なっていたためだ。ニュースは何週間もブレグジットの話題で持ちきりで、さらにジョーン・ウィルソン殺害事件には、イギリスで主流の右寄りの報道機関にとって飛びつきたくなるような背景もなかった。少女たちは全員、白人のイギリス人で、社会経済的にも平均的な家庭の出身だった――ただし、少女Aは地元では名の通った裕福な家の娘だったが。少女Aの父親は右翼的な政治活動や言論活動で知られていた。この父親のコラムを掲載していた新聞各社は、その娘が暴力的ないじめの加害者だったという事実にあえてスポットライトをあてないようにした可能性も考えられる。

クロウ・オン・シーではEU離脱賛成に投票した住民が多かった。この事件について報じることに益もなかった。犯人はギャングでも移民でもなく、外国人の不良がかかわっているわけでもなかった。白人が大半を占める斜陽の海辺の町で起きた、四人の白人の少女の事件だった。

加害者の三人の少女（と〝少女D〟）の身元はすぐにポスト・オン・シー紙上で明らかにされた。一部の少女の年齢について誤認があったらしく、少女Cと少女Dは十七歳ではなく十八歳と思われていた。また少女Aは父親がある程度有名だったことから、その娘も公人とみなされたようだ。少女Bについては身元を明かす正当な理由はなかった。

私は彼女らについて仮名にすることも考えたが、少女AとBはもう矯正施設を出て、ともに新たな名前を手に入れている。Cは成人用の刑務所でいまも服役しているが、出所したら同じく新たな名前で再出発することだろう。そして元の氏名はすでに公表されている。それで私もそのままの氏名を使うことにした。少女Dについては、本人に取材したところ、名前を出すことを快諾してくれた。自分が事件と無関係であることをはっきり書いてほしいという要望つきで。

巻き添え被害を受けた無実の少女Dは、ジェイド・スペンサーという。ひと世代前の彼女の一家は地元の犯罪組織に深くかかわっていた。しかしいまは、合法的に賭け屋《ブックメーカー》を営んでいるだけで、つきまとう不当な悪評に悩まされている。

アンジェリカ・スターリング＝スチュワートが少女Aだ。クロウ・オン・シーの町の礎《いしずえ》に刻まれた彼女の一族の名前。その名前を出さずに、彼女の人物像を描きだすのは困難だ。彼女の父は地元の実業家で、作家でもあり、近年になって右翼的な政治活動でも悪名を馳《は》せるようになった。アンジェリカは甘やかされたわがまま娘で、小学校時代はいじめっ子だった。中等学校では立場が逆転し、からかわれたり嗤《わら》われたりするようになった。学校ではジョーンと同じ友人グループに属していたが、周囲の話ではふたりは仲がよくなかった。

ヴァイオレット・ハバードが少女Bだ。おとなしく真面目《まじめ》なタイプで、母親はソーシャルワーカー、父親はロンドン在住の公務員。ヴァイオレットは小学校時代を通じてジョーンの友達だった。近年、ふたりには距離ができていたが、それでもメール等のやりとりはしていた。ヴァイオレットはもっぱらオンラインの世界で生きていた。少女Cと出会うまで〝リアルの〟友達は皆無だった。ひどく内気で、不安や気分の落ちこみに悩まされていた。

そして主犯格の少女Cはドロシー・〝ドリー〟・ハート。事件の一年半ほど前に、母親と継父のところに引っ越してきた。

彼女の生物学的な父親は事件の五年前に死亡している。彼女は父の死後、祖母と暮らすことにし、いっぽう異父姉のヘザーは母親と暮らすことを選んだ。しかしドリーが問題を起こすようになり、年老いた祖母には面倒が見きれなくなったため、クロウの母親のもとに引きとられた。

教師たちによれば、ドリーは〝華とカリスマ性のあるトラブルメーカー〟だった。人目を引く美人で、当初は人気者だったが、悪い噂《うわさ》を流したり、人のボーイフレンドを奪ったり、たいした理由もなくつかみあいの喧嘩《けんか》をしたりした。何をするかわからず、意地悪な性格で、転校してきて一ヵ月もしないうちに嫌われ者になった。ドリーは新しい家にもなじめず、それがもとからの精神的な問題に拍車をかけていた。

それぞれに事情をかかえた三人の少女が引き寄せあった。彼女たちは事件にいたるまでの一年間、多くの時間をともにすごすなかで、奇怪な幻想の世界に――それぞれの執着や怒りに焚きつけられた宗教のようなものに――しだいにのめりこんでいった。ジョーン・ウィルソンはその生贄《いけにえ》になった。彼女がしたことと、するだろうと三人の少女が妄想したことのために。

少女たちはごっこ遊びをしているつもりだった。それが、そうでなくなってしまった。

この事件のことは、世界中の下劣でグロテスクな事件を一カ所に集めたような、とくに俗悪なある犯罪実話サイトのサムネイル画像つき広告で見かけたのが最初だった。

下劣でグロテスク——それこそまさに私の求めているものだった。直近の二冊の本が売れていなかったからだ。

私の仕事についてよく知らない読者のために言っておくと、かつては記者だった。〈ポラリス〉[1]といういまはなきタブロイド紙でイギリス国内の事件の記事を書いていた。だが、ニューズ・インターナショナル社の電話盗聴スキャンダルに関与したとされ（ニューズ・インターナショナル社に雇われてはいなかったにもかかわらず）解雇された。とはいえ、金もコネもそれなりにあったので、さほど困りはしなかった。あのスキャンダルではもっと大物が失墜したし、私がかかわっていたと聞いて驚く人が多い。あれで私の評判は多少なりとも傷ついたが、もともと名声をとどろかせていたわけでもなかった。

それで、本を書くことにした。二冊の著作はかなりヒットした。夫婦殺人犯のレイモンドとキャスリーン・スケルトンの事件について書いた『彼女はなぜ？』と、女子学生モリー・ランバートの失踪事件を扱った『ある日忽然《こつぜん》と』。どちらも〈ポラリス〉時代に取材した事件だった。

その次の本『私の事件記者人生』は二〇一五年に出版された。半分は回顧録、半分は犯罪実話ものという本だった。これまでに取材したとくに有名な事件を取りあげ、いいネタの多くを無駄づかいしてしまった。内容をふくらませれば三冊の本が書けたというのに。それに、自分語りをしすぎてしまったようだった。

書評では〝ひとりよがり〟だの〝深みがない〟だのと言われ、『彼女はなぜ？』と『ある日忽然と』からのネタの使いまわしを批判され、そちらを読んだほうがいいと書かれた。あまり売れなかったが、その次の本にくらべればまだましだった。

二〇一三年ごろから始まった犯罪実話ブームで、ポッドキャストの〈シリアル〉やネットフリックスの『殺人者への道』が社会現象になるなか、『私の事件記者人生』が売れないことにはひどく落胆した。犯罪実話ものが爆発的ブームになっているのに、長年それをやってきた私がその恩恵を受けられないなんてフェアではない気がした。

その後、先に出した二冊の本が売れだした。人気のポッドキャストで何度も言及されたり、〝〈シリアル〉ファンにおすすめの二十冊〟とか〝ポッドキャストにはまった人向けの押さえ

1　〈ポラリス〉（一九四七〜二〇一五）はイギリスで数少ない左寄りのタブロイド紙だったが、二〇一五年五月に廃刊。

ておきたい犯罪実話本〝などのリストに入れられたためだ。それでふたたびチャンスを与えられ、二〇一六年はじめに新たな本の執筆を出版社から持ちかけられた。

『私の事件記者人生』でいいネタを全部使ってしまっていたので、新しいネタを見つけなければならなかった。それから一年半かけて、ある性犯罪者の本を書いた。少年たちに性的虐待をしていた女教師の事件を取りあげたもので、『蜘蛛《くも》の巣』というタイトルのその本は二〇一七年に出版された。自分ではいい出来だと思っていたし、『私の事件記者人生』とは違って書評は好意的だった。だが、誰も読んでくれなかった。その事件は世間の興味を惹《ひ》かなかった。私は何度かポッドキャストに出演し、大手メディアからインタビューも受けたが、先に出した二冊についての質問ばかりされた。期待したように、犯罪実話ものの書き手として有名にはなれず、続くオファーが舞いこむこともなかった。出版社はもう私に次の本を書かせてくれる気はないようだった。

二〇一八年、私は人気のポッドキャスターとツイッター上で論争になった。彼のポッドキャストが不快だと私が書いたのに対し、向こうは昔の電話盗聴スキャンダルの記事のスクリーンショットで反撃してきた。それが拡散され、私は正義感に凝りかたまったZ世代からも、認証バッジのアカウントからも、その他の犯罪実話コミュニティの人々からもさんざん叩かれた。言うなれば〝キャンセル〟されたのだ。文芸エージェントからは汚物を捨てるような扱いを受け、ポッドキャストにゲストとして呼ばれることも、イベントに招かれることもなくなった。著作がジャーナリストやポッドキャスターに言及されるときは、かならず私が〝ろくでもないやつ〟だとか〝軽蔑すべき人間〟だという枕詞《まくらことば》がついてきた。

一年ほど無為の日々をすごしているうちに、ご想像のとおり退屈になり、新たなプロジェクトを探しはじめた。もう一度やってみようと思った。犯罪実話ものはあいかわらず流行《はや》っていて、もう本とポッドキャストだけではなく、テレビのドキュメンタリーや実際の事件のドラマ化にも広がっていた。犯罪実話ものというジャンルは、ニッチなポッドキャストやネットフリックスの一話だけのドキュメンタリーにとどまらず、さらに広がり、ヒットしていた。ハリウッド映画からＨＢＯまで――スター俳優が映画でテッド・バンディを演じたがり、最新の人気ドキュメンタリー・シリーズのプロデューサーになりたがるほどになっていた。そんななか、私は次の大ヒットネタを探して、インターネットの俗悪なサイトを日々あさっていた。

元タブロイド紙の記者だから、悪趣味なネタをあさるのは慣れていたが、そんな私でさえ少々うんざりしつつあった。

私はテキサス州アビリーンで男が少女をさらって犬のケージに閉じこめていた事件について読んでいた。その男は子供用のシリアルばかり食べていて、少女を人形兼奴隷のような存在にしようとしていたと思われた。異常だが、異常さが足りなかった。少女は無事に警察に発見され、誘拐犯の男には似たような前科もなかった。

これは私がインターネットで見つけた〝異常な〟つまり面白そうな事件の典型だった。大きさが足りないのだ。もうかつてのような、こみいった大きな事件というのは存在しえないのではないか。科学捜査が発展しすぎたし、かつてシリアルキラーがつけこんでいたような構造的問題に対して、世界中の警察が少し賢くなりすぎた。一回かぎりの奇妙な犯罪はあるが、それらに長期にわたる連続犯罪のような複雑さはなく、夢中になれるようなものではない――インターネットがらみでないかぎり。私のジプシー・ローズ・ブランチャードを見つけられれば、大儲《おおもう》けできる。

アビリーンの事件の記事の下に、そのサムネイル広告があった。〝世界一美しい少女と呼ばれた彼女がいまはこんな姿に！〟と〝おなかの脂肪を減らしてお尻につける十のヒント〟と〝最後に笑ったのは浮気された男〟、それぞれの見出しとともに、大幅に修整されたキッズモデルの顔、ぴったりしたショートパンツ姿の女性の後ろ姿、泣いている巨乳の女性の画像が並んでいた。そして巨乳の浮気女の隣に――

〝少女たちが彼女にした信じられない所業〟

その見出しの下には、鮮やかな赤毛の美人モデルのイメージ写真と、異様な白い目でカメラをみつめる不気味な黒焦げ死体の加工写真が並んでいた。

どの記事も、私たちのもっとも卑しい本能に訴えかけ、もっとも恥ずかしい秘めた好奇心を呼びさまそうという狙いがあるようだった。私はクリックし、読んだ。そしてもっと知りたくなった。

名前をグーグル検索し、いくつかのポッドキャストを見つけた。この事件を扱った《アイ《I》・ピード《P》・オン《O》・ユア《Y》・グレイヴ《G》》の初回の抜粋はすでに読んでもらったことと思う。悪ノリしたアメリカ人の男三人が、ティーンのレズビアンについて大声でジョークを言いあい、馬鹿げた〝イギリス訛り〟で話す番組を。彼らはクロウ・オン・シーの住民から情報提供を受けた。このIPOYGが、後追いでこの事件を取りあげたほかのポッドキャストのおもなネタ元のようだった。私はふたりの白人女性が白ワインを飲みながら、この事件を〝現代の話ではここ数年で一番〟だと評するのを聞いた。彼女たちはいいところで息を呑《の》んでは、〝まあひどい〟〝かわいそうな子〟〝なんて気の毒〟と甲高い声をあげていた。

どの番組も内容が浅かった。当然だ。彼らはアメリカ人だったのだから。事件の大きな社会経済的背景にさしたる興味もないようだった。事件が起こった町について（その変わった名前を笑う以外）話すこともなく、被害者と加害者たちの生い立ちを深く掘りさげることもなかった。この事件について取りあげておきながら、アンジェリカの父親ほどの（政治に関心のあるイギリス人ならきっと名前を聞いたことがあるはずの）重要人物に触れないなど、私に言わせれば馬鹿げている。

インターネット上には、いくつかの写真とユーチューブ動画（やはりＩＰＯＹＧの焼きなおし）、そして加害者たちのＳＮＳのプロフィールのキャプチャ画像を張った掲示板サイト〈レディット〉のスレッドが多数存在する。私が見つけた一番の情報ソースは、犯罪実話ファンが集う、ブログサービスの〈ライブジャーナル〉を真似《まね》た〈デスジャーナル〉への書きこみだった。

〈犯罪実話コミュニティの炎上2《ワンク》まとめ〉掲示板で、ドリー・ハートとヴァイオレット・ハバードのＴｕｍｂｌｒが削除される前の投稿を大量に集めて載せているユーザーがいた。そこにはドリーのネット上の知りあいによる事件への反応——書きこみやチャットログ——もあった。

どれを見ても、みな事件についてのさらなる情報を求めていた。信用できない地元紙の記事と、いくつかのポッドキャストと、〈デスジャーナル〉への数件の投稿以外のものを。人々は本を求めていた。

語られたがっている物語がそこにあって、どうやら一番乗りしたのが私だった。

最初は興味本位だったし、関心を持ったのは利己的な理由からだった。だが、ジョーンの事件には心に刺さるところがあった。事件を取りあげたポッドキャストには気分が悪くなった。二〇一四年に私は娘のフランシスを亡くした。雪の降る冬の朝、娘はテムズ川の岸辺に打ちあげられた。自ら命を絶ったと思われた。二十代はじめだった。ジョーン・ウィルソンの事件について調べはじめたとき、つい想像してしまった。フランシスのことが噂されているところを。娘がジョークのネタにされ、死にいたった状況を笑いものにされ、誹りを真似されるところを想像してしまった。

それで、二〇一九年に私はクロウ・オン・シーに一時的に居を移した。地元に溶けこもうとした。意義のあることがしたかった。事件そのものについて書くのと同時に、その事件が起こった町について書きたかった。地元の人と親しくなり、町の図書館へ行って、地元の史家や記者の力も借りた。被害者と加害者たちの友人や家族にもインタビューすることができ、ヴァイオレット・ハバードとアンジェリカ・スターリング＝スチュワートとは直接の通信もできた。刊行時点でまだ服役中のドリー・ハートとは連絡がつかなかった。

これ以降の本書の内容は、この通信、および大量のブログへの投稿と関係者へのインタビューがもとになっている。膨大な時間を費やした根気強い調査と取材の結果、事件の核心に迫れたものと自負している。これは通勤中に気軽に読める要約バージョンではない。ふざけた誹りもないし、マットレスの広告が差しはさまれることもない。

2 〝ワンク〟とはファンのコミュニティ内での争いを指す俗称、あるいはよくない行為全般を指す総称（いまでは古めかしい響きの用語となっている）。〈ライブジャーナル〉や類似のウェブサイト上には、〝ワンク〟事例を集めて議論するコミュニティがあった。

ジョーン・マーガレット・ウィルソンは一九九九年十二月十九日に生まれた。その死と同じく、その誕生にも大きな歴史的できごとが影を落としていた。娘の誕生が新たなミレニアムの到来の陰に隠れてしまって、どんなに腹が立ったことかとアマンダ・ウィルソンは話す。

「でも本当に頭が痛かったのは、例の二〇〇〇年問題のこと。大晦日《おおみそか》にこんなパーティに行くとかクラブに繰りだすとか、そういう話を友達から聞かされるのもいらいらしたけど、あの二〇〇〇年問題は本当に……いかれてた。ただでさえ不安やストレスで大変だっていうときに、なんにでもついて回って。そのベビーモニターは二〇〇〇年問題のバグに対応済みなのかとか、停電したときの備えは大丈夫かとかね。銀行から預金を全部引きだしたかとか」

ジョーンを産んだとき、アマンダは二十五歳だった。当時は〝ヒッピーっぽかった〟そうだが、いまもそれは変わらない。ハーレムパンツを穿き、髪をかなり長く伸ばしている。手巻きのタバコを吸い、豆腐を食べている。タトゥーを入れ、へそにピアスをし、フォーク歌手のジョニ・ミッチェルにちなんで娘の名前をつけた。アマンダはみんなに赤ん坊をジョニと呼ばせた。

インタビューしたのは、ちょうどアマンダとジョニの父親フレディとの離婚が成立した日だった。読者が最初に読むのがこのインタビューだが、アマンダに話を聞けたのは取材の終わりのほうだった。彼女がインタビューに応じてくれたのは二〇二〇年の三月はじめで、私がクロウに住むようになって数カ月が経過していた。みな新型コロナウイルスの脅威の深刻さにやっと気づきはじめたころで、私も事態の悪化に備えてクロウでの取材を切りあげ、ロンドンに戻ろうと準備していた。

アマンダとのインタビューの際も、ウイルスのことがまず話題になった。彼女は騒ぎに少し懐疑的で、インフルエンザとたいして変わらないんじゃないの、と言っていた。当時は私も同意見だった。

彼女は私に対しても懐疑的だった。娘の死について、これまで取材には応じたことがないと話した（とくに《アイ・ピード・オン・ユア・グレイヴ》の問題の回が公開されてから、何度も取材の依頼はあったそうだが）。どう考えればいいのかわからないから、四年たってもまだショックから抜けだせておらず、それはきっと一生変わらないのだろうと。

アマンダはサンルームに通してくれた。そこにはアルバムが何冊か置かれていて、壁には彼女が描いたという曼荼羅《まんだら》図のほか、ヒンズー教や仏教の宗教画や、動物や植物の水彩画が飾られていた。

彼女はひどく痩せていて、骨ばった手や目の下のくまに青い静脈が浮きあがっていた。昔の写真ではつややかな鳶色《とびいろ》だった髪は薄くなり、サンルームの光の下でぱさついているのが見てとれた。誰かが頭の上で白いペンキの缶を引っくりかえしたように、頭頂部のあたりが真っ白になっていた。

アマンダは変わりはてたジョニの姿を見たときのことや、遺体を確認したときのこと、葬儀のことについては話したくないということだった。また、結婚生活の破綻についてもくわしくは語りたくないという。

二〇一六年の六月以降の記憶がほとんどないそうだ。アマンダは多くの時間をベッドですごし、フレディは多くの時間を両親とすごした。ふたりとも、自分の罪悪感も、相手の悲しみの重さもかかえきれなかった。葬儀のあと、ふたりは事実上の別居状態になった。

アマンダはすでに両親を亡くしていて、ひとりっ子だったので、友人たちが世話を焼いてくれた。ずっとベッドにいたり、何時間もシャワーを浴びたりしている彼女に、友人たちが食事を持ってきて、家を掃除してくれた。

「寝室から出たくなかったのは、家じゅうに娘の姿を見てしまうから。廊下の先に一瞬娘が見えたり、部屋に入っていく後ろ姿が視界の隅に映ったり。それから、娘のにおいがときどきふっと鼻についたり……病院のにおいがよみがえることもあって、そういうときはシャワーを浴びたの。病院のにおいがしたら、シャワーを浴びて、娘の使ってたシャワージェルでそのにおいを消そうとした。娘はわたしの寝室には決して入らなかったから……だから、耐えられないときは寝室にこもっていた。でもときどきは……家を歩きまわった。娘の姿を見たくて。つかの間でも以前のままだと感じたくて」

娘を亡くしたあと、自分も同じように感じたと私は彼女に告げた。娘は数年前に家を出ていたから状況は違うが、それでもフランシスのポニーテールの後ろ姿が見えた気がしたり、娘のつけていた香水のにおいがしたりすることがあったと。

娘の死から数ヵ月後、突然、フランシスのつけていた香水が廃番になるのではと心配になり、店に行ってその香水を二十本も買ってきた。それを家じゅうのカーテンやソファやクッションにスプレーした——が、やりすぎてもうその香水のにおいを感じなくなってしまった。それに気づいたときはひどく落ちこんで、その香りのついたものを全部イギリス心臓財団に寄付しようとした。新しいものに替えれば、またそのにおいが感じられるようになるのではないかと期待して。

アマンダも同じようなことをしたという。ある日、ジョニの使っていたシャワージェルを大量にまとめ買いしたと。

「下の階で床板がきしむ音や、お湯が沸く音や、テレビをつける音なんかが聞こえると……頭ではジュリーやほかの友達の誰かだってわかってるのに、娘のような気がしてしまうの。おぼえてるのはそのことばかり。いないとわかってるのに、娘がいるような気がする。ずっとそういう感じがしてたこと。いるわけがないって頭ではわかってる。すると自分もここにいるべきじゃない気がしてくるの。娘はここにいない。なら、自分が娘のところに行くべきだって。ひたすらあの子に会いたいのに、会えない。そう考えると、片肺をなくしたような気分になった。あの子なしでは息ができないような」

その年のクリスマスはフレディの家族とすごした。最悪の一日だった。アルコールも入って、激しく辛辣《しんらつ》な口論が繰りひろげられ、ふたりは年明け早々に正式に別れることを決めた。

クリスマスを過ぎると、アマンダの友人たちが来ることも減った。彼女の体重は大きく減り、眠れなくなった。

彼女は殺された子供たちのドキュメンタリーをたくさん見るようになった。たいてい母親のインタビューがあったからだ。それが見たかった。母親たちが。彼女たちは身なりを整え、家の外に出て、死んだわが子について語っていた。彼女たちから学ぼうとしたとアマンダは語る。その秘密が明らかにならないかと願って。同じような母親たちを観察すれば、自分もまた身なりの整えかたがわかるかもしれない。また家の出かたがわかるかもしれない。これほど大きな喪失に見舞われて、どうすればまた普通に生活できるのかがわかるかもしれない。

ドキュメンタリーを見つくしてしまうと、今度は母親たちのブログやコラムや体験記を読んだ。学校での銃乱射事件や警察官による暴行で命を落とした子供たちの母親に対して、嫉妬や恨めしさをおぼえるようになった。そういう母親たちにはよりどころがあったから。ジョニの殺害に大義を見いだすことはできなかったし、その女性たちのように目的を見つけることもできなかった。

「そんなとき、その人を見つけたの。マーシャっていうアメリカ人の女性。彼女の娘は十四歳で、同じ学校に通っていた女の子ふたりに殺された。彼女のブログには……娘を殺した子たちを許したとか、その子たちの減刑を嘆願してるとか、そんなことばかり書いてあった。犯人のひとりが刑務所で盲導犬の訓練をしてて、マーシャはその子の訓練用に子犬を寄贈までしたっていうの。すごく頭に来ちゃって。人生であんなに腹が立ったことはないわ。彼女にいかれたメールまで出した。自分にはこんなことがあった、あなたは頭がおかしい、娘を奪った怪物たちをわたしは絶対に許さないとか、そういうことを長々と書いた、五ページもある本当にどうかしてるメールを」

マーシャからの返事は、と尋ねてみた。

「ものすごく心の広い返事が来たわ。〝あなたの痛みが聞こえる。あなたの痛みが感じられる〟そう書いてあった。彼女は……くわしくは言わないけど、本当の意味で助けになってくれたの。彼女とはいまも友達よ。マーシャがいなければ、たぶんいまあなたと話していない。自分の娘についての本を書こうとしているジャーナリストに協力して、すごくすっきりしたってマーシャが言ったから」

それに、ジョニの話はもうあちこちに出ていた。地元紙以外に無視されていた幸運な数年のあと、事件は犯罪実話業界に見つかってしまった。マットレスや宅食サービスの広告がはさまるサイトで娘が殺された事件のことを読まれたくはなかったが、もうそうなっていた。そしてみんなアマンダの話を聞きたがっていた。もはや犯罪実話業界の人間からは逃げられない。ようするに、私のような人間からは。

「それから、あの《アイ・ピスト・オン・ユア・フェイス》とかなんとかいう番組の人がメールをよこしたの。あのエピソードが無礼で不謹慎だって苦情が殺到したとかで。それで、メールで言ってきたのよ。わたしに番組に出ないかって。謝りたいからって。どうかしてるでしょ？　そんないかれた話ってある？」

ほかにも、彼女を訪ねてきたジャーナリストはいた。インタビューをさせてほしい、本を書きたい、金を払うからといって。私が有利だったのは、クロウ・オン・シーに住んでいて、知人の紹介があったこと、そして何より、私も娘を亡くすという悲劇に見舞われていたことだった。状況はまったく違うが、悲劇なのは間違いない。

短い人生であっても豊かで複雑なものだ。死んだ子供であっても、完全には理解することも解明することもかなわないほどの矛盾と欠点と謎に満ちている。私ほどこのジャンルに精通している書き手であっても、対象を完璧に写しとった写真は作りだせない。ジョニの美しく正確なスケッチを描けたとしても、優れた絵描きによるスケッチもまたスケッチにすぎないのだ。

アマンダの両親のジャンとジョンは、北のビーチで〈ヴェガス・バイ・ザ・シー〉というゲームセンターを経営していた。アマンダの見せてくれた写真には、壁に描かれたラインダンスを踊るショーガールの絵や、ルーレット・テーブルのように見せたメダル落としゲームの台、大きなトランプの形をしたネオン灯の前ですきっ歯を見せて笑う八歳か九歳の彼女自身などが写っていた。アマンダはいまでもアーケードゲーム機の音を聞くと気持ちが落ち着くそうで、眠れない夜にはよく、ユーチューブで十時間延々とゲームセンターの背景音を流している動画を再生するという。

ジャンとジョンのブラック夫妻はクロウの地元民ではなかった。ふたりは六〇年代末に町に引っ越してきて、一九七一年にゲームセンターをオープンした。町を牛耳る実業家や地元の顔役たちの内輪のグループに入ることなく。アマンダは〈ヴェガス・バイ・ザ・シー〉から四年遅れで誕生した。

その実業家たちの内輪のグループは、〈ヴェガス〉が営業していた二十五年のあいだに影響力を増していった。地元政治にも手を回し、彼らのオールドボーイズ・クラブに属さない人間が事業を始めたり続けたりするのを徐々にむずかしくしていった。彼ら以外の者が新しく店を開くのを妨害しだしたため、〈ヴェガス・バイ・ザ・シー〉周辺の店舗価格はさがり、ジャンとジョンは何度も恣意的に罰金を課され（ごみの出しかたや店舗に備えつけの消火器の数、昔の書類提出漏れなどで文句をつけられて)、地元の実業家ジェラルド・ダウド[3]から何度も、だんだんさがっていく価格での買収話を持ちかけられた。

一九九六年、ジャンとジョンはついに屈し、ダウドにゲームセンターを売った。夫妻は〈ヴェガス〉を売却して得た金の一部をアマンダに与え、アマンダはそれを使って旅行に出かけた。二十一歳だった。十三歳のときから〈ヴェガス〉で働いてきたから、転職の節目を海外旅行で祝うことにしたのだ。まだ新しい仕事は決まっていなかったが、帰ってきたらホテルかレストランで簡単に職が見つかるだろうと思っていた。パートタイムで働きながら、大学に通って美術を学ぶつもりでいた。

旅行先はギリシャのコルフ島にした。旅行代理店の〈クラブ一八－三〇〉でセールになっていたからだ。「旅行代理店っておぼえてる？　いまでもまだ存在してるなんて信じられない」とアマンダ。その旅は親友のジュリーと一緒に予約した。

本当はもっと高級なキプロスのアヤナパに行きたかった。青い空と白砂のビーチの写真をパンフレットで見たからだ。でも、共通の友達がアヤナパで強盗にあったからいやだ、とジュリーにきっぱり言われた。それにコルフ島のほうが安くて、同じくらいきれいなんだからと。それでコルフ島に行くことになった。アマンダは夏休みの旅行に行ったことがなかった。観光シーズンは〈ヴェガス〉が忙しかったから。両親は変な時期にアマンダに学校を休ませてコスタ・デル・ソルやカナリア諸島に連れていった。子供のころの休みはいつも二月や十一月だった。

アマンダは生まれてはじめて、大胆なビキニやショートパンツを買った。それは隠していた。古い考えの父親にもし見つかったらと思うと恥ずかしかった。出発の前日の晩に、ジュリーと脚のワックス脱毛をしあった。

アマンダはホテルについてすぐにフレディと出会った。ジュリーとスーツケースを引いてロビーに入っていくと、ホテルのバーにいる彼が目にとまった。同じくらいの歳《とし》で、背が高く、ブロンドでよく日焼けしていた。ふだんならブロンドの男にはあまり惹かれなかった。色の薄い眉毛やまつ毛が好みではなかったから。彼はすかして見えたが、まったく違った。近づいてきて、荷物を運ぼうかと言った。言葉には聞き慣れた訛りがあった。「ハルから？」と訊くと、彼はうなずいて、スカボローからかと尋ねた。「その近く」と彼女は答えた。名前を教えあい、荷物は大丈夫だから、あとでまたとアマンダは告げた。彼はほほえんだ。強引じゃなかった。わかった、と言って引きさがった。断わられて男の体面が傷ついたとか、侮辱されたというふうにはとらえなかった。

3　ダウドはゲームセンターの〈ラッキー・ルーシーズ〉と〈ボウル・アンド・ビア〉、および町で唯一の映画館〈レッド・カーペット〉のオーナーにして、悪名高きラジオDJでテレビ司会者のヴァンス・ダイアモンドとともに〈ダイアモンズ〉というクラブを共同経営していた人物。

彼はおおらかだった。アマンダはおおらかで気のいい男の子が好きだった。なよなよしてる、と友達に言われそうなタイプの。嫉妬深くて喧嘩っ早く、夏じゅうゲームセンターにたむろしてハンマートライ・ゲームで競いあったり、クレーンゲームの台を揺さぶったり、道行く女の子を大声で野次ったりするようなチンピラはごめんだった。そう考えると、〈クラブ一八－三〇〉でおすすめの旅先はあまり向いていなかったかもしれない。それでも、アマンダとフレディはそこで出会った。

あとでバーに行くと、フレディは手を振ってきたが、しつこく誘ったりはしなかった。アマンダとジュリーは紙の傘とパイナップルの形のプラスチック製マドラーが添えられた甘いカクテルを飲んだ。バーからは海の音が聞こえた。アマンダは海辺じゃなくてスキーにでも行くべきだったかもしれないとジョークを言った。

その夜、アマンダはフレディとビーチで出くわした。ジュリーは男の子と出かけてしまっていた。アマンダは安いギリシャビールを手に、足の裏や髪にあたたかい砂をまとわりつかせながら、のんびり月を見ていた。するとフレディが隣にすわって（「やあアマンダ！　ここにすわってもいい？」とちゃんと許可を求めてから）、一緒に旅行に来た四人の友達がみんな今夜は出かけてしまって、置いていかれたという話をした。男だけの旅なのかと尋ねると、女友達ふたりと男友達ふたりで来たんだとフレディが答えた。それでますます好ましく思った。ノーと言っても怒らないうえに、女友達がいる男の子なんてめずらしい。自分も友達に置いていかれたとアマンダは告げた。ふたりのはじめての共通点だった。

おたがいの出身地や仕事について、一時間ほどおしゃべりをした。両親がやっているゲームセンターのことを話すと、フレディがうらやましそうな声をあげた。フレディはゲームセンターが大好きだった。子供時代の半分はスカボローの海辺ですごし、アイスクリームでべたつく手にゲーム用コインの銅のにおいをしみつかせ、安っぽいクレーンゲームの景品のおもちゃをおばあちゃんのバッグに詰めこんでいた。スカボローで棒キャンディをかじって前歯が欠け、それをなおしていなかったので、彼が笑うと欠けた歯の隙間から舌が見えた。

アマンダとフレディの出会いから何年もたって、ふたりの娘も棒キャンディで前歯が欠けることになった。フレディとまったく同じ大きさと形の欠けだった。フレディの記憶は全部ジョニと結びついている、ジョニが生まれる前のことさえ、とアマンダは話した。自分自身の子供のころの記憶も娘のものとごっちゃになっている。乳歯が三本いっぺんに抜けたのは自分だったか、それともジョニだったか。ふたりとも同じ年ごろにそういうことがあったのだったか。ふたりはよく似ていた。いや三人が。アマンダとフレディとジョニ。似た者親子。

アマンダとジュリーはフレディの友達グループに吸収された。フレディは友達にからかわれた。たった二日で、フレディとアマンダがもう新婚カップルみたいに目をうるませ、おたがいに夢中になっていたから。ふたりには共通点がたくさんあった。ピニャコラーダを注文するのも同時だった。どちらも古い映画や音楽が好きだった。フレディはジミ・ヘンドリックスやピンク・フロイドのほうがブリットポップよりずっといいと力説し、アマンダはヨークシャーに帰って彼が会いに来てくれたら、〈ニュー・スキン・フォー・ジ・オールド・セレモニー〉をかけると約束した。ふたりともアメリカのグランジ・ミュージックが好きで、『真夜中のカーボーイ』や『ディア・ハンター』や『タクシードライバー』が好きだった。

「怖かった」とアマンダ。「だまされてるんじゃないかって。わたしの下着をぬがすために話を合わせてただけで、帰ったらそれきり連絡が来ないんじゃないかって」

ふたりは連絡先を交換し、再会を誓いあった。空港へのタクシーでは、人生最高の幸せと今後への不安で泣きそうになったという。ジュリーがひどいふつか酔いで、途中でタクシーをとめさせてドアから外に吐いた。

アマンダは木曜日の夜に家に着き、金曜日の午前十一時にフレディから電話がかかってきた。それで彼が真剣だとわかった。アマンダの母親が電話に出て、親指を立てて受話器を渡してよこした。フレディは土曜日に会いに来た。

それが一九九六年の七月だった。ふたりは一九九七年の八月に一緒にキプロスへ行き、アヤナパのビーチでフレディがプロポーズした。アマンダはいまもつけている指輪を見せてくれた。ヴィンテージで、一粒真珠のまわりを小さなダイアモンドが囲んでいる。彼女はそれが気に入っていた。彼を愛していた。フレディはクロウに移ってきた。

アマンダは大学を卒業して、フリーランスの美術教師として働きはじめた。あちこちの学校を回って、一、二年生と特別支援学級の子供たちに絵や版画や絞り染めを教えた。フレディは北海の油田の職に就いた。二週間働いて、二週間休む生活。それはふたりに合っていた。収入もよかったし、適度な距離もよかった。一緒にいる二週間の濃密さと、離れている二週間のプライバシーも。

ふたりは一九九八年の九月に結婚した。フレディの母親のパットとアマンダの母親のジャンが結婚式で口論になった。フレディの両親は、同じ労働者階級でも自分たちより俗っぽい人間を見くださずにいられない人たちだった。そしてアマンダの両親はいかにも俗っぽかった。派手なブロンドに染めて貴金属をジャラジャラいわせた母親も、赤ら顔に金歯の父親も。アマンダのへそピアスを見てパットは唇をゆがめた。

それが口論のきっかけだった。パットが言ったのだ。アマンダのへそピアスがウェディングドレスを透かして見えるのがみっともないと。シャンパンを二本あけていたジャンが黙れと言い、次にうせろと言った。それから、高慢ちきなデブ女と。あやうく結婚式がめちゃくちゃになるところだった。パットが大げさに泣きくずれ、母親たちは引き離された。写真撮影が済んでいてよかったとアマンダは思った。

ハネムーンはベルリンへ行った。イケてて人と違う自分たちに南国のビーチはふさわしくない、もっとイケてて人と違うところにしようと。そのときの写真を見せてもらった。ベルリンの壁の瓦礫《がれき》の前でピースサインをするアマンダは、脱色したブロンドの髪をふたつのお団子に結い、額に小さなプラスチックのビンディをつけていた。当時はグウェン・ステファニーにあこがれていたのだという。次の写真に写るフレディは、顎のあたりまで伸ばした髪をまんなか分けにして、古びたニルヴァーナのTシャツを着ていた。

「わたしはすごくイケてた。ちょっとのあいだだけね」アマンダがそう言って笑った。「クロウ一イケてたのはたしかよ。まあその程度だけど。でも妊娠した。恨めしく聞こえたらいやなんだけど、母親になったらもうイケてる子ではいられない。十代のころ、おばあちゃんに言われたことがあるの。労働者クラブで開かれるおじさんの誕生パーティに行かない、あんなところ絶対に行きたくないって拒否したら、じっと見られて。〝アマンダ、いまは自分がお姫さまみたいなつもりでいるかもしれないけど、そのうち爪にうんちが入るようになるのよ。自分のじゃないやつが〟って。はじめてジョニのおむつを替えたとき、その言葉を思いだした。おむつを替えるたびに思いだしてたわ」

アマンダが痩せた手を見おろし、いまは根元まで噛んで短くなった爪をじっと見た。母親でいるのは好きだったかと尋ねてみた。

「ええ。爪にうんちが入ることなんてまったく気にならなかった。あまり母性的なタイプにはきっと見えないでしょうけど、でもそうなの。いろんな意味で。小さい子が好きだし、人の面倒を見るのも好き。仕事を選んだのもだからよ——子供のそばにいるのが好きだから。自分の子が持てて嬉《うれ》しかった」

そこで私たちは赤ん坊のジョニの写真に目をやった。アマンダの細く長い指を握るジョニの小さな手。ベビー用ミトン、おしゃぶり、ベビーシャンプー、おくるみ。フレディに抱かれて眠るジョニ。ある写真では、生後六カ月ほどのジョニがベビーベッドで十五個の小さなぬいぐるみに囲まれていた。写真の下にはアマンダの手書きで〝集まってお仕置きを考え中の先輩たち〟と書かれていた。

ポスト・オン・シー紙は、アマンダを〝冷淡〟と表現した。

アマンダ・ウィルソン（四十三）はメディアに冷淡で、いっさいのコメントも取材も拒否した。ミセス・ウィルソンが一滴の涙もこぼさなかったのとは対照的に、被害者の父親フレデリック・ウィルソン（四十四）は裁判中ずっと涙にくれていた。

冷淡と書かれたことについて訊いてみた。人前では泣かない、それがみんなに変だと思われるの、と彼女は答えた。でも子供のころからそうだった。人前で泣くのが屈辱的に思えて、どうしてもできなかった。家ではたくさん泣いたし、友達の前でも泣いた。ただ裁判所では泣かなかった。それに二〇一六年のクリスマス以降、とくに法廷では、あまり何も感じなくなった。

「マーシャにいろいろ話していたら、言われたの。ジョニの死に意味を見いだすことはできないかもしれないって。彼女も娘の死に意味を見いだすことなんてできなかったからって。それでも……出口を探して、いくらかでも日常を取りもどそうとするのは……そうするのはいいんだって。これから一生、寝室に閉じこもっていなくてもいい。毎日二十四時間、ジョニを恋しがったり、ジョニのことを考えたりしていなくても、娘を忘れるわけでも、ないがしろにするわけでもないんだって。だけど……人はそれが気に入らなかった。まったく気に入らなかったのよ」

悲しみに沈むアマンダから距離を置こうとした友人たちは、彼女の立ちなおろうとする努力に対しても、かならずしも理解を示さなかった。

「ある友達とは、仕事に戻ったことで仲たがいしちゃった。いま復職するなんて無茶だって言われて、少しは気分を変えたいからって言ったら、変だと思われちゃったの。相手の顔に書いてあったわ。気分を変えたいと思うなんておかしいって。去年はジュリーと仲たがいしちゃった。里親になりたいって話したから。障害のある子を預かろうと思ったの。わたしには特別支援学級の子たち相手の経験があるし、そういう子ってなかなか預かり先が見つからないから。いまもそう思ってるのよ。でもジュリーは、ジョニのかわりを見つけようとしてると思ったみたい。喜んで誰かをあの子のかわりにしようとしてるって。だけど何かないと……何かしら前向きなことをしないと……死にたくなってしまいそうだから。ときどき、みんながそれを望んでるんじゃないかって気がすることもあるわ。

マーシャとはよくこの話をするの。彼女にも同じようなことがあったから。とくに、娘の加害者たちを許そうと努力したことについて。自殺しろって手紙が何通も来たそうよ。わたしはマーシャほど有名じゃないし……まだ誰のことも許す気にはなれないけど……でも感じるの。わたしに自殺してほしいとみんなが思ってるのを。

変に聞こえるのはわかってる。でもみんなそれを望んでるんだと思う。あんなにむごい……あんなにおそろしいことが娘に起こったら、それがまっとうな反応だろうってみんな思ってるのよ。どうしてあんなにひどいことが起きたのか誰も理解できなくて、だからどう反応すればいいのか誰もわからない。わたしがどう反応すべきなのかも、どうやって乗りこえるべきなのかも。誰にとっても、わたしの行動には正解が見つからない。わたしがこの先どうやって生きていけばいいのか、みんなわからない。それを考えるとみんな悲しくなる。だから、わたしにいなくなってほしいのよ。町から出ていってほしい、あるいはいっそ死んでほしい。そうすればみんな、わたしのことも、ジョニに起こったことも、もう考えなくてよくなるから。変に聞こえる？

変に聞こえるわよね。事件以来ずっとそうなの」

これ以降、＊マークのついた名前は、事件に深くかかわっていない人物のプライバシー保護のための仮名である。

＊

ジョニは言葉が早かったが、歩くのは遅かった。心配して医者に見せると、とくに問題ないと言われた。ただ少し無精な赤ちゃんもいるだけだと。両親がジョニから離れて追ってくるようにさせたり、おもちゃやおやつを遠くに置いて自分でとるようにうながしたりするといいと言われた。アマンダが見せてくれたホームビデオには、二歳にはなっていないであろう赤毛の彼女が映っていた。ロンパース姿で、ラグの上にうつぶせになっていた。

「やだ、やだ、やだ」とジョニ。

「くまちゃんをとっておいで、ジョニ。さあ、とってこい！」

「この子は犬じゃないのよ、フレディ」

「やだ、やだ、やだ。ママ、パパ、とって」

「どうしてやなの？」

「とれない。ママ、とれない。パパ、とって」

「ジョニ、とっておいで」

幼児があおむけになった。心からうんざりした表情を浮かべて、大きくため息をついた。そしてあおむけのまま膝を立てて足の裏を床につけ、芋虫のように床を這って進みだした。

フレディとアマンダが笑い声をあげた。

「這ってる！　やだ、ジョニったら。そっちのほうが大変そうだけど」

「やだ、やだ、やだ」

〝やだ〟がジョニの最初の言葉だった。抱きしめたりキスしたりしようとするときっぱり拒否したり、食べ物や服やほかの子に対して正直すぎる意見を言うので、親戚にあきれられていた。おばあちゃんのお茶、飲む？　やだ。ギャヴィンおじさんからのプレゼントはどう？　やだ。生まれたばっかりの赤ちゃんに会う？　やだ。

アマンダもそんな娘の背中を押した。いい子すぎる小さな女の子が好きではなかった。母親が娘にだけ行儀よくしなさいとしつけ、小さな息子は走りまわって騒いでも、ほかの子の髪を引っぱっても、鼻をほじっても何も言わないのはおかしいと思っていた。平等な世の中を望んでいた。どの子も髪を引っぱったら叱られ、多少鼻をほじっても大目に見てもらえる、そんな世界がよかった。

はじめて学校へ行く日の小さくてぽっちゃりしたジョニの写真を見せてもらった。小さな白い針のような乳歯を見せて笑っていた。友達ができるまでにしばらくかかった。遊びに誘われても、その遊びはやりたくないから〝やだ〟と言った。ジョニは傷つかなくても、ほかの子たちは断わられて傷ついた。べつの遊びをしようとほかの子たちに持ちかけて、断わる子もいたし、折れる子もいた。通信簿には〝頑固〟〝高飛車〟〝無遠慮〟などの言葉が並んだ。三年生のときには〝石頭〟と書かれ、アマンダは校長に苦情を言った。

はじめて仲よくなったのが、二年生で転校してきたヴァイオレット・ハバードだった。ふたりには共通点が多かった。どちらも読書が好きで、ゲームが好きだった。ふたりともとくにポケモンがお気に入りだった。それであっという間に親しくなった。

ジョニはからかわれたり馬鹿にされたりすることもあったが、アマンダも最初はあまり問題視していなかった。しかし学年があがると事態が変わってきた。ほかの子たちが成長しはじめて、ジョニが成長しないと、それが問題になってきた。ジョニとグループになっていたおとなしい子たち（ヴァイオレットも含まれる）が、ませた女の子たちに言われるようになった。ジョニはえらそうにしてるけど、あんな子の言うことを聞く必要はない、好きなようにすればいいんだと。

「アリーシャ・ダウド、ケイリー・ブライアン*、アンジェリカ・スターリング＝スチュワート」アマンダが名前を挙げた。「いつもジョニをいじめてたのがこの三人」

アリーシャとケイリーとアンジェリカは、ハイスクールに向けた準備に本腰を入れはじめていた。六年生になると髪にストレートアイロンをかけ、スカートをウエストで折って短くし、姉のボディスプレーを吹きかけ、マイリトルポニーの人形やポケモンのゲームから卒業していない女の子たちを馬鹿にして笑った。アリーシャとケイリーとアンジェリカは子供から脱皮しようとしていた。いっぽうのジョニは、第二次性徴が始まったころから、いっそう子供っぽさの殻にこもるようになった。

「あるとき話をしたら、それがよけいにあの子を怖がらせちゃったみたい。ブラがほしい？　スポーツブラでも、って訊いたら怖じ気《おけ》づいちゃって、それからより後退しちゃったの。生理が始まっていっそうひどくなった。たぶん、すごく早かったからだと思うわ。小学校の終わりには、ほかの子たちよりだいぶ身体が大きくなってたから。身長も体重も。アンジェリカやケイリーは小さくて細くて……髪にストレートアイロンをかけてリップグロスを塗ってても、七、八歳に見えるくらいだった。それなのに、ジョニがただ……あの子たちほど早く大人になりたがってないってだけで攻撃して」

アマンダにできるアドバイスはあまりなかったし、助けにもあまりなれなかった。彼女自身は昔から痩せていて、発育も遅いほうだった。ジョニの髪と顔立ちはアマンダゆずりだったが、体格はフレディの家系を受けついでいた。赤ちゃんのころは丸々していて、そのまま大柄で肉づきのいい女の子に成長した。ジョニはその体型を気にしてはいなかった。ほかの子たちに言われて気にせざるをえなくなるまでは。

二〇一一年はじめ、ジョニが六年生のとき、ジョニのニンテンドーDSをめぐってある事件が起こった。それを学校に持っていったのは、昼休みにヴァイオレットとポケモンを交換するためだった。ヴァイオレットは病気で休みだったので、ジョニはひとりでポケモン・プラチナをやっていた。するとアリーシャが邪魔しにきた。どうして運動しないのかと言い、校庭を走ってくるべきだ、もう少し体重を落としたほうがいいと言った。アリーシャはジョニのニンテンドーDSを取りあげて「その重いお尻をあげたら、そんなに太らないんじゃないの」と言ったとされる。

DSを壊すのはちょっとやりすぎだと思ったアリーシャは、ジョニのセーブデータを消した。アリーシャのしたことを知ったジョニはキレて、アリーシャのサラサラストレートのブロンドの髪をつかんで引き抜いた。

この一件でジョニへのいじめがエスカレートした。それまではからかわれる程度だったのが、ずっとひどい目にあうようになった。アマンダは何度か学校に電話したが、何もしてもらえなかった。アンジェリカ・スターリング＝スチュワートとアリーシャ・ダウドの父親はどちらも地元の実業家や政治家に顔がきき、学校の理事のほとんどと知りあいだった。アマンダの訴えは毎回ほぼ無視された。

「言うだけ無駄だったの」とアマンダが目をぐるりとさせた。「ジョニが先にやったっていうんだけど、何を先にやったのか、まともな説明はなかった。わたしが苦情を言ったのは全般的ないじめについてで、特定のできごとについてじゃなかったから。ジョニが言うには、アリーシャは本当に意地悪な子で、転校初日のヴァイオレットをトイレに閉じこめたって。先生たちもみんなそのことは知っていたらしくて、何人もの子をトイレの個室に閉じこめたから、監視なしでトイレに行くのを禁止されたことまであったそうよ。

　ジョニの先生は同情的だったんだけど、校長から先には話が行かなくて。力を持ってる人はみんな、ジェラルド・ダウドやサイモン・スターリング＝スチュワートやほかの……町を牛耳ってる内輪グループの誰かと親しいから」アマンダが顔をしかめて身を乗りだした。「ジョニは押さえつけられて、髪にストレートアイロンをかけられたこともあったのよ。あの子たちが学校にストレートアイロンを持ってきてるのをジョニが告げ口しようとしたか何かで。アリーシャが娘を床に押さえつけて、アンジェリカが無理やりストレートアイロンをかけたの。わたしが学校に電話したら、アリーシャは居残りの罰を受けたみたいだけど、アンジェリカは罰を受けなかった。ジョニが火傷したのかって訊かれて、火傷はしてなかったんだけど、そうしたら」アマンダが肩をすくめた。「たいしたことないじゃないか、うせろ、みたいな扱いだった」

　クロウ・オン・シーの特定の人たちには一方通行の正義が適用されるのだとアマンダは言った。

　ジョニはさらに子供っぽい世界にこもるようになり、大人っぽい子たちのいじめはそれでますますひどくなった。ジョニは中等学校に行くのを怖がり、友達の何人かが公立の総合制《コンプリヘンシブ・》中等学校《ハイスクール》のクロウ・オン・シー・ハイスクールではなく、近くの私立校のアンプルフィールド・カレッジに進むというので、自分もそこへ行きたいと言いだした。

「ずっとそのことばかり言うのよ。うちには私立にやる余裕はないんだってことがわかってないみたいで。どれだけお金がかかるかなんて子供は知らないものよね。アンプルフィールド・カレッジの学費は年に一万五千ポンドくらいするの。わたしの給料が全部吹っ飛んでしまうほどの金額。一度ちゃんと計算してみたのよ。フレディは油田でまあまあの給料をもらってたから、いろいろがまんすれば学費はなんとかなるはずだって彼が。旅行に行かず、車は一台だけにして、服や家電への出費も抑えればね。わたしは家具を買いかえたかったんだけど。

切り詰めればなんとかならないこともなかった。そういえば、わたしが〝ちゃんとした仕事〟に就けばもっと楽だってフレディに言われた。わたしはもうちゃんとした仕事に就いてるつもりでいたから、喧嘩になったわ。私立に進んだほうが、あの子にとってきっとつらいってわたしは言った。公立小学校でもいじめられてるのに、私立校で一番貧乏な子になっていじめられないはずがないって。それに、ヴァイオレットはクロウ・オン・シー・ハイスクールに進むから、一緒の学校に行ったほうがひとりにならなくてすむ。そもそもアンジェリカとアリーシャはどうせアンプルフィールドに行くんだろうと思ってたの。だから、あの子を私立にはやらないことにした。いまとなっては悔やんでも悔やみきれないけれど」

こうしてジョニはクロウ・オン・シー・ハイスクールへ進むことになったが、その前に、小学校の終わりに大きな事件があった。六年生の卒業遠足で出かけた町の屋内プール施設〈ポセイドンズ・キングダム〉で、アリーシャ・ダウドが（何があったかはのちにくわしく述べるが）事故により溺死したのだ。

「おぼえてるかぎりだと、アリーシャはウォータースライダーでうつぶせのまま引っかかって、それで溺れちゃったの」アマンダが息を吐いた。「ジョニは溺れたところは見てないんだけど、スライダーから出てくる死体を見ちゃって。ヴァイオレットが同じスライダーをすべりおりようとして、アリーシャが途中で引っかかってるのを知らなくて、結果的に死体にぶつかって押しだすような形になった。だからヴァイオレットのほうがショックは大きかったと思うけど、ジョニも……水しぶきがあがって、死体がプールに浮かんでるのを見てしまった」

ジョニはその夏、悪夢にうなされた。水を怖がり、泳ぐのをいやがった。ヴァイオレットの母親は、娘がその一件を乗りこえる助けになればと水泳のレッスンに通わせた。ジョニも誘われたが断わった。アマンダも無理強いはしなかった。小学校と中等学校のあいだのその夏、ジョニとヴァイオレットが離れていたのは、ヴァイオレットが水泳のレッスンを受けているときだけだったと言ってもよかった。

ジョニとヴァイオレットは小学校のころ以上に仲よくなり、つねに一緒にいた。ずっと一緒にゲームをし、ユーチューブの動画を見ていた。いつもふたりだけで遊んでいるのが気にならなかったかとアマンダに尋ねてみた。

「うーん……気にならなかった。あんまり。あの年ごろは、仲のいい友達がひとりだけでも普通じゃないかしら。もう少し大きくなったら、ふたりとも同じグループに入るんだろうと思ってた。十四、五歳になれば、ほかにもああいう……ちょっと変わったゴスっぽい子たちが見つかるだろうって。ひとりかふたりじゃなくて、もっと人数の多い友達グループですごすようになるのはそのくらいの歳じゃない？」

だから、アマンダには信じられなかった。ジョニが八年生で、女子らしい、スポーツが得意な主流派の女の子たちのグループに入ったことが。その友達グループに、昔ジョニをいじめていたケイリーとアンジェリカもいたことはもっと驚きだった。それとともに、ジョニは学校でヴァイオレットと話さなくなった。ジョニはこの変化について、アマンダにくわしくは言わなかった。ただ、英語の授業で隣にすわったローレン＊というかわいい子と友達になったとだけ言った。ジョニはある週末にローレンの家に泊まりにいき、それからがらっと変わった。

「ジョニは髪をかわいくして帰ってきた。わたしの髪はあの子みたいに縮れてないから、昔から髪をちゃんとしてあげられなくて。いつもパサパサでチリチリだった。ローレンは――本当にすごくいい子だったのよ――かわいいカーリーヘアにしてて、ジョニにもそれをやってあげたの。ジョニはその新しい友達とのお泊まり会から、髪をちゃんとかわいくして、メイクまでして帰ってきた。おまけに買い物にいって、おへその出るトップスを買ってきたの。わたしは……べつに腹が立ったとかじゃないのよ、全然。メイクもへそ出しトップスもべつにいい。ただ少しショックを受けちゃって。小さな女の子が二週間でいきなり十七歳になったみたいな感じがしたの。からかわれるのにうんざりして、がまんできなくなったのかもしれないし、もっと普通の女の子らしいことがしたくなったのかもしれない。まわりに取り残されるような気がしたのかもしれない。理由はよくわからないんだけど」

アマンダはそれについてジョニと話そうとした。どうしてヴァイオレットが最近家に来ないのか、どうして急にメイクをしだしたのか、聞きだそうとした。でもジョニははぐらかした。

「ヴァイオレットのことは軽く流されたわ。〝べつに友達がひとりじゃなくたっていいでしょ〟って。十代の子って、何か質問しただけでウザいみたいな態度をとるじゃない？　メイクのこともそう。三カ月前はメイクなんていやがってたのに、って言ったら、三カ月前なんてほとんど前世でしょ、みたいな顔して。わたしもそれ以上は訊かなかった。数カ月って子供にとってはすごく長い時間だから」

髪がサラサラでボディスプレーをたっぷり吹きつけた女の子女の子した子たちが――なんとあのケイリーとアンジェリカまで――はじめて家に大挙してやってきたとき、アマンダはただただ当惑した。

「アリーシャ・ダウドが溺死したトラウマで結びついたのかしらと思った。でもよくわからなくて。ヴァイオレットのお母さんに電話して、ふたりは仲たがいしたのかって訊いてみたんだけど……ヴァイオレットのお母さんはふたりがもう一緒に遊んでないってことも知らなかった」

アマンダは失望した。とくに、ジョニがアンジェリカ・スターリング＝スチュワートと一緒にいるのを見たくなかった。昔いじめられていたことをべつにしても、アマンダはアンジェリカの父親が大嫌いだったからだ。

「あの人はいつもロビン・ハウスのことで文句を言っていた。わたしがよく仕事をしにいってた特別支援学校なんだけど。クロウというよりウィットビーの近くにあって、そこへ行くにはあの人の住んでるムアコック・ヒルを通り抜けなくちゃいけない。あの人は地元ラジオで、その学校の子の親の運転が遅いから渋滞して困るってさんざんひどいことを言ってたの。〝子供の知能が遅れてるからって、自分まで遅く走ることはないんだ〟とかなんとか。本当にいやな男。イギリス独立党《UKIP》のことがある前から、あの人は嫌いだった」

アンジェリカのことは本当は好きじゃない、みんなそうだとジョニは母親に請けあった。アンジェリカは〝みんなが嫌っている友達〟だと。それでも、ジョニは誕生パーティやお泊まり会でスターリング＝スチュワート家に行くのをやめようとはしなかった。

「あの女の子たちのほとんどは問題なかったのよ。いい子たちだったし。本当に。とくにローレン。あの子のことは心から好きだった。アンジェリカのことさえ、考えなおしてもいいかと思った。ただ、ジョニにはクロウに取りこまれてほしくなかった。この町は、なんていうか……変なところだから。徒党を組んだ保守派の白人のオヤジたちに牛耳られてる。そういう町がとくにめずらしくないのは知ってるけど、あの人たちはまるで『ゲーム・オブ・スローンズ』の世界にいると思ってるみたい。誰も彼も裏取引や地元の犯罪にどっぷりつかってて……みんなそこに取りこまれてる。でもジョニには取りこまれてほしくなかった。町を出てほしかった。わたしも以前はクロウをかばってたけど、住むには最悪のところだと思う。ここを出ていかなかったのは両親がいたからで、いまもいるのはほかに行くところがないから。大嫌い、こんな町。ジョニには……あの子にはこの町の人間だというアイデンティティを持ってほしくなかった。あの子がアンジェリカと仲よくするなんて、考えただけでいやだった。それがクロウに引きこまれる道のように思えて。そうなってほしくなかったから」

クロウ・オン・シーの火災にまつわる概史

クロウ・オン・シーの砂が灰色の理由を問えば、多少ものを知っている地元の人間なら、ホロークル・ザ・クロウの血と炎の伝説を語って聞かせるだろう。

クロウ・オン・シーは、九七〇年ごろにヴァイキングのホロークル・シグルズソン、またの名をホロークル・ザ・ブラックが定住地としたのが町の始まりと伝えられる。中世の歴史家でありベネディクト会修道士のヨークのジェフリーの手になる十四世紀の記述から、彼はホロークル・ザ・クロウとしてより広く知られている。

ホロークルは古ノルド語で〝カラス《クロウ》〟を意味し、シグルズソンを〝ザ・クロウ〟として言及している記録は唯一ヨークのジェフリーによるものだけだ。まともなヴァイキングの詩人なら〝クロウ・ザ・クロウ〟などという馬鹿げた名前を伝説の人物につけたりしないだろう。ホロークルが実在していたことは、一二二〇年代の歴史家にして詩人のスノッリ・ストゥルルソンが編纂《へんさん》したアイスランドの伝説『ハーコン物語』に彼（あるいは非常によく似た人物）が登場していることで裏づけられる。

『ハーコン物語』は、ホロークルの兄であり、アイスランドの族長にして竜を退治した英雄とされるハーコン・ザ・ホワイトが主人公だ。この物語のグンナル・オラブソンによる一九七二年の翻訳の一部を引用する。

ハーコンには、もうひとりのシグルズの息子でホロークルという弟がいた。ホロークルはその名前のとおり真っ黒な顎ひげと、そのひげのように真っ黒な魂の持ち主だったので、ホロークル・ザ・ブラックと呼ばれた。ホロークルはハーコンを嫌い、その立場をねたんでいた。ホロークルはハーコンの命を狙ったが、その企ては露呈した。ハーコンは人々に愛されていて、ホロークルには陰謀をめぐらす味方が見つからなかったのだ。

ホロークルはハーコンの前に引きだされた。ハーコンはまだ弟への愛情があったので慈悲をかけた。ホロークルはアイスランドの地を二度と暗くすることのないよう追放された。ホロークルは大きな黒い船でアイスランドを離れるとき、ハーコンのように偉大な地を築き、ハーコンのようにおおぜいの戦士と息子を連れて戻ってくると誓ったが、戻ってはこなかった。

しかしヨークのジェフリーによれば、ホロークルはその年のうちに、イングランドの岸辺に無事たどりついた。

ヨークのジェフリーが記した『北イングランドの起源』のエレン・マークによる二〇一四年の翻訳から抜粋する。

クロウ・オン・シーという奇妙な名前の村がウィットビー修道院の南にある。伝えられるところによれば、数百年前（ハロルド二世の時代の少し前）に、ホロークル・ザ・クロウという古代スカンジナビア人が、現在この村がある場所の岸辺に上陸した。ホロークルは黒い船でやってきて、殺戮《さつりく》と略奪のかぎりをつくした。ウィットビー修道院を襲って多くの修道士を虐殺した。おおぜいのキリスト教徒のアングル人の男を奴隷にし、キリスト教徒のアングル人の女を妾《めかけ》にした。従わない者は邪神の生贄《いけにえ》にし、自らの住まいのそばに吊《つ》るした。多くの家を燃やし、その灰の上に巨大な木の館を建てた。たっぷりと血がしみこみ、炭で黒くなった地面に、善良な民は何年も足を踏みいれなかった。

その後やってきた正義の者たちが、ホロークル・ザ・クロウの築いたものに火をかけた。だからクロウ・オン・シーの砂は、灰になったホロークルの廃墟《はいきょ》の灰色なのだと言い伝えられている。

ホロークル・ザ・クロウの館があったとされる場所にはいま、目印のヴァイキング像が建っている。南のビーチの一角で、向かいには〈ヴァイキング・アンティーク〉と〈エシルのスウィーツとアイスの店〉がある。彼はここに取り憑《つ》いているらしいので、クロウ唯一のゴーストツアーの出発地点にふさわしいということで、ツアーはいつもホロークルの栄枯盛衰の物語から始まる。

それで、ホロークルに奪われた土地の焼け跡に新たなキリスト教徒の集落が築かれて栄えたのかというと、そうではない。少なくともヨークのジェフリーの時代には、クロウ・オン・シーという小さな村が存在していたようだが、十九世紀なかばに鉄道が敷かれるまで一帯の人口はわずかだった。

鉄道の路線がクロウ・オン・シーからスカボロー、スカボローからヨークにつながった。べつの路線がクロウからウィットビー、ウィットビーからミドルズブラ、ミドルズブラからニューカッスルにつながった。ただし、クロウ・オン・シーという小さな村に列車が止まるようになったのは、ホレス・スチュワートという実業家が多額の投資をして、十九世紀末にこの町を観光地に押しあげてからのことだ。

スチュワートはこの小さな村をスカボローやウィットビーの新たなライバルにしようともくろみ、ふたつの行楽地にはさまれた行楽地予備軍に相当の金をつぎこんだ。そして一八八五年には、小さな鉄道駅と、町で最初のホテル〈ジ・エンパイア〉の建設に向けて資金を投じはじめた。ほかの海辺のリゾートにある高級ホテルと肩を並べるような存在をめざしてのことだった。

スチュワートは一八八七年にこの世を去ったが、そのビジョンに魅せられ、ホテル経営に夢を抱く者がそのあとを継いだ。〈ジ・エンパイア〉の完成までには（スチュワートの息子の監督がまずかったせいもあり）しばらく時間がかかったが、二十世紀初頭までにクロウ・オン・シーはひとかどの行楽地となり、ウィットビーやスカボローほどではないにせよ、それなりに栄えた。とはいえその初期から、クロウ・オン・シーは安くあげたい庶民のための行き先だった。

一九〇〇年に〈ジ・エンパイア・ホテル〉がついに完成した。当時、ヨーロッパで五番目に大きな煉瓦建築であり、〝太陽の沈まない大英帝国〟にちなんで、昇る朝日の壮大なフレスコ画がロビーを飾っていた。ホテル全体がヴィクトリア女王と大英帝国を称《たた》え、階段の手すりや張りだし部分、さらにはカーテンポールやランナーカーペットにまで細かな王冠の柄が入っていた。舞踏の間には巨大なヴィクトリア女王の肖像画が掲げられていた。

〈ジ・エンパイア〉はスカボローの〈グランド・ホテル〉に比肩することをめざし、大きな隣町の裕福な上流階級の顧客をいくらかでも呼びこみたいという狙いがあった。

スカボローの〈グランド・ホテル〉にはおよばなかったものの、〈ジ・エンパイア〉も一九一〇年代を通じて繁盛し、第一次世界大戦直後には人気が急上昇した。これは一九一四年十二月のスカボロー、ウィットビー、ハートルプールへのドイツによる攻撃の際に、クロウ・オン・シーが素通りされたためだ。クロウの両隣のウィットビーとスカボローの町が大きな被害を受けた(〈グランド・ホテル〉は砲撃で三十発も被弾した)いっぽう、クロウはまったくの無傷だったのだ。無事ですんだのは、ドイツの艦隊がスカボローからウィットビーへと北上する際に、クロウの湾にかかっていた謎の濃い霧のおかげだと地元では言い伝えられている。その霧が、己のかつての領土を外国の軍艦から守ろうと黄泉《よみ》から舞いもどったホロークル・ザ・クロウの幽霊船の煙だったと言う迷信深い町の住民もいる。

スカボローとウィットビーはこのときの攻撃の痛手から立ちなおるまでに数年を要し、行楽客はこれらの町のかわりにクロウへの滞在を選んだ。クロウ・オン・シーはそのまま一九二〇年代まで大いなる繁栄を謳歌《おうか》した。

一九三〇年代になると、大恐慌の到来とヨーロッパ情勢の悪化により業績は翳《かげ》りを見せはじめた。一九三七年十二月三十一日、〈ジ・エンパイア〉では大晦日恒例のパーティが舞踏の間で開かれた。その年のパーティではじめて、ホテル前のビーチで花火があげられることになっていた。二十三時四十五分、盛装の上から分厚いコートをはおった招待客たちがビーチに呼び集められると、ホテルの支配人が最初の花火に点火した。

だが、花火の扱いに不慣れだった支配人は、点火にてこずった。いきなりそれが発射されて驚いた支配人は花火の筒を蹴ってしまい、それが不運にもホテルのほうに向かってしまった。飛びだした花火は泡を食ったパーティの客たちのあいだを抜け、通りを越えてホテル一階の窓に飛びこみ、そこで爆発した。部屋に火がつき、またたく間に建物全体に燃え広がった。ガス灯と燃えやすいレーヨン素材のカーテンのせいもあり、ホテルはものの数時間で全焼した。客に怪我《けが》はなかったが、エリー・ミラーというホテルのメイドが逃げ遅れて命を落とした。

第二次世界大戦中、〈ジ・エンパイア〉は野ざらしのまま放置された。オーナーは再建資金を集めようとしたがうまくいかなかった。

一九四〇年代後半になって、地元の地主レナード・スターリングがこの敷地を買いとった。スターリングは貴族の血筋で、戦前から戦中を通じて英国ファシスト党を支持していたが、戦後、慈善家にしてホテル王という新たな顔を手に入れようともくろんでいた。当初、地元の評判は悪かった（ポスト・オン・シー紙の投書欄にもしばしば批判的な意見が掲載された）が、彼がその土地を買ったのちにホテルの再建を約束すると、悪評はきれいさっぱり消えた。みな焼け落ちたホテルの気の滅入《めい》る景色に嫌気がさしていて、〈ジ・エンパイア〉復活の見通しを歓迎した。

スターリングはホテルの再建を安く済ませた。地元で切りだした煉瓦が安手の建材に、ガス灯は粗悪な電気照明に替えられた。停電はしょっちゅうで、プラグやシェーバー用の電源でビリビリしたという客からの苦情も多かった。また、ホテルの配管や塗料の多くに鉛が含まれていた。それは死の陥穽《かんせい》だった。

大半の海辺の町と同様、クロウ・オン・シーも一九六〇年代に衰退の坂をくだったきり、いまにいたるまで回復をはたしていない。民間航空会社とパック旅行の登場で、行楽客はイギリスの昔ながらの海辺の町から、海外の南国のビーチへと安い飛行機で連れ去られてしまった。

クロウに（ブラックプールやスケッグネスやスカボローやブライトンもだが）来る観光客は減りつづけ、来ても貧乏人ばかりになった。

そして、鉄道の廃線がクロウにとどめを刺した。クロウからウィットビーへの路線が一九七一年に廃止され、スカボローからの路線も翌七二年に廃止された。クロウとスカボロー、ウィットビーを結ぶのはバス路線だけになり、北のミドルズブラやニューカッスルなどの都市からクロウへの直行路線はなくなった。駅は一九九〇年に取り壊され、いつか鉄道路線が再開されるという希望もついえた。

一九七〇年代なかばからずっと、クロウ・オン・シーは観光客のあまり来ない観光の町だった。二代目〈エンパイア・ホテル〉が火事にもならず五十周年を迎えられたのも、クロウを訪れる客が少なかったおかげかもしれない。脆弱《ぜいじゃく》な電気系統に負荷をかけたり、寝タバコをしたりする客がそもそもいないのだから。レナード・スターリングが一九七九年に英国資本の国際企業ＫＭＰレジャー・ホールディングスにホテルを売却した当時、〈ジ・エンパイア〉は夏のかきいれどきでも客室の五割が埋まっていることはまれだった。

KMPレジャー社はホテル・チェーンの〈オアシス〉を運営しており、〈ジ・エンパイア〉は〈ジ・エンパイア・バイ・オアシス〉となった。価格がさげられ（そして従業員数もその給与も削られ）、食事や飲料、サービスの質は大きく低下した。ポスト・オン・シー紙は一九八五年に〝ジ・エンパイアに何が起きたのか〟と題し、高級ホテルとしてのアイデンティティを破壊したKMPレジャー社を批判する記事を掲載した。

〈ジ・エンパイア・バイ・オアシス〉は一九九六年に格安で売りに出され、九七年の五月になってようやく買い手がついて、創業者一族の手に帰ることになった。地元の作家サイモン・スターリング゠スチュワートはレナード・スターリングの息子であり、ホレス・スチュワートのひ孫で、一族の手にホテルを取りもどしたかったとポスト・オン・シー紙に語った。いわく、〈ジ・エンパイア〉の再建時に費用が切り詰められたのは残念なことで、今後の改装によりかつてのような栄光の座に返り咲かせたいと思っていると。一九九八年のはじめ、サイモン・スターリング゠スチュワートはホテルの建物に五百万ポンド超という巨額の保険をかけた。

サイモンは作家としての経験を生かし、ホテルに新たなストーリーを書きあげた。新オーナーは流行りはじめていたゴースト・ツーリズムに商機を見いだしたらしく、〝ホーンテッド・エンパイア――クロウ・オン・シーの有名ホテルにいるのは生者だけ？〟という記事がポスト・オン・シー紙に載った。一九三七年の火災で死亡したホテルのメイド、エリー・ミラーが再建後の建物に取り憑いているのではないかという内容だった。

一九三七年の大晦日、〈ジ・エンパイア・ホテル〉が誤って飛びこんだ花火により焼け落ちたのは有名な話だが、このときエリー・ミラーという年若いメイドが掃除用具入れに閉じこめられて死亡したことはあまり知られていない。一九四〇年代に実業家のレナード・スターリング（先日、大企業からホテルを買いもどしたサイモン・スターリング＝スチュワートの父）によってホテルが再建されて以来、多くの心霊現象が報告されてきた。サイモン・スターリング＝スチュワートは言う。

「ホテルで奇妙な現象が起きていると父はよく言っていた。とくにそのメイドが亡くなった二階で、急に電灯が消えたり、壁のプラグから火花が散ったりということがしばしばあると。また、タバコのにおいがしたとか、喫煙者ではないのに部屋に火のついたタバコの吸殻があったと話す宿泊客もいた。ホテルをお祓《はら》いしてもらおうとも考えている。イギリス有数の幽霊ホテルという噂が立つのはもちろん望むところではないからね」

エリー・ミラーの弟の孫娘にあたるカレン・クインにも話を聞いた。

「家族に伝わっている話では、彼女は掃除用具入れに閉じこめられて煙を吸って亡くなったそうです。焼死したという噂があるようですが、わたしは聞いていません。祖父（エリー・ミラーの弟）は、彼女が閉じこめられて煙を吸って亡くなったといつも言っていましたから、そっちが本当だと思います」

翌週、ポスト・オン・シー紙は幽霊ホテルについて見開きの記事を載せ、急に消える電灯やタバコの煙、非喫煙者の客室で見つかった火のついた吸殻についてのサイモン・スターリング＝スチュワートの談話を紹介した。

改装工事は一九九八年十二月に（だいぶ早く）終わったが、翌九九年の六月にホテルはまたも焼け落ちた。火災の原因は空室に落ちていたタバコの吸殻とされた。当日に勤務していた客室清掃係はどちらも〈ヘビースモーカーだった。ふたりとも、どちらが問題の部屋を清掃したのかおぼえておらず、吸殻を落としたのがどちらでもおかしくないと証言した。そもそもの電気系統の不良と粗悪な建材も手伝って、数分で火は燃え広がり、到着した消防隊にもなすすべがなかった。

〈ジ・エンパイア・ホテル〉の保険調査報告書には、客室清掃係のどちらかが落とした吸殻が火元と記されているが、サイモンは地元紙や全国紙に対し、ホテルに取り憑いた幽霊のしわざだとほのめかすようなコメントをした。サイモンが二〇〇一年に再建したホテルは、安全性は高まったものの、先代の三分の一の規模になった。舞踏の間も大宴会場もなく、小さなバーとこぢんまりしたフレンチ・レストランがあるだけで、七階までしかなかった。いわゆるブティックホテルに近いもので、いまもレビューではそのように評価されている。

新生〈ジ・エンパイア〉はいまも先代、先先代と同じ場所に建っている。舞踏の間があった場所は庭園となり、ツツジの植えこみに堂々たるヴィクトリア女王の像が建つ人気のウェディング・スポットになっている。ホテルはまた、二〇〇〇年代なかばに英語圏で放送されたテレビの心霊番組のほぼすべてに取りあげられてきた。クロウ・オン・シーの幽霊譚《たん》は『モースト・ホーンテッド』『シックス・センス』『デレク・アコラのゴーストタウン』『エクストリーム・ゴースト・ストーリーズ』『グレート・ブリティッシュ・ゴースト』などなどの番組で見ることができる。

保険金とイギリスの心霊業界からの新たな実入りを元手に、サイモン・スターリング＝スチュワートは二〇〇五年に新会社〈シャレー・オン・シー〉を立ちあげた。南のビーチに並んでいた町有の老朽化したシャレー群を買いとり、それを取り壊してモダンでカラフルなシャレーに建てかえた。サイモンはシャレーをオープンする際、クロウ・オン・シーがついにスカボローやウィットビーと肩を並べられる日が来たと喧伝《けんでん》した。サイモン・スターリング＝スチュワートのスタンダード・タイプのシャレーは簡易キッチンつきで、デラックス・タイプにはトイレとシャワーがついていた。二階建てのシャレーもあり、バルコニーと小さなダイニングテーブルが備えられていた。スタンダード・タイプは一泊六十ポンドで、お得な週料金やシーズン料金もあった。十棟のシャレーは個人向けに別荘として販売された。

サイモンは北のビーチの町有シャレー群も買いたいと持ちかけたが、町議会に断わられた。

北のビーチのシャレーは、南のビーチの建てかえ前のシャレーより状態がよかった。料金も安く(一泊あたり、スターリング゠スチュワートのシャレーの半額だった)地元の人々に好んで利用されていた。価格をあげて何度かシャレーの買いとり提案がなされたが、町は収入を維持するためと、町民が手ごろな価格で利用できるシャレーを残すために、すべて断わった。

二〇〇六年、北のビーチで一連のシャレーへの放火の最初となる事件が起こった。シャレーへのいたずらはめずらしくなかった。とくに夏のあいだは、毎週のように落書きやごみの放置、外観をちょっと傷つけられるといったことが起きていた。だが、シャレーが燃やされたことはそれまでなかった。

十一月十九日の朝、町に火事の一報が入った。前夜は雨が降っていたため、火がその標的以外にまで広がることはなかった。火災調査の結果、ガソリンが使用されていたことが判明した。ガソリン缶に布を詰めたものがシャレーの前に置かれ、火をつけられていた。サイモンは地元警察に調べられたが、捜査はすぐに終了し、彼が罪に問われることはなかった。

北のビーチではさらに、二〇〇六年の十二月八日と二十五日、二〇〇七年の一月二十五日、二月十五日、そして四月十一日にシャレーが放火された。ポスト・オン・シー紙はサイモン・スターリング゠スチュワートが北のビーチのシャレー群を買いとろうとしていたことを報じ、すぐに人々の疑念がふくらんだ。すると、南のビーチでも放火が起きはじめた。五月四日と六月十五日に、都合よく個人所有のシャレー二棟が焼けたあと、サイモン所有のスタンダード・タイプの貸しシャレーが六月十八日に標的となった。

二度目の捜査でも特定の容疑者はあがらず、シャレーの放火はティーンエイジャーのいたずらとされた。きっと地元の公立校のクロウ・オン・シー・ハイスクールでシャレーに火をつけるのが流行っているのだろう、ビジネスとも町への恨みとも無関係だと。警察官と消防士が七月の夏休み前にクロウ・オン・シー・ハイスクールを訪れ、生徒たちに放火という罪の重さを説いた。クロウから三十マイルほどのところにある私立校のアンプルフィールド・カレッジの生徒たちに警察官が話をしにいくことはもちろんなかった。そこの生徒のうちそれなりの人数が、クロウ・オン・シー郊外の高級住宅地ムアコック・ヒル在住で、放火の犯人である可能性が充分にあったにもかかわらず。

証拠は何もないが、クロウ・オン・シー・ハイスクールの生徒、具体的には町の公営団地ウォレンズ・プレイス（地元では〝あのウォレンズ〟で通っている）に住む十代の子たちがシャレー放火犯だという印象がなんとなく広まった。誰も逮捕されず、特定の誰かに容疑がかけられたわけでもなかったが、クロウ・オン・シーの住民の誰かをつかまえて「二〇〇〇年代なかばにビーチシャレーに火をつけたのは誰か」と訊いてみれば、「あのウォレンズの子でしょ？」という答えが返ってくるだろう。

ウォレンズ・プレイスに住んでいるなら〝あのウォレンズの子〟であり、〝あのウォレンズの子〟ならどんな犯罪に手を染めていても不思議ではない、そう思うのはあたりまえのことだから。

サイモン・スターリング＝スチュワートも騒ぎたてたりはしなかった。どのみちシャレーには保険がかけられていた。彼のシャレーはすぐに建てかえられたが、町有のシャレーのほうはそうはいかなかった。クロウ・オン・シー・ハイスクールの生徒たちが二〇〇八年にシャレー修繕の資金集めに――十年生の総合学習のプロジェクトとして――立ちあがるまでそのままだった。この活動をしたのが〝あのウォレンズの子〟たちだったことをおぼえている人は少ない。

そして、二〇一五年にまたシャレーの放火が始まった。

可能性はひとつしかない、と地元住民や犯罪マニアは主張する。ジョニの殺害にかかわった少女たちの誰か（あるいはひょっとするとジョニ自身）が犯人だったというのだ。だが、シャレーの放火は政治的な動機によるものだったのではないかと筆者は考えている。

二〇一五〜一六年に放火の標的となったのはサイモン・スターリング＝スチュワート所有のシャレーだけで、最初の一件が発生したのは、彼がイギリス独立党《UKIP》の候補として国政選挙に立候補した直後だった。そして初期の放火はいずれも、彼が悪い意味で世間の注目を浴びたタイミングと重なっていた。

サイモン・スターリング＝スチュワートはＵＫＩＰから議員に立候補したことで（父親が

かつてファシスト党員だったことも手伝って）全国的に毀誉褒貶《きよほうへん》を集めることとなり、『クエスチョン・タイム』や『ニュースナイト』といったテレビ番組に登場するほどの有名人になった。EU残留派の有名アカウントを〝薄汚いジプシー〟と侮辱してツイッターを凍結された。フェミニスト文学のポッドキャスト《ザ・クリテラーティ》で彼の書いたファンタジー小説が槍玉《やりだま》にあげられ、露骨な優生思想とアーリア民族的なエルフやホビットが〝ひどく扇情的に〟扱われている点をこきおろされた。馬鹿らしく懐古主義的な設定は、明らかに彼の望む想像上のイギリスであろうと。みんなが彼のことを話し、みんなが彼のことを嫌っていた。嘲笑の的であっても、その顔を見ない日はなかった。

最後にシャレーが燃やされたのは六月二十三日、EU離脱の国民投票がおこなわれた日の夜で、なかにはジョーン・ウィルソンがいた。その煙を目にした者もいたが、誰ひとり警察にも消防にも通報しなかった。いつもの（たぶん政治的な動機による）シャレーへの放火だろう、離脱という投票結果に腹を立てた誰かが、クロウ一の悪名高き離脱派の事業資産にその怒りをぶつけたのだろうと。

ある匿名の目撃者（早朝にジョギングしていた人物）は筆者に言った。あれが北のビーチのシャレーなら通報していた、スターリング＝スチュワートのシャレーだったから燃えさせておいたのだと。

少女A

第百七回より

《スリラー・キラーズ》

ホスト　ケリー・ロビンソン、ハンナ・ハリス

ロビンソン　このアンジェリカって子、マジ最悪
ハリス　そう？
ロビンソン　うん。この子が一番悪いんじゃないかなと思うんだけど
ハリス　（笑って）みんなけっこう最低だけどね
ロビンソン　だけどこの子が一番最低だよ
ハリス　この子のパパのこと、知ってる？
ロビンソン　『クエスチョン・タイム』に出てるのを見たよ。ナチっぽい感じだった
ハリス　ファッショっぽいよね。だからべつにかばうわけじゃないんだけど、アンジェリカがああなっちゃったのもしょうがないところもあったんじゃない？
ロビンソン　それはそうだね、たしかに。でもさ、なんていうか、この子ってすごく……
ハリス　イタい？

ロビンソン　（笑って）そうそう、まさに。イタい子だよね。あのミュージカルのとか……
ハリス　あれねー。あれはひどい
ロビンソン　アンドリュー・ロイド゠ウェバーのファンはみんなシリアルキラーっていう証拠だね
ハリス　あんなイタい人間に殺されるなんて想像できる？　殺された自分までイタい感じになっちゃわない？　いやもちろん、誰にも殺されたくないけど、もし殺されるとしてもあんな相手にだけは……
ロビンソン　ちなみに、わたしは『キャッツ』の大ファンだけど
ハリス　うん、とにかく、殺されるならせめてもうちょっとイタくない相手がよくない？
ロビンソン　『キャッツ』のこんな大ファンに殺されるのはマジ悪夢だね
ハリス　ナイフを手に忍び寄ってきて言うんだよ。「わたしはマクスタビティ、殺人猫よ」って……
ロビンソン　（笑って）殺人猫のマクスタビティ？　ウケる
ハリス　（笑って）T・S・エリオットも真っ青
ロビンソン　マクスタビティが死んで見つかったよ
ハリス　刺《スタブ》されて？
ロビンソン　ううん、皮肉にも車に轢《ひ》かれて

まず言っておきたいのは、わたしがいじめっ子だって責められてることなんだけど、これには納得いかないの。わたしがいじめっ子って呼ばれるのはフェアじゃないと思う。大人は学校がどんなところか忘れてる。いじめっ子もいじめられっ子もいなくて、学校ではみんないじめることもいじめられることもあるってだけ。だから、わたしがジョニ・ウィルソンと、あとヴァイオレット・ハバードのことも、昔いじめてたとは言えると思うけど、ジョニもわたしのことをいじめてた。そのことも指摘しておくのがフェアで大事なことだと思う。

みんな、わたしがジョニを押さえつけて髪にストレートアイロンをかけた話とか、アリーシャがジョニのニンテンドーDSをだめにした話とか、わたしとアリーシャがクラスのほかの子たちにも言って、一週間くらいのあいだジョニが来たら悲鳴をあげて逃げるようにさせてた話とかしたがるでしょ。でもわたしがどんな目にあったかはみんな無視。わたしがジョニをいじめてたって話ばっかり。それは小学校のときのことで、ジョニがわたしをいじめてたのはもっと大きくなってからだったのに。ジョニのことで、友達のアリーシャまでいじめっ子って呼ばれて。気の毒に死んじゃったアリーシャを。ジョニのことを悪く言ったりはしたけど、それだけでしょ。小学校のときちょっと意地悪だったからって悪魔か何かみたいに言われて。わたしたちはふざけてただけ。ときどきトイレに誰かを閉じこめたりしたのも、ただの子供のいたずらで、たいしたことじゃないでしょ。

小学校でジョニはいつもわたしや友達を〝バービーたち〟って呼んで、頭がからっぽって馬鹿にしてた。わたしたちと同じ成績グループだったくせに。あとアメリカのテレビに出てくる人みたいにしゃべったり。「標準《ノーマル》なんてただの洗濯機の設定だよ」とかね。とにかくすごくイタい子だった。あのアメリカ人の物真似みたいなしゃべりかたで「気まずい《オークワード》！」って大声で言ったり。自分はわたしたちより上だって思ってた。でも見くびられてるって。映画の主人公みたいなつもりで。自分は群れないクールなヴェロニカで、わたしたちは性格の悪いいじめっ子のヘザーたち、みたいな。だから、小さいときにあの子にきつかったのは認める。ただ見たまま言ってただけ。ジョニは変だったし、ウザかったから、面と向かってそう言った。みんなそう思ってたはず。

それでジョニはハイスクールで仕返しすることにしたってわけ。わたしの学校生活をめちゃくちゃにして。だけど誰もそのことは話したがらない。誰も。ジョニはあくまでも被害者みたいに。

＊

二〇一六年末ごろにポスト・オン・シー紙の一面を飾ったアンジェリカの写真がある。彼女を匿名扱いから除外すると判事が決定した翌日のものだ。アンジェリカは少し口元をゆがめてまっすぐレンズを見ている。親戚の集まりでおばさんか誰かにしつこくカメラを向けられたときのように。痩せていて、顔はげっそりしている。もともとの目のくぼみやこけた頬が疲れのせいでより強調され、何歳か老けて見える。ナイトクラブでの長時間シフトを終えて家路につく二十歳といったところだ。顔は小さく、目鼻立ちは整っている。はっとするほどでもないが美人といっていい。くすんだ地毛が耳のあたりまで伸びて、その先だけブロンドのハイライトが入っている。

アンジェリカの父であるサイモン・スターリング＝スチュワートも、その写真はとくに写りが悪いと認めた。

「普通にしてるのに不機嫌そうに見える、そういう顔だって言われたりもしたが」奇妙な広い家の応接間で彼が言った。

スターリング＝スチュワート邸はクロウ・オン・シーの町の外のムアコック・ヒルという村にある。そこはクロウ・オン・シーの裕福な住民たち（正確には住民ではないが）が居をかまえるところで、クロウ・オン・シーでそれなりの地位や財を持つ者はみなムアコック・ヒルに住んでいる。

スターリング＝スチュワート邸は高い塀と広大な庭に囲まれていて、塀には何基もの防犯カメラが取りつけられている。サイモンは堂々たる電動式の門をあけて私を通してくれた。その家は広いことは広いが、雑多な建築様式のつぎはぎで、ヨークシャー建築学会のブログで〝ノース・ヨークシャーの悪趣味な豪邸特集〟に取りあげられたこともある。ギリシャ式の円柱が巨大な現代風の屋根を支え、その下の家はえせチューダー・リバイバル様式というちぐはぐさを見るに、ヨークシャー建築学会には賛成せざるをえない。

訪れたとき、私道にはレンジローバーとレーシンググリーンのジャガー・コンヴァーチブルがあった。ジャガーがそこにとめられていたのは、私に見せつけるためだろうと思った。

出迎えに出てきたのはサイモン本人で、使用人の姿がひとりも見えないことに心底驚いた。するとこちらの心を読んだかのように「執事はいないんだ、あいにく」と彼が言った。週二回来る掃除係と庭師はいるが、いまどき使用人を雇うのは少し嫌味な感じがするからと。かつてデイリー・メール紙に〝掃除係が複数いることになぜ恥じ入る必要があるのか〟という記事を書いた人物の言葉とも思えなかった。

家のあちこちを案内されるのをなかば期待していたのだが、案に相違して、まっすぐ応接間へ通された。途中の廊下にヨークシャーの絵地図と初代〈エンパイア・ホテル〉の絵が飾られているのが目に入った。

応接間のインテリアはヴィクトリア調の書斎とドイツの狩猟小屋を合わせたようで、天井まで達する立派な書棚と書棚のあいだの壁から鹿の頭部の剝製が突きだし、飾りの散弾銃がかけられていた。サイモンは茶色のチェスターフィールド・ソファを私にすすめ、その向かいの革張りのハイバックチェアに腰をおろした。ふたりのあいだには天板に革が張られた重厚な木製のコーヒーテーブルが置かれていた。

型どおりの挨拶のあと(彼は挨拶を返さなかった)インタビューを始めてもいいかと尋ねると、サイモンは肩をすくめた。自分から私を招いたのを忘れたように。私は鞄《かばん》から資料——おもに裁判記録と新聞記事のコピー——を取りだした。裁判所で撮られたアンジェリカの写真がその一番上にあった。

それを見て「普通にしてるのに不機嫌そうに見える」と口にしたあと、彼はその新聞の写真から、私の背後を指さしてそちらに注意を向けさせた。そこには大判のカンヴァスにプリントされたアンジェリカのポートレート写真があった。「その写真がお気に入りなんだ。母親にまるで似て見えないところがいい」そう言って含み笑いをした。

それはモノクロ写真で、アンジェリカは十四歳くらいだろう。長い髪と大きな目の色はとくに明るく、歯はとくに白く見える。その写真には、ティーンエイジャーの写真によく見られるぎこちなさや不機嫌さがなかった。目もしっかり笑っていて、片手を頰にあて、カメラに向かってほほえんでいた。明るく屈託のない、隣の女の子のような親しみやすい笑顔。その隣には、アンジェリカとその異母姉ルシアナ＊――スターリング＝スチュワートの最初の妻との娘――が並んでいる写真があった。ルシアナのほうはよりティーンエイジャーらしい写真で、肩をこわばらせ、歯を見せずに不器用な笑みをつくっている。髪は黒く重たげで、服も黒い。

　サイモンはすかさずカメラの前で居心地が悪そうな長女のことを弁解した。

「ルシアナは自閉スペクトラム症でね」この年ごろの少女の多くが、この手の気どったスタジオ写真を撮られるのをいやがるものだとは思いもしないようだ。私の娘もこのくらいのころは、カメラを向けられるとレンズの前に手を出してさえぎったものだった。そのことを指摘すると、サイモンは薄ら笑いを浮かべて何か言おうとしたが、思いなおした。しばし気まずい沈黙が流れた。

　私はポートレート写真がいつ撮られたのかと質問した。サイモンは無視して、ルシアナの写真を指さして言った。「これはルシアナの写真のなかでもほぼ自殺ものだな」それが最初の自殺への言及で、そのあとも橋から飛びおりるとか入水《じゅすい》するとか、何度も自殺に関することを口にした。

「アンジェリカはどの写真でもかわいく写っていた。撮られていることに気づいていないときでさえ、本当に写真写りがよかった。もちろんこの写真はべつだが」サイモンが新聞の写真の不機嫌そうなアンジェリカの顔を指で叩いた。「この写真はな。これはサンドラ*にそっくりだ。生き写しだよ」サイモンが鼻で笑った。「これだ。何か言うたびにこういう顔をされてみろ。サンドラを家から追いだしたら、今度はあいつがやるようになった。この顔──あいつらをひっぱたいてやめさせたくなるだろ?」そう言ったあと、〝あいつら〟というのはティーンエイジャーのことで、女性全般のことではないと断わった。それから、これは書かないでくれと頼み、いややっぱり書こうが書くまいがどうでもいいと言った。彼はキャンセルされることについて何かぶつぶつ言ったが、それはインタビュー中最後のことではなかった。

少々の皮肉を感じずにはいられなかった。ふたりのうちでは、私のほうがよほど本当の意味でキャンセルされる経験を味わっていたからだ。アンジェリカが逮捕されたあとのメディアはいつになく彼にやさしかった。サイモンのおかげでクリック数を稼げてきたという長年の恩があったからかもしれない。私はかかわったスキャンダルのせいで完全に仕事を失ったのに、サイモンは二〇一九年末の時点で、〝娘が人を殺しただけでキャンセルされていました〟復活ツアーの最中だった。右寄りのニュースサイトや朝のテレビ番組で、彼はメディアでのキャリアを続ける権利を主張し、本を書くつもりだとまで言っていた。

「たいていのティーンエイジャーは写真を撮られるのをいやがるものだと思いますよ、本当に」そう言うと、サイモンはまた肩をすくめた。

「変わり者はそうなのかもしれないが、わたしはいやだったことはない。アンジェリカも。あの子は昔からわたしに似ていたから」

なるほど、部屋にはサイモン自身の額入り写真も何枚か飾られていた。デビュー作の『エルフたちの王』の表紙と並んだ顔写真もあり、そこには〝一九九七年のベストセラー・ファンタジー〟と謳《うた》われていた。その写真で、サイモンはフライトジャケット姿で振りかえり、片眉を吊りあげていた。時代がかったスタイルのその表紙には、筋骨たくましい男のエルフが長いブロンドの髪を振り、巨大な剣（見るからにペニスを暗示している）でゴブリンたちを切り殺している絵が描かれていた。

その本を原作にした映画『ブラッド・スローン』のポスターもあった。そのポスターが堂々と誇らしげに飾られていることに少し驚いた。『ブラッド・スローン』は二〇〇五年を代表する駄作のひとつと評されているからだ。いまではほぼ忘れ去られているが、ときどき〝史上最低映画特集〟などに取りあげられることもある。とはいえ、『ザ・ルーム』や『ショーガール』のようにミーム化するほど映画史に大きなインパクトを残したわけでもない。

「あなたはエンターテインメント業界ともかかわりがある。アンジェリカは演じることに興味を持っていたんですよね？」

「ああ。それもわたしに似たんだ」

「ほかにはどんなところが似ていましたか？」

サイモンが深々とため息をついて、立派な暖炉を横切り、デスクに向かった。マントルピースには小さな額入り写真が三枚置かれていた。そこでこの部屋のごちゃつき具合にふと気づいた。まさにサイモン・スターリング＝スチュワートという男の人生を詰めこんだ博物館だ。なかでも目立っていたのが、サイモンと、あの汚名にまみれたテレビ司会者のヴァンス・ダイアモンドが葉巻をくわえ腕を組んでいる写真だった。

サイモンの大きなオーク材のデスクの上に〝アンジェリカ〟というラベルの貼られた段ボール箱があった。部屋の雑多なあれこれに気をとられて、そのときやっとその存在に気づいた。サイモンは、私に見せるために、アンジェリカの学校のノートや成績表をわざわざ探しだしてきたのだと説明した。

「あの子がわたしに似ているところはたくさんあるさ。これを見ればわかる。学校の課題や成績表にはあの子のいいところが本当によく出ている」じつを言えば、それは私が期待していた答えではなかった。

「オカルトへの関心は？　そこもあなたに似ていたんじゃないですか？」そう問いかけてみると、サイモンは当惑した顔をこちらに向けた。「あなたの幽霊ホテルとか、心霊ハンターとか」

「いや」サイモンが言った。「アンジェリカはそんなもの信じていなかったよ、いっさい」

「霊と話ができるとか、そういうことを言っていたことは――」

「ない」

気まずい沈黙のあと、どうして私を家にまで招いて、話を聞かせてくれる気になったのかと尋ねてみた。おかしなことを訊くものだ、というように彼が首をかしげたので混乱した。これまで接触を試みてきた際には、毎度けんもほろろに断わられていたからだ。彼の広報担当にも、出版エージェントにも、ホテルのスタッフにもすげなくあしらわれた。何週間か粘ったすえに、彼自身から電話がかかってきた。サイモンはハイエナだの三文記者だのと私をののしり、ダイアナ・スペンサー（ジェイド・スペンサーの母親）なら「五十ポンドで口を開くかもしれないが、こっちは買収されるほど金に困ってない」と言って電話を切った。それから一週間後、ふたたび電話をかけてきて、インタビューに応じるから家に来いと言ったのだ。

そのことを指摘すると、サイモンはばつの悪そうな顔で言った。アンジェリカに対してかたよった本になってほしくないと思い、考えを変えたのだと。この〝ウォークな〟世の中で、私がアンジェリカだけを悪者にしようとするのではないかと心配になった。ジョーン・ウィルソンへの加害者のなかでもっとも恵まれているのがアンジェリカであり、サイモン自身のUKIPとのかかわりのこともあったから。それで、自分からもぜひ話をしておきたかった。私が政治的な立場から事件にアプローチしないように。私が〝シャンパン社会主義者〟として知られているという評判を耳にして気がかりだったのだと。

私は話題を変えた。おたがいの政治的立場の違いに時間をとられたくなかった。早く話を始めたかった。そもそもの始まりから――アンジェリカの母親のことから。

サンドラはくわしい話をしたがらなかった。ただ「サイモンが何を言っても、眉に唾をつけて聞くように」と警告した。彼女は毎週アンジェリカに面会に行っているが、有罪判決を受けてから元夫は娘を見放したと感じているという。

サイモンより十二歳若いサンドラは、二番目の妻だった。アンジェリカが生まれたとき、ルシアナはもう少しで三歳になるところで、その母親とは半年前に縁が切れていた。というより、サイモン・スターリング＝スチュワートの最初の結婚が壊れたのは、サンドラの妊娠がわかったためだった。

サンドラはすぐにルシアナの母親の後釜にすわった。サンドラはより若く、最初の妻――クロウ・オン・シー出身であのウォレンズ育ち――より出自もまともだった。

ルシアナは当初、母親に引きとられたが、半年後、サイモンに監護権が与えられた。母親の精神状態と経済状態に問題があるとみなされ、ルシアナのためにそれが最善と判断されたのだ。ルシアナは私立の学校で教育を受け、十二分な衣食も与えられた。ルシアナの母親は、離婚時にいっさいの金銭を受けとらないという婚前契約書にサインしていて、手ぶらで婚家を追われることになったため、自分にも娘にも不自由ない暮らしを保証できなかった。成長したルシアナが父親に反抗するたびに（それはしょっちゅうだった）、サイモンは自分がどんな暮らしを与えてやったのか——そしてどんな暮らしから救いだしてやったのか——を思いださせるのを忘れなかった。

サイモンの最初の結婚が破綻に向かいつつあるころ、サンドラは彼に出会った。著名な作家であり、資産家のホテルオーナーでもある年上の恋人は、妻とはもう別居していると言った。それ以上のくわしいことは結婚して何年もたつまで知らなかった。

最初の妻が出ていくと、サンドラは彼の家に移った。ふたりはこぢんまりした式を挙げた。妊娠はとても順調で、幸せに満ちていたとサンドラは言う。

唯一の心配は、アンジェリカが逆子《さかご》だとわかったことだった。結局、予定日より早く帝王切開で出産することになり、サンドラにはアンジェリカのほかに子供を持つことはできなくなった。

アンジェリカはいい赤ん坊だった。よく寝て、あまり泣かなかった。サイモンはその赤ん坊時代をいちいちルシアナとくらべた。アンジェリカは天使で、ルシアナは〝悪魔のようだった〟。アンジェリカはブロンドだが、ルシアナは〝色黒のチビ〟だった。おくるみ姿のアンジェリカはちっちゃくてかわいいが、ルシアナは〝まるで芋の詰まった袋〟だった。アンジェリカが生まれたとき、サイモンは〝ルシアナがもうひとり〟できなくてほっとしたという。

アンジェリカは「まだ話せず歩けないうちから歌って踊っていた」とサイモンは語る。お姫さまごっこをし、人形をあやし、自分でダンスをつくっていた。「思いきって、ダンスと演技のレッスンに通わせた。教室に入れる年齢になるとすぐに。あの子はすごく……普通だった」とサイモン。「ルシアナのあとだから、普通の子だというだけで嬉しかった。小さい女の子にはこうあってほしいと望むような、まさにそんな子だった」ルシアナはどんな子だったのかと好奇心で訊いてみると、サイモンは目をぐるりと回してみせた。「ポケモンだよ。ポケモンしかしない。小さいころのあいつはずっとポケモンのゲームをして、ポケモンの話をするだけだった」

私はそれを聞いて、ヴァイオレット・ハバードや小学校時代のジョニを髣髴《ほうふつ》させるとコメントし、ジョニの母親から聞いたエピソード――ジョニがアリーシャ・ダウドにニンテンドーDSを取りあげられてセーブデータを消されたとき、アリーシャの髪を引っぱって抜いたこと――をサイモンに話した。するとサイモンが苦々しい表情を浮かべ、いまなんの関係があるんだと言ったので、その話は終わりにした。

通っていた保育園の連絡帳には、アンジェリカが〝快活〟で〝多弁〟で〝支配的〟だと書かれていた。スタッフには陽気な性格とオリジナルのダンスが人気だったが、ほかの子供とは一度ならず問題を起こしていた。

アンジェリカが〝かなりの癇癪《かんしゃく》持ち〟だとも連絡帳には記されていた。保育園に入ってまもなく、アンジェリカは給食の列で前に割りこんだ女の子を押した。その日は雨が降っていて床がすべりやすかった。その女の子は転び、顎を切って縫うほどの怪我をした。アンジェリカが押した女の子はアリーシャ・ダウドだった。アンジェリカはその週末、アリーシャにおわびのしるしとして巨大なテディベアをプレゼントし――サイモンは知人であり仕事上の付きあいもあるジェラルド・ダウドとの関係を悪くしたくなかった――ふたりはこうして親しくなった。

「いつも一緒だったよ。少し仲がよすぎるんじゃないかと思うほどに」とサイモン。「アンジェリカの数少ない欠点は、とくにあの歳のころ、リーダーというより人についていくタイプだったことだ。アリーシャが橋から飛びおりたら、アンジェリカもたぶんあとに続いただろう」

サイモンは懸念しつつも、アンジェリカをアリーシャと同じクロウ・オン・シー小学校にやることにした。本当はウィックスワース小学校――アンプルフィールド・カレッジへの進学を前提にした私立の女子小学校――に入れるつもりだった。

「当然、ルシアナはウィックスワースにやった。あそこでうまくなじめたとは言えないが、あの子の〝症状〟は学校が見つけた」サイモンは症状という言葉に合わせて指で引用符をつくってみせた。「アンジェリカもあそこに通わせたかった。アリーシャをウィックスワースに入れるようにジェラルドを説得しようとまでした。金は充分にあるんだから。だが、私立にやると子供の個性が失われると言ってね。その結果ああいうことになって、きっと後悔してるだろうが。とにかくそういうわけで、アンジェリカをしばらく公立校に通わせてもまあいいかと思った。とくに小学校だけなら。あの子はルシアナと違って社交的だし、親友と引き離すのもかわいそうだから。それに何かあったらいつでもウィックズワースに転校させればいいとね」

小学校でアンジェリカのふるまいは悪化した（それはあくまで教師の見かたで、サイモンの見かたは違ったが）。アンジェリカの入学後の通信簿には〝ほかの子にもっとやさしくすることを学ぶ必要がある〟とか〝クラスメートに対して短気〟と書かれていた。一年生のときの担任教師はサイモンに次のような連絡をしている。〝アンジェリカは思いやりや忍耐力に欠けます。ほかの子に何か気に入らないところがあると、ののしったり押したりするのがつねです。ほかの子を嚙んだ疑いも複数回あり、この問題について保護者のかたと話しあいたいと思っています。ご自宅に何度か電話しましたが、ぜひお時間をつくっていただけないでしょうか〟

「ああ、あの女、いやあの教師か。あいつはアンジェリカを目の敵《かたき》にしていた。だからこの成績表を見せたかったんだ。あいつらがどれだけあの子に不公平で、いかにかたよった見かたをしていたかわかるだろう。あの子の悪いところばかり見て、何をやってもだめだと」

しかし、いまはべつの小学校に勤務しているその担任教師からも私は話を聞いていた。匿名希望のその教師は言う。

「わたしの記憶では——もちろん完璧におぼえているわけじゃありません、何しろ十五年前のことですから——アンジェリカは一年生の女の子を教師の目の届かない校庭の隅へ連れていって、腕を思いきり嚙んだんです。それから、このことを先生に言っても誰も信じてくれない、とその子に言いました。でもその女の子は結局打ちあけました。担任教師がその子の様子がおかしいのに気づいて、聞きだしたんです。その後、アンジェリカはほかにも複数の一年生に同じことをしていたとわかりました。べつべつに二回嚙まれたという男の子もいました。でもアンジェリカは否定し、はっきりした証拠もありませんでした。彼女の父親は地元の有力者でした。学校に来てもらって、アンジェリカの行動について話しあおうとしましたが、無視されました。校長に相談すると、忘れなさいと言われました。アンジェリカにせめてもの罰を与えようと、〈フラミンゴ・ランド〉へのクリスマス遠足に来るのを禁じようとしたら、父親から校長に苦情が入って、わたしが処分を受けました」

アンジェリカとアリーシャが二年生でケイリー・ブライアンと親しくなると、いじめっ子トリオが完成した。三人はテレビの子供向け番組に出てくる〝意地悪な女の子〟っぽくあえてふるまった。またアンジェリカはアメリカのテレビが好きで、とにかくアメリカびいきだったという証言が多くある。ローレン・エヴェレット（あとでまた登場する学校の同級生）は言う。

「アンジェリカはアメリカの学園もののビッチみたいにふるまってた。あのー、『ハイスクール・ミュージカル』ってドラマ、見たことある？　まさにあのドラマのシャーペイを演じてるみたいに。自分こそ学校のシャーペイだって本気で思ってるみたいにね」

アンジェリカたち三人は、ほかの子をブサイクと呼んだり、ほかの女の子をトイレの個室に閉じこめたり、校庭でわざと特定の子から悲鳴をあげて逃げたりしていた。そのころのアンジェリカは家庭で幸せだったのかと尋ねると、サイモンは馬鹿なことを訊くなというように、そっけなくはぐらかした。アンジェリカが七歳のときに母親が家を出ていったが、アンジェリカは平気だった、母親がいなくなったのをとくに気にしてはいなかった。アンジェリカは昔からパパっ子だったし、ずっとそうなのだと。

サンドラもそれは認めている。アンジェリカは離婚にさほどショックを受けていなかった。サンドラ自身が少し傷ついたほどに。サンドラによれば、サイモンはアンジェリカを叱らず、サンドラに毎度憎まれ役を押しつけて、娘に嫌われるよう仕向けた。そのことが夫婦の関係に大きなひびを入れた。

離婚への反応がどうあれ、アンジェリカの学校でのいじめっ子ぶりは変わらなかった。サイモンは娘がジョニに悪意を持っていたとは認めなかった。アンジェリカは意地悪なところがあったかもしれないが、言うなれば無邪気ないたずらっ子で、ほかの子に対してふざけたりからかったりしていただけであり、すべては悪気のないお遊びだった、特定の子を標的になどしていないと。

「あの子が友達の話をしていても、ジョーンの名前は出なかった。それとあの……ヴァイオレットって子のことも。ヴァイオレットこそ本物のサイコだと思うね、わたしに言わせれば」

ジョニのことが話題になったのは一度だけ、アンジェリカの八歳の誕生日パーティの準備をしているときだった。娘のクラスメートの名簿を上から順に見ていたサイモンは、一番下のジョーン・ウィルソンという名前に目をとめた。ジョーンとは八歳の子にしてはずいぶん古めかしい名前だと思ったのを記憶しているという。ジョーンを呼びたいかと尋ねると、アンジェリカは頭をのけぞらせて笑った。その様子が印象に残っている。やけに大人びたしぐさをするものだと思ったからだ。

「ヴァイオレットのほうがよくおぼえている。小学校のとき——あの子とアンジェリカが例のドリー・ハートとつるむようになる前だが——ちょっとした事件があってね。アンジェリカとケイリーとアリーシャが、転校してきたばかりのヴァイオレットをトイレの個室に閉じこめたんだ。死んだ子のことを悪く言いたくはないんだが、ほかの子をトイレに閉じこめるのはアリーシャが好きでやっていたことだ。アンジェリカはただそこにいただけで、何もしてないはずだよ。それに、ちょっと手を貸してたとしても、トイレに誰かを閉じこめるくらい、べつにたいしたことじゃないだろう」

アリーシャがヴァイオレットを個室に押しこめ、ケイリーとアンジェリカがドアを押さえているあいだに、アリーシャが工作用の粘土（とサイモンは記憶している）でふさいで鍵をあけられないようにした。そのことでアンジェリカはケイリーとアリーシャと同じ罰を受けることになったが、スターリング＝スチュワート家には不公平だという不満が残った。

アンジェリカの弁

あれはアリーシャのお気に入りだったの。あんな変なことするから、こっちまで罪をかぶせられて。アリーシャが青いガムか何かを鍵に詰めて、三、四人をトイレに閉じこめてから、先生たちはアリーシャにそういうものをいっさい持たせせなくなった。ヴァイオレットが転校してきたばっかりで、泣いて大騒ぎしたからよけい大ごとになっちゃったんだよね。あのあと三年生までずっと、わたしたち、大人なしではトイレに行かせてもらえなかったんだよ。わたしはただドアを押さえてただけなのに。だから、前にもほかの誰かがやったことで罪を着せられたことがあったんだ。超不公平じゃない？　まあそれは置いといて、いつもアリーシャがやったことで怒られてたけど、それでもあの子とはいい思い出がたくさんあるの。

四年生から五年生、六年生とあがっていくアンジェリカはどうだったかとサイモンに尋ねてみた。

「ませてた」と彼は答えた。

サイモンの予想よりずっと早く、アンジェリカの部屋はコロンのにおいで充満し、ピンクの化粧品でいっぱいになった。当時、化粧には反対したが、やめさせるまでにはいたらなかった。ほかの女の子たちにからかわれるのではないかと思ったし、自分だけ仲間外れだ、変だとアンジェリカに感じさせたくなかった。自分自身の子供時代、禁じられていることや少々危険なことに「親がだめって言うから」と言うような同級生をどんなに馬鹿にし、見くだしていたかを思いだしたのだ。

「それでやらせておいた。〝娘さんが濃い化粧をしてきて、落とせと言っても聞かないんです〟なんていう電話がかかってくるのは高校生になってからだと思っていた。それに、せいぜいリップグロスとマスカラをつけていったくらいのはずだ。サンドラに買ってもらったとアンジェリカは言っていた」

サイモンは知らなかったが、アンジェリカは化粧品を万引きするようになっていた。少しだけ話を聞くことができたルシアナいわく、アンジェリカが友達と町なかへ行くのによくついていかされたという。ルシアナは本人も認めるとおりだめなお目つけ役で、妹の悪事を止めることも防ぐこともできなかった。

「あの子たち、〈ファーンハムズ〉4で万引きしようとしたことがあったの。でも店の人に見

4　クロウの中心街にある大型デパートで、高級ブランドの化粧品や服が置かれている。

つかっちゃって、全員、事務所に連れていかれた。最初は、ニンテンドーDSをやっててあの子たちをちゃんと見てなかったわたしのせいにされそうになった。そしたらアンジェリカが、わたしには知的障害があるって言って、それから自分やアリーシャの父親が誰か話したら、見逃してもらえたの。でも万引きには懲りたみたい。少なくともしばらくのあいだは」

アンジェリカは〝リップグロスといじめ〟だけの子ではなかったとサイモンは強調した。女優になる夢を真剣に追いもとめ、ロンドンの演劇学校に通って、ゆくゆくはロサンゼルスへ行きたがっていた。

「それは悪くない考えに思えた。わたしの業界のコネを使って力になることもできるし。あの子が挑戦したいなら喜んで応援するつもりだった」サイモンは『ブラッド・スローン』のポスターを振りかえった。「わたしにはいろいろつてがあるから」そこで私の頭に浮かんだ『モースト・ホーンテッド』やら何やらについての皮肉なコメントを察したように、こう付け加えた「テレビの心霊番組のつてだけじゃなくね」そして、心霊ハンターを馬鹿にするものじゃない、この家にあるものはすべて、心霊番組がもたらしたビジネスや『ブラッド・スローン』の実入りで買ったのだから、と言った。受けついだ家族の資産のことには触れなかった。

アンジェリカは心霊番組でインタビューを受ける父親のそばを好んでうろちょろしていた。それらの番組の多くで、背景に映りこんでいる彼女の姿を見ることができる。幼いころは、撮影スタッフに自分が歌ったり踊ったりしているところを撮ってほしいとねだり、ときには撮ってもらえた。アンジェリカに子供の幽霊の格好をさせ、ホテルの庭を走りまわるところを予備の素材として撮影したスタッフまでいた。

「じゃあやっぱり関心があったんですね」

「何にだね？」

「幽霊に」

「娘はテレビに映ることに関心があっただけだ」

サイモンは週末の演技や歌やダンスのレッスンに金をつぎこんだ。だが、アンジェリカは数回きりでやめてしまうことも多かった。批判されると、それを気に病んで行かなくなってしまうのだ。演技のレッスンは比較的続いたが、それでもなんらかの人間関係の問題が生じて終わるのがつねだった。サイモンはそうした問題について当時もくわしく訊こうとは思わなかったし、いまさら私のために記憶を掘りおこす気もなかった。

アンジェリカはハイスクールにあがるのを楽しみにしていた。七年生からは演劇の授業を選択できるからだ。そこには自分よりうまくて目ざわりな演技スクールの子もいない。だから目立てる、自分の実力をほかの子に見せつけてやれると思っていた。

アンジェリカは小さな池の大きな魚でいたかったようだ。私立の学校に行きたがらなかったのもおそらくそれが理由だろう。「アンプルフィールドに行っても、みんなわたしのことをお金持ちでおしゃれだって言うかな?」そうサイモンに訊いたことがあったという。サイモンは娘が目立つのがいやなのだろうと思って答えた。「いや、アンプルフィールドではうちと同じような子ばかりだから」

「あの子はそれが気に入らなかったようだ」アンジェリカは友達とともに公立校に進みたがった。「それはそれでよかった。どうせルシアナはアンプルフィールドでさんざんだったし、あそこにもう一ペニーだって払いたくなかったからな」

というわけで、アンジェリカは(サンドラの希望に反して)クロウ・オン・シー・ハイスクールに進学することになった。小学校の最後の一年、彼女は目いっぱい大人ぶり、よりいっそうテレビの登場人物の女の子を真似するようになった。

大人ぶるあまり、教師に掛けあって卒業遠足の行き先を変えさせようとまでした。屋内プールの〈ポセイドンズ・キングダム〉なんて子供っぽすぎると。だが、かわりの行き先の案もなく、学校は〈ポセイドンズ・キングダム〉から特別割引を受けていることもあって、アンジェリカの抗議にもかかわらずそこへ行ったのだった。

〈ポセイドンズ・キングダム〉とその他の娯楽施設について

クロウ・オン・シーは決してイギリスの海岸の輝く宝石ではなかったが、それなりの役目をはたしていた。より大きな人気の行楽地にはさまれた手ごろな行き先として、クロウはスカボローとウィットビーのおこぼれにあずかろうと、より安い飲食とレジャー、より混みあっていない浜辺を売り物にしてきた。しかし一九七〇年代になると、ライバルはスカボローとウィットビーだけではなくなった。外国のビーチへ向かおうとする行楽客をなんとか呼びこまなければならなくなったのだ。

だが、クロウ・オン・シーより高級な行楽地であっても、国内向けの観光業で栄えるという夢は死につつあった。私自身も子供のころ、両親にヘイスティングズやセントレナーズへ連れていってもらったのはいい思い出だが、一九七〇年代当時でさえ、それらの町に週末旅行より長く滞在するなど考えられなかった。もうリヴィエラやアマルフィ海岸、さらにはニューヨークにさえひとっ飛びで行ける時代だったのだから。

クロウが国内向けの行楽地として成りあがろうとやったのが、〈アストロ・エイプ・アミューズメント・パーク〉と〈モンテクロウ・カジノ〉、少し遅れて屋内プール施設〈ポセイドンズ・キングダム〉をつくったことだった。

一九八〇年代初頭に鳴り物入りでオープンした〈モンテクロウ・カジノ〉は北のビーチのそばにある。けばけばしいネオンにいろどられたそのカジノは、五年連続で地元紙の〝クロウ・オン・シーで目ざわりなもの第一位〟に選ばれている。二十四時間営業で、建物には窓がなく自然光がいっさい入らない。特別なイベントではセミフォーマルのドレスコードが課されることもある。いまも大人気のカジノは、地元の実業家コリン・コリアーが所有しているが、かつてはヴァンス・ダイアモンドが共同所有していた。ルーレット台とスロットマシンのそばに掲げられた看板には〝ギャンブルは楽しむもの、のめりこみすぎない。これはゲームで、投資ではない〟と書かれている。

〈モンテクロウ・カジノ〉と同じころに建てられた〈アストロ・エイプ・アミューズメント・パーク〉は九〇年代終わりから廃墟となっている。めずらしく町の外の投資家（ヨーロッパの巨大コングロマリット）が所有・運営していた〈アストロ・エイプ〉はいま、撮影や肝だめしを目的に来る者や、インターネットで廃墟探検のコンテンツをアップしている者に人気のスポットだ。二〇〇〇年代に繰りかえしクロウで撮影された心霊番組にも何度か登場している。〝アストロ・エイプ〟でユーチューブを検索すると、ドローン撮影した映像や夜に悲鳴をあげるティーンエイジャーの姿など、安全上の理由で立入禁止になっているパークの敷地に侵入して（あるいはドローンを飛ばして）撮った動画がたくさん出てくる。

私がとくにお気に入りの動画は、〝ゴーストモンキー？？？　メチャクチャ怖い夜の廃墟遊園地‼〟と題されたユーチューバーのジェイピー・マクカファーティのものだ。マクカファーティ氏のチャンネルは、彼とガールフレンドのポリーがイギリス各地の廃墟を探検するという内容で、この十分間の動画は十万回ほど再生されている。ポリー（霊感があると主張している）が、パークのあちこちにある宇宙飛行士の格好をしたチンパンジー《アストロ・エイプ》のプラスチック像に出くわすたびに悲鳴をあげて「いやな感じがする、変な気を感じる」と言うのだ。その動画は真剣ぶってはいたが、スペースバナナ[5]の売店にされた〝アストロ・エイプがおまえの父ちゃんに中指立てた〟と〝宇宙エテ公士がケツにバナナを突っこむぞ〟という落書きをやけに長いこと映していた。

二〇〇〇年代初頭、ひとりのティーンエイジャーが、錆《さ》びついた〈ランブル・イン・ザ・ジャングル〉というジェットコースターによじのぼっておりられなくなり、消防車で救助されたことがあった。二〇〇〇年代なかばには、パークに入りこんだホームレスのドラッグ常用者数人がヘロインをめぐって揉《も》め、刺傷事件が起きた（命にはかかわらなかった）。こう

5　バナナの形をした売店で、バナナの形のプラスチックのコーンに入ったバナナ味のアイスクリームを売っていた。

した小さな事件やたびたびの無断侵入、入りこんだ十代の若者による飲酒、ユーチューバーたちが起こす問題などはあったが、〈アストロ・エイプ・アミューズメント・パーク〉ではこれまで死者や重傷者が出たことはない。

〈ポセイドンズ・キングダム〉は違う。

〈ポセイドンズ・キングダム〉は文字どおりの墓場の上に建てられていた。もちろん、イギリスではめずらしいことでもない。古くからの土地には多くの死者が眠っているものであり、基礎の下に骨の一本も埋まっていない建物を見つけるほうがひと苦労だ。一九八〇年代なかばに、古墓地として知られていた土地がつつがなく売却されたあと、ほぼ墓碑銘も読めなくなった古い墓石が撤去された[6]。建設工事中にたまたま掘りだしてしまった骨は、クロウ最大の教会の墓地に運ばれ、墓標もなくまとめて埋めなおされた。

ポスト・オン・シー紙のアーカイブを検索すると、〈ポセイドンズ・キングダム〉がオープンしたころに寄せられた、古墓地を乱したことへの苦情の投書が何通か見つかった。以下の一九八六年四月の投書もそのひとつだ。

編集長さま

古墓地がこのような形で撤去され、あえて言うなら踏みにじられたことへの憂慮を、いえ失望を表明したくお便りさせていただきます。あの〈ポセイドンズ・キングダム〉のオーナーのかたがたは、霊界からの報いを受けることなくやっていけるとよく思えるものです。あの派手派手しい屋内プール施設は呪われた場所になるのが目に見えています。霊たちは怒っています。〈ポセイドンズ・キングダム〉のオーナーのかたがたには、わたしから手ごろな価格でお祓《はら》いサービスを提供する用意があります。また〈ポセイドンズ・キングダム〉へ行って、呪いや悪霊やよくない残留思念を持ち帰ってしまったと感じているかたがたにも、格安でお祓いをいたします。

かしこ

クロウ・オン・シー、クリスタルボール、シーサイド通り一一二番地

エメリン・フォックス

編集長のトム・キャロウは次のように返信している。

エメリン

ご心配ありがとうございます。通常、広告掲載には二十ポンドを申し受けていますが、こ

6　古墓地の無傷だった墓石のいくつかは、いまもスカボロー郊外のヨークシャー歴史博物館に保管されていて、ときどきは展示もされている。

の〝警告〟には公益性があると考えられなくもないと言われました。それで掲載しました。びっくりです。

編集長　トム・キャロウ

最盛期には堂々たる威容を誇った〈ポセイドンズ・キングダム〉は、イギリスでも最初期にできた屋内プール施設だった。ネオクラシカル様式風の建物には、百近い〝大理石〟の像があちこちに飾られ、壁にはギリシャ神話の神々やアクロポリスを描いた疑似フレスコ画がペイントされていた。

キャッチフレーズは〝スライダーたっぷり、笑顔どっさり〟で、腹ぺこのスイマーや時間をつぶす親のための小さなギリシャレストラン7とバーが併設されていた。入場者は小さなすべり台がついた幼児向けの浅いプールから、スリル満点の急カーブやらせん状のスライダーまでを楽しむことができた。

グランドオープンから二週間後、数百人の子供たちが、プールでよく見つかる寄生原虫のクリプトスポリジウムに起因する胃腸疾患にかかった。これが悪評につながり、洗浄のため〈ポセイドンズ・キングダム〉はしばらく休園となった。六月なかばに営業が再開されてから、しばらくは何ごともなかった。しかし翌年十二月、目玉であるスライダー二基の設置が完了して以降、負傷者が相次ぐことになった。

〝トライデント〟は、たがいにからまりあった三本のスライダーから、パーク最大のプールであるイオニアに人が吐きだされるようになっていた。スライダーの出口から人が飛びだす角度に問題があり、ちょくちょく衝突や負傷事故が起こった。

一番怖いとされ、クロウの小学生たちの自慢の種になっていたのが〝オリンピック・ドロップ〟というスライダーで、三十フィートもの高さから急角度でエーゲと名づけられたプールへすべり落ちるというものだった。小学校の校庭では、五十回すべったけど、全然怖くなんかなかった、と自慢する子供の声が聞こえたものだった。

だが、怖がるべきだったのだろう。地元の霊能者エメリン・フォックスの予言を認めたくはないが、〈ポセイドンズ・キングダム〉は一九八六年五月にオープンしてから、最終的に二〇一一年に閉園するまで、絶えず問題につきまとわれつづけたのだから。

オリンピック・ドロップとトライデントは年長の子供たちを呼びこむために設置されたものだった。オーナーのバリー・プラウドは、〈ポセイドンズ・キングダム〉が幼児や小さい子のための場所だという評判が短期間で広まってしまったことを知った。言い伝えられてい

7　実際は〝ギリシャっぽい〟レストランだったと匿名希望のクロウ・オン・シーの住民は言う。かつて〈ポセイドンズ・キングダム〉で働いていたこの住民は、ギリシャ風サラダと北イングランド流にアレンジしたスブラキがメニューにあったものの、おもに提供されていたのはホットドッグやピザだったと証言した。

るところでは、プラウドはパブのコースターの裏に二基のスライダーの絵を描いたという。そのデザインは、〈ポセイドンズ・キングダム〉に当初からあったより平凡なスライダー群をつくった技師に断わられたため、プラウドは自ら考案したスライダーのために〝悪徳技師〟を見つけてこなければならなかった。現在は保守党の下院議員を務めるプラウド氏は取材に応じなかったが、元従業員に訊くと、みな口々に〝悪徳技師〟のことを証言してくれた。

あるクロウ・オン・シー小学校の卒業生が、学校の遠足ではじめて〈ポセイドンズ・キングダム〉へ連れていかれたときのできごとを話してくれた。五年生と六年生のクリスマス遠足だった。トライデントをすべりおりたふたりの児童が激しく衝突して、頭部が切れ、鼻骨が折れ、歯も何本か折れる怪我につながった。そしてトライデントは一度にひとりしかすべってはならないという新たなルールができた（三本のスライダーがある意味がなくなり、長い行列を生んだ）。

オリンピック・ドロップでもおおぜいの怪我人が出たようだ。すべりおりる途中に腕や脚が引っかかっておかしな角度にひねってしまいやすく、また着水するプールが浅かったため、底に足をぶつけて足首や足の指を折る者も続出した。怪我をした子供たちの親からは、このスライダーの使用を中止すべきだとの声があがったが、苦情は無視され、使用が続けられた。

エメリン・フォックスが怨霊《おんりょう》だの残留思念だの、果てはゴブリンだのについて警告する投書を送りつづけたことも手伝ってか、スタッフのあいだで夜におかしな物音が聞こえるとか、備品がなくなるとか、〈ポセイドンズ・キングダム〉のオープン記念日前後に事故が増えるといった話が広まりはじめた。

一九九四年一月、これといったニュースに乏しかったある週に、ポスト・オン・シー紙はとうとう餌に食いつき、〝呪い〟についての記事を掲載した。トム・キャロウは一九九〇年に編集長の座を退いていて、タブロイド紙デイリー・メールの記者出身のイザベラ・ロドニーがその後任についていた。

このとき、やけに魅惑的なエメリン・フォックスの顔写真とともに掲載されたのが以下の記事だ。

ポセイドンの呪い？
イギリスの人気屋内プールは祟られているのか

多数の事故は霊の怒りが引き起こしたものなのか――クロウ・オン・シーの人気アトラクションで続発する恐怖の事故について、〈ポセイドンズ・キングダム〉の現役スタッフに聞いた。

事故報告のまとめによると、〈ポセイドンズ・キングダム〉では多い週で十件もの事故が報告されており、平均で月に一件の骨折事故が起こっている。その多くはオリンピック・ドロップという少年少女に人気の遊具で発生している。三十フィートの高さから下のプールへと一気にすべりおりる、スリル満点のウォータースライダーだ。

これほど多くの事故を発生させているものは何か。安全規則がなおざりにされているせいか。あるいは超自然的な何かがあるのだろうか。

〈ポセイドンズ・キングダム〉がかつての古墓地跡に建てられていることはみなさんご存じのとおりで、そこには疫病の犠牲者らが葬られていた。ある匿名希望の従業員が、とくにぞっとしたできごとについて明かしてくれた。

「もうひとりのスタッフと閉園作業をしているときでした。モップをかけたり、プールに洗浄剤を入れたり。週に一度、日曜日に専門の業者が来て清掃するんですけど、毎日の閉園後にも掃除してるんです。その日はBと一緒でした。彼はモップがけをしてて、わたしはレストランエリアの掃除をして、ゴミをかたづけてたので、彼に背中を向けてました。彼の叫び声が聞こえて、大きな水音がしました。駆けつけると、彼はうつぶせでプールに浮かんでて、頭から血を流していました。彼を引きあげると――全員、ライフガードの講習を受けているので――さいわい息はしていましたが、大量の水を吐きだして、それで救急車を呼んだりしなきゃなりませんでした。足をすべらせた、でも何かに足首をつかまれた気がする、と彼は言っていました。だって、そのときは立ってモップがけをしてただけだから。走ったりしてたわけじゃなくて、ただ立ってたんだからって。わたしは次の日に辞表を出しました」

この証言や事故発生件数の多さに衝撃を受けた本紙は、〈ポセイドンズ・キングダム〉に断固反対してきた住民であり、本紙にもたびたび投書を寄せている霊能者のエメリン・フォックスに意見を聞いた。

「〈ポセイドンズ・キングダム〉が霊界を怒らせたのです」としわがれた声で彼女は語る。「もっと多くの事故が起こっていても驚きません。最近〈ポセイドンズ・キングダム〉へ行ったという人には、格安でお祓いをしてさしあげます。元従業員の人なら無料でお祓いをしてあげますよ」

お祓いを受けたいかたはクリスタルボール、シーサイド通り一一二番地まで。

〈ポセイドンズ・キングダム〉にコメントを求めたところ、オーナーのバリー・プラウドから以下の回答を得た。

「まず、骨折事故の件ですが、そちらのおっしゃるほど多くはありませんし、ごく軽い骨折が大半です。両足をそろえて伸ばし、腕は前で組むようにと言っているのに、その安全指針に従わずにおかしなすべり落ちかたをしたからといって、こっちのせいなんですか？　それと、事故にあった従業員の件ですが。いえ、元従業員ですね、もう辞めると言ってきたので。その件ですが、うちでは決まったプール用の靴を支給しているんです。清掃用に、すべりにくい防水の靴を。ようするにゴム長靴ですが。ライフガードの役目のとき以外はそれを履くことになっているんです。なのに、おたくが記事で取りあげた彼はビーチサンダルを履いてました。走ってはいなかったかもしれませんが、ビーチサンダルなら足をすべらせてもおかしくないでしょう。すべったおぼえはない、誰かに足をつかまれたって？　頭を打ったせいじゃないですか？　それにあの娘《こ》は何も見てないんですよ。本人がそう言ってましたから」

〈ポセイドンズ・キングダム〉で奇妙な経験をしたというかたはぜひ情報をお寄せください。五十ポンドの謝礼をお支払いします。電話〇四〇五－一一－六三九七、またはクロウ・ロード二三番地、ポスト・オン・シー、ニュースデスクまで。

　すると、クロウの住人たちから本当に情報が寄せられた。翌土曜日、ポスト・オン・シー紙には、映画『最終絶叫計画』のシナリオライターがシャーリイ・ジャクスンに思えてくるようなホラーストーリーの数々が掲載された。つまらないものから馬鹿馬鹿しいもの、妙にエロティックなものまでいろいろあったが、私のお気に入りをいくつか紹介しよう。

ザック（八歳、クロウ・オン・シー）

　ぼくは八さいです。たんじょうびにポセエドンズ・キングダムに行きました。たのしかったです。ピザを食べました。でも、大きなプールに入ったら、そこにこわいかおが見えた気がして、プールから出ようとしたら、何かに足をつかまれました！！　足首にあざができたけど、ペパロニのピザはおいしかったです。

匿名希望（七十三歳、ムアコック・ヒル）

いまは十三歳になった孫と一九九一年に〈ポセイドンズ・キングダム〉へ行きました。わたしはおもにレストランにいて、『リーバス警部』シリーズの新作を読みながら、半額のサングリアを飲んでいました。ギリシャの飲み物じゃないけど、まあ郷に入っては、って言いますからね。おかしなことに、テーブルの塩の瓶が何度も何度も倒れるんです。テーブルの反対側に移しさえしたのに。じっと見ていたら、また倒れました。見えない手に倒されたみたいに！　自分の目が信じられませんでした。急に孫がおびえた顔で走ってきて、「おばあちゃん、塩男はもう行っちゃった？」と訊いたんです。もうぞっとして、すぐに孫と帰りました。それから二度と行っていません。

匿名希望

わたし（二十三歳、女性）は水着から着替えに行きました。何かが更衣室の個室に入ってきて、後ろをかすめるのを感じました。わたしは濡《ぬ》れていて、裸で、無防備な状態でした。わたしの長いブロンドの髪に指が触れるのを感じました。男が忍び寄ってきたんだと思いました。びくっとして、持っていた小さなタオルでとっさに身体を隠しました。でもそこには誰もいなかったんです！　たしかに何かが、着替え中の裸のわたしに触れたのに。まだ濡れた身体にタオルを巻いて、更衣室を調べてまわりましたが、個室に入っていくほかの女性しかいませんでした。ひょっとしたら忍び寄ってきたのは女だったのかもしれないと思いましたが、ドアの音がしなかったんです。振りかえって鏡を見て、ぎょっとしました。鏡に口紅で五芒星《ごぼうせい》が描かれていたんです。「誰がこんなことを?」と言ったけど、誰からも返事はなくて……ただ、髪にはあの指の感触がまだ残っていました……

〈ポセイドンズ・キングダム〉ではそれから二十年、同じようなことが続いた。二、三年に一度、新聞に事故を報じる記事が載り、エメリン・フォックスはだんだん値下げされていく価格でお祓いサービスを売りこみ、オーナー(二〇〇二年にバリー・プラウドから息子のアルフィーに代わった)が安全規則を守らない子供たちといいかげんな記者に文句を言う。

面白い話だが、白状してしまえば、〈ポセイドンズ・キングダム〉がこの世ならぬ存在に祟《たた》られていたとは私は信じていない。何かが祟ったとすれば、それは呼び物である危険なスライダー二基を改修しないケチなオーナーであり、薄給で入れかわりの激しい十代のスタッフたちだろう。当然ながら、〈ポセイドンズ・キングダム〉にとどめを刺した二〇一一年の事故で、十一歳のアリーシャ・ダウドが溺死したのが霊のせいだったとは思わない。

二〇〇〇年代終わりには、続発する骨折事故や食中毒、水からうつる謎の病気のせいで、この施設の評判は地に堕《お》ちていた。エメリン・フォックスは地元紙への投書から、フェイスブックでの発信(文字および動画での)に移行し、〈ポセイドンズ・キングダム〉への来場者数は大きく減少した。

二〇一一年の時点で、クロウ・オン・シー小学校は数少ないお得意さまだった。大幅な割引が受けられたため、学校ではほぼ毎学期この屋内プールへ遠足に行っており、ときどき児童が怪我をしても、それが変わることはなかった。

クロウ・オン・シー小学校は、年度末の遠足で五年生と六年生を例年どおり〈ポセイドンズ・キングダム〉へ連れていった。施設ではスタッフの人数が減るとともに、安全衛生上の問題が増加していた。ライフガードはふたりしかおらず、アリーシャが溺死したときはどちらもてんかんの発作を起こした五年生の児童にかかりきりになっていた。

アリーシャ・ダウドはカナリア諸島のフエルテベントゥーラ島への家族旅行から帰ってきたばかりだった。ダウド家は学期中の割安な時期に家族旅行に出かけ、教師の顰蹙《ひんしゅく》を買うのがつねだった。アリーシャは旅先で髪を細い三つ編みにし、一部にカラフルな糸を編みこんで、それを大きな星形のビーズでとめていた。

アリーシャはトライデントの左のスライダーからすべりおりた。そこにいたスタッフは、べつのプールでてんかんの発作を起こした五年生のもとへ駆けつけていた。彼女はうつぶせですべることにした。トライデントの左のスライダーには、わずかな隙間ができていた。ボルトが少しゆるんでいたためだったが、それは髪につけられた星形のビーズには充分な隙間だった。三つ編みの先が引っかかって、アリーシャは流れる水のなかでうつぶせのまま動けなくなった。溺れて死亡するまでに一分はかからなかっただろうと推測される。

スライダーの次の順番を待っていた児童（並んでいたのはその子ひとりだった）は、三十数え、おまけで六十まで数えてから左のスライダーをすべりおりた。その児童とはヴァイオレット・ハバードだった。

ヴァイオレットはスライダーの途中でぐったりしたアリーシャをよけられずにぶつかった。その体重と衝撃で、アリーシャの髪からビーズがとれ、ふたりはそろってプールに落ちた。ヴァイオレットはそのあいだずっと悲鳴をあげていた。

ほとんどの児童はライフガードに注目していたが、ジョニ・ウィルソンはヴァイオレットを待っていた。ジョニはアリーシャの息絶えた身体が、絶叫するヴァイオレットとともにプールに落ちるのを見ていた。

アンジェリカとケイリーは、発作を起こした児童に対応するライフガードを見ていた。大半の子供たちは、ライフガードが問題の児童にかかりきりのあいだ、プールからあがって集まって待つよう教師に指示されていた。ヴァイオレットが悲鳴をあげると、多くの児童が何ごとかと走っていき、教師もそれに続いた。動かないアリーシャの身体に気づいた子供たちからさらなる悲鳴があがった。ひとりの教師がヴァイオレットをプールから引きあげ、べつのひとりがアリーシャを助けようと服のまま飛びこんだ。救急車が呼ばれ、十代のライフガードが心肺蘇生《そせい》を試みたが、手遅れだった。アリーシャはその場で死亡が宣告された。

子供たちは学校に戻り、親に迎えにきてもらった。ヴァイオレット・ハバードは、ライフガードや教師やオーナーのアルフィー・プラウドとともに警察に事情を訊かれた。ジェラルド・ダウドは誰かが訴追されるべきだと訴えたが、このできごとは悲劇的な不慮の事故と判断された。

アルフィー・プラウドは短期間の休業を経て〈ポセイドンズ・キングダム〉を再開しようとしたが、ジェラルド・ダウドが抗議デモを呼びかけた。懸念を抱く親たちが、一週間にわたり、施設の外でプラカードを掲げて閉園を訴えた。七日間まったく客が入らず、プラウドは〈ポセイドンズ・キングダム〉の閉園を余儀なくされた。

〝ついに子供の死が現実に。霊が怒っている〟というのが、ポスト・オン・シー紙のエメリン・フォックスによるコラムの初回の見出しだった。建物の前でお祓いをする彼女の写真まで載っていた。何度か不法侵入が繰りかえされたのち、建物は取り壊され、土地は売りに出された。

お祓いの甲斐《かい》もなく、土地はいまだに売れていない。クロウの北のビーチの背後には、現在も雑草に覆われた空き地のままの一角があり、昼から酒を飲む輩《やから》も、ピクニック客もそこにはなぜか近づかない。町ではそこを小さな公園にする計画が進んでいるが、〝アリーシャ・ダウド記念公園〟と呼ばせようというジェラルド・ダウドのもくろみに賛同は得られていない。

アンジェリカはアリーシャの死をどう受けとめたのだろうか。

「もちろん悲しんでいた」とサイモン。「だがまあ大丈夫だったよ」彼はそこで話題を変えた。ジェラルドはひどく悲嘆にくれていたと。「溺れるなんて、ものすごく苦しい死にかただろう?」

ジェラルドは憑《つ》かれたように次々何かを買っては、アリーシャの名前をつけた。〈ヴェガス・バイ・ザ・シー〉は一時期、〈アリーシャズ〉に名前が変えられた(売り上げが落ちたため元に戻されたが)。また、公園のベンチをいくつも買い、〈ポセイドンズ・キングダム〉の跡地に追悼碑を設置しようとした。サイモンにはホテルのスイートルームの名前を〝アリーシャズ・ルーム〟に変えてくれと頼んだ。

「で、やつはあのいまいましいパブを買ったんだ」サイモンが目をぐるりと回して言った。それは〈スポイルド・プリンセス〉というパブのことで、ジェラルドはそれを上の娘のミアに与えた。アンジェリカは次のように書いている。

ミア・ダウドが表向きはあのパブのオーナーで、店の壁にはアリーシャを偲《しの》ぶ写真やなんかが飾られてた。〝アリーシャ――わたしたちの永遠のお姫さま〟とか書いてあって。行くといつもミアが接客してくれて、すごくよくしてくれたけど。ミアはオーナーみたいにふるまってたけど、ほんとは店はお父さんのもので、でもミアがお金を貯めて店を買ったみたいに思わせてたんだよね。新聞とかでいい話として取りあげられるように。うちのパパがジェラルド・ダウドと友達だから知ってるんだ。〝妹を亡くした悲劇の姉がお金を貯《た》めて、大学にも行かず、一生懸命働いて、妹の思い出のためにパブを買った〟みたいな。まあ正直、誰も信じてなかったと思うけど、ほんとにミアが自分でパブを買ったなんて話は。だって、みんなダウド家の人たちを嫌ってたから。小さい子供を亡くしたら普通同情されるのに、それでもだから。まわりからどう思われてたかわかるでしょ？

「あいつはミアに十八のころから〈スポイルド・プリンセス〉をやらせてた。あそこは十代が酒を飲む場所になってたんだ」サイモンはそう言ってから、言いわけがましく言葉を継いだ。「とはいえ、あそこで飲むほうが、どこかの公園やら、知らないオーナーの店やらで飲むよりましだと思ってね。あの子たちのなじみの闇酒場で飲んでてくれたほうがいい。クロウの公園はレイプが多いし、ビーチで飲むのはもってのほかだ。もう子供がひとり溺死している。それだけでたくさんだからね。おたくだってたくさんだろう？」

私はそれに答えず、話を戻そうとした。アンジェリカはよく〈スポイルド・プリンセス〉へ行っていたのかと質問すると、サイモンは、ドリー・ハートとつるむようになってから行きだしたのだ、と軽蔑のこもった口調で言った。アンジェリカはアリーシャの死をどう受けとめていたのか、ともう一度尋ねてみた。ハイスクールにあがった彼女にそのことはどう影響していたのか、アンジェリカの精神状態になんらかの影を落としていなかったのかと。サイモンは答えず、肩をすくめて含み笑いをし、娘の精神状態にきみが心配するような問題は何もなかったと主張した。

アンジェリカの精神状態は、ジョニ・ウィルソン殺害における彼女の役割を理解するうえで、きわめて重要であると私は指摘した。ヴァンス・ダイアモンドのスキャンダルはどうだったのか。ダイアモンドの死とその後明らかになった醜聞——それはアリーシャの死からわずか一年余りのことだった。家族にとってひどくストレスを感じる時期だったのではないか。とくにアンジェリカにとっては。

するとサイモンは黙りこんだ。ダイアモンドと自分が写っている写真を指さし、親友がレイプ常習犯で小児性愛者だという濡《ぬ》れ衣《ぎぬ》を着せられたら、ストレスを感じないかと尋ねてきた。そうですね、だから質問したんです、と私は答えた。ヴァンス・ダイアモンドの罪について ここで云々《うんぬん》するつもりはなかったので、そう伝えた。そして話を先に進めようとした。

「アリーシャの死がきっかけになったとは思いませんか。アンジェリカはそれで超自然的なものに関心を持つようになったのでは？　心霊番組とかそういった周辺的なものへの関心を超えて。アンジェリカはドリー・ハートの……創造物を具現化するとかいう考えを信じこんでいたように思えますが」

「きみの魂胆はわかっている」サイモンがつっけんどんに言った。「娘はそんなたわごとをいっさい信じていなかった。あんなカルトじみたおかしな……ほかの子たちがアンジェリカを洗脳しようとしていたようなことは何も。あの子はそんな馬鹿じゃなかった。きみはわたしのホテルの幽霊話と、娘があんな事態に引きずりこまれたことには、何かつながりがあるということにしたいんだろうが、その手には乗らない」

踏みこみすぎかもしれないと思いつつ、どうしてアンジェリカのことをずっと過去形で話しているのかと訊いてみた。サイモン・スターリング＝スチュワートはなぜ、娘がもういないかのような口ぶりで語っているのか。

「だっていないからだよ。もう」と彼は言った。もう少しくわしく説明してほしかった。彼女が保護施設を出たら名前を変えなくてはならないということを指しているのか。それとも、自分にとってアンジェリカはもう死んだという意味なのか。だがその答えは得られなかった。サイモンに答える気はなかった。

彼は急に、私に政治的思惑があるのだろうと責め、〝キャンセルカルチャー〟についてまくしたてて、もう帰ってくれと言った。

アリーシャが死んだときはすごく悲しかった、はず。もうよくおぼえてない。お葬式とか以外は。だってあのときはまだ十歳か十一歳だったから。わたしとケイリーはあのあと、ほかのみんなを避けてた。誰ともあんまり話さなかったし、誰かをからかうのもやめた。アリーシャがいないと面白くなくて。なんだか何もかも変な感じで、みんなわたしたちのことを赤ちゃん扱いするし。どうせ小学校はもう残り一週間か二週間しかなかったから、夏休みのあいだは町から離れて、それ以上大騒ぎしたりはしなかった。学校の最後の日は、ケイリーとおたがいのシャツにサインしあって、そのあとは早めに迎えにきてもらった。あの夏は悲しかったのをおぼえてるけど、パパにロンドンまで『キャッツ』を見に連れていってもらって、それがすごくよかった。はじめて生で見たミュージカルだったの。DVDでディズニーのミュージカルは見てたし、一九九八年版の『キャッツ』（だいたいの人が見てるのはこのバージョン）もDVDで見て好きだったけど、でも生で見るのは全然違って、最高だった。

あと、パリのディズニーランドにも行って、ケイリーにはすごくうらやましがられた。

ハイスクールにあがったら、ヴァイオレットとジョニは前にもましてべったりだった。小学校でもいつも一緒にいたけど、ほかにも変な女の子たち何人かも一緒だった。でもハイスクールではあのふたりだけ。あとは誰もあの子たちと仲よくしたくなかったみたいね。ジョニはあいかわらずすっごくウザかったけど、それでちょっかい出すほどわたしももう子供じゃなかったから、ただ無視するようにしてた。一年くらいはそんな感じだった。こっちも向こうも。

わたしとケイリーはほかのかわいい女の子たちと仲よくなった。ローレン・エヴェレットとか、ジョージーナ・メイ*とか、アナベル・ムーア*とか。ローレンとジョージーナは町の外の小さな小学校に通ってて、クロウの学校には車で送ってもらってた。わたしと同じで。だから自然とすぐ仲よくなったの。ジョージーナとうちのパパは車まで同じランドローバーだった。わたしたちみんな、おたがい通じるところがあったんだと思う。〝あのかわいくてリッチな子たちは何者？　どうしてアンプルフィールドに行ってないの？〟みたいな。わたしがアンプルフィールドに行かなかったのは当然だけど（だって学費に見あわないひどいところだし！）、ローレンの場合はきょうだいが十人くらいいて、私立に行くほどの余裕がなかったみたい。ジョージーナはすごくリッチだったけど、うちのパパいわく、成金？の人たちは浪費家で教育への優先順位が低いんだって。アナベルはアンプルフィールドに行ってたんだけどね、二週間くらい。でも両親が離婚して、パパがスペインかどこかに行っちゃって、それでクロウ・オン・シー・ハイスクールに転校させられたの。

で、わたしたちはかわいくてイケてるグループとして一緒に行動してた。そしたら八年生のとき、九年生や十年生の男子から話しかけられるようになって。それってじつはかなりすごいことだった。十年生のジェイムズ・クラークがお昼にわたしたちのところに来るようになったのをよくおぼえてる。ジェイムズ・クラークはミドルズブラFCの十六歳以下のチームにいて、十一年生の女子からも人気があった。わたしたちがかわいくて、みんなわたしたちみたいになりたい、わたしたちと仲よくしたいって思ってた証拠だよね。ジェイムズはジョージーナとアナベルの両方とデートしてた。わたしたちがまだ九年生のときに。彼なら

十二、三年生《シックスフォーム》の女子とだってデートできたのに。
男子に話しかけられるようになったころ、ウザい取り巻きみたいな子たちがグループに入ってきた。わたしたちみたいにかわいくないけど、スポーツができて、服もまあまあイケてる子たち。ステファニーとブリトニーとふたりのハンナとか。わたしは友達とは思ってなかったけど、かわいそうだから誕生パーティとかには呼んであげてた。いただけだけどね。おたがい話したりもしないし。ただ集まるときは来て、そこにいただけ。わたしがグループのAクラスなら、あの子たちはBクラスだったから。

ジョニがまたわたしの毎日に戻ってきたのは、その二軍の子たちが登場したころだったかな。

ある日、ローレンに訊かれたの。同じ小学校のジョニ・ウィルソンって知ってる？ って。うん、有名な変な子だよ、って答えた。でもそこがローレンの問題なんだけど、とにかくいじめが嫌いで。お姉さんだか妹だかに障害があって、それが原因でいじめられたからしいんだけど。

ローレンに本物の障害者の家族がいるなんて信じられないと思ったのをおぼえてる。あんなにかわいくて頭もいいのに（もちろん、わたしにはルシアナがいるけど、本物の障害者ってわけじゃなくて、ただ人と目を合わせないってだけで、それでも大問題みたいになってるけど）。まあとにかく、ローレンはかわいくて頭もいいけど、ちょっと上から目線なところがあった。こういうことではほんとにえらそうで。それで、ジョニは変人だって言ったら、ローレンは顔をしかめて、「そう？　すごく面白い子だと思うけど」って。

グループにいるためにはローレンの機嫌をとらなきゃいけなかった。もともといた三人目のハンナが追いだされたから。ヴァイオレットが体育で変な走りかたをしてて、三人目のハンナがどんくさい馬鹿って言ったの。何人かが笑ったけど、ローレンは「最低、いいかげんにしなよ」って言った。そのあと、昼休みに三人目のハンナがみんなを味方につけようとして、ヴァイオレットの走りかたはほんとに馬鹿みたいだった、ローレンはつまんない子だって悪口言ってたら、ローレンがそれを聞いちゃって。激怒して、三人目のハンナのポニーテールを思いっきり引っぱったの。三人目のハンナはそれっきりグループから消えちゃった（笑）。

とにかく、ローレンはわたしがいくら止めてもジョニにかまうようになった。廊下ですれちがったら「ジョニ!!」って声をかけて、昼休みに「ジョニったら、きょうの英語の授業ですっごく面白かったんだよ」とか言って。ジョニはウザくて変な子だって何度も言ったんだけど、ローレンはわたしにまで「最低、いいかげんにしなよ」だって。はいはいって感じ。

そのあと、ある日ジョニが……いきなりそこにいたの。昼休みにローレンと仲よくすわってた。ローレンはジョニの髪のことで世話を焼いてた。ふたりともくせっ毛だったから。ローレンはジョニの髪がチリチリにならない方法を教えてたの。週末に家に来なよって言ってた。ほかの誰も呼んでなくて、ジョニひとりだけ。で、かなり面白かったのが、ヴァイオレットがすごくショックを受けた顔して隅のほうに立ちつくしてたんだよね。日本のマンガか何かいじって、わたしたちを見てるのを隠そうとしてた。こっちに来ようか迷ってる感じだったから、睨《にら》んでやったら逃げていったんだよ！　信じられない。ウケるよね。

次の月曜日、ジョニは髪をちゃんとして学校に来た。カーリーだけど、チリチリじゃない感じに。週末にローレンからやりかたを教わったんだろうね。色まで前よりよくなったように見えた。なんとメイクまでしてた。メイクなんてしてきたことなかったのに。公式には学校にメイクしてきちゃいけないことになってたけど、よっぽど濃くなければ注意されなかった。でもまったくメイクしないと、逆に変っていうか。わかるかな？　みんなマスカラとか、コンシーラーとか、あのころはマットなリップが流行ってたから、ヌードカラーのマットなリップとかをつけてた。ときどきはハイライトも。でも濃すぎると、先生に気づかれて顔を洗ってこいって言われちゃう。

ジョニは〈NYX〉のリップ（わたしがいまつけてるみたいな色の）とマスカラをつけてきた。普通に見えた。いつも変なスポンジボブのランチボックスを持ってきてたのに、それも持ってなかった。しかも、ワッペンとかバッジとかがたくさんついたいつものダサいバックパックじゃなくて、まあまあイケてるショルダーバッグを持ってた。〈トップショップ〉のやつみたいな。〈ニュールック〉じゃないにしても、〈トップショップ〉のバッグを。クロウには〈トップショップ〉もないんだけど。

みんな、「わあジョニ、見違えたね！」とか言ってた。わたしは何も言わなかったけど。だって太っててブスなのは一緒でしょって。だけど、髪をちゃんとしたジョニは、もう前みたいに太っててブスじゃなかった。なんていうか、あいかわらず太めで、わたしみたいに痩せてないのはもちろんだけど、顔がもっと普通に見えた。頭全体が大きくて四角っぽかったのがそうじゃなくなって、全体的にちょっとかわいくなったっていうか。

ローレンは「週末、一緒に買い物に行って、イメチェンしたんだよね！」って。みんな、ローレンにやさしいねとか、ジョニにかわいいねとか言ってた。小学校でさんざん馬鹿にしてたのが嘘みたいに。ケイリーまで、ジョニにすごくかわいいね、なんて言って。ケイリーがあんな裏表のある陰険な子だったなんてね。

それから、ジョニは授業でもわたしたちと一緒にすわるようになった。ある日から急に。昼休みも毎日一緒にいるのがあたりまえになった。そうやって、ジョニはそこにいるようになった。いつもそこにいるようになった。理科の実験ではわたしがアナベルと組んでたのに、アナベルがジョニと組むようになったから、わたしはBクラスのステファニーと組まなきゃいけなくなって。ジョニは体育までわたしたちと一緒にやるようになった。運動音痴のくせに。わたしたちはみんなスポーツが得意で、ネットボールでもいつも勝ってたのに。ジョニはへましたとき冗談を言うようになって、アナベルやローレンやジョージーナはそれに大笑いして。ケイリーまで一緒に笑うようになった。

ジョニは小学校のころ、ほんとに変だったってことをもう一度ローレンに言おうとしたの。一緒にすわってる数学の時間に。ローレンは……あっそう、べつに気にしない、ジョニが好きだから、って。小学校時代のジョニのことをそうやって悪く言うの、ほんとによくないよ、とまで言われた。

ローレンの機嫌をそこねたくなかったから、ジョニにもやさしくするようになった。グループから追いだされたくなかったから。でもべつに仲がよかったわけじゃないし、ふたりで一緒にいることはほとんどなかったけど。でもまあ、だからジョニとは友達だった、いちおうは。

*

ローレン・エヴェレットは現在十九歳で、とあるラッセル・グループ加盟大学で政治学と国際関係学を学んでいる。小柄な美人で、黒っぽいカーリーヘアをボブカットにした彼女は、取材の申しこみに驚いたようだった。というのも、事件の数カ月前からアンジェリカとはほとんど話もしていなかったからだ。彼女はアンジェリカ言うところの〝Aクラスの人気女子のグループ〟のリーダーとされる人物であり、唯一取材に応じてくれたグループのメンバーでもあった。

「うわっ、恥ずっ」とローレン。「自分たちのことをそんなふうに言うなんて、恥ずかしいでしょ。わたしなら言わない」アンジェリカがよくそのようなアメリカかぶれの言動をしていたとローレンは証言する。まるでカリフォルニアの架空のハイスクールに通ってるみたいだとみんなで軽くからかっていたと。アンジェリカの言葉にはおかしなアメリカ訛《なま》りまであった。フロリダで一カ月すごして身についたのだと本人は吹聴《ふいちょう》していたらしい。

ジョニが同じこと——アメリカかぶれの言動——をしていたとアンジェリカが非難していたのを、賢明な読者ならご記憶かもしれない。ローレンは、ジョニが「気まずい《オークワード》！」と言っていたのはおぼえているが、アメリカ訛りだった記憶はないという。

アンジェリカがローレンのことをリーダーだと思っていたのも彼女自身には意外だった。アンジェリカが、ローレンの〝機嫌をとらなきゃいけない〟と感じていたことも。

「だって……正直、アンジェリカはわたしが嫌いだってずっと思ってたから。とくにわたしがジョニと友達になってからは。でもそういえばいつも、わたしに対して変にゆずるようなところはあった気がする。なんていうか、自分でリーダーを名乗るなんてすごくやな感じだけど……小さいころから、みんながわたしに対してゆずってきた。うちのママが長女で、わたしはその長女だから、下に三人妹がいるし、年下のいとこもたくさんいて……だから自然とリーダー役になっちゃうみたい。カウンセラーにそう言われた。決断力があって、生まれつきのリーダーの資質があるんだって。よくわからないけど。自分からそういう役を求めてるわけじゃないよ、権力がほしいとかでもないし。ただ、きっぱりしてて、思ったことを言うってだけ。昔から自分に自信を持ってるタイプだったから、わたしにとってはそれが普通だったんだ」ローレンはそこまで一気に言うと、長々としゃべってごめんなさいと謝った。

はじめから聞かせてほしいと私は頼んだ。アンジェリカとの出会いは？

ローレンはクロウ・オン・シー・ハイスクールの七年生の初日の思い出を語ってくれた。

その日はクロウの町の外の小さな小学校で一緒だったジョージーナ・メイとともに登校した。ジョージーナ（お高くとまっていると自分でも認めていた）は友達を選びたがっていたが、ローレンはなるべく早く、なるべくたくさんの友達をつくりたかった。授業のグループ分けでケイリー・ブライアンと一緒になって、初日の打ちとけるためのゲームでペアを組み、意気投合した。ケイリーは髪を編みこみにしていて、自分でそれをやったと聞くと、ローレンは昼休みに自分の髪も編みこみにしてほしいとケイリーに頼み、ＯＫしてもらった。そのときからふたりは友達になった。

「それで、うん……アンジェリカもそこにいたって感じ」

ケイリーがローレンの髪を編んでくれているあいだ、アンジェリカが自分の好きなディズニープリンセスは誰かとクイズを出してきた。

「『アラジン』のジャスミンかなって答えたら、ジャスミンは最下位だっていうの。自分の歌がないからだって。あっそう、みたいな」

ケイリーとアンジェリカはふたりでセットのようだった。すぐにジョージーナがアンジェリカと衝突して、ジョージーナはアンジェリカを追いだそうとみんなを説得しにかかった。

「でもそれは意地悪すぎる気がして、だからがまんすることにしたの。あんな事件が起きたから話を変えてるわけじゃないよ。あの子と友達じゃなかったって言うつもりもないし。でも……」ローレンはそこでコーヒーカップを回し、言葉を探して眉間にしわを寄せた。「そういう友達、いたことない？　いかにも中高生って感じだけど、みんながなんとなく嫌ってる友達っていうか。グループのなかにひとり、みんなちょっと馬鹿にしてる子がいるみたいな。その子の言うことがいちいちウザくて、ほかの子とうんざり顔しあったり、陰でその子のことを笑いものにしたり」

ローレンにとってアンジェリカはそういう存在だった。嫌いな友達。アンジェリカの立場が最下位であることは、ジョニがグループに加わるずっと前からもう固まっていた。ジョージーナはアンジェリカがグループにいるのをいやがっていたし、ケイリーも昔からの友達に対するがまんの限界が近づいていた。ひときわ美人のアナベル・ムーアが九月の途中にクロウ・オン・シー・ハイスクールに転校してくると、すぐにグループに仲間入りした。アンジェリカはアナベル（十一歳ですでに身長が五フィート六インチもあった）に靴のサイズを訊いた。アナベルが六だと答えると、アンジェリカは甲高い笑い声をあげて、アナベルが〝男みたいなデカ足〟だとみんなに触れまわった。またべつの日には、アンジェリカはアナベルにどうしてそんなに巨大になったのかと尋ね、食事を減らしたほうがいい、これ以上背が伸びないように、と言った。

アンジェリカが風邪《かぜ》で休んだ日、アナベルはグループの面々にそっと尋ねた。アンジェリカのこと、ちょっとウザいってみんなは思わない？

みんなそう思っていた。アンジェリカはウザいと思っていた。ケイリーでさえ、アンジェリカは〝ちょっと行きすぎ〟だと打ちあけた。

やがてローレンたちは、ブリトニーとステファニーともっぱら〝ハンナたち〟と呼ばれているふたりの女の子とも仲よくなった。みんなスポーツが得意な子たちだった。ブリトニーは水泳、ステファニーは体操の選手で、ハンナたちはどちらも同じ陸上クラブのランナーだった。四人が新入りだからと、アンジェリカは〝Bクラス〟の子たちと呼んだ。〝Bクラス〟の子たち自身は、誰からもとくに好かれていなそうなアンジェリカが、どうして自分たちをえらそうに〝Bクラス〟と呼ぶのかととまどっていた。

「誰もブリトニーとステファニーとハンナたちのことをBクラスなんて思ってなかった、アンジェリカ以外」とローレン。「ブリトニーとはいまもしょっちゅう会ってるし。「同じ街のべつの大学」に行ってるから。ほかのみんなともグループチャットをしてる。わたしにとっては全然Bクラスじゃなかった。みんなすごくいい友達だった。アンジェリカがそんなふうに呼んだのは、たぶん……あの子たちがある日いきなりそこにいるようになったからじゃないかな。ちょっと突然だったっていうか、急にわたしたちと友達になることにしたみたいな。少し人工的っていうか。十二歳や十三歳のときに友達になるのって、そういうところあるでしょ。もしかしたら、アンジェリカはあの子たちに立場を脅かされる感じがしてたのかも。わたしやジョージーナやほかの子が、あの四人とすごく仲よさそうにしてるのを見て。みんなで大笑いしたりね」私はそこで、みんなはなぜアンジェリカのふるまいをがまんしていたのだと思うかとローレンに尋ねた。アンジェリカが意地悪で、みんなをいらつかせていたなら、そもそもどうして一緒にいたのかと。

「うーん……ケイリーからアリーシャ・ダウドに起きたことと、アンジェリカがそれでちょっとおかしくなったってことを聞いてたからかな。なんていうか……ちょっと変になったっていうか、空想がちになったっていうか？　ケイリーは子供っぽくなったって言ってた。小学校ではひたすら大人ぶってたのに、ハイスクールではまたディズニープリンセスの話をしたり、ダンスをつくったりするようになったって」ローレンはそこで少し言いよどんだ。

「あと、アリーシャと話してた。ケイリーが言ってたんだけど——アンジェリカの家でモノポリーか何かをしてるとき、アリーシャ用の駒を選ぶように言われたんだって。それで……アリーシャの番になると、誰もいない空中を見て質問したり、返事が聞こえるみたいにしばらく黙ってたりしたって。それはアリーシャが死んでからそれほどたってないときのことらしいけど、それでも……変でしょ？　なんだか悲しいし。だけどアンジェリカって、ようするにそんな感じだったの」

それは興味深い——アンジェリカの父親は、娘がオカルトに関心があったという考えを強く否定していたのだが、と言うと、ローレンは鼻を鳴らした。

「関心っていうのかわからないけど、アンジェリカは霊を信じてた。百パーセント本気で。でも、いつもそういうことを言うわけじゃなくて、ハロウィーンとかになると持ちだすだけ。ほら、神さまは信じてるけど、教会には特別なときしか行かないみたいな。いるでしょ、そういう人」

アンジェリカが〝教会に行った〟、つまり霊を見たとか、霊と話したと自慢していたことがあったのか訊いてみた。

アンジェリカはいろいろ自慢していた、とローレンは証言した。『モースト・ホーンテッド』なんかのテレビがパパのホテルに来たとか、うちの一家はみんな〝ちょっと霊感がある〟とか。

サイモン・スターリング＝スチュワートもアンジェリカも、そういうふるまいのことは言っていなかった。アンジェリカは自分のしていることが変だとある程度はわかっていたんだと思う、とローレンは言った。いつも多少は自覚があって、その自覚こそがアンジェリカのなかに葛藤を生んでいて、そのためにいっそう付きあいにくくなっていたと。

「あの子が完全に妄想の世界にいたら、もうちょっと付きあいやすかったかもしれない。でも……自分でもイタいのはわかってて、そうじゃなくなりたいんだけど、どうすればイタくなくなるかがわからないって感じだったんだよね。意地悪なところもあったけど、それもすごく小さい子っぽい意地悪さだったたし。かわいそうだった。すごく気の毒で、心から同情してた。だって、アリーシャ・ダウドのこと以外に、ヴァンス・ダイアモンドの件もあったでしょ。あれはきつかったたっていうか、ほんとにすごくつらかったと思う。それにほら、あの子のパパも。ああいう人がパパだと、いつもいたたまれない思いをしてただろうし。ちょっとおかしくなるのも無理ないよね」

サイモン・スターリング＝スチュワートが右派のコメンテーターとして活動を始めたのは、友人のヴァンス・ダイアモンドの児童性虐待スキャンダルが明るみに出たあとだった。ダイアモンドは二〇一二年九月に死亡し（偶然にもアンジェリカが十三歳の誕生日を迎える直前だった）、十二月に彼による多数の性加害、児童への性的虐待を訴える告発の声があがった。

知らない読者のために書いておくと、ヴァンス・ダイアモンドはナイトクラブのオーナーであり、ラジオやテレビの司会者で、慈善活動家としても知られていた。そんな彼は性犯罪の常習犯でもあった。連続殺人犯のように被害者の数でランクづけするなら、イギリス史上最悪の性犯罪者のひとりと言えるだろう。

一九七〇年代から八〇年代にかけて、彼はクロウ・オン・シーが生んだ一番の有名人となった。彼の墓は海を望む小高い丘の上に建てられた。ダイアモンドを全国的に有名にしたクイズ番組『スティールズ・オン・ホイールズ』にちなんで、墓石は巨大なルーレットの形をしていた。〝わが墓で回れ〟とその墓碑銘には刻まれていた。

十二分割されたルーレットには、それぞれにダイアモンドが支援していた慈善団体（多くが地元のもの）の名前が記されていた。〈トゥモロー・センター〉〈クロウ総合病院〉〈聖イシドール病院〉〈フォックス・ファミリー児童養護施設〉〈クロウ女性シェルター〉〈ダイアモンド・ハート・ホスピス〉……それは巨大で醜悪で、存在していた数カ月のあいだは観光名所にもなっていた。

「あの墓石が撤去されたときのことはよくおぼえてる」ローレンにヴァンス・ダイアモンドのスキャンダルの記憶と、ハイスクール二年目の彼女にとってそれがどんなできごとだったかを尋ねると、そんな返事が返ってきた。「校庭からあの丘の上が見えたから、人が来てあれをヴァンで運んでいくところもみんな見えた。その最中、男子たちは〝変態、変態〟って囃《はや》したててた。

うちのママの反応もおぼえてる。ママはショックを受けてた。十八歳のとき、彼のバーのひとつで働いてたんだって。〝信じられない、来たときはすごくいい人だったのに。みんなに飲み物をおごってくれて。信じられない。一度お尻をぽんと叩かれたことはあったけど〟って言ってた」

ダイアモンドはクロウ・オン・シーの出身で、一九四〇年代に裕福な一家に生まれ、二十代で数軒のナイトクラブを所有して地元ラジオ局のDJになった。一九七〇年代なかばにBBCに見いだされ、ラジオ1の『チャートショー』の司会を務めるようになった。

ダイアモンドが一躍有名になったのは、一九七九年にBBCのクイズ番組『スティールズ・オン・ホイールズ』の司会者に就任したときだった。この番組は一九八九年まで、夕食どきのお茶の間に向けて放送された。ダイアモンドの死亡記事では、ユーモアをまじえて〝必要以上に複雑きわまる〟〝異常に過酷〟と紹介されたこの番組は、二家族が賞品の車と、最初の二ラウンドで得られる（たいていは少額の）賞金をめぐって競うものだった。出場チームにはだんだんむずかしくなるクイズが出題される。チーム1が正解すると少額の賞金を獲得し、次の問題が出される。その問題をパスするか、不正解の場合、チーム2に〝スピンかスティールか〟の選択権が与えられる。つまり、ルーレットを回す《スピン》か、かわりに解答する《スティール》かだ。ルーレットを回すと、最大五百ポンドの賞金を得られるが、逆に五百ポンド没収されてしまうこともあった。また、ルーレットで出た目によっては、さまざまなボーナスチャレンジが用意されていた。

〝違いに気づけ〟というチャレンジでは、ダイアモンドが番組の途中でネクタイやシャツやポケットのなかのものをさりげなく取りかえて出てくる。それにいち早く気づいたプレイヤーに〝スティール・スティール〟というカードが与えられ、べつのプレイヤーのスティールの機会をスティールすることができた。〝ネズミを捕まえろ〟というチャレンジでは、おもちゃのラジコン式のネズミがステージに放され、プレイヤーが捕まえられたら百ポンドのボーナスが与えられた。なかでももっともおかしなチャレンジ（十年間の放送中の一年間しか続かなかった）が〝一気に飲みほせ〟と呼ばれるもので、プレイヤーは缶詰のベイクドビーンズを十五秒以内に飲みほせば、没収された賞金を取りもどすことができた。このチャレンジの際、ダイアモンドは「お金を没収されましたね？　取りもどしたいですか？」と言って、ベイクドビーンズの缶詰を取りだし、「じゃあ飲みほしてください」とプレイヤーに告げるのだった。

『スティールズ・オン・ホイールズ』は相当にカオスな番組で、いくつもの伝説的なハプニングを生んだ。ダイアモンドは番組で悪態をついたり、出場者を侮辱したり、ぼーっとしたり、泥酔状態で出演したりとやりたいほうだいだったが、それでも視聴者には――ちょっと変で酒癖の悪いおじさんとして――愛され、子供たちにはとくに人気があった。ダイアモンドは九〇年代に、子供向けチャンネルのCBBCで『スティールズ・オン・ホイールズ』をぬるくしたバージョンの司会までしていた。

この間を通じて、ダイアモンドは慈善活動にいそしみ、クロウ・オン・シー近辺のさまざまな施設や団体のために多額の募金を集めて寄付した。地元のヒーローのダイアモンドは、支援する多くの病院や介護施設や児童養護施設に自由に出入りすることができた。彼はそこで、こうした施設のもっとも弱い立場の人々を選んで加害していた。被害者の立場の弱さこそ、彼の犯罪が長く闇に葬られてきた理由だった。声をあげたとしても、無視されてなかったことにされるか、ダイアモンドや彼に協力する施設の関係者によって脅され口を封じられてきたのだ。

クイズ番組やトーク番組のほか、チャリティ番組の『コミック・リリーフ』や『チルドレン・イン・ニード』でもおなじみのダイアモンドは愛される人気者だった。クロウ・オン・シーの町ではダイアモンド・デーなるものまで設けられた。毎年その日に、学校や地元企業でチャリティ募金集めのための町をあげたイベントをおこなうというもので、ヴァンス・ダイアモンド自身も最初の年と、最後になった二〇一二年六月のダイアモンド・デーに参加した。彼が所有する会員制クラブ〈ダイアモンズ〉の正面には巨大な壁画が描かれていた。ダイアモンドがトレードマークの真っ黒に染めたオールバックで一度に二本のタバコをくわえ、トランプのカード――ダイヤのエース、キング、クイーン、ジャックとジョーカー――を手にしている姿で、二本の金歯を見せて笑い、ウィンクしていた。その絵はクリスマスまでに塗りつぶされた。

最初の告発がなされたのは、二〇一二年十二月に放送されたドキュメンタリー番組『パノラマ』だった。ダイアモンドが長年にわたって子供たちを虐待してきただけでなく、複数の病院や施設の上層部や、クロウ・オン・シーの自治体関係者が虐待を知りながらダイアモンドをかばい、隠蔽《いんぺい》してきたのみならず、自ら虐待にも加わっていた。被害者は脅され、口止め料を握らされ、さらなる虐待を受けたケースも少なくなかった。

町の人々は当初、ダイアモンドをかばった。声をあげた被害者とされる者たちは、結局のところ、児童養護施設を出て刑務所に入ったり、精神科病院を出たり入ったりと、普通の住民にとっては遠い存在だった。潮目が変わったのは、より安定していて信頼できる被害者たちが名乗りでてからだった。

それでも、サイモン・スターリング＝スチュワートは請われるままに地元メディアでダイアモンド擁護の論陣を張りつづけた。彼に不利な証拠が積みあがりつつあったにもかかわらず。

『パノラマ』のドキュメンタリー（サイモン自身も少しだけ出ていた）の放送後、サイモンはクロウのローカルラジオ局〈クロウ・オン・エアFM〉から引き抜かれ、BBCの『ニュースナイト』でコーナーを持って、ダイアモンドの無実を熱心に訴えた。

このスキャンダルがアンジェリカにどんな影響をおよぼしたのかおぼえているか、とローレンに尋ねた。はっきりおぼえている、と彼女は答えた。ドキュメンタリーの翌朝、アンジェリカはふだんと変わらない様子で学校に来たという。

「だって『パノラマ』を見てる十二歳なんてあんまりいないでしょ。だから、わたしたちの学年はみんな何が起きてるのかよくわかってなかった。だけど、わかってる上級生もいた。

ふだんは下級生をほぼ無視してるシックスフォームの生徒の何人かが、わたしたちを見てたからおぼえてる。あと、アンジェリカも何が起きてるのかわかってたと思う。あの子のパパは番組を見てたはずだし、それにあのパパが学校の迎えの時間のラジオに出てたから、学校からの帰りの車で、あの子のパパの口から事件のことを聞いた子が多かったんじゃないかな」

次の日のほうがアンジェリカにとってはつらかっただろう。「おまえの父ちゃんペド！」と廊下で叫ばれ、上級生の男子からは直接、ダイアモンドに虐待されたことがあるのかと訊かれた。翌日のポスト・オン・シー紙には〝沈黙の輪　クロウ・オン・シーでヴァンス・ダイアモンドとつながりがあったのは誰か〟と題する記事が掲載された。サイモン・スターリング゠スチュワートには一段が割かれ、ダイアモンドとの公私にわたる関係が報じられるとともに、一緒に写っている写真も数枚載せられていた。アンジェリカが振りかえる。

「わたしと姉が彼と一緒に写ってる写真が新聞に載ってたの。彼はサンタの格好をして、わたしはその膝にすわってた。最悪なことになったのはそれから。みんな事件のことなんてたいして気にしてなかったのに、わたしが彼の膝に乗ってる写真が新聞に出ちゃったからもう大変。廊下で「ホーホーホー」って言われたり、〈ダイヤモンドは永遠に〉の歌を歌われたり。ほんとくだらないし、全然面白くないし、ただただウザかった。

十一年生の男子に、うちのパパはペドなのか、パパは何回〝ダイアモンドにわたしをレイプさせたのか〟って言われて。もうほんと馬鹿みたい。だってそもそも、パパはわたしを彼とふたりきりにもさせなかったんだよ。ホームパーティに彼が来るときは、いつも彼が来たらすぐ子供はベッドに行かされたし、もし彼とふたりきりになったら、パパを呼んでくるって言って部屋を出なさいって教えられてたし。

まあそれはともかく、その男子が言ったことを先生が聞いてて、その男子は停学になった。またべつの男子がわたしに同じことを訊いて、その男子も停学になった。わたしが言いつけたんだけど。普通言いつけるでしょ？　でも、そしたらみんなにチクリ屋って言われるようになっちゃって。

こういういじめに二週間くらい耐えたあと、パパが学校に呼びだされて、〝管理措置〟を提案された。わたしの心身の健康が脅かされてるからって。実際そのとおりだったしね。校長のホワイト先生は、パパが誰にも見られないように、授業が終わってから一時間後に来させた。

でもパパは転校させないって言ったの。問題児はわたしじゃなくてほかの子たちなのに、わたしを友達と引き離すのはフェアじゃないって。「アンプルフィールドにはやらない。上の娘があそこでいじめにあった。あんなひどいところにこれ以上一ペニーだって払う気はない」ってパパが言ったら、ホワイト先生はスカボローやウィットビーにもハイスクールはあるって。

そしたらパパは、スカボローやウィットビーにもテレビはあるんだから、状況がよくなるとは思えないって言いかえしたの。それに、毎日そんなところまで車で送ってる暇はないって。スコルビー[8]とムアコック・ヒルを通る道が混んでて、スカボローやウィットビーまで四十五分もかかる、ホワイト先生が生徒をきちんと指導できないせいで、どうして自分が往復九十分も使わなきゃいけないのか、それに自分は〝このまま声を奪われ、表舞台から消されるつもりはない〟って。ホワイト先生は困惑して、これはヴァンス・ダイアモンドの件とわたしの安全の問題であって、パパのキャリアの話はしてないって言って。それにスカボローやウィットビーまでの時間は、アンプルフィールドまでと変わらないでしょって。これは馬鹿な指摘だったけど。だってアンプルフィールドにはスクールバスがあって、パパはルシアナの送り迎えなんてしなくてよかったから。

パパはそれで本気で怒っちゃって。自分がタクシー運転手に見えるかって。わたしをいじめてる生徒をきちんと指導できないなら、学校の理事に訴えてやるから楽しみにしてろって。パパは理事の半分くらいと友達だったし、町の議員も全員知りあいだった。それでホワイト

8　スカボローとクロウ・オン・シーのあいだにある村。

先生は、なんとか対処してみますって言って。で、学校が各家庭に手紙を送ったの。ヴァンス・ダイアモンドのことを持ちだしてほかの生徒にいやがらせしたり、いじめたりしたら停学です、二度やったら退学ですって。〝先日明らかになった悲劇に影響を受けた生徒とその家族への配慮〟のためとかってことになってたけど、みんなわたしのためだってわかってた。

「うん、転校するって話があったのはおぼえてる」とローレンも裏づける。「私立に転校しなきゃいけないかもしれないって、アンジェリカはちょっと自慢げに言ってた。前々から私立に行きたければいつでも行けるんだってよく言ってたし。でもそうならなかった。学校から手紙が来たのもおぼえてる。あと集会とか、特別授業もあった。児童虐待は深刻な問題で笑いごとじゃないとか、ようは退学にするぞって脅すような内容の。男子が何人かしばらく停学になって、アンジェリカも二週間くらい学校を休んだ。また来るようになってからも、昼休みを教室ですごしていいってことになって、わたしたちもしばらく一緒にアンジェリカの教室ですごした。かわいそうだったから。それにこんなこと言うとあれだけど、落ちこんでるあの子はいつもほどウザくなかったしね。で、そのうちみんな忘れて、からかったりもしなくなった。九年生になったころには、もうあんまり話題にもならなくなってたんじゃないかな」

だが、ローレンはアンジェリカの変化にも気づいていた。より悪くなったのだ。さらに現実から離れて、学園ものドラマの意地悪な女の子のキャラクターに深く入りこんでしまったようだった。そしてジョニがグループに入って、そのふるまいがさらにおかしくなった。

「そう、悪化したと思う。ステファニーやブリトニーやハンナたちに面と向かって〝Bクラス〟って言うようになったし。いままでは陰で言ってただけだったのに。一度、ステファニーが本気で言いかえそうとしたことがあった。昼休み、アンジェリカに向かって『あんたこそBクラスの友達でしょ、わたしじゃなくて。みんなあんたを嫌ってる』とかって言ってやる気まんまんだったんだけど、わたしがステファニーを隅に引っぱっていって、アリーシャのこととか、ヴァンス・ダイアモンドの件でアンジェリカはあんなにつらい思いをしたんだから、とか言い聞かせて止めたの。かわりに弁解してあげたっていうか。アンジェリカは不安なんだからって。落ちこんでて心細いだけなんだから、聞き流せって言って。それでステファニーもアンジェリカに何も言わなかった。そういうことが何度かあった。みんながあの子にやりかえすのを止めたことが」

ローレンは――ワインを飲みながら――だからって自分を聖人に見せようとしているわけではない、と念を押した。

「陰ではあの子のこと笑ってたし。それは間違いない。すごく意地悪なことも言ってた。アリーシャの霊に話しかけてたのを馬鹿にしたり。それをやってたのは十二歳ごろのことで、そのうちやらなくなったのに、それでも……ジョークの種にしてた。アンジェリカもわたしたちに陰口を言われてるのはわかってたと思う。だけどあの子がいないところで馬鹿にするのが、ガス抜きになってたっていうか……そのおかげであの子にキレなくてすんでた気がする。でも、アンジェリカは認めないだろうけど、自分があんまり好かれてなくて、陰で馬鹿にされてるってわかってたんじゃないかな。それはすごく気にしてたと思う。で、昔いろいろあったから、ジョニはみんなよりもっと辛辣だった」

ジョニがグループにいることで、アンジェリカのいたたまれなさはいや増すことになった。

ローレンはジョニと英語の授業で出会った。ジョニのことはよく知らなかった。アンジェリカが同じ小学校の〝変人〟だと強調していたうちのひとりだということ以外は。アンジェリカはそのジョニとヴァイオレットを含む女子と男子数人のことをたびたび馬鹿にしていた。

それがジョニへの印象に影響をおよぼしたかとローレンに訊いてみた。

「多少はあったかな。でも正直……」ローレンがため息をついた。「アンジェリカは変なことばっかり言ってたから。いつもそんな調子だったから、ジョニと出会ったころにはもう、アンジェリカの言うことはほとんど聞き流してたの」

ローレンはジョニの髪が気になった。自分と同じくせっ毛だが、ちゃんと手入れされていないチリチリでパサパサの髪。ジョニの母親は娘のくせっ毛に自分と同じ手入れをしようとして、うまくいっていなかった。ローレンはジョニのチリチリの髪に触れて、どこのコンディショナーを使っているのかと訊いた。

「意地悪な感じじゃなくてね」とローレン。「ただ力になりたかったの。ジョニにもそれは伝わったと思う」

それがきっかけだった。ジョニは教材の『夜中に犬に起こった奇妙な事件』の本についてジョークを言い、ノートの余白に面白い落書きをして、ローレンは笑いすぎて注意されたほどだった。ローレンがジョニを家に誘い、昼休みに一緒にすごそうと言うと、最初は不安そうだった。アンジェリカに昔いじめられていたからと言うジョニに、みんな本当はアンジェリカのことがあんまり好きじゃないとローレンは打ちあけた。だからみんな、ジョニがグループに入ったらやさしくしてくれるよと。

「だって本当に面白い子だったから。あんな子をどうして嫌いになれるのかわからない」ジョニが傲慢だと感じたことはないかと質問してみた。「まあ少しは。でも実際、十四歳とかで全然ウザくない子なんていないでしょ。ジョニはジョークを思いついたら容赦ないところがあった。だから、うん、そのネタにされたらちょっときつかったかも。アンジェリカみたいに。もちろんそれが言いわけになるわけじゃないけど」ローレンがそこで急に声を震わせた。「でも、もうちょっとアンジェリカにやさしくしておけばよかったと思う。みんながからかったりするのを止めておくんだった。いまさら言ってもどうにもならないのはわかってるし、いろんなことがあったのもわかってる。わかってるけど、後悔しないわけにはいかないっていうか。ほんとに、後悔しないのはすごくむずかしい」

古傷をえぐりたいわけではない、と私はローレンをなだめた。十一歳から十五歳という年齢でしたことに罪の意識を感じる必要はない、付きあいづらい友達のことを陰で笑うより悪いことはいくらでもある、当時はアンジェリカが何をするか知るよしもなかったのだし、と。それでも尋ねてみた。何かとくに後悔していることはあるか。自分やグループの友達の行動が、なんらかの形で事件の遠因になったと思うかと。

「後悔してるといえば……あのことかな。えーと、アンジェリカが霊と会話できるっていうんで、みんなすごく意地悪なことを言ったことがあって」

アンジェリカの家でのお泊まり会（誕生日か何かのときだったが、ローレンはよくおぼえていない）で、手づくりのこっくりさん《ウィジャボード》で遊ぼうとアンジェリカが言いだした。

「みんなが呼ばれた。ジョニもね。アンジェリカの家に行くのはいつも変な感じだった。あの家のインテリア、見たでしょ？　それにあのパパもすごく変わってるっていうか。映画の『ミーン・ガールズ』に出てくる〝ものわかりのいいママ〟ってわかる？　あんな感じで。映画もなんでも見ていいし、お酒を飲んでもいいし、自分を起こさなければ好きにしていいって。まあお酒は飲まなかったけど、『パラノーマル・アクティビティ』か何か、ウィジャボードが出てくるホラー映画を見て、そのあとアンジェリカがそれを持ちだしてきたの。ボール紙でつくったウィジャボードを。ジョニはたしか、みすぼらしいし不完全だって馬鹿にしてた。あの指すやつもないじゃんって」

「プランシェット？」私は助け船を出した。

「そう、それ。それもなかったから、かわりにプラスチックのカップを使わなきゃいけなかった。で、アンジェリカはみんながボードに質問してることを無視して、もう明らかに……カップを動かして、アリーシャの名前をつづろうとしてた。ジョニがそれに文句を言ったの。〝あんたがカップを動かして、みんなを怖がらせようとしてるの、わかってるんだから〟って」

アンジェリカとジョニが言いあいになり、カップでいんちきをしているという指摘に反論しようとして、アンジェリカは前にアリーシャと話したことがあると打ちあけた。自分はカップを動かしたりしていない、アリーシャがそこにいるのだ、前にもそこにいたと。証明はできないが、自分は何人ものゴーストハンターに会ったことがあるし、そういうことにはくわしいのだ――つっかえながらのその説明の途中で、ジョニが笑いだした。つられてほかのみんなも笑った。

「アンジェリカは泣かなかったけど、その日はずっと暗かった。学校で、ジョニがアンジェリカのことを……なんだったかな、〝ゴーストバスター〟だか〝ゴーストウィスパラー〟だかって呼ぼうって言いだして、でもケイリーがそれはよくないって言って、わたしも賛成した。それはやりすぎだって。悪いことしてる気分になるし、そのことには触れたくなかった。

それより、もっと悲しくないことであの子をからかってるほうが気が楽だった」

それでは、ローレンとほかの子たちは、どんなことでならアンジェリカを馬鹿にしてもいいと考えていたのか。そう尋ねると、ローレンが動揺したのがわかった。私は責めたりするつもりはない、ただ事実を知りたいだけだと彼女をなだめた。

「演劇の授業ではアンジェリカにすごくひどいことをした。でも、だからって……あの子があんなことをしたのがわたしたちのせいだっていうのはフェアじゃないと思うんだけど、それだけは言っておきたいんだけど、でも……みんな、あの子が演劇をすごく熱心にやってたのはわかってたのに、かなり意地悪だったなと思う。あの子に対して」

アンジェリカにとって演劇が大きなものだったのはたしかなようで、その授業で受けた扱いがその後の彼女に重大な影響をおよぼしたのは間違いない。

舞台！ミュージカルが大好き。『レ・ミゼラブル』とか『glee／グリー』とか『ウィキッド』とかいろいろ。あと、アンドリュー・ロイド＝ウェバーのは全部好き。彼は天才。歌もダンスも好きだし、あの壮大な感じも好き。見てるといつもすっごく幸せな気分になるし、素敵な別世界にいるような気分になるの。でも、友達で好きな子は誰もいなくて。ケイリーがミュージカルってイタいって言ってたことがあったから、あんまりそういう話もしないようにしてた。でも、総合学習で演劇の授業が始まってすっごくわくわくしてた。小さいころは週末に演技のレッスンに行ってたんだけど、両親が離婚して行かなくなっちゃった。パパが忙しくて、送り迎えができなかったからだったと思う。ここを出たら、演劇学校を受けるつもり。すごくやりたいから。とにかく演技や歌やダンスがしたいんだ、自分でもうまいと思うし。

演劇の授業では、同じグループのローレンとジョニとアナベルも一緒だった。みんなで組んでたんだけど、三人とも全然真面目にやらなくて。途中からあの子たちと組むのはやめたぐらい。だってふざけてばっかりだから。わたしは本気でAがとりたかったのに。喧嘩にまではならなかったけど、ちょっと空気が悪くはなったかな。わたしがいばってるとか変だとか言われて。それに、アラン・ベネットとかキャリル・チャーチルとかの学校っぽいつまんない劇じゃなくて、ミュージカルのシーンの歌を歌いたいって提案したら毎回文句ばっかり言われたし。

演劇の授業にはカラム*っていうゲイの男子がいて、学校で唯一のゲイだったんだけど（すごく勇気あると思う）、わたしはその男子と組むようになった。カラムも演劇をすごく真剣にやってたし、わたしたちふたりが間違いなくクラス一優秀だったから。

Ｔｕｍｂｌｒをやったほうがいいって、カラムにすすめられたの。ふたりともドラマの『グリー』を見てて、Ｔｕｍｂｌｒには『グリー』ファンがたくさんいるからやってみたらいいよって。それでアカウントをつくったんだけど、友達には内緒にしてた。笑われたくなかったから。そんなにハマるとも思ってなかった。普通のファンっぽいことをするだけのつもりだったから。『グリー』とか『レ・ミゼラブル』とかアンドリュー・ロイド＝ウェバーとかの話をするとか、誰かのファンアートや感想をリブログするとか、そういうごく普通のこと。でも友達には絶対見つかりたくなかった。ミュージカルに入れこみすぎって思われちゃうから。ただでさえ演劇の授業のこととかでぎくしゃくしてたのに。

実際、カラムと組みはじめたときも、ほかの子たちはべつに気にしてなかった。ローレンとアナベルもジョニとだらだらやってればそれでいいみたいだったし。そのうち昼休みとかも、ハブられてるような感じになってきて。演劇の授業が始まって、ギスギスするようになってから、ジョニはわたしをターゲットにしたみたいな感じで、こっちが口を開けば何か言ってきて、それでみんなで笑うの。たとえば演劇の授業が楽しみだっていうごくごく普通のことを言うと、ジョニが「でしょうね」とかそういうどうでもいいコメントをして、みんなが笑うみたいな。

演劇の授業でも、わたしが何かやるたびにみんなでくすくす笑って。カラムと何かのシーンをやってるときも、隅のほうでにやにやしてた。わたしがいないところで、演劇の授業のときのわたしの物真似とかもしてたんじゃないかな。

だからわたしは昼休みもあんまり話さなくなって、携帯でTumblrを見てたり、トイレで髪をなおしてたりする時間が多くなった。

アンジェリカが携帯ばかり見るようになったのはいつごろか、ローレンは正確にはおぼえていなかったが、たぶん九年生の途中からだろうという。グループでからかわれたりいじられたりすることが増えるにつれ、アンジェリカは黙って携帯ばかり見ているようになった。何か言ったとしても、ローレンの印象では、『グリー』のある回の内容とか、もうすぐ行くロンドン旅行のこととか、唐突で無関係なことばかりだった。それは感じが悪く、事態をさらに悪化させた。アンジェリカも自分に問題があるのはわかっているようだったが、それを解決する方法がわからずに困っていた。

きょうは黙ってればいい。何も言わなければ、ジョニもほかの子もそっとしといてくれるだろうし、って考えることもあった。それでも、たまには普通に会話してみようかなって思うでしょ？　そしたら、毎回みんなに何か言われるの。こっちが何か変なことや間違ったことを言ったみたいに。それでまた携帯に戻るわけ。

しばらくはそれでよかったの。携帯を見てればね。でも、誰かがひどい匿名のメッセージ[9]を送ってくるようになって。わたしのすごく個人的なこととか、パパのこともあった。学校の誰かに間違いなかった。Ｔｕｍｂｌｒでパパのことを書いたことなんてなかったから。そんなに馬鹿じゃないし。そのひどいメッセージは何年も断続的に送られてきた。リプライするときもあったけど、無視してるほうがあんまり来なくなるみたいだった。いやなメッセージが来たとき、わたしのフォロワーはいつもすごくやさしくしてくれた。届いたひどいメッセージをポストすると、少なくとも一件か二件はやさしいリプライとかメッセージが来た。悪循環だったのかもしれない。匿名のヘイトメッセージが来て、それをポストすると、やさしいリプライがついてちょっと慰められる。でもそれが、意地悪なメッセージがもっと来る原因になってたのかも。

アンジェリカを大いに悩ませていた、Ｔｕｍｂｌｒの匿名のいやがらせメッセージ——それを送っていた人物に心当たりがないか、ローレンに尋ねてみた。

「アンジェリカは誰だったと思ってるの？」ローレンが逆に訊いた。

「ジョニ」私は答えた。

「あなた自身は？　誰だったと思う？」

「たぶんジョニと、あとのほうではジョニのふりをしたドリー・ハートが送ったものとが混ざっていると思う」いまでも私はこの説を採用している。ローレンがうなずき、たぶんそうだと思うと言った。アンジェリカは匿名のいやがらせのことを話題にはしなかった。友達に自分のＴｕｍｂｌｒのブログを見てほしいとも言っていなかったし、ローレンも興味がなかった。

「ジョニはそれをみんなに見せたり、読みあげたりしてた。アンジェリカがすごく……イタい感じでミュージカルについて熱くやりあってるポストとか、将来かならず有名になるって大きいこと言ってるポストとかを読みあげてたな。わたしはあんまりよく思ってなかった。ジョニにも言ったの。さすがにちょっと……」ローレンがそこで肩をすくめた。「なんだろう、意地悪っていうか？　プライベートに踏みこむ感じがして。まあでも、ジョニは小学校のとき、アンジェリカに意地悪されてたから、わたしもそんなに強くは言わなかったの。ジョニがあれを面白がっていじる理由も理解できたから。ほら、アンジェリカは昔、ジョニを変人って呼んでたくせに、Ｔｕｍｂｌｒで変なことしてるって。わたしはよくは思わなかったけど、でも止めもしなかった」

きみに何かを止める義務があったわけではない、とあらためてローレンに言い、ドリー・ハートのことを質問した。

ドリーが学校にやってきたときのことをローレンは振りかえった。ドリーは年度のなかご

9　二〇一五年以前、Ｔｕｍｂｌｒにはインスタントメッセージ機能がなく、ユーザーはファンメール（二〇一二年に開始された）か質問ボックスを通じて直接やりとりしていた。質問ボックスでは、ユーザーからべつのユーザーに質問（やいやがらせ）を送ることができた。送る側は、相手のユーザーが匿名での質問を受けとる設定にしていれば、匿名で質問を送れた。この設定はいつでもオフにすることができた。

ろ、クリスマス休みのあとに転校してきた。ドリーは十一年生で、ローレンたちは十年生だった。ドリーは美人で、自信に満ちていて、すぐに下級生たちの噂になった。あの十一年生の転校生、見た？　あの子の髪、見た？　あの子の靴、見た？

「ひとつ上の学年に、わたしたちを目の敵にしてる女子がいたの。カーメン＊っていう。そのカーメンがアナベルのところに来て。アナベルとカーメンはどっちも地元でモデルをやってて。アナベルがいくつかクリスマス関係の仕事でカーメンに勝ったから、カーメンはわたしたち全員を嫌ってたけど、なかでもとくにアナベルを嫌ってた。で、カーメンがわたしたちのところに来て、アナベルを突っついて言ったの。〝あんたはもう一番の美人じゃないみたいね。だからいつまでもうぬぼれた顔してるんじゃない〟とかって。それでドリーの存在を知ったんだ。そのときカーメンはものすごく動揺してた」

ドリーは転校してきて一週間もしないうちに、アンジェリカやローレンの友達グループのような十一年生の女子のグループに受けいれられた。するとすぐにほかの女子のボーイフレンドを奪って、その女子とつかみあいの喧嘩になった。ドリーはキレやすく、酒に酔って、例の奪ったボーイフレンドがウォッカの瓶を取りあげようとしたので、その腕を嚙んだという噂も流れた。血が出るほど強く嚙んだので、その男子は腕を縫わなければならなかった。ローレンはその縫った傷も見たという。

「で、当然、十一年生の女子も、それから男子もドリーとは口をきかなくなって、よくひとりでぽつんとしてるのを見るようになった。ときどきシックスフォームの男子が話しかけてたけど、下級生はシックスフォームの談話室には入れないから、ドリーはひとりでいるか、談話室の外で上級生の男子と話してるかだった。そしたら、アンジェリカがドリーと友達になるって言いだして。〝あの子はすごくかわいいから、うちのグループに入るべきだ〟とかって。わたしたちはもちろん、何言ってんのアンジェリカ、って感じだった。だってみんな、ドリーにボーイフレンドを盗《と》られた子とも友達だったから」

ジョニとアンジェリカがそのことで口論になった。美人だからといって、どう見てもまともではない子と友達になろうとするなんて、おかしいし、やけになってるとしか思えない、とジョニは言い、アンジェリカに調子に乗らないでと言い放った。それがジョニの口癖だったという。

「ちょっと、調子に乗らないでよ」ローレンが甲高い声で言った。ジョニの物真似で、顎を引き、上目づかいでこちらを睨みつけるようにして。「ほんとにこんなふうにやってたの。これをやってたら、ジョニが本気でムカついてるんだなってわかった」

まもなく、ドリーの信心深い変わり者の両親のことや、ドリーが教師と喧嘩したか、教師とファックしたかで前の学校を放りだされたという噂も広まった。そのあいだにもドリーはさらなる相手と喧嘩し、さらなる人のボーイフレンドとキスしていた。

「変な感じだった、正直。だって、ドリーはみんなに嫌われてるのに、それでもあちこちに誘われてたから。十一年生のパーティに行くとドリーがいて、シックスフォームのパーティに行ってもドリーがいる、みたいな。ドリーは自分から人を遠ざけておいて、また引きもどすって感じだった。なんだろう、綱引きみたいな？　でも、年度が替わってドリーがシックスフォームにあがるころには、みんなすっかりうんざりしてたみたいだった。その年が始まってからは、ドリーは学校ではだいたいひとりぼっちだったんだけど、でもパーティとかにはいるんだよね」

「それはどうしてだったと思う？」

「うーん、誘ってたのはだいたい男子だった。ドリーは……侮辱したりするつもりはないんだけど、でも……そのお、口でやってあげたりしてたみたい、男子に。口でやってあげるかわりに、お酒とかタバコとかをもらってたの。マリファナとかも。男子たちは十年生の終わりごろから――あ、わたしが十年生ってことで、ドリーは十一年生だけど――ヤリマンドリーって呼ぶようになってた」

だが、アンジェリカはそれでもひるまなかった。

ドリーはすごくイケてるように見えた。きれいにメイクして、きれいなウェーブのかかった黒髪で。それも染めてない、ナチュラルな黒髪っぽかった。それにマイケル・コースのバッグを持ってて、ヴィヴィアン・ウエストウッドのフラットシューズを履いてた。わたしが誕生日にねだってたやつ。どれも新品に見えた。だから、ドリーはわたしと同じ貧乏じゃない子なんだと思って。自己紹介して、うちのパパがおしゃれなホテルを持ってて、町のえらい人とみんな友達だってこととかを話したの。わたしはホテルのレストランでただで食べられるとか、いつでも好きなときに泊まれるとか、ゲームセンターでただで遊べるとか、大人になったら町のどこででもただで飲めるとか。ドリーはすごく感心してたみたいだった。

もちろん、そのときはドリーがどんなに変かわかってなかった。あの服も髪もメイクも、あの子の人生とか性格とか家族とかの変さを覆い隠すためのものだったっていうことも。あのときはドリーにすっかりだまされてたの。

ドリーとちゃんと話したりするようになったのはしばらくしてから。夏休みが終わって、あっちが十二年生、わたしが十一年生になってからだった。ドリーはもうあんまり友達がいなくて、ひとりでいることが多かったけど、それでもいろんなところに呼ばれてた。わたしはシックスフォームのパーティに行きたかったし、〈スポイルド・プリンセス〉じゃないクラブで夜遊びしたりもしたかった。ジョニとケイリーとローレンとアナベルがそういうパーティに呼ばれて、都合よくわたしだけ誘うのを忘れたことがあったから……ドリーと仲よくなれば、ジョニなんかが行けるよりたくさんのパーティに連れていってもらえると思って。

前からの友達には「やだ、どうしてあんな子と話すの、人を嚙んだりするような子だよ」って言われたけど、わたしはただ……ドリーはいろんなところに呼ばれてるから……だから、そういうのに一緒に行きたかったの、すごく。ほんとにそれだけ。

アンジェリカの証言では、ドリーとの付きあいについてはごまかし、ジョニとの軋轢《あつれき》のほうにより重きを置いている。アンジェリカがドリーとどういう関係か知っていたかとローレンに訊いてみた。

「ううん。正直、そんなに興味もなかったし。アンジェリカがドリーとヴァイオレットと、あとジェイド・スペンサーと一緒に墓地にいるのを見たってジョニが言ってたのはおぼえてる。そのときは、ほんとに？って思った。アンジェリカは変なとこもあるけど、ヴァイオレット・ハバードとは死んでも付きあったりしないと思ったから。ましてジェイド・スペンサーとも。あんなに自分のなかの序列にこだわってた子が。だからジョニが見間違えたか、そういう噂を流そうとしてるのかなと思ったんだけど。でもよくは知らなかった。アンジェリカがときどき、このパーティに行った、あのクラブに行った、これだけお酒を飲んだって自慢してたぐらいのことしか。それも疑ってたけど。だって写真がなかったから。アンジェリカがインスタグラムやスナップチャットにあげる写真は、外とかドリーの家とかで撮ったのだけで。あと、一緒にマリファナを吸ったとも言ってた。すごく自慢げに、ひけらかすみたいに。でも、わたしが〝ドラッグなんてイケてないよ、アンジェリカ〟って感じの態度だったから、もうその話はしなくなった。そんなことで認めてもらえないってわかってからは」

アンジェリカがドリーとの付きあいのオカルト的な面について、ローレンやグループのほかの友達に話したことはあったのかと質問した。

「アリーシャと話せるとか、霊が見えるとか、そういう話は例のお泊まり会のあとはしなくなった。場が気まずくなるって気がついたんだと思う。それで二度と言わなくなった。あ、でも総合学習の授業でマイラ・ヒンドリーのことをやったの。あのカップル殺人犯の。そのときアンジェリカは〝ああこれね。これならよく知ってる〟って言ってた。だけどそれくらいかな。あとはだいたい、マリファナをこんなに吸ったとかそういう自慢をしてただけだった」

最後にローレンに尋ねた。ジョニの死をどう受けとめてきたのかと。ことこういう話題になると、死者の友人は蚊帳《かや》の外に置かれることが多い。まるで友人の悲しみなど家族のそれにくらべればとるに足らず、言及する価値もないといわんばかりに。人はこうした犯罪の余波を軽視したがるものだ。痛みを狭い範囲に押しとどめておきたいのだ。広がった波紋が自分にまでおよばないように。

事件まで、ローレンは明るく社交的で親切だとまわりから思われていた。友達付きあいも活発で、成績はごく平凡だった。九年生のとき、ローレンは歴史の授業中におしゃべりをしていて教師に叱られ、勉強したい生徒のことも考えなさい、みんなが美容専門学校へ行くわけじゃないんだから、と言われたという。

ローレンは賢かったが、あまり真面目ではなかった。勉強より友達付きあいが大事で、気が散りやすかった。

「すごくショックだった、正直。でも受けいれるのにも時間がかかった。ジョニとは仲がよかったから。大げさに言いたてたりはしなかったけど。だって、こういうひどい事件が起きると、急にぞろぞろ出てきて、いかにも悲しそうにしたりする人たちがいるでしょ。ジョニとろくに話したこともないくせに、親友みたいな顔してる子がたくさんいた。ショックを受けてるようにまわりから見られたがって。それで関係者ヅラしたいとか、じゃなかったら学校を休みたいとか、試験で特別扱いされたいとかね。最悪でしょ？ ジョニのママのアマンダにちょっかいだす子までいた。花を贈って、ジョニの友達だったみたいなふりして。それはほんとにムカついた。わたしはアマンダが好きだった。ほんとに大好きだったし、アマンダがいやがってるのも知ってたから。こういう全部がいやでうんざりしちゃって、人といるのが耐えられなくなった。学校で受けさせられた、ぬるくて当たりさわりのないカウンセリングも耐えられなかった。だから自分の殻に閉じこもったの」

ジョニの死後、ローレンは友達付きあいをほとんどやめて、週末は一般中等教育修了試験《GCSE》の勉強に打ちこんだ。小論文の練習をしたり、教科書を読みこんだり、やがて自主課題の読書にまで手を広げた。こうして読んだ重い内容の歴史の本を通じて、国際政治への関心を深めた。とくに第二次世界大戦後の歴史に興味を持ち、気づけば土曜の夜に『エルサレムのアイヒマン　悪の陳腐さについての報告』や『パレスチナの民族浄化　イスラエル建国の暴力』、冷戦についての分厚い本やジョン・ハーシーの『ヒロシマ』を読んでいた。

その年の成績は予想を大きく上回り、学年トップクラスに躍りでた。

「それが面白いんだけど、うちの親はあんまり喜んでなかったの。歴史の成績なんてCの予想がAプラスだったのに、ザ・キュアーの曲を聴きながら南京大虐殺の本を読んでたら、ママが部屋に入ってきて、〝自分がこんなことを言うとは思ってなかったけど、もう本を読まないで〟だって」ローレンが鼻を鳴らした。「たぶん、いろいろ知ったことで……あんまり健全とは思わないけど、でも悪がありふれてるって考えると心が慰められたんだと思う。第二次大戦後の時代に取りつかれたのも、たぶんクロウにちょっとした核爆弾が落ちたあとの焼け跡で生きてたから。南京大虐殺みたいなことがあったあとでどうやって生きていけばいいのか、みたいな。そんなことのあとにどうすれば日常に戻れるのか、みたいな。なんていうか……そういうおそろしいできごとについて読んで、それでも人生は続くし、地球は回りつづけるって知ると、すごく気が滅入るけど、でも同時に慰められた。明るい意味でじゃないけど」

それまでにない勉学での成功にもかかわらず、娘を心配したローレンの両親は、スカボローに引っ越すことにした。ローレンは新しい町のシックスフォーム校で、新たなスタートを切ることができた。そこでは勉強と社交を両立し、新しい友達をつくり、いまの大学に合格した。ただし、いまも強制収容所についての分厚い本は変わらず読んでいるという。引っ越してから、ジョニが夢に出てくるようになった。ローレンは昔から睡眠麻痺《まひ》、つまり金縛《かなしば》りになりがちで、よく目をさますと身体が動かず、ベッドの足元でジョニが叫びながら炎に包まれていた。ローレンにはそれまで殺人事件の詳細は伏せられていたのだが、彼女は事件について手あたりしだいに読みあさりはじめた。自分が想像している以上に事実がひどいことはないだろうし、毎晩のようにあらわれる亡霊が消えてくれるかもしれないと思ったのだ。だが、事実はさらに悪かった。夢にはジョニにかわってアンジェリカが出てくるようになった。アンジェリカはローレンに馬乗りになって、口にペンチをこじ入れ、そのペンチを引き抜く。それをローレンが眠りに落ちるまで繰りかえす。

ローレンはいま、睡眠麻痺と、しだいに悩まされるようになった抑鬱状態のために抗鬱薬をのんでいる。会話セラピーにも通っていて、助けられているという。

「あの事件の影響がどれだけ大きかったか、自分でも気づいてなかったの」とローレンは言う。

以下は、事件までの一年において鍵となったできごとを私なりに解釈しまとめた四つのセクションのうち最初のものである。これらの散文形式のセクションは、ジェイド・スペンサーへの取材、ブログへの書きこみ、およびアンジェリカとヴァイオレットとの通信の内容をもとに構成したもので、加害者たちの事件までの心情について、読者が理解を得る一助になるものと考えている。

ハロウィーン

演劇の授業では、ジョニとローレンに馬鹿にされて恥ずかしい思いをさせられた。アンジェリカはふたりと一緒に劇の一場面をやることになっていた。教師から指定されたおとぎ話を現代的に解釈したもので、三人は『オズの魔法使い』のドロシーといい魔女と悪い魔女の役を割り振られた。

「アンジェリカが悪い魔女ね」とジョニが言い、ローレンを見て、ふたりでにやにやした。

「いいよ」アンジェリカは言いかえした。自分の顔が赤くなるのがわかった。「『ウィキッド』では主役だし。一番いい役だし」

「誰も『ウィキッド』なんて見てない」ジョニが言った。「あんたが何言ってるのか誰もわかんないし、誰も気にしない」

アンジェリカは悪い魔女の役に深みを持たせようとして、『ウィキッド』でのキャラクターがどんなふうか説明しようとした。でもジョニは目をぐるっと回すばかりで、ローレンもずっとにやにやしていた。

「悪い魔女は死ぬんでしょ」ジョニが見えない杖《つえ》を振って言った。「ヤー！　死ね！　ヤー！　ヤー――！」ローレンがくすくす笑った。

「悪い魔女は魔法でやっつけられるんじゃなくて、水に溶けちゃうんだよ」アンジェリカは鼻であしらった。するとジョニが水のボトルをつかんでアンジェリカに水をかけた。それは胸にかかり、濡れたブルーの制服のシャツごしに、ブラのピンクのハートの柄が透けた。教師は気づいていなかった。「ふざけないでよ」

「ふざけないでよ」ジョニがアンジェリカの口調を真似て言いかえしてきた。「誰もあんたのブラなんて見たくない。調子に乗らないでよ」

昼休み、学食にみんなで集まり、十二人がけの大きな丸テーブルにすわった。アンジェリカはほかの子たちの会話を聞きながら、話に入れるチャンスをうかがっていた。誰にも茶化されずに普通の会話がしたかったので、あえてジョニには声が届かない席を選んでいた。変なことさえ言わなければ、濡れたシャツのことも誰にも気づかれないだろう。話したかった。みんなに話しかけてもらいたかった。黙っているほうが、会話をしようとするよりもっとおかしいと自分に言い聞かせ、アンジェリカは質問をすることにした。ごく普通の質問を。テーブルに身を乗りだし、アナベルに尋ねた。予定していたハロウィーンのパーティが中止になって、週末はどうするの、と。アナベルはハンナたちと話していた。三人は急に話をやめてアンジェリカを見た。外国語で話しかけられたみたいに。

「え？」

「だから、みんな週末はどうするの？　アナベルの家でのパーティがなくなっちゃったでしょ」

「とくに何も」アナベルが答えた。でもふたりのハンナの馬鹿なほうが目をぱちくりさせた。

「パーティ、なくなったの？」ハンナが訊くと、アナベルが渋い顔になった。

「あ……ううん、やっぱりやることになった」

「今年はパーティやれないって言ってなかったっけ？」アンジェリカは言った。

「いや、えーと、うん、そうだったんだけど、親がやっぱりいいって。だからやることになったの。言わなかったっけ？　言ったと思ってた」

「うん、聞いたかも。忘れてた」アンジェリカはそう言ったが、アナベルから聞いていないのはたしかだった。誰からも聞いていなかった。そしてアナベルとハンナたちの顔を見るに、自分には内緒にしておくはずだったようだ。

アンジェリカがそっとテーブルを離れて、ランチボックスの中身を捨てていると、みんながくすくす笑うのが聞こえた。自分のことを笑っているのだろうか。それとも自分にはわからない内輪のジョークで笑っているのか。どちらにしても、アナベルのひょろ長い手足を鉛筆みたいにポキポキへし折ってやりたくなった。テーブルに戻り、アナベルたちの頭と頭を思いきりぶつけるところを想像した。

　生物の授業に五分早く行き、しばらくひとりですわっていた。少し遅れて来たケイリーは、アンジェリカが昼休みの終わりにどこへ行っていたのか尋ねもしなかった。アンジェリカは教師が言葉を切ったタイミングで、アナベルのハロウィーン・パーティのことを知っていたかとケイリーに訊いた。

「中止になったと思ってたから」と言うと、ケイリーが肩をすくめた。

「親に許してもらえるかわからなかったんじゃないかな」

「でもやっぱりやるみたいね。どうして教えてくれなかったのか不思議なんだけど、マジで」ケイリーがほんの少し口元をゆがめた。「みんなにはやることを言ってたのに、わたしにだけ言わないなんて不思議。ていうかムカつく。やなやつ」

「うん、まあ」

「じゃあケイリーもやなやつだと思う？　アナベルがやなやつって？」アンジェリカは訊いた。ひそひそ声が大きくなり、教師にじろりと見られた。ケイリーがノートに顔を隠すようにした。「いいよ、アナベルがやなやつだと思ってるんなら。黙ってるから」

　そこで教師に注意され、ケイリーは答えなかった。その夜、パーティに行く前に一緒にしたくをしないかとアンジェリカがメッセージを送ると、ケイリーはたぶん行かないからと返信してきた。

　アンジェリカはＴｕｍｂｌｒをチェックした。五件の匿名のメッセージが届いていた。

《きれいだね！　これをきれいだと思う相互フォローの人三人に送って、愛を広げましょう》

《意地悪なメッセージが来るって愚痴ってるくせに、匿名メッセージは絶対オフにしないね。どんだけかまってちゃんなの？？？　笑笑》

《『オペラ座の怪人』の映画見た？　二〇〇四年のやつ？　見てないなら見たほうがいいよマジで。ひどいから笑笑》

《あんた見てると悲惨すぎて哀れになってくる。ドブネズミみたいだし、歌はドヘタだし、父親はペドだし》

《霊と話せると思ってるんだって？　噂で聞いたよ。知能の検査受けたほうがいいんじゃない？　泣》

アンジェリカは意地悪なメッセージに対して、気にしていないと返事をしていたが、もっと来るようになった。だからいまは無視することにしていた。それでも匿名の質問を受けとる設定はオンのままにしていた。オフにしたら、好意的なメッセージも来なくなってしまう。まったくメッセージが来なくなってしまう。

それで〝きれいだね〟のコメントに〝わーい〟と返し（だが人に送ることはせず）、『オペラ座の怪人』のコメントに〝見たよ、何回も。そんなに悪くなかったと思うけど？？？　ジェラルド・バトラーよかったよ？？？　意地悪な見かたしてるだけでしょ！　アンドリュー・ロイド＝ウェバーにハズレはないから！！！〟と返した。

するとまたメッセージが来た。

《自殺を考えたことある？　なかったら考えたほうがいいよマジで。何回ある？　どんな方法がいい？》

さらに、

《バスタブ＋あんた＋ドライヤー＝ビリビリビリ！＝世界＋笑笑笑》

その夜はなかなか寝つけなかった。眠りに落ちようとしているときによく聞こえてくるアリーシャの声に耳をすましたが、何も聞こえてこなかった。アリーシャならなんて言うだろう。あの子はインターネットのことをよくわかっていなかった。死ぬ前は着せかえゲームと『ネオペット』くらいしかやっていなかったし、はじめての携帯を持ったばかりだった。きっとコンピュータをオフにすればいいと言うかもしれない。それが簡単にできるように。コンピュータがつねにバッグのなかやポケットのなかにないかのように。

翌日、アンジェリカはポニーテールにリボンのヘアクリップをつけて学校へ行った。かわいいから、ほかの子たちに褒めてもらえるかもしれないと思った。ベビーブルーのすべすべしたリボンで、アンジェリカのブロンドの髪とブルーの目にもよく合っていた。でもジョニがすぐさまからかいはじめた。

「あら〜！」ジョニがリボンを見て声をあげた。「ヤバっ！　ポニーテールハゲになりそう」

ジョニは何度もそのヘアクリップをとろうとし、蝶《ちょう》ネクタイにしたほうがいい、新しいトレンドになるからと言い、アンジェリカをファッションリーダーと呼んで、〝あら〜〟と馬鹿にするように繰りかえすので、ほかのみんなが笑った。

アンジェリカが泣きそうだったので、ローレンがジョニを止めた。でも、そのローレンも笑っていた。見くだすように笑っていた。

「ただの冗談でしょ」ジョニが言った。「アンジェリカもわかってるでしょ、冗談って」アンジェリカは答えず、目の奥がつんとするのを感じながらジョニを睨んだ。「やだ、ちょっと。気にしすぎ。こんなちょっとしたジョークも流せないわけ？　調子に乗らないでよ」

三時間目の授業が終わると、アンジェリカは学食へは行かずにトイレに行くことにした。グループのみんなと昼休みをすごす気になれなかった。ジョニにまた意地悪なことを言われ、ほかの子たちに笑われると思うと耐えられなかった。しばらく髪をいじり、ポニーテールをなおしたりリボンの位置を整えたりして時間をつぶした。ポニーテールハゲになっていないか気にして、はえぎわをさわりながら廊下を歩いていると、事務室の外にすわっているドリーを見かけた。ドリーは手を開いたり閉じたりしていて、その指の関節がすりむけて赤く腫れていた。

姿を見るのは数日ぶりだった。アンジェリカはだいぶ前からドリーと友達になりたかったが、ドリーは喧嘩や揉めごとが絶えなかった。

それでも心を惹かれていた。アンジェリカとドリーはインスタグラムとスナップチャットでおたがいにフォローし、ときどきメッセージのやりとりをしていた。アンジェリカは見かけると声をかけていたが、友達の前ではしなかった。ローレンがドリーを怖いと言っていたからだ。

「ドリー」アンジェリカは声をかけた。「何か問題でも起こしたの？」

「ううん」とドリー。「問題起こしたのは向こう。被害者だから、こっちは」ドリーが厚い下唇を突きだした。今朝、拭きとらされたダークレッドのリップがまだ残っていた。「迎えに来てもらおうと思って。いま、うちのお姉ちゃんに電話してもらってる」

「へえ」

アンジェリカは男子にぶつかられた。学食を出入りする生徒たちが廊下を行きかっていた。何人かがドリーを見た。

「ハロウィーンは何か予定あるの？」ドリーが尋ねた。

アンジェリカは頬が赤くなるのを感じた。

「ううん。ていうか、よくわかんない。アナベルがパーティは中止になったって言ってたんだけど、やっぱりやるんだってついきのうわかって。わたしは呼ばれてないんだけど」アンジェリカはドラマに出てくる女の子のように自信たっぷりな口調をよそおい、とくに気にしていないふうに目をぐるっと回してみせた。ドリーが鼻を鳴らした。「アナベル、嘘ついてたのがバレて、こんな恥ずいことある？」

「ムカつく女だね」とドリーが言った。「ぶっ壊してやる？」

「ぶっ壊すって、パーティを？」

「そう。うちでその前に飲んで、それからぶっ壊しにいこうよ。で、そのあともっといいところに行こう」ドリーがにやっとして、もっと近づくよう手招きした。さらに近くまで。

「あんた、マリファナ吸う？」ドリーの髪はパイナップルとココナツの香りがして、息はかすかに酒臭かった。

「うん、もちろん」アンジェリカはマリファナを吸ったことがなかった。「マリファナ大好き」

家に帰ると、アンジェリカは父親に、やっぱりアナベルの家でハロウィーン・パーティが開かれることになったと説明した。きのう母親の気が変わったから、みんな仮装してきてと今朝アナベルに言われたので、猫の仮装をするためにお金をちょうだいと。

さらに、新しい友達と一緒に行くので、ドリーの家まで車で送ってほしいと頼んだ。父親は、ホテルでUKIPのイベントがあって忙しいと言い、仮装とタクシー代として六十ポンドくれた。そして、ガレージにある誕生日の残りのWKD《ウィキッド》ブルーの箱を持っていけと言った。アンジェリカは友達がたくさん来ると思って、その瓶入りの甘い低アルコール飲料を大量に買いこんだものの、ろくに誰も来なかったのだ。

土曜日の午後、アンジェリカは猫の仮装をした。父親からもらったお金はたいして使わなかった。猫耳としっぽと黒いリキッドアイライナーを買っただけだった。

昔ダンスのレッスンで着ていた黒いユニタードを着ると、もうだいぶ小さくなっていた。髪はきつくお団子に結ってヘアスプレーでガチガチに固め、猫耳のカチューシャをして、黒いリキッドアイライナーでひげを描いた。猫の目も描こうとしたが、うまくシャープな線を描けなかった。かまわず続けたら、両目のまわりが翼で囲まれているみたいになった。でもオーケイ。ハロウィーンなんだから。〝セックスよりいい〟という触れこみのマスカラをつけ、赤い口紅を塗って、メイク落ち防止のためにさらにヘアスプレーをかけた。咳《せき》が出て涙も出てきた。

身体をひねってしっぽをつけようとしたが届かなかったので、ルシアナを呼んだが返事がなかった。アンジェリカはしっぽを掲げて部屋を出た。それが目の前で揺れ、道路で轢《ひ》かれた動物を拾って振りまわしているみたいになった。ルシアナの部屋のドアを叩いたが、応答はなかった。ノブをひねると鍵がかかっていた。とはいえドアの鍵はちゃちで、あけるのは簡単だった。ドアノブの細い穴にコインか長い爪をこじ入れるだけでよかった。

アンジェリカは部屋に入った。

ルシアナはノイズキャンセリング・ヘッドフォンをしてニンテンドーDSをやっていた。アンジェリカに気づきもしないので、しっぽを投げつけた。ルシアナが飛びあがった。

「ビビっておしっこでも漏らした？」アンジェリカが言うと、ルシアナがヘッドフォンをはずした。

「何？」ルシアナがしっぽを拾いあげ、アンジェリカを上から下まで見て目をぐるっと回した。

「それ、つけてくれる？」

「そのコスチューム、きつすぎるんじゃない？」ルシアナが言った。アンジェリカは後ろを向いて、姉がしっぽを腰につけるのを待った。「わざと尻軽に見せようとしてるみたい」

「うらやましいんでしょ。自分はひとりで家にいるのに、わたしが友達と出かけるから」

「パパがなんて言うかな」ルシアナが言い、アンジェリカを一度ピンで刺したが、どうにかしっぽをつけ終えた。

「ひとりは普通の子供がいるのが嬉しすぎて、わたしの格好を心配する暇なんてないでしょ」

「出てって」

父親はすでに出かけていた。

ＷＫＤブルーの箱が重くて、タクシーの運転手に手を貸してもらった。アンジェリカは長いコートを着ていた。

「それは猫？」と運転手が訊いた。

「そう」本当はウーバーのライドシェアを使いたかったが、地元のタクシーを使えと父に言われていた。

「あの家から出てきたけど、きみはサイモン・スチュワートの娘さん？」

「うん」

「彼に投票したよ。うちの会社ではみんな彼を支持してる」

運転手は、代金はいらない、楽しんでと言った。

ドリーの家は普通だった。独立した一戸建てで（隣とのあいだは数フィートしかなかったが）小さな庭つきだった。ドアの上には十字架が掲げられていた。家の前にとまっている車は新しそうだったが、さほど高そうではなかった。

ベルを鳴らすとドリーが出てきた。仮装はしていなかった。ＷＫＤの箱を目にしたドリーはあわてた様子になり、後ろを振りかえってから、一緒に箱を持ってアンジェリカを二階に急《せ》きたてた。

「どうしたの？」

「そんな目立つものを持ってくるなら言っておいてくれないと」

二階に着いたころには息があがっていた。ドリーが箱を床におろし、押して部屋に入れて、さらにベッドの下に押しこんだ。

「先に飲むって言ってなかった？」と問うと、ドリーがシーッと言って、アンジェリカを部屋に引っぱりこんだ。

「言ったけど、大っぴらに飲むってことじゃないよ」

「そうなんだ、ごめん。うちのパパは家ではお酒を飲ませてくれるから、問題ないと思って」

「じゃあ次はあんたの家でね。うちのママは昔、すごいアル中だったから、うちでは飲酒禁止なの。なに偽善者ぶってんのって感じだけど」

「それ、猫の仮装？」べつの声が尋ねた。アンジェリカが振り向くと、ヴァイオレット・ハバードがドリーの机にすわっていた。いつもの眼鏡がなく、目を細くしてこっちを見ている。制服姿でないヴァイオレットを見るのは変な感じだった。スキニージーンズにタートルネックにデニムジャケットといういでたちで、全身黒だった。メイクはしていない。ドリーのピンクの部屋では浮いていた。

その部屋はアンジェリカの部屋よりは狭いが、よく似ていた。ピンクの壁、白いたんすにベッドフレーム、ピンクのベッドカバー、ピンクの机。でもドリーの部屋のほうがかたづいていて、しみひとつなかった。ポスターなどもなく、あまり個性が感じられるものがない。シルバニアファミリーのカエルがいくつかあったが、飾りといえばそれくらいだった。

「なんであんたがここに？　なんでこの子がここにいるの？」

「いいから、アンジェリカ」ドリーがそっけなく言った。ヴァイオレットが鼻を鳴らしてマグカップに口をつけた。ウォッカを飲んでいるのだとドリーが説明した。ＷＫＤを箱で持ってくるより目立たないからと。アンジェリカは笑われに来たわけではなかったので、なんでもないふうをよそおった。

「ドリーの親って変わってるんだね、知らなかった」アンジェリカは言った。

「あんたが言う？」ドリーが言いかえした。「でもまあ、そう。うちのママとポールはいかれてる。トイレに行けば宗教がらみのものがたくさんあるよ。ママは前はそんなふうじゃなかったんだけどね。全部ポールの影響」

ドリーがWKDの瓶を二本、歯であけて、三つのマグカップにウォッカを入れ、二本のWKDをそこに注いだ。空き瓶はポリ袋に入れて、ベッドの下に押しこんだ。

「いい部屋だね」アンジェリカは言った。

「あたしは嫌いだけど」ドリーがアンジェリカをちらっと見た。「あたしのカエル、見てる？」

「見てないよ」

「あたしのカエル、見ないで」

この家にいるあいだは酔ったそぶりを見せるなとドリーがヴァイオレットとアンジェリカに注意した。アンジェリカはヴァイオレットを見ていて、ヴァイオレットもアンジェリカを見ていた。誰もカエルは見ていなかった。

「ふたりが友達だったなんて知らなかった」アンジェリカは言った。

「ヴァイオレットはいい子だから」とドリー。「昔、いつもあんたにいじめられてたってヴァイオレットから聞いたんだけどね。でも、もうそんなことしないんじゃない？　って言ったの。いまはあんたがみんなにいじめられてるから」

「べつにいじめられてないけど」

「いつもあんたが自分でそう言ってるじゃん。ヴァイオレットでさえ、あの子たちがあんたにひどいって話してたよ。あのジョニって子がいつもメールであんたの悪口言ってるって」

ドリーがヴァイオレットに顔を向けた。「でしょ？」

アンジェリカの胃が飛びでそうになった。ヴァイオレットが身じろぎし、頭の後ろを掻《か》いた。

「まあ、うん。ときどきね」

「あの子、嫌い」ドリーが言った。「ウザいよね」

「ほんとウザい」アンジェリカは同意した。

「あの子、ジェイドにしつこく近づこうとしてて」ドリーが言った。アンジェリカはどっちのジェイドかと訊いた。ドリーの学年のジェイドか、十一年生のジェイドか。「ジェイド・スペンサーに決まってるじゃん。ジョニはジェイドに近づきたくて必死で、同じキックボクシングのクラスにまで通いはじめたんだよ。ストーカーみたい」ドリーが反応をうかがうようにこっちを見た。だが、アンジェリカには何をほのめかしているのかわからなかった。

「レズ的な意味で近づこうとしてるってこと」

「えっ嘘」アンジェリカは声をあげた。「キモっ」

ヴァイオレットとドリーが目を見かわした。

「あたし、ジェイドと付きあってるんだ」ドリーが言った。「バイセクシャルなの」

アンジェリカは胃がでんぐりがえって吐きそうになった。顔が真っ赤になるのを感じた。

「あの、キモいって言ったのはそういう意味じゃなくて、ジョニが……ジョニがキモいっていう意味で、そういうことするジョニがキモいっていうか。だってわたしにはカラムっていうゲイの友達もいるし、だから——」

「落ち着いて」とドリー。「べつにいいから」ドリーが髪を指で梳《す》いた。長い黒髪を束ねずにおろし、黒いセーターにタータンチェックのミニスカートを穿いている。メイクはゴスっぽい。学校にいるときより一段とゴスっぽさが増している。あのマイケル・コースのバッグとヴィヴィアン・ウエストウッドのフラットシューズが部屋の隅に押しやられているのが見えた。

「でもほんとに、いい部屋だね、マジで」アンジェリカは話題を変えようと言った。

「あたしは嫌いだけどね、マジで。あたしがここに引っ越してくる前に、ママが飾ったの。ポールとよりを戻したとき、ポールはヘザーの実の父親だから——」

「ヘザーって？」

「あたしのお姉ちゃん。ママがポールとよりを戻したとき、あたしは実の父親と暮らすのを選んだから、ママとヘザーは家を出てここに移った。そのあとパパが死んで……で、いまにいたるってわけ」ドリーが部屋の隅のバッグと靴を指さした。「あれはママがあたしを買収しようとしたやつ。恥を知れって感じ」

「そうだったんだ、知らなかった」ヴァイオレットが言った。

「まあどうでもいいけど。ママは自分がアル中になったのはパパのせいだって、パパが最低だったみたいに言ってるけど、ほんとは違う。むしろよく言うよって感じ。だってたぶんママのせいだから。パパが……」ドリーが目に見えないロープを首にかけ、寄り目にして、がっくり首を垂れ、舌をだらりと出してみせた。

ドリーがにやっとすると、ヴァイオレットも笑みを浮かべた。なんて変なんだろうと思った。ドリーはなんて変な子なんだろう。やっぱり噂は本当だったのかもしれない。

「とにかく――あんたたちはいつもジョニと一緒にいるでしょ。みんな知ってるの？　あの子が……たぶんレズだって」ドリーが訊いた。話題が変わってアンジェリカはほっとした。そっちにはなんと言えばいいかわからなかったが、ジョニの悪口なら来年のハロウィーンまでだって言っていられる。

ドリーから質問攻めにされた。ジョニはジェイドのことを話題にしたことがあるか（ない）。ドリーのことを話題にしたことはあるか（あまりない。ドリーは頭がどうかしてるみたいだというほかの子たちに同意する程度）。自分はスポーツが大好きだとジョニはジェイドに言ったが、それは本当か（嘘！）。ジョニがジェイドと同じキックボクシングのクラスに通いだしたことは誰か知っていたか（誰も）。男子のことやボーイフレンドのことを話題にしたことはあるか（一度もない）。ジョニは見かけどおり馬鹿でイタい子なのか。

「うん、それはもう。前はデブでブスだったし、友達はヴァイオレットしかいなかったし――気を悪くしないでね――すごく変な子だったし。いまはうまく化けてるだけ」アンジェリカは言い、にやっとした。少し酔ってきた気がした。

「パーティをぶっ壊すんなら、ジェイドも呼んでいい？　ジョニがどうするか見ものでしょ」

ドリーがさっそくジェイドにメールを打ちはじめた。ベッドに腹ばいになり、うっすら笑みを浮かべている。アンジェリカは不意討ちを食らった気分だった。このレズの話のあれこれに。同性愛がいやだというわけではないが、頭が追いつかない。ジェイドがレズビアンなのはみんな知っているが、ドリーやジョニまでというのは……変な気がした。ヴァイオレットもレズだというなら、そっちのほうが意外ではない。それっぽい雰囲気がある。アンジェリカは目を細めてヴァイオレットを見た。何かが透けて見えないか、じっと見ていたらゲイレーダーが鳴りださないかと。ヴァイオレットはわざとアンジェリカの視線を無視して、携帯でゲームをしている。アンジェリカは自然と口元がゆがむのを感じた。

カラムとは友達だが、そのほうが変には感じない。ゲイの男子はアンジェリカにとって変ではない。ドリーはすごく美人で、部屋はピンクだし、爪もピンクに塗られている。爪は噛んでぼろぼろになっているが、それでもピンクのマニキュアがしてある。ドリーは返事を待つあいだ、爪のまわりを噛んで、指先をヌードカラーの口紅だらけにしていた。

「あちこち口紅がついちゃってるよ」アンジェリカが言うと、ドリーはドレッサーへ行って口紅を塗りなおした。アンジェリカはそのブランドに目をとめた。「それ、〈キャット・ヴォン・ディー〉？」

「そうだけど？」

「あの人ってなんか……ゴスっぽくて変じゃない？」アンジェリカはせせら笑った。ドリーが目をしばたたいた。

「変なこと言うんだね」ドリーが言って、携帯を見た。「ジェイドはアナベルの家の外で待ってるって。家には入りたくないって言ってるけど、どうだろうね」

アンジェリカは急に、自分の猫の仮装が気になってたまらなくなった。昔のダンスのコスチュームがきつすぎることも。ひょっとして股間にすじが浮いているかもしれない。マグカップの中身を飲みほし、股間をカップで隠した。

そのときドリーの母親がドリトスの袋を手に入ってきた。ドリーにはあまり似ていない。太っていて野暮ったい。スリムで洗練された自分の母親を思いだして優越感をおぼえた。

「どうも、みんな」ドリーの母親が言い、「あなた、お名前は？」とアンジェリカに訊いた。

ヴァイオレットもマグカップの中身を飲みほして口を拭った。

「アンジェリカです」

「あらまあ、かわいい名前」ドリーの母親は必死に褒めようとしたのだろうが、逆に嫌味っぽく聞こえた。アンジェリカは給食のおばさんを思いだした。ドリーの母親がアンジェリカにドリトスを差しだした。「これ、どうぞ。猫がドリトスを食べるのかわからないけれど。

ところで映画に行くのにその格好?」ドリーの母親が尋ねると、ドリーがすかさず答えた。

「この子はパーティから直接ここに来たから」

ドリーの母親は婦人会に出かけてくると言った。

「映画は何時に終わるの?」

「十時ごろです」ヴァイオレットが言った。「うちのお母さんがみんなを迎えに来てくれるはずです」

ドリーは母親を見なかった。その存在すら無視していた。ドリーの母親は笑みを浮かべて部屋を出ていった。階下の床がきしむ音が聞こえると、ドリーが口を開いた。

「ポールが帰ってくる前に出かけよう」

ドリーは自分とヴァイオレットのバックパックにウォッカとWKDの残り十本のうち八本を詰めこんだ。アンジェリカの小さなハンドバッグにはどれも入らなかったので、コートの左右のポケットに一本ずつWKDを入れるしかなかった。

ドリーがWKDの箱をつぶしてたたみ、上着の下にそれを隠した。母親に行ってきますも言わずに家を出て、隣の家のリサイクルボックスに箱を捨てた。

「ディーラーに電話する」とドリーが言った。風の音に掻き消されないよう、ほとんど叫んでいた。長いコートではなくレザージャケットを着ているので、スカートが風でまくれあがらないように腿《もも》のあいだにはさんでいた。

「ドラッグの？」

「違うよアンジェリカ、骨董品《こっとうひん》のだよ」

ヴァイオレットがくすっと笑った。

「うるさい。マリファナなんてやったことないくせに」アンジェリカはぴしゃりと言った。

「ヴァイオレットはいい子だから」ドリーが言った。「きつくあたらないで」先頭を歩くドリーは震えていて、スカートが手のなかでくしゃくしゃになっている。

「そもそもなんでドリーと話すようになったの？」アンジェリカはヴァイオレットに訊いた。

「そっちこそなんで？」

「そりゃ……ドリーは美人だし人気者だし、知ってて当然でしょ」

「ふーん」とヴァイオレット。「うちとドリーは共通点がたくさんあるから」

「たとえば？」

「いろいろ」

「いろいろって？」

ヴァイオレットが肩をすくめた。「アンジェリカにはわからないよ」

「調子に乗らないでよ」アンジェリカはぴしゃりと言った。

歩きながらウォッカとＷＫＤをさらに飲んだ。ドリーはディーラーと連絡がついたのか言わなかった。ドリーの家からアナベルの家まで一時間近くかかった。アンジェリカの家のほうがずっと近かったので、うちで飲もうと言うべきだった。

アナベルはムアコック・ヒルに住んでいると言っていたが、違った。家があるのはクロウだった。そこはムアコック・ヒルの丘のふもとで、立派な家が並んでいる一帯だが、それでも正式なムアコック・ヒルではなかった。アンジェリカはグループの子たちにそれを伝えようとした。「あの子、自分が実際よりいいところに住んでるように見せようとしてたんだよ。悲しくない？」グループでは誰も気にするそぶりを見せなかったが、ドリーとヴァイオレットにそれを言うと、ドリーが笑い、ヴァイオレットもつられて笑った。

「すかした女」ドリーが言った。

アナベルの家の裏庭の門はあいていて、つくりものの蜘蛛《くも》の巣とプラスチックの蜘蛛で飾りつけられていた。アンジェリカは先頭で入り、ドリーとヴァイオレットがあとから続いた。アナベルは実際にすかした女だが、自分にとっては眼中にもないことを知らしめてやるつもりだった。

アナベルはゾンビの女子高生に扮《ふん》していた。仮装は安っぽく、短いスカートにハイヒールで異様にのっぽに見えた。アナベルはアンジェリカを見て目をぐるっと回した。ケイリーとハンナたちも一緒だった。ケイリーはアンジェリカを見てあからさまにたじろいだ。魔女の仮装をしていて、口元をゆがめた拍子に緑のフェイスペイントにひびが入った。

「来たよ」アンジェリカは宣言した。

「だね」

「わたしを呼ばないで意地悪してるつもりだったんだろうけど」

「でもちゃんと言った。だからここに来てるんでしょ」アナベルが平板な口調で言った。腕組みをして、口には口紅と血糊《ちのり》がべったりついている。必死になんでもないふうをよそおっている。アンジェリカは頭に血がのぼってくらくらしてきた。

「ほんとは言いたくなかったくせに。自分がえらくて賢い気になってたんでしょ」アンジェリカが思わずそう言うと、アナベルがさげすむような笑みを浮かべた。

「まあとにかく来てるんだから」アナベルがアンジェリカの背後に目をやった。「ドリー・ハートを連れてきたの？」

「まあね」

「誰でも連れてきていいとは言ってないけど。それにあの子、仮装もしてないじゃん。何か変なことしたら、うちのパパが二階にいるから。すぐ追いだしてもらうからね」

「どうせそんなに長居はしないから。もっといいところに行って、マリファナやるつもりだし」アンジェリカは肩をすくめた。アナベルがまたさげすむように笑った。

「マリファナやるんだ。へえ、いいね。すごくうらやましい」アナベルがハンナたちとケイリーのもとへ戻っていった。みんな笑っていたが、ケイリーだけはばつが悪そうだった。

「あんたたちみんな、裏表ありすぎ。ケイリーが言ってたよ、あんたのことやなやつだって」アンジェリカは大声で言った。でもみんなには聞こえなかった。あるいは、聞こえていても気にしなかった。

アンジェリカはドリーとヴァイオレットのもとに戻った。ふたりはふたりで何やらにやにやしていた。

「何、そんなにわたしのことが笑える?」アンジェリカはぼそっと言った。傷ついた口調にならないようにしたつもりだったが、うまくいかなかった。

「笑えるのはあいつらだよ、あんたじゃなくて」ドリーが言った。その息は青いアルコール飲料の甘いにおいがした。「アナベルのスカートがタイツにはさまってる、ほら」アンジェリカが見るとそのとおりだった。すごく間抜けな姿だった。

三人は庭の隅に固まり、さらに酒を飲んで酔い、騒いだ。ドリーとヴァイオレットがテイラー・スウィフトの物真似をして笑い、アンジェリカはテイラー・スウィフトが好きだったが一緒に笑った。シックスフォームのジェイミー・マーガトロイドが来て、ドリーに誰の仮装をしているのかと尋ね、ドリーはそれにアイリーン・ウォーノスと答えた。それもドリーとヴァイオレットの内輪のジョークだったらしく、ふたりだけで大笑いしていた。ジェイミーはキッチンにビールとタバコがあるとドリーを誘ったが、ドリーはいまはいいと断わった。

「じゃあ気が変わったら」そう言ってジェイミーは去っていった。

「ジェイドが来たらもう行こう、こんなダサいパーティ」とドリーが言った。アナベルはツイスターゲームのマットを広げていた。本当にダサいパーティだった。男子はほとんどいないし、誰も踊っていない。「見て、ツイスターやってる。信じらんない」わざと聞こえよがしに言うと、アナベルがさっと振り向いた。

「じゃあ帰りなよ！　だいたい呼んでないんだから」アナベルが大声で言った。

「もう帰るよ」

「いますぐ帰って！」

アナベルがツイスターゲームの準備に戻った。アンジェリカはそのときはじめてジョニに気づいた。ジョニはヴァンパイアの仮装をしていた。ドラキュラみたいな男のヴァンパイアだ。それが面白いとでも思ったのだろう。いままで気づかなかったのは、髪をぴったり後ろになでつけていたせいもあった。ジョニが手を振って近づいてきた。

「ヴァイオレット？」とジョニ。「よかった、来てくれたんだ。いいね、その格好！」

アンジェリカはヴァイオレットを見た。

「誘われてたの、ジョニに」ヴァイオレットがもごもごと言った。

「はあ？」アンジェリカは言った。「誘われてた？　あんたが？」

「ジェイドも連れてくるって言ってなかったっけ？」ジョニが言った。ドリーが鼻を鳴らした。

「ジェイドとドリーを連れてくかもって言ったの。ジェイドももうすぐ来るよ」ヴァイオレットが肩をすくめた。

「なんでそんなにジェイドに会いたいわけ？」アンジェリカはろれつの回らない舌で訊いた。

「キックボクシングのことで訊きたいことがあって」ジョニがやけにすばやく答えた。

「オー、ゲイ」アンジェリカは言った。ドリーが含み笑いをした。

「えっ、何？」

「オーケイって言っただけ」アンジェリカがにやにやしてみせると、ジョニが目をぐるっと回した。でもいまは真面目に取りあう気にはなれなかった。ジョニがどう思おうと、何を言われようとどうでもよかった。こんなに酔っぱらっているうえに、馬鹿みたいなドラキュラの仮装をしたジョニが相手では。「でもジェイドにはドリーがいるんだからね。ふたりは付きあってるんだから」

「へえ、そうなんだ。べつにどうでもいいけど」ジョニが言ったが、どうでもよくないのは声でわかった。

「哀れだね」アンジェリカは言った。ドリーもにやにやしてうなずいている。「ほんと哀れ。かわいそう」

「そっちこそかわいそう」ジョニが言った。

「ジェイドが外に来てる」とドリー。「もう帰ろう」

三人は家をあとにした。ジョニがそれを見送っていた。

「ねえ、キックボクシングのことはもう訊かなくていいの?」アンジェリカは大声で言った。ドリーに引っぱられて門を出ながら、「超哀れ!」となおも叫んだ。

ジェイドは通りの向かいの街灯の下で待っていた。男物のコートにマフラーをして、くたびれたスニーカーの爪先がコートの下から覗《のぞ》いていた。ジェイドが手を振った。

ヴァイオレットとは知りあいのようだったが、アンジェリカのことは誰だかわからないみたいだった。あとのふたりに挨拶をしたあと、誰だったっけ、と言いたげにアンジェリカを見た。

「わたしのこと、知らない?」

「うん。ひとつ下の学年の子だよね?」

「本気で言ってる?」アンジェリカは言った。「うちのパパが有名人だから、みんなわたしを知ってるのに」

「パパって誰?」

「あのUKIPの人だよ、ホテルを持ってる」ヴァイオレットが答えた。「最近よく燃えてるシャレーのオーナーでもある」

「ああ、あの人。うちの母さんがすごく嫌ってる。あ、ごめん」

ジェイドの髪は後ろと横が短く、白くブリーチされていたが、明らかに家でやったようで、根元は白いのにピンでとめた前髪にはまだらに黄色いところがあった。寝起きみたいなありさまで、コートの下はパジャマなのではないかと思うほどだった。

「持ってきてくれた？」ドリーが訊いた。ジェイドがポケットからチャックつきポリ袋を取りだした。なかには二本の細長いタバコが入っていた。

「じゃあそれがマリファナ？」アンジェリカは尋ねた。

「決まってるじゃん。ほかになんだっていうの？」とドリーが言った。アンジェリカは肩をすくめた。

「さあ。タバコとか。訊いただけでしょ」

アンジェリカは父親のことを考えた。先週、父は地元ラジオの討論番組に出ていた。クロウのヘロインの問題について、常用者をどうすべきか、ファイザ・ナワズと意見を戦わせていた。ファイザ・ナワズは労働党の国会議員になろうとして、負けつづけている人物だった。父はファイザも労働党も嫌っていた。ファイザの姉が学校で英語を教えていて、父はアンジェリカをナワズ先生のクラスには入れるなと学校に電話までしていた。それは心配ない、ナワズ先生は一番上と一番下のクラスしか教えておらず、アンジェリカはどちらでもないからと言われたそうだ。

ラジオで、父はファイザがドラッグ常用者に甘すぎる、全員並べて撃ち殺すべきだと言っていた。

ジェイドはドリーのために自転車用パンツを持ってきていて、ドリーがそれをスカートの下に穿いた。四人は歩きだした。どこへ行くのかとアンジェリカが尋ねると、「どこか不気味なところ」とドリーが答えた。ドリーはジェイドの手を握り、ジェイドのマフラーをしていた。スカートが激しくあおられていた。風が強すぎて、ほとんど何も聞こえないほどだった。

「ビーチには行きたくない！　風がすごいから！」アンジェリカは叫ぶように言った。

「ビーチには行かないよ！」

四人は墓地に行った。湿った地面にすわって古い教会に寄りかかると、多少の風よけになって寒さもやわらいだ。そこからはかつて〈ポセイドンズ・キングダム〉があった空き地が見えた。その何もない空き地の様子に、アンジェリカは少し気分が悪くなった。

ヴァイオレットも同じ場所をじっと見ていた。ドリーが口を開いたとき、わざとここに連れてきたのだろうかと思った。「アンジェリカ、あの死んだ女の子のこと、知ってたんでしょ？」ジェイドはマリファナタバコに火をつけようとしていたが、ライターが風で何度も吹き消されていた。ドリーが両手で火を囲った。蝶か何か、デリケートなものを守ろうとするように。「ヴァイオレットから聞いたよ」

「うん、知ってたよ。親友だった」親友だ、と本当は言いたかった。夜、眠りに落ちる前にアリーシャの声が聞こえるし、家のあちこちでちょっとした痕跡も目にする。アリーシャはまだそこにいる。

「ヴァイオレットが言ってたけど、やなやつだったんだって？　でも死んじゃったから、みんな忘れたふりしてるって」ドリーが言った。アンジェリカは肩をすくめた。「そういうもんだよね、死んだ人には。いいんだよ、その子がやなやつだったって思ってたって」

「いい子だったよ、わたしには」アンジェリカは言った。

「悪魔の申し子みたいな子だったってヴァイオレットは言ってたけど」ジェイドがどうにかタバコに火をつけ、吸いはじめた。ジェイドがそれをドリーに回した。「子供が死んだらみんな大変なことになったってふりするけど、ときどき思うんだよね。なんていうか、ひどいやつだったんなら、かえってよかったんじゃないかって。そう思わない？」

ドリーがマリファナタバコをヴァイオレットに回した。ヴァイオレットは少しだけ吸ったが、ほとんどはただ持っているだけだった。アンジェリカはまた肩をすくめた。

「それにもしかしたら、もっといい子だったら死ななかったんじゃないかって思わない？　そりゃひどいことが起きるときは起きる。いい人間に悪いことが起きることもある。でも悪い人間に悪いことが起きるのは、なんていうか、具現化なんだと思うんだよね。アリーシャは学校でたくさんの子をいじめてて、たくさんの子がアリーシャに死んでほしいと思ったから、実際にそうなったんじゃないかなって。だってハイスクールにあがる直前だったんでしょ。きっとハイスクールではもっと悪くなってただろうし」ドリーがヴァイオレットからタバコを受けとり、ふたたび吸ってからアンジェリカに差しだした。

アンジェリカは受けとり、口にくわえて吸った。予想に反して熱くなかった。それでもう一度吸った。むっとする味がしたが、煙《けむ》くはなかった。

「わっヤバい。すごい感じ」

「消えてるよ」ジェイドが言って、ライターをよこした。アンジェリカは火をつけなおそうとした。

「でも、あたしは本気で信じてるんだ」ドリーが続けた。「思うことにはすごい力があるって。たとえばあのアナベルって子。あの子が嫌いなんでしょ？　意地悪でパーティに呼んでくれなかったから」

「うん」

「あの子に悪いことが起きればいいと思わない？　それが当然の報いだって」アンジェリカが火をつけられないので、ドリーがタバコをとり、火をつけて口の端にくわえたまま言った。

「試しにやってみようよ」

　みんなで手をつなぐようドリーが言った。そしてアナベルのことを考えろと。顔を思い浮かべ、どんなにウザいかを思い起こせと。ちょっとかわいくて、ちょっと金持ちだからって、どんなに思いあがっているか。地元でショボいモデルの仕事をしているからって、やたらえらそうにしている。本人がえらそうにしているから、みんなアナベルをえらいと信じている。なんて哀れなのか。

「じゃあ、アナベルが鼻をへし折られるようなことを考えてみて。あの子に何かすごく悪いことが起きるのを。どんなひどいことを思いつく?」

アンジェリカは目をつぶり、いくつものシナリオを頭のなかでめぐらせた。アナベルがツイスターゲームで足首を折る。バスルームの床で気を失い、ゲロで喉を詰まらせる。アナベルがみんなで海に行って裸で泳ごうと言いだしたあげく、裸の死体になって浜辺に打ちあげられる。あのきれいな顔に誰かが酸をぶっかけ、アナベルが頰を押さえて〝もうクロウ・オン・シー町議会の公衆安全キャンペーンに出られなくなっちゃう〟と泣きさけぶ。アンジェリカは笑いだした。ほかのみんなも笑いだした。四人は目をあけ、つないでいた手を離した。

「よし、これでどうなるか待ってみよう」とドリーが言った。

みんなでさらに酒を飲んだ。アンジェリカはマリファナタバコをどうにか何口か吸った。喉の奥が焼けるような感じがした。苦くてすすけた土っぽい味がした。

「ここにはどれだけの死体が埋まってるのかな」ドリーが言った。「今度……馬鹿っぽいかもだけど、またここに来て降霊会でもやらない?」

「ウィジャボード持ってるよ」ヴァイオレットが申しでた。

「わたしは霊と話ができるの」アンジェリカは言った。「だから、わたしがいたらウィジャボードもいらないよ」ジェイドが鼻を鳴らした。でもドリーは「へえ?」と言った。馬鹿馬鹿しいとは思わず、興味を持った様子で。「うん。友達のアリーシャと話せるんだ。ときどき話しかけると、返事もしてくれる」

「どうやって返事してくれるの?」ヴァイオレットが尋ねた。アンジェリカはヴァイオレットがその場に、あのスライダーにいたのを不意に思いだした。

「あんたのことは何も言ってなかったよ」アンジェリカはにべもなく言った。

「へえ、そう」ヴァイオレットがにやっとした。「でもどうやって――」

「部屋のものを動かしたり、ときどき頭のなかで声が聞こえることもある。寝つこうとしてるときによくアリーシャの声が聞こえる」

「すごいね」ドリーが言った。「アリーシャだけ?」

「えっ?」

「霊と話ができるって言ってたけど、アリーシャのことしか話してないから」

「えーと」アンジェリカは咳払いをし、めまぐるしく考えた。ドリーは自分を馬鹿にしようとはしてないみたいだ。ヴァイオレットとジェイドは鼻で笑っているが、ドリーは興味に目を輝かせている。「うん、うちのパパのホテルには霊が憑《つ》いてるでしょ? 『モースト・ホーンテッド』とかにも出てたし。あそこではしょっちゅうささやき声が聞こえるよ。行くたびにいろんな怪奇現象も起きるし」

ドリーがうなずいて笑みを浮かべた。

「すごい。あんたなら霊媒《れいばい》役ができるかもね」

「うん」アンジェリカは誇らしさで胸がいっぱいになった。「そうかも」

それからの記憶は曖昧だ。ビーチへ行ったのはおぼえている。濡れた冷たい砂の感触もおぼえている。ドリーにハグされてぐるぐる回され、パイナップルとココナッツの香りがしたのもおぼえている。

目をさますと、自宅の一階のバスルームにいて、トイレに青いゲロがあった。でもそれほど気分は悪くなかった。午前六時だった。シャワーを浴び、水をがぶ飲みしてからベッドに入ることができた。父にも姉にも、アンジェリカの帰りがどれだけ遅かったかは気づかれていなかったし、吐いていたのも聞かれていなかった。十一時に起きたとき、頭痛はしたが、それ以外はなんともなかった。

月曜日はいいことと悪いことがあった。

授業が始まる前に、まだ後ろめたく感じているらしいケイリーが寄ってきた。アンジェリカはもうグループの子たちを相手にする気さえなかったが、ドリーを見つける前にケイリーに追いつかれてしまった。

「アナベルのこと、聞いた?」ケイリーがにやにやしながら言った。

「なんのこと?」

「やだ、聞いてないの? すごく面白かったんだから。アンジェリカが帰ったあと、シックスフォームのジェイミーっていたでしょ。彼が〝ドリーはどこ行った？〟ってうるさくて。アナベルがそれにすごくイラついて彼に言ったの。〝頭おかしいんじゃない？　ドリーなんてそんなにかわいくもないでしょ〟って。そしたら彼が〝おまえよりかわいいよ〟って。アナベルったらそれで泣きだして、パパを呼んで彼をつまみださせたの。そんなことしなくても帰ろうとしてたのに。そのあとアナベルはお酒をがぶ飲みして悪酔いして。誰か写真撮ってたんじゃないかな。すごくイタかった」ケイリーが笑いながらまくしたてた。「ひと晩じゅうそんな感じで。超笑えた」

アンジェリカはドリーに報告しに急いだ。みんなで何かを具現化させたのだ。本当に自分たちがやったという確信はなかったが、そうでないという確信もなかった。ドリーならどっちなのかわかるはずだ。

ドリーとヴァイオレットはふだん、別棟の技術室へ通じる通路にいることが多い。ふたりがそこで固まって床にすわり、携帯電話を充電しているのを見つけたアンジェリカは、ケイリーから聞いたことを興奮して話した。

「ほら言ったでしょ」ドリーが満面の笑みを浮かべた。「わかってた」

それがいいことで、悪いことはそのあとに起こった。体育の授業だった。アナベルは学校を休んでいた。着がえのとき、ケイリーがそれを指摘すると、みんなくすくす笑った。ローレンはアンジェリカに何があったのか聞いたかと尋ね、笑いかけてきた。

「バチがあたったんじゃない？　パーティのことをアンジェリカに秘密にしようとして、ばれたときも正直に認めもしなかったのはちょっとダサいと思ってたし。アンジェリカを呼ぶのか呼ばないのか、はっきりしろって言ったんだよね。あの子、ずいぶんえらそうにしてたでしょ」ローレンが目をぐるっと回した。「べつにパーティなんて誰でも開けるのにさ」

アンジェリカはまたグループの一員に戻れた気がした。ジョニはこっちを睨んでいたが。でもその気分も長くは続かなかった。

体育のバスケットボールで、アンジェリカはグループの友達と同じチームになった。ヴァイオレットと同じチームになるのは逃れられた。相手チームのヴァイオレットは何度もアンジェリカと目を合わせて笑いかけようとしてきた。友達になったみたいに。アンジェリカはいい気分だったので、頑張ってボールをキープし、シュートを決めようとした。でもちっとも入らなかった。

「ボール、パスしてよ」ジョニが怒鳴った。「シュート、ヘタなんだから。あんたのせいで負けちゃうでしょ」ジョニが詰め寄ってきたので、アンジェリカは押しのけた。それでふたりとも退場になった。

「バスケットボールはコンタクトスポーツじゃないのよ」と教師が言った。

ふたりは廊下に出され、体育館のドアの両側に立たされた。

「いつからそんなにスポーツ好きになったわけ？」アンジェリカは尋ねた。「レズになってから？」

「あんたのパパはナチのペドのくせに。誰かがパパのシャレーにあんたを閉じこめて火をつけてくれたらいいのに」ジョニは泣いていた。アンジェリカの心は痛まなかった。

「いま言ったこと、先生に言いつけてやるから。あんたがレズで、ジェイドが好きだってみんなに言いふらしてやるから」

「やれば？　誰もあんたの言うことなんて信じない。裏目に出るだけだよ。いつもそうでしょ。わたしがみんなに嫌われるように、あんたがセコい工作したって、毎度裏目に出てるじゃん」ジョニが手の甲で目元を拭った。「あんたなんて誰にも好かれてないんだから」

それでアンジェリカも泣きだした。教師が来て、「まあ」と言い、この年ごろの女の子を教えるのは大変だと愚痴をこぼしはじめた。

「何があったのか知らないけど」教師が言った。「十年後にはきっと思いだしもしなくなってるわ」

教師はふたりを落ち着かせるため、べつべつの部屋へ行かせた。ジョニを自分の部屋へ、アンジェリカを生徒相談係のミセス・クレイグのところへ。ミセス・クレイグはヴァンス・ダイアモンドの一件の際によくアンジェリカの相談に乗ってくれていた。

「あなたたちは友達よね。でも、お父さんのことで何か言われたなら言ってちょうだい」だが、アンジェリカは何も言わなかった。

「ふたりともストレスがたまってただけです」アンジェリカは言った。「ＧＣＳＥのこととかで。それにときどき口喧嘩になるんです。たいしたことじゃないので」

昼休み、アンジェリカはグループの友達とすわったが、技術室の通路に行けばよかったと思った。ジョニが後ろから近づいてきて、「何も言わないでよ」と耳元でささやいた。

アンジェリカのうなじの毛が逆立った。

みんなはパーティの話をして笑っていた。アナベルがどんなにイタかったかと言いあい、でも馬鹿にするのはこの場だけにして、アナベルが学校に来たらもう言わないようにしようと誓いあっていた。

「きっとすごく恥ずかしいだろうね」アンジェリカは言った。「わたしだったら恥ずかしくて死んじゃう」

何人かはくすくす笑って同意したが、ほかのみんなは黙っていた。

「あんたこそ恥ずかしいことしてるじゃん、ずっと」ジョニが言った。アンジェリカはジョニを睨んだ。停戦協定を結んだつもりだったのに。「だってアンジェリカ、Ｔｕｍｂｌｒでミュージカルのことで言いあいしたり、猫の格好したりして、人のこと恥ずかしいとか言えるの？」

「してない、そんなこと」アンジェリカは言った。

「してるじゃん」ジョニが携帯を取りだし、ブラウザを開いて、アンジェリカのＴｕｍｂｌｒ

のURLの最初の文字を打ちこむと、残りは自動で出てきた。アンジェリカは胃のむかつきをおぼえた。やめるよう言ったが、ジョニはしばらくスクロールして、今月はじめのアンジェリカの写真を見つけた。『キャッツ』の舞台メイクをしてみたときのものだった。そのときはいい出来だと思ったが、いま見ると本当に馬鹿っぽかった。四枚の自撮り写真。どうして消しておかなかったんだろう。

ジョニが携帯をテーブルに置いた。

「わたしなら、インターネットでこんなことしてて、人のこと恥ずかしいとか言えないな」

「それ、わたしじゃない」アンジェリカは言った。みんな乗りだしてジョニの携帯を見ている。誰も笑わなかったが、誰ひとりかばってもくれなかった。

「やめなよ」ローレンが言って、ジョニの携帯を押しやった。「もうアナベルのこと悪く言うのもやめよう。みんなちょっと落ち着こうよ」

しばらくのあいだみんな黙っていた。やがてハンナのひとりがアンジェリカに向かって言った。

「で、猫の格好はよくするの？」

「しない。あれはわたしじゃないし」

「毎週末してるの？　それとも特別なときだけ？　ハロウィーンとか」ジョニが訊いた。

「実際、猫の格好でパーティに来てたよね」ハンナのひとりが言った。

「やだ、マジで猫になりたくてしょうがないんだ」ハンナのもうひとりが言った。

「うるさいな」アンジェリカは言った。するとほかの子たちが笑いだした。

翌日には、みんなアンジェリカに向かって猫の鳴き真似をするようになった。ジョニは『キャッツ』のメイクをしたアンジェリカの写真を携帯の待ち受けにして、みんなに見せてまわった。男子にも見せてまわった。

休み時間に、アンジェリカはジョニに言った。「あの『キャッツ』の写真はわたしじゃないから」ジョニは笑っただけだった。それでアンジェリカは、ジョニがレズビアンだとみんなの前で指摘した。きっとTumblrで同じレズビアンの仲間をあさっていたんだろう、自分にちょっかいを出してくるのも自分が好きだからかもしれないと。

ジョニがまた笑った。

「違うけど、もしそうなら何？」

「そうだよ、それ同性愛差別じゃない？」ブリトニーが言った。「うちのお兄ちゃんはゲイなの。差別はよくないよ」

「アンジェリカがそんなこと言うの変だよね」ハンナのひとりが言った。どっちのハンナかはもはやどうでもよかった。「だってカラムと友達のはずじゃなかった？」

その週末、みんなはジョニの家へ行った。アンジェリカは呼ばれなかった。

少女B

《クリーピー　犯罪実話ポッドキャスト》第八十二回より

ホスト　エイミー・フロイド、ケイシー・ハンター　（〇一：〇一：〇〇）

ハンター　いやあ、涙が出てくるよ、マジで
フロイド　わかる。ごめんね、ひどい事件だって言ったでしょ。ところでヴァイオレットがどれだけの刑だったかわかる？
ハンター　終身刑？
フロイド　もう出てる
ハンター　はっ？　嘘だろ？
フロイド　ほんと。保護施設に送られて——
ハンター　って何？　刑務所みたいな？
フロイド　ううん、イギリスに少年刑務所はないんじゃないかな、たぶん。こういう保護施設だけで。ヴァイオレットは成人として裁判にはかけられなかったの

ハンター　なんだって？
フロイド　そうなの！　で、二年入ってただけだった
ハンター　たった二年⁉
フロイド　ジョニに直接手を出してはいなかったから
ハンター　アホか。なんだそれ。手を出してなかったからって――
フロイド　だよね。わかる
ハンター　誰にも言わなかったんだろ。何もしなかった……止める機会はいくらでもあったのに……いくつだろうと関係ない。最低だ。そんなやつ極悪人だよ、ただ……
フロイド　友達が焼かれて死ぬのを指くわえて見てるなんて？
ハンター　気分が悪い。本気で吐きそうだ
フロイド　わかる
ハンター　ヴァイオレットにはずっとこの罪を背負って生きていってほしいよ
フロイド　それが当然だよね
ハンター　この先一生、毎朝目をさますたびに思いだしてほしい。自分がどれだけ臆病だったかを。自分の臆病さのせいで人が死んだってことをさ
フロイド　だよね。どうやったらそこまで腰抜けになれるのかな。わたしだったら死ぬ
ハンター　おれも

フロイド　本気で、死んだほうがまし

ハンター　おれは鬱になったことがあるし、自殺を考えたこともあるし、誰にもそんなことしてほしくないけど、でもヴァイオレットはよく自殺しないでいられるな。どうして自殺しないでいられるのかわからないよ、マジで

フロイド　きっと保護施設で無料カウンセリングをたっぷり受けたんじゃない？

ハンター　ジョニの母親は無料カウンセリングを受けられたのかな

いろんなことについて、自分がどう感じてるか説明するのはむずかしい。事件の少し前にドキュメンタリー映画の『パラダイス・ロスト』を見たんだけど、ダミアン・エコールズにはものすごく共感した。彼が人と違うからって迫害されてたことに共感したの（いまでもしてる）。ダークなものが好きで、人と違うことに興味があるからっていうだけで、みんな彼を有罪だと決めてかかった。

うちと彼の決定的な違いは、彼は無実だったけど、うちは違うってことなんだろうけど、でも一部の人が言うほどうちに罪はないと思う。ダミアン・エコールズほど罪がないわけじゃないけど。それでもうちの主張には一理あると思う。

＊

ヴァイオレットは、さまざまな情報を総合するに、ジョニには手を触れていない。

彼女はアイデアマンだったようだ。ドリーとアンジェリカが証言している。ジョニをさらって思い知らせてやろうと思いついたのはヴァイオレットだった、シャレーを燃やそうというのもヴァイオレットのアイデアだったと。

そして、インターネット・ブラウザのブックマークを、身の毛もよだつ殺人事件のウィキペディア項目やユーチューブ動画だらけにしていたのもヴァイオレットだった。ジョニ・ウィルソンが拉致されて暴行され死亡する三週間前、ヴァイオレットは日本の〈女子高生コンクリート詰め殺人事件〉のウィキペディアのページを五回も閲覧していた。スィルヴィア・ライケンス、ケリー・アン・ベイツ、ジェームス・バルガーの殺害、そしてハローキティ殺人事件について読んでいた。犯罪実話ポッドキャスト、クリーピーパスタ[10]（よくインターネットで『スレンダーマン』の情報をあさり、『ロシア睡眠実験』の話を繰りかえし読んでいた）、ホラー小説などに何百時間も費やしていた。ジョン・ファウルズの『コレクター』やジャック・ケッチャムの『隣の家の少女』を読み、ヨーゼフ・フリッツル、ジェイシー・リー・デュガード、誘拐監禁犯のアリエル・カストロについて見つかるかぎりのものを読みあさっていた。長期にわたる監禁と拷問の話が、ヴァイオレットの脳裏でスズメバチの巣のようにブンブン音を立てていた。

だが、彼女は大量のファンタジーやSFも摂取していた。犯罪実話関係のコンテンツと同じくらい、ゲーム実況動画や猫動画やアニメも見ていた。

そしてヴァイオレットはジョニに手を出さなかった。そして自白したのはヴァイオレットだった。そして彼女を車で警察署へ連れていったのはヴァイオレットの母親だった。そして裁判でもっとも悔悟の念を示したのはヴァイオレットだった。

＊

ヴァイオレットの母親のドーン*は、とっておきの繊細なピンクのカップとそろいのソーサーで紅茶を出してくれた。その家は小さいが趣味がよく、海辺にもなければクロウ・オン・シーにもなかった。ドーンも小さくて趣味がよかった。ヴァイオレットに似ているが、娘とは見た目を変えようと、あえて外見上の選択をした部分があるようだった。

かつてヴァイオレットを冗談めかして〝小さなわたし《ミニ・ミー》〟と呼び、黒っぽい髪も眼鏡もおそろいにしていたドーンだが、インタビューの際には髪を短くしてブロンドに染め、眼鏡ではなくコンタクトレンズを好んでいるようだった。

紅茶には角砂糖が添えられていた。家のなかはきちんとかたづいていて、ヴァイオレットの写真はどこにもなかった。かわりにドーンの義理の息子の写真と、ごく最近の結婚式の写

10　〝クリーピーパスタ〟とは、インターネットに投稿されたアマチュア・ホラー小説群の通称。コピーペーストにより拡散されてミーム化したテキストを指す〝コピーパスタ〟という用語から来ている。

真が飾られていた。ドーンの新しい夫はヴァイオレットの事件の詳細を知っているが、義理の息子は知らないという。

「息子はあの子が父親と暮らしていると思っているの。わたしとは疎遠になっている、仲たがいをしていて関係がよくないんだと。わたしもなるべく……曖昧にしているのよ。夫もそう。ふたりともあの子の昔の名前も知らないし」

インタビュー中、ドーンの手が激しく震えて、ティーカップとソーサーがカチャカチャと音を立てた。サイモン・スターリング＝スチュワートとは違って、ドーンは自分から話そうとはしなかった。質問されたことに答えるだけだった。居心地のよくないインタビューだった。彼女は非友好的ではなかったものの、私にできるだけ早く帰ってもらいたがっているのが伝わってきた。

手短にでいいので、最初から話してください、と頼んだ。

ヴァイオレットは二〇〇〇年の一月二十日に生まれた。クロウ・オン・シーではなくベリック・アポン・ツイードの町で、当時三十二歳のドーンと、三十五歳の夫リアムとのあいだに。ドーンとリアムは結婚して三年、付きあいだしてからは五年だった。ドーンはソーシャルワーカーで、リアムは公務員だった。ドーンはヴァイオレットの前に二度妊娠していた。一度目は流産し、二度目は深刻な先天異常のために中絶した。

「胎児は無脳症だったの」私はぽかんとしてドーンを見た。「脳と頭蓋骨の大部分がなかったの。予後はとても悪くて、もし流産しなくても死産になる可能性が高いし、死産でなくても、一日程度しか生きられない可能性が高い。たとえそれ以上生きたとしても、どうにか命をつなぐだけ。いい選択ではなかったかもしれないけれど、迷うことはなかったわ」ドーンが肩をすくめた。「リアムの家族はとても信心深くてね。説明しても、わたしの選択をあまりよく思っていなかった」それがリアムとの離婚につながる最初の亀裂だった。

「それから一年くらいは子供をつくろうとしなかった。ヴァイオレットができたときも、あらゆる診断や検査を受けたわ。でも大丈夫だった。わたしはあまり大丈夫じゃなかったけれど、あの子は大丈夫だった」

ドーンは病気がちで、妊娠期間はつらかった。彼女は大家族の出で、代々の丈夫な労働者階級の女性たちはみな妊娠になんの問題もなかったので、ドーンが泣き言を言っているだけだと思われた。ドーンの母親は妊娠中に苦労したらしいが、ドーンが十代前半のころに亡くなった。父親は無口なタイプで、精神的な問題をかかえていたが、めったに感情を表に出さなかった。ドーンがアドバイスを求められる相手は、無遠慮でずけずけとものを言う母親の姉妹たちしかいなかった。

「おばたちはわたしの母のことを……痩せててちょっとお高くとまっていたって、そのことばかり言うの。おばたちだって痩せてるのよ。みんな小柄な家系だから。ただ母はサイズ六で、おばたちはサイズ十だった。それに母はよく病気をしていた。そういうところはわたしに似てたのね。しょっちゅう風邪をひいていて、太れなくて、小鳥のようにしか食べなくて……泣き言ばかりだったって。わたしも泣き言ばかりだって言われるわ。わたしを見てると母を思いだすって。おばたちはわたしにもあまり同情的じゃなかった」

以前の妊娠の問題やつわりのひどさは、ドーンが痩せすぎでお尻が小さいせいだ、もう一度妊娠する前に〝もう少し肉をつける〟ことを考えるべきだった、とおばのひとりに言われたと彼女は振りかえる。体重を増やすのに苦労していると、べつのおばには冗談めかして嘘つきと言われた。

ヴァイオレットの妊娠中は、まるでおなかに吐き気のかたまりをかかえているようだったとドーンは言う。三カ月目には、もうヴァイオレットがひとりっ子になるとわかっていた。二度とこれに耐えられそうになかったからだ。ほとんど動けず、仕事も長いこと休まざるをえなかった。夜、眠れずに横たわって、残りの月が早く過ぎてほしい、赤ちゃんが少しでも早く生まれてきてほしいと思ったのをおぼえている。

だから、ヴァイオレットが早産で生まれて、あたふたしたがほっともした。ドーンは罪悪感をおぼえた。自分が赤ちゃんを早く生まれさせてしまった気がして。三十二週で生まれたヴァイオレットは低出生体重児だった。

ドーンは生まれたばかりのヴァイオレットの写真をラップトップ・コンピュータで見せてくれた（家族のアルバムは倉庫にしまいこまれていた）。プラスチックのベビーベッドに寝かされて、何本もの管がつながれ、小さな手編みの靴下と帽子を身につけ、透きとおりそうな肌をしていた。ドーンは仕事柄受けていた教育のおかげで、リアムよりも早産のストレスに対処しやすかったのかもしれないと言う。

「彼はわたしを少し責めていたと思うわ」とドーン。「さっきも言ったように、妊娠期間を決して楽しんではいなかったから。もちろん自分の意思で早産にできるわけないのはわかってる。産む時期は自分で決められるものじゃない。だけど、妊娠期間がつらくていやだとわたしが思っていたから、ああいうことになったんじゃないかってふたりとも感じていた気がするの。離婚に近づきつつあったころ、夫に言ったのをおぼえているわ。〝あの子が早産だったのはわたしのせいだと思ってるんでしょう〟って」

ヴァイオレットに深刻な問題が残るようなことはないと医師に言われたものの、その小さな赤ちゃんにはどこか普通でないところがあるとドーンもリアムも感じていた。夫婦は娘が成長するにつれ、どこかに明確で具体的な問題があればいいのにとひそかに願うようにさえなった。

ヴァイオレットはミルクを飲まず、泣いてばかりいた。かなり早く歩けるようになると、ベビーベッドから抜けだした。あまり寝ず、ベビーゲートの前に立って小さな手で柵をつかみ、叫び声をあげて揺さぶった。檻《おり》に入れられたチンパンジーのように。

医者に連れていくと、赤ちゃんでいるのがいやな赤ちゃんというのがいるのだ、それだけだと告げられた。発疹《ほっしん》があるわけでも、歯が痛いわけでもなく、身体にこれといった問題は何もない。ぼんやりした実存への不安があるだけだと。ヴァイオレットは赤ちゃんでいるのがいやだった。赤ちゃんでいるのが苦しくて、恐怖に叫んでいた。赤ちゃんでいるのがいやなあまり、眠れなかった。ドーンはわが子をこの世に産みだしてしまって悪いことをした気になり、生きていることにこんなに腹を立てている赤ちゃんに腹が立った。

ヴァイオレットはおしゃべりができるようになって明るくなった。賢くて陽気だった。たっぷりした黒い髪で、何音節もの単語を駆使することができた。二歳になるころには、完全な文で明確に話せて、小さく愛らしかった。スーパーマーケットでヴァイオレットが野菜を手にしてその名前を大声で言う姿に、見知らぬ人も目を細めた。

「あの子はショッピングカートに乗っていないかぎり、何かを手にとっては、それを知らない人に見せて、何を持っているのかその人に言うの。変わったふるまいだったけれど、かわいかった」ドーンが言い、やってみせてくれた。身を乗りだして私の膝をちょんちょんと突っつき、目を合わせて、手にした何かを見せるそぶりをし、とても真剣な口調で言った。

「これ、オレンジ」

保育園のアシスタントは、カエルの卵や楕円形《だえんけい》やいも虫の生態について聞かされた。ヴァイオレットは何かを学ぶと、その新しく重要な事実について、会う人会う人に教えるのを使命のようにしていた。とくに興味を持ったのがヘンリー八世、次いで恐竜、その次がポケモンだった。小学生のころはポケモンからセーラームーン、セーラームーンからさまざまなアニメに夢中になった。

四歳のヴァイオレットは幸せで、自信に満ち、おしゃべりで好奇心旺盛で活発だった。保育園ではまわりの子より上だったのもよかった。ヴァイオレットにくらべればほかの子はまだ赤ちゃんだった。

「保育園の評価は……それを読んで、自分にどうしてこんなにすごい子がって思ったのをおぼえてるわ。わたしもリアムもとても……平凡な人間だから。みんなわが子のことになるとそんなふうに思うのは知ってる。でも、あの子はすごく賢いって言われたの。言語能力は六、七歳なみで、読み書きも一番最初にできるようになったって。友達もたくさんいた。わたしは……あの子の将来に夢をふくらませた。あの子の可能性に。どんな子に育つんだろうって楽しみでしょうがなかった」

ヴァイオレットの問題は小学校入学の瞬間から始まった。彼女は批判や拒絶や気軽ないじめに慣れていなかった。すごく繊細で傷つきやすかった。子供たちは彼女にやさしくされなかった。特別に意地悪ではなかったかもしれないが、小さなヴァイオレットはやさしくされないことに不慣れで、少しずつ心が折られていった。毎日、学校から帰るたびに、少しずつ内向的になり、元気がなくなり、口数が減っていった。好奇心も内向きになり、質問もしなければ、学んだことを友達や先生に教えようともしなくなった。ひどくシャイになった。一年生のときの担任教師はそれに気づき、家庭に問題があるのではないかと懸念した。

たしかに問題もあった。ドーンのリアムの家族との折りあいはあいかわらず悪く、リアムは家族に味方することが増えた。ドーンがベリックを離れてよそで仕事を探したいと言うと、リアムは断固として反対した。

「馬鹿な話だと思った。彼はニューカッスルのロングベントンの歳入関税庁で働いていて、毎日車で一時間もかけて仕事に通っていたのよ。わたしはニューカッスルかその近辺――タインマスでもポンティーランドでも――に引っ越そうと提案したの。ベリックでなければそれでよかった。ヴァイオレットも学校を替われば状況がよくなるんじゃないかと思った。あまりにも……元気がなくなってたから。大騒ぎしたり癇癪《かんしゃく》を起こしたりすることはなかったのよ。ただ、学校に送っていっても、学校はどうだったかと訊いても、すごく沈んだ様子になるの。見ていられなかった」

教師に話を聞くと、誰か特定の子のせいではないとわかった。多くのちょっとしたことで少しずつヴァイオレットの自信がそがれていったのだ。ある女の子にウザいと言われたこと、先生の質問に必死で答えようとしすぎだとある男の子に笑われたこと、ヴァイオレットと同じゲームで遊びたくないと何人かの子に言われたこと、ほかの子にも質問に答えるチャンスをあげてと先生に言われたこと。五歳の子供にとって、それはじわじわと殺されるようなものだった。

ヴァイオレットは友達より教師や補助教員といることが多くなった。大人といれば、同じ歳の子たちといるときほどには自信喪失しなかった。だからそれを続けた。最初の学校では同じ歳の友達がつくれず、できるかぎり大人と一緒にいようとした。

ヴァイオレットの昔のノートや宿題はドーンの手元にはなかった。ヴァイオレットに関するものはすべて倉庫にしまいこまれていた。だが、描いた絵やノートの写真や、スキャンのデータはあった。彼女はヴァイオレットが六歳のときに書いた作文（というより字を書く練習だが）を見せてくれた。〝わたしのしんゆう〟という題の作文だった。

わたしのしんゆう

わたしのしんゆうはママです。ママが大すきです。いっしょにシュレックというえいがを見ます。いっしょに四目ならべやごっこあそびをします。ママが大すきです。ママはやさしくてどなったりしません。ママはおいしいこうちゃをいれてくれます。パパもだいたいやさしいです。でもしんゆうはママでいっしょにおりょうりのテレビを見ます。マリー先生とトレイシー先生[11]もともだちです。マリー先生はいろいろおしえてくれてトレイシー先生はお

11　ヴァイオレットの担任教師と補助教員。

もしろくてやさしくて休みじかんにあそんでくれます。チエッカーをやったりトランプのスナップをやってあそびます。みんながやさしくないときはマリー先生とトレイシー先生がよくなるようにしてくれます。ママもよくなるようにしてくれます。ママが大すきです。

ドーンはこれをヴァイオレットから渡されたとき、とても心を打たれたが、同時にひどく悲しくなったという。自分は娘の〝親友〟であるべきではないと思ったし、昼休みに補助教員と遊んでいてほしくもなかった。ほかの子たちが〝やさしくない〟と書かれていることには胸が痛んだ。

ドーンは幸せな幼い女の子を奪われた気がした。赤ちゃんが戻ってきた。赤ちゃんでいるのがいやな赤ちゃんが。ヴァイオレットは幼い女の子でいるのがいやな幼い女の子だった。

「大きくなるとともに状況はさらに悪くなった。あの子が繊細で傷つきやすいことにみんなが気づいて、ターゲットにされるようになってしまったの。それにあの子が――慰めを見いだしていたのがポケモンや本やマンガだったのも……べつにいいのよ。わたしだって小さいころ、まわりの女の子たちが好きなものがすべて好きだったわけじゃないし。ただ、あの子はすごく……好きなものだけにのめりこんで、ほかのことには興味を持たないタイプだったから……」

リアムの家族は新しいシャイなヴァイオレットが気に入らなかった。父方の祖父母は、もっと元気を出せ、目を合わせろ、年上のいとこたちのようになれとヴァイオレットに小言を言った。いわゆる女の子らしさをより持ったいとこたちとくらべ、それじゃボーイフレンドができないとからかった。ヴァイオレットが当然ながら涙ぐんでも、祖父母は謝らず、ユーモアのセンスを持てと言った。ドーンが頭に来て、両親のヴァイオレットへの扱いにひと言言ってほしいとリアムに求めると、でももっともじゃないかと返されたという。

学校でヴァイオレットは、どんな話題でも強引にポケモンやセーラームーンの話、ほかの子が読んでいないテリー・プラチェットの本の話に持っていこうとした。うまい会話のしかたがなかなか理解できず、会話とは普通、ふたりの人間がおのおの自分の好きなものについて一方的にしゃべったり、それぞれが順番に長広舌をふるうことではないというのがわからないようだった。

そんななか、ドーンとリアムは離婚した。

ドーンはリアムに黙ってノース・ヨークシャーの仕事に応募した。子供のころに休暇をすごしたような海辺の町に住んで働きたいとふと思いついたためだった。いい職が見つかったので応募し、面接を受けて合格した。リアムに話すと、それが当然かそうでないかはともかく、激怒した。ドーンは離婚したいと告げた。リアムの家族から離れ、ヴァイオレットを新しい学校に入れたい、新たなスタートを切りたいと。

「最初はかなり揉めたわ。リアムには家を売らなきゃならないってことがかなりのストレスで。だけど、家がすんなりいい値段で売れたから、だいぶストレスが減った。それぞれ新しい家を買うこともできたわ。リアムは両親の家のそばに2LDKのフラットを、わたしはクロウにこぢんまりしたメゾネットを。引っ越しもスムーズだった。結婚していたあいだほぼずっと、わたしたちは幸せじゃなかった。彼の両親はもちろん反対していたけれど、しばらくべつべつに暮らしてみたら、これが正しい選択だったとおたがいよくわかったのよ」

ヴァイオレットとドーンは二〇〇七年一月、ヴァイオレットの七歳の誕生日の直前にクロウ・オン・シーに引っ越した。ドーンとリアムは、ドーンの父親の家で最後のクリスマスを一緒にすごした。気づまりな一日で、やめておけばよかったとドーンは思ったが、父とヴァイオレットは楽しそうだった。父はヴァイオレットにチェスを教えていた。ドーンとリアムは沈黙をごまかそうと、ずっと映画を流して見るともなく見ていた。

ヴァイオレットにとっては、クロウに来てよくなったこともあったが、よくならなかったこともあった。はじめての友達ができたが、そのいっぽうではっきりいじめてくる子たちもあらわれた。ヴァイオレットは振りかえる。

お母さんとクロウに引っ越してはじめてできた友達がジョニだった。新しい小学校の最初の日、アリーシャ・ダウドが世話係につけられて(信じられないでしょ?)、ジョニがそれに反対したの。アリーシャは意地悪だからって。先生はジョニに、落ち着いて、アリーシャにもいいところを見せるチャンスをあげよう、とかなんとか言ってた。そのとき、すごくいやな流れだなと思ったのをおぼえてる。前の学校で、誰かがやんちゃだと、一番前の列でうちの隣にすわらされてたんだ。新しい学校でも罰の席にはなりたくなかった。

ジョニがうちの世話係に立候補したんだけど、先生がだめって言った。うちは恥ずかしくて何も言えなかったけど、ほんとはジョニのほうがよかった。そもそも、ジョニが自分から手をあげたのに、あんな意地悪なアリーシャをうちの世話係につけるなんておかしいよ。アリーシャは休み時間に学校を案内するはずが、うちをトイレの個室に閉じこめたんだよ。外から鍵を閉めて、粘土でふさいで、内側から鍵をあけられないようにしたの。それでアンジェリカとケイリーを呼んできて、うちのことを笑って出ていっちゃった。

すごく恥ずかしくて、トイレにすわってずっと泣いてた。先生が見つけてくれるまで。前の学校でもいじめられてて、お母さんがどんなに心配してたか知ってたから。お母さんはこれで新しいスタートが切れるって言って、うちに友達ができるのをすごく期待してた。だから早くもいろいろだめにしちゃった気がして。そのときから、アリーシャはうちをチクリ屋だって責めるようになった。実際はチクってないんだけど。アリーシャがやったのはばれだっただけで。だってアリーシャはいろんな子をトイレに閉じこめるのを趣味みたいにしてて、監視なしでは粘土にさわるのも禁止されてたんだから。それからはジョニが世話係になるのを先生も認めて、それで友情が始まったの。

だいたいはふたりでごっこ遊びをしてた。あと何人かおとなしい女の子とも友達になったけど、ジョニがみんなのボスみたいにふるまってた。ジョニがお医者さんごっこしようって言うと、誰かが床に寝て、ジョニが命を救う手術をするとか、ドロ警をしようって言うと、ジョニが指を銃の形にして〝バーン、バーン、バーン〟って叫びながらうちらを追いかけるとか。ほかの子たち（アンジェリカやアリーシャ）がうちらにきつくあたるようになったのは五年生くらいだと思う。うちらが〝赤ちゃんみたいな遊び〟をしてるとか〝赤ちゃんみたいな服〟を着てるとか〝赤ちゃんみたいな髪型〟だとか言って。わざわざポニーテールハゲになるような髪型をしないとか、ラインストーンで〝尻軽ベビー〟って書いてあるへそ出しトップスを親にねだって買ってもらわないからって理由で。

いじめのことに触れると、ドーンは立ちあがって鎮痛剤をのみにいった。責めるつもりだったのではない――どうして介入しなかったのかと――ただ知っていたのか訊きたかっただけだ。ドーンなり、ほかの誰かがそれについて何かしたのかどうか。

「あの子はいじめられてることを言わなかった。わたしの知るかぎり、ヴァイオレットはジョニと、あと何人かの少し変わった女の子たちと仲がよかった。ジョニのことは好きだったわ」ドーンの口元がゆがみ、目に涙が浮かんだ。「ただ……ヴァイオレットはいつも受け身で。いじめのことより、ジョニのことのほうが心配だった。ほら、知らないことは心配できないでしょう？　でもいじめられていたなら、あの子がジョニにがまんしてたのも理解できる」

もう少しくわしく説明してほしいと頼んだ。ぜひ率直に話してほしいと。私は加害者だけでなく、すべての少女たちの人間像を掘りさげようとしていた。ジョニの母親から、ジョニに傲慢なところがあったと聞いたと告げると、ドーンはうなずいた。

「あの子のことは好きだったわ、本当に。でも、わたしが当時付きあっていた元パートナーは、ジョニのことをブルドーザーと呼んでいた。会話を押しつぶしていくから。あなたの言ったとおり、傲慢なところがあったの。あのふたりには共通点がいくつもあった。でももっと……おたがいにもっと対等な関係でいてくれたらと思っていた。ジョニがいつも上で、それが気がかりだったの。たぶんヴァイオレットは……いいえ、ごめんなさい」

ドーンが言葉を切った。ヴァイオレットのことを話すのはいいが、ジョニのことや、ふたりの友人関係について話していいものかわからないと言った。

のちにアマンダにインタビューしたとき、ヴァイオレットとジョニの初期の友人関係についてどんなことをおぼえているか、またドーンについておぼえていることはないかと質問した。

「そうね、ふたりがよく一緒にいたのはおぼえてるわ。ヴァイオレットはいい子だった。すごく賢くて、大人にはよくしゃべるのに、ほかの子に対してはとってもシャイで、それがなんだかおかしかった。かわいそうだとも思ってたわ。ジョニよりずっといじめのことを気に病んでるのは明らかだったから。それに娘がどんな子だったかはわかってるから、ジョニがヴァイオレットにいつもやさしくはなかったのも認めるわ。あの子がヴァイオレットに指を鳴らして〝ごっち来て〟なんて言うから、叱ったこともあるのよ。ヴァイオレットはとくに文句も言わず、ジョニに犬みたいについてまわってた。悲しくなったわ。

ドーンのことも好きだった。おたがいに似てるところもあったと思うわ。ジョニがヴァイオレットに対して威張ってたら、遠慮なく叱ってちょうだいと言ったのよ。そうしないとわからないから。でも叱ってはいないでしょうね」

ドーンはさっきより青ざめた顔で、少し震えながらインタビューの席に戻ってきた。しょっちゅう鼻梁《びりょう》をつまんでは、頭痛がして、と何度も言った。

読者もご記憶のとおり、ヴァイオレットはアリーシャの溺死事故の現場にいて、ウォータースライダーの途中で引っかかっていたアリーシャにぶつかった。ヴァイオレットは語る。

アリーシャが溺れたことはほんとに話したくない。いまでも悪夢を見るんだ。あのおかげで閉所恐怖症になったし、あれ以来一度もウォータースライダーはすべってない。あの事故のあと、毎晩ひどい悪夢ばっかり見るから、医者に行かされて、少しのあいだ変な子供向けセラピーにも通わされた。うちのことを赤ちゃんみたいに話しかけてくるんだよ。あと、すごく水が怖くなった。でも海の近くに住んでるとそれはけっこう不便で。なんだかんだ水に入る活動をやらされるから。お母さんはうちがみんなの誕生パーティとかからハブられるのを心配して、どうしたらいいですかってセラピストに訊いたの。そしたら、もう一度泳げるように水泳のレッスンを受けるべきだってセラピストに言われて。

それでお母さんにあの最悪な水泳レッスンに行かされて、よけいひどいことになった。アリーシャが溺れたこととあの水泳レッスンが結びついてるから、そのことはほんとに話したくない。ここで話すのも無理。だっていまではジョニのこともそこに積み重なってるから、もう無理無理無理無理。

ヴァイオレットは水泳レッスンについて、私との通信のなかでそれ以上くわしく語ることはなかった。〝あの水泳のこと〟とか〝あのひどいできごと〟と遠回しにほのめかすことは何度かあったが、それだけだった。

私は前もってドーンに謝ったあと、その事件について、そしてその後のヴァイオレットの様子について少し聞かせてほしいと頼んだ。

「裁判で充分くわしく述べられていたと思うけれど」ドーンがはじめて冷たい口調で言った。

たしかに、基本的なことは裁判でわかりましたが、あなたの口から聞きたいんですと説明した。

「わかったわ。プールのスタッフはほとんどが一般教育修了上級レベル《Aレベル》の子だった。もうすぐ大学に入学する子や一年の休みをとっている子。そういう子たちがライフガードとして働いたり、水泳を教えたりしていた。大学出願の書類や履歴書に書けるように。水泳の選手だった子も多かったと思うわ。ピカピカのアスリート。だから、娘に水泳のレッスンを受けさせるのにためらいはまったくなかった。そしてライアン・ジェムソンがわたしの仕事の都合には一番合っていた。無理してでも女子のコーチに頼むべきかとも考えたんだけれど、心配しすぎだと思って、ライアンに頼んだの」ドーンが両手で顔を覆い、涙を拭った。「もちろん、人生であれ以上に悔やんだ選択はないわ」

ライアン・ジェムソンは当時十八歳だった。水泳の元スター選手で、十五歳のころからときどきクロウ・レジャーセンターでライフガードや水泳コーチのアルバイトをしていた。彼はオリンピックの代表選手になるチャンスをふいにしたばかりだった。ふつか酔いで選考レースに臨み、プールで吐いてしまったのだ。

三週間、ヴァイオレットはおおむね楽しそうに水泳のレッスンに通っていたが、ある晩帰ってくると腹痛を訴え、もうレッスンに行きたくないと言った。ドーンが問い詰めると、ヴァイオレットが攻撃的な態度になり、急に振り向いて、涙ぐみながらもうレッスンには行きたくないと怒鳴った。

「わたしはソーシャルワーカーだから」ドーンが言った。涙はもう乾き、淡々とした事務的な口調になっていた。自分の娘ではないどこかの子供について話しているように。「何かおかしいとすぐにわかった。プールで何か悪いことがあったのか娘に訊くと、うなずいた。だからすぐ病院へ連れていって、こういうことが起きたんじゃないかと話して、検査してもらったの。娘には鎮静剤を投与してもらって」ドーンの事務的な態度がその瞬間にすすり泣きに変わった。彼女はふたたび部屋を出ていき、十分ほど戻ってこなかった。

検査の結果、性的暴行を受けたと思われる傷が確認された。警察が呼ばれ、あらゆる状況がライアン・ジェムソンを指し示していたものの、最終的にはヴァイオレットの証言が必要だった。それができるようになるまでに何日もかかった。彼を名指しするまでに。ヴァイオレットは毎晩のようにうなされて泣き、それが一年近くも続いた。男性の警察官とは話をせず、父親のもとを訪れたときには父親を叩いた。そのことは友達にも誰にも話さなかった。ジョニにも話さず、ドリーにも話さず、ブログにも書かなかった。ティーンエイジャーの少女はSNSで打ちあけ話をしたがるものだが（ヴァイオレットにもそういうときがあった）、その件についてはいっさい何も書かず、ほのめかすことさえしなかった。

部屋に戻ってきたドーンに、ライアンはどうなったのかと尋ねた。

「自殺したわ。警察は彼に話を聞いたあと、どういうわけか、監視もつけずにそのまま帰したの。それで自殺した。ひどく酔った状態で海に入ったという話だけれど」ドーンが鼻を鳴らした。「なんの冗談かと思うわ。いったい何を考えていたんだか。仕事柄、警察の相手をすることも多くて、彼らがたいがい役立たずなのは知っているけれど、これは次元が違うわ。あまりにも無知すぎる。自殺のリスクがあることぐらい、誰が見たって一目瞭然でしょ。オリンピックのチャンスを逃して、さらに子供への性犯罪がばれたんだもの。そりゃ自殺するでしょう。しないほうがおかしいわ。

彼の父親は地元の実業家連中のひとりだった。宿を何軒か経営していたの。だからなんていうか、ただの印象だけれど、公営団地ずまいでもなく、いい友達がいれば、警察は……クロウでは殺人の罪からも逃れられるのよ。ヴァンス・ダイアモンドを見て。ああいうことが横行してる。だから……いいえ、ダイアモンドは例外ね。ライアンが罪を逃れられなかったのは、ごく普通のまともな中流家庭の子を被害者に選んだから。彼がダイアモンドくらいずる賢ければ、きっと逃げおおせたはずよ」

ライアンの死は、ヴァイオレットの回復のプラスになったのか、マイナスになったのかとドーンに訊いてみた。

「両方ね。あの子はおびえていたから、彼がもういないことは喜んでいた。もしかしたら脅されていたのかもしれない。あの子は言わなかったけれど。そのいっぽうで罪悪感もあった。あの子は責任を感じてた。まだ十一歳の子がかかえるには複雑すぎる感情よね。彼の家族が罪を否定しなかったのはよかったわ。ポスト・オン・シー紙は大々的な追悼記事を載せようとしていたの。〝オリンピック候補の悲劇の死〟とかって。でも家族がそれを止めた。プール側は彼にレッスンを受けた子たちに内々で聞きとりをして、その結果ほかにも複数の被害者が見つかったの。ヴァイオレットと同じ学校の女の子たちよ。それも慰めにはなったみたい。自分はひとりじゃないって」

「その子たちと一緒にすごしたりしていたんですか？」

「いいえ。それはいやだったみたい。あの件について二度と話したくもないし、考えたくもなかったのね。それがあの子なりの対処法だった。話したくなったらいつでも話を聞くからねと言ったんだけれど」

ヴァイオレットは定期的にカウンセリングに通ったが、セラピストにも心を開こうとしなかった。大人を、とくに男性を避けるようになり、なかでも若い男性が苦手だった。ヴァイオレットは内気で、そもそも自分の身体のことを話したり、第二次性徴やセックスについて聞いたりするのを敬遠しがちだった。ドーンはそういうことも安心して率直に話せる環境で娘を育てようとした。だがセックスをめぐる保守的な義理の両親の態度や、身体についての話題を極端に嫌う父親の影響が大きかったのだという。

「だから何よりも……とにかく恥ずかしかったんだと思うわ。ものすごく恥ずかしかったから、あの子は……内にこもってしまった。あの子は……」

ドーンはもう終わりにしてほしいと求めた。最後に鼻をかみ、首を振って言った。

「こんなに最悪なハイスクールの始まりもないでしょ」

ジョニとは小学校で親友だった。ほかにも何人かの子と友達だったけど、それとは違った。ジョニはうちの親友だった。一緒に誕生パーティに行って、海で遊んで、ゲームセンターに行った。中等学校にあがるともっと仲が近づいた。ほかの何人かの友達が町の外の私立校に行っちゃって、クロウ・オン・シー・ハイスクールに行くのはうちらだけだったから。それに、ある程度の歳にならないと、誰かと本当の友達にはなれないと思う。子供はただ一緒にいるだけで、本物の友情とかじゃないから。でもうちらには共通点がたくさんあって、深いレベルで友達だったと思う。ハイスクールの一年目は。

学校でどこにすわるかって話をたくさんした。みんながどうしてうちらを嫌うのかって話もした。傷ついてた。うちは自分を責めたりしてたけど、ジョニはうちらのほうが上なだけだって言って。アンジェリカみたいな子はうちらに嫉妬してるんだって。うちらが人と違って面白いから。そんなこと言ってたのはほんとイタいと思うけど、それで気が楽になった。みんなにいじめられてたから、なんか世界中がうちらの敵みたいな感じがしてたんだよね。

それから何が起きたのかはほんとによくわからない。ジョニが英語の授業でローレン・エヴェレットの隣にすわった。ローレンはアンジェリカやケイリーがいるブロンドで痩せた意地悪な子たちのグループのひとりだったのに。で、ジョニはローレンがすごくいい子だから、決めつけるのはよくないって言いはじめた。うちがローレンに対してのほうが、ローレンがうちに対してよりもっと意地悪だって。それはローレンがうちの存在も知らないからで、知ったらきっとうちに意地悪になるよって指摘したんだけど。ジョニはうちが想像だけでムカついてるって言って。でもムカついてたわけじゃなくて、傷ついてたんだ。前にもちょっと言いあいになったことはあったけど、そのときぐらいジョニがうちに怒ったのははじめてだったから。

で、ある日うちとジョニが一緒にうちの家でゲームして遊んでたと思ったら、次の日にはもう友達じゃなくなってたみたいな感じで。

ジョニと一緒に『ヘビーレイン』ってゲームをしてたんだ。いとこからもらったおさがりのPS3があって、お母さんはゲームにあんまりうるさく言わなかった。なんでも買ってくれた。安くて、見るからに性的なやつじゃなければ。パッケージにセクシーな女の人が描いてなければ買ってくれた。だから『グランド・セフト・オート』みたいなのはやれなかったけど、『フォールアウト3』とか『フォールアウト ニューベガス』とか『スカイリム』とかはやらせてくれた。まあそれはともかく、『ヘビーレイン』のなかで、Xボタンを押して「ジェイソン」って叫ぶ場面があるんだ。キャラクターの息子がモールで消えちゃって。そのときの声優の声がちょっと変な感じで、Xを連打すると「ジェイソン？　ジェイソン⁉」

って何度も言わせせられるんだけど、ジョニとうちはそれがすごく面白くて。よく学校の廊下ですれ違うときに「ジェイソン⁇　ジェイソン‼」って言いあってた。

ある金曜日に、いまやってる『ヘビーレイン』の続きをやろうってジョニを誘ったんだ。そのときは、クイックタイムイベントをキャラクターを殺さない範囲でなるべくたくさん失敗して、どうなるか見てみようとしてて、終わりまであと二時間くらいだった。でもジョニは、ローレンの家に行くから来れないって。ちょっと悲しかった（それにうちも誘ってくれないかなって少し期待してた）けど、ジョニは「じゃあね！」って言って行っちゃって。で、月曜日の朝になったら、ジョニはすっかり冷たくなってた。一緒に学校に行かないかってメールを送っても返信もないし、校庭で会ったときも変な態度で。ジョニは髪をちゃんとしてた。いつもみたいにもじゃもじゃじゃなくて。しかもメイクまでしてた。うちらはメイクなんてしたことなかった。メイクしてる子たちを、パンピーとか尻軽とか目立ちたがり屋とか呼んでた。それが急に、全然別人になったみたいに、大人っぽくかわいく変わって。

ジョニはローレン・エヴェレットを見たとたん走っていった。うちを置いたまま。うちはいつもどおり、何も変わってないような顔で話しかけてたのに、うちがしゃべってる途中でジョニは離れていって、ローレンとその友達のところに行っちゃった。その友達にはうちらの嫌いなアンジェリカとケイリーもいたのに。ふたりはうちらのことをほとんど無視してたけど、それでもうちらは嫌いだった。よくあの子たちを馬鹿にして笑ってた。頭が空っぽでつまんない哀れな子たちだって。なのに、ジョニがあの子たちといた。普通の顔で。溶けこんでるみたいな態度で。

そのあと、一時間目と二時間目のあいだにジョニと廊下ですれ違ったから、「ジェイソン?」って大声で言ったんだ。ジョニはローレンと一緒だった。うちを見て、混乱したみたいな、ちょっとうんざりしたみたいな顔して、ジェイソンって言いかえしてくれなかった。そのときわかった、もう友達じゃないんだって。もう打ちのめされたっていうか。ほかに友達がいなかったから。恥ずかしくてお母さんにも言えなかった。部屋で泣きあかしたのをおぼえてる。ジョニはもううちの友達でいたくないんだってわかって、次の日からどうすればいいのかわからなかったから。休み時間も誰も一緒にいてくれないし、授業で誰も組んでくれないし。悲惨なことになるって。

次の日の朝は具合が悪いふりした。顔にタルカムパウダーをはたいて、目の下に黒いアイシャドウをつけて、ラジエーターにおでこをくっつけてから、気分が悪いってお母さんに言った。お母さんはおでこをさわって熱があるわねって。その週はずっとインフルエンザって言って学校を休んだ。やりかけの『ヘビーレイン』は自分だけで終わらせた。もうちっとも面白くなくて、馬鹿みたいな気がした。ゲームで起きたことをジョニに言いたくて、何回もメールしようとしてやめた。なんだか自分が哀れになってきて。

そのあと何週間かはほんとにきつかった。ひとりでうじうじしてた。ほかの変わった子たちと一緒にいようとしてみたけど、全然なじめなかった。あの子たちは馬の本とシールとテイラー・スウィフトが好きだったんだけど、〈ラブストーリー〉のころのテイラー・スウィフトだけで。最新アルバムの〈レッド〉のことはみんな文句言ってた。テイラーは変わった、いまはただの軽い女だって。仲よくなれそうもないのははっきりしてた。あの子たちは『アナと雪の女王』に夢中で、うちはそのころティム・バートンの映画にハマりだしてたから。べつにティム・バートンはハードコアとかじゃないけど、シールと馬が好きな子たちにとってはそうだった。だからみんなうちのことをだんだん怖がるようになっちゃって。

それがましになったのは、はじめてのスマートフォンを手に入れたとき。うちはまだ（二〇一三年の話だからね）お母さんのお古のモトローラの折りたたみ携帯を使ってて、ほかの子が〝タッチスクリーン〟のを持ちはじめてるってお母さんに話してた。みんなのあこがれの的はもちろんｉＰｈｏｎｅだった。アンジェリカが十四歳の誕生日にｉＰｈｏｎｅ５を買ってもらってて、みんなにすごくうらやましがられてたのに、アンジェリカは不満そうだった。最新のｉＰｈｏｎｅ５Ｃがほしかったのにって。

学校の帰り、うちが折りたたみ携帯を使ってる（お母さんにメールするために。ジョニに無視されるようになってからはそれ以外に使い道なかったから）のを見た上級生の男子が、うちの手からそれをはたき落とした。何せ古い携帯だったから、壊れてスクリーンがキーボードのついてるほうからとれちゃった。スクリーンがパキッてとれたのをすごくはっきりおぼえてる。スローモーションみたいに。だって大変なことになったと思ったから。きっともの すごく怒られるって。それで泣きながら家に帰った。でもお母さんは、どうせそろそろ携帯を買い替える時期だったから、自分のｉＰｈｏｎｅをあげるってあっさり言って。

で、二〇一三年だったから、すぐＴｕｍｂｌｒのアプリをダウンロードしたんだ。それでがらっと変わった。まだ自分のコンピュータを持つ前だったから、リビングにある家族のデスクトップでちょっとＴｕｍｂｌｒをやるくらいはできてたけど、こっそり好きなだけアクセスできるようになったんだから。その瞬間から、同じ趣味を持つ人たちとの自分だけのコミュニティを見つけられるようになったみたいな。趣味っていうのはおもに、アニメやゲームとかのオタクっぽいことと、怖い話と、犯罪実話。

＊

「そうね、ヴァイオレットに関心を寄せていたと言っていいと思うわ」クロウ・オン・シー・ハイスクールの英語教師だったファラ・ナワズ＝ドネリーが言った。私たちは彼女の新しい職場であるバーミンガムの特別指導施設で放課後に会った。どうしてヴァイオレットに関心を寄せていたのかと尋ねると、彼女は鼻を鳴らし、新たな職場を示した。「深い理由はないわ。ただ同情したの。クロウで七人くらいしかいない〝褐色人種〟のひとりとして育ったから。おまけにゴスだったし。だからはみだし者には共感をおぼえるのよね」

四十代なかばのファラは、簡単に自身の生い立ちを振りかえった。両親（どちらもブラッドフォード生まれのパンジャブ人イスラム教徒の移民二世）は一九七〇年代はじめにクロウに移ってきて、〈テイスト・オブ・パンジャブ〉というクロウ初のインド料理店を開いた。ファラは〈テイスト・オブ・パンジャブ〉のオープンから数年後に生まれた。三人きょうだいのまんなかで、兄のマハルと妹のファイザがいる。両親は、ファラいわく〝リベラルで起業家精神にあふれ〟「まさに〝新しい労働党〟のスローガンを体現してるような人たちだった。その言葉が流行るずっと前からね」ふたりは金を稼ぎ、子供たち全員を大学に行かせることを望んだ。保守党政権を嫌い、選挙ではトニー・ブレアを熱心に応援した。その甲斐あって、選挙運動中のブレア本人が店に来て、一緒に写真を撮ってくれたという。

本書の出版時点でも、ファイザはクロウ・オン・シーの労働党の町議員であり、二〇一五年の総選挙では労働党から国会議員に立候補した。サイモン・スターリング＝スチュワートがUKIPの候補として立ったことで右派の票が割れ、ファイザが勝つのではないかと見られていたが、保守党のバリー・プラウドに僅差で敗れた。

店の目立つところに誇らしげに掲げられていたトニー・ブレアとファラの両親の写真——〝ノース・ヨークシャー一のインド料理〟と書かれた紙の吹きだしが貼りつけられていた——はいま、ファイザの議会事務所のデスクに飾られているという。

「ご家族みんな、とても町に貢献しているんですね」と言うと、ファラが肩をすくめた。「みんないい人間なの。クロウがいつもそれにふさわしい町だったとは言えないけれど」

両親が着実に店を営むいっぽうで、マハル、ファラ、ファイザはそれぞれ、〝学校で唯一の褐色の子〟という苦難を経験した。マハルはスポーツが得意で、面白く、ルックスもよかった。兄を悪く言うつもりではないが、と前置きしつつ、マハルは学校で〝ふるまいも話しかたも、可能なかぎり白人っぽくしようとしていた〟とファラは言う。それで男の友達がたくさんできたが、彼らには〝カレーマン〟と呼ばれた。マハルは表向き、そのあだ名を笑って受け入れていたが、本当はいやがっていた。

「それはひどいな」私は言った。

「それがクロウ・オン・シーなのよ」とファラ。

カリスマ性があり、社交的で肌の色が薄いファイザも、白人ばかりの学校に比較的うまく溶けこんでいたが、自分はイタリア系だと人に言っていた時期があったという。本物のイタリア系として、私は驚くとともに悲しくなった。

「イタリア系だといってからかわれたこともあったんですよ」私は言った。「色黒だってね」

「それとこれとは違うわ」ファラが言った。

七〇年代の私立の男子校の話だと説明すると、ファラも当初思ったよりも状況が似ていることを受け入れたようだった。

ファラはよくも悪くも、よりシャイで、より怒っていた。きょうだいのように日々の無自覚な差別にうまく耐えられなかった。

「ふたりがうまく耐えてたなんて言いかたもおかしいけれど……ただすべてに対する怒りを抑えこんでたというのかしら。間違いなくブラッドフォードにいたほうが幸せだったでしょうね。パンジャブ人のコミュニティがあったし、学校でただひとりのアジア系の子になることもなかった。兄はいまカウンセリングに通ってるし、ファイザは十八になるとすぐ都会に出た。戻ってきたけれどね。でもわたしは……マハルに言わせると、わたしは必要以上に自分で自分を生きづらくしてたって」

カレーやテイクアウトのこと（やその他、クロウのような白人ばかりの町でよく口にされがちな、お決まりの人種偏見ネタの数々）でからかわれると、ファラは真っ向からやりかえした。人種差別に対しては、自分の家の相対的な裕福さを貧しいクラスメートに向かって見せつけるという手段をとりがちだったとファラは認める。

「そんなことをしてたら、当然味方はできない。表向き人種差別に反対の子だって、わたしのことは鼻持ちならないいやな子だから、かかわらないほうがいいって思うもの」

ファラは休み時間を図書室での勉強や読書、大学進学を夢見ることに費やした。読書は昔から好きで、ティーンエイジャーになると児童書を卒業し、好きになったばかりのモリッシーの歌に出てくる作家に手を伸ばすようになった。

ジョン・キーツ、ウィリアム・バトラー・イェイツ、シェイクスピア、オスカー・ワイルドらを読みつくすと、音楽雑誌でザ・スミスの歌詞の解釈を読みこみ、ヴァージニア・ウルフ、テネシー・ウィリアムズ、ジョージ・エリオットなど、歌で軽く触れられているだけの作家も読んだ。その後はサンデー・タイムズ紙の〝死ぬまでに読みたい五十冊〟のリストを見つけてかたっぱしから読みながら、ザ・キュアーやジョイ・ディヴィジョンのテープを聴き、個性的で博識に見せることに全精力を注いだ。

「高校ではまったく受けがよくなかったけれど、大学ではけっこう人気だったのよ」Aレベルで優秀な成績をおさめたファラはリーズ大学に進学して英文学を学び、一時は学者になることも考えたという。やはり白人が大半の環境ではあったが、なじめるかどうかについて、ファラは当初、楽観的だった。まわりの学生たちはみな、ハイスクールの同級生にくらべれば信じられないほど知的で国際感覚豊かに思えた。だが、その期待はすぐにしぼんだ。

「みんな、あからさまな人種差別はしなかったけれど、やっぱりすごく差別意識を持ってたの。わかるかしら。私立校出身の子たちにはがまんできなくて、最初に仲よくなったグループの友達からは離れた。それで付きあうようになったのが……」ファラが肩をすくめた。

「なんていうのかしら、公立校出身の急進的なマルクス主義者の白人の子たちと、ほかの白人じゃない子たち。その影響でわたしも急進的になって、公立校で英語を教えようと決めたの。

クロウに戻るまでにいろいろあったのよ。ブラッドフォードの学校で教えて、大学時代の友達の急進的マルクス主義者のひとりと結婚して、父と母が仕事を引退した二〇〇〇年代はじめにスカボローの特別指導施設に移った。もう少し両親と店に近くなるように」

大学で経営学を学んだマハルが店を継いで、二〇〇三年に店名を〈アナールカリー〉に改め、より高級なレストランに生まれかわらせた。ファイザとファラも店の共同オーナーに名を連ねた。姉妹はマハルのように日々の店の経営にかかわることはないが、できるかぎりの協力をしてきた。ファイザ（〈アナールカリー〉が新装開店した当時は労働党の広報担当として働いていた）がイベントや採用、広告、マーケティングを手伝ういっぽう、ファラはおもに衰えてきた両親の世話をすることできょうだいを助けた。

「父が血管性認知症と診断されたの。母が癌《がん》と診断されてひと月もしないうちにね。それでクロウに戻ってきて、かつて自分が通っていたハイスクールで働くようになった。毎日スカボローから通って、自分が教わってた高齢の教師が退職するのをじっと待ってた。それで退職したとたんに応募したの。タイミングがよかったわ。見かたによっては悪かったとも言えるけれど」

ファラは二〇〇七年にクロウ・オン・シー・ハイスクールで教えはじめた。二〇〇〇年代の学校は、自分が学んでいたころとくらべてどう変わっていたかと質問した。よくなった部分も悪くなった部分もあった、と彼女は答えた。

「生徒たちはもう少し……なんていうのかしら。あいかわらず生徒の九十五パーセントは白人だったけれど、思っていたほど人種差別的なことは言われなかった。昔より子供たちが……学校全体の社会経済的な構成が変わっていた。アンプルフィールドの学費があがって、近くの公立進学校《グラマースクール》も閉鎖されたからだと思うけれど、昔より中流家庭の子が増えて、全体の成績があがっていたの。わたしが通っていたころは、わたしは裕福なほうの子だったけれど、いまならそうじゃなかったでしょうね。当時はアンジェリカ・スターリング＝スチュワートみたいな子がクロウ・オン・シー・ハイスクールに来ることはまずなかったわ。

そしてアンジェリカみたいな子たちがいることで、階級間の対立というか、そういうことにもとづくいじめが増えていた。わたしが通っていたころはアンジェリカみたいな子が来ることはなかったのと同じように、ジェイド・スペンサーみたいな子に対しても誰も色眼鏡で見なかった。わたし自身、スペンサー家の子たちと学校で一緒だったけれど、誰も色眼鏡で見たりしていなかった。ただ大変だなと思っていただけ。ウォレンズに住んでるからって、いまみたいに偏見を持たれることもなかったし。

ただそうは言っても、ヴァイオレット・ハバードみたいな子はいつの時代もいじめられる。ヴァイオレットみたいな子は人種も階級も超越するというのかしら。ヴァイオレットはどの学年にもいるとはかぎらないけれど、どの学校にも少なくともひとりはヴァイオレットがいるものよ」

ファラに説明を求めた——ヴァイオレットのような子とは？

「そうね……わたし自身もある意味でヴァイオレットだったと思う。もう少し口が減らないタイプだったけれど。ヴァイオレットというのは……なんとなく変わってて、自分でもそれをどうしたらいいのかわからない子と言えばいいのかしら。どうもまわりとなじめなくて、どうしてなじめないのかも本人にはわからない。たぶんまわりの子もわからないのよ。なんだか変というだけで。だから自分でもどうしようもない。せいぜい目立たない空気みたいな存在でいるようにするくらいしかない。それが望みうる最上のことだったりするの。わたしの経験では、そのはっきりしない何かのせいで……口を開くたびになんだか違うことを言ってしまう。髪型もなんだか違うし、タイの結びかたもなんだか違うし、私服登校の日の格好もなんだか違う。歩きかたもなんだか違う。趣味もなんだか違う。とにかくまわりの子にしてみれば、わたしは何から何までなんだか違うというわけ。そして子供というのは、いろんな意味ですごく直感的で本能的なの。違いを嗅ぎわける能力がある。何をしてもまわりの子に違うと思われて、自分では何がどう違うのかもわからないとしたら、つらいでしょ？」

ジョニを知っていたかと質問した。ジョニもヴァイオレットだったことがあると思うかと。

「ジョニを教えたのは八年生のときだけ。でもヴァイオレットの友達だったのは知ってたわ。だからふたりが一緒に行動しなくなったことには気づいたし、ジョニのイメージチェンジにも気づいたし、ヴァイオレットがひとりでいるようになって変わったのにも気づいた」

　ファラは八年生から十一年生までの英語で一番上と一番下のクラスを教え、八年生だけ上から二番目のクラスも教えていた。ヴァイオレットは一番上のクラスで、ジョニは二番目のクラスだった。最初にファラにヴァイオレットのことを意識させたのはジョニだった。一番上のクラスにあがるにはどうしたらいいかとジョニから相談されたのだ。親友が一番上のクラスにいて、自分もそこに手が届かないこともないと思うからと。いまのクラスはパンピーばかりで、一番上のクラスのほうがなじめるはずだとジョニは言った。

「一番上のクラスにも〝パンピー〟はおおぜいいる、と言ってあげたくなったわ。ああいうオタクを自認してるような子たちって、〝一般人〟の子たちの知性をすごく見くびってるところがあるのよね。わたしもそうだった。そういう生徒を諭そうとすることもあるんだけれど、ジョニとはそこまで近い間柄じゃなかったから、もっと作文の練習をして、自主的な読書をするべきとだけ言ったの。ついでにその親友の名前を訊いたら、ヴァイオレット・ハバードだって」

　次の授業でファラはヴァイオレットに目をとめた。席順はまだ決めていなかった。最初は生徒たちの好きなところにすわらせて、誰と誰を離すべきか、誰にはとくに目を光らせるべきかを判断することにしていた。ヴァイオレットは最初の授業では隅の席にすわっていたが、二回目の授業ではファラのすぐ近くの席を選んだ。カイル・リチャーズ＊（ファラいわく、賢くて自信にあふれ、社交的だが、授業態度の悪い男子生徒）が、細かい紙くずを次々にヴァイオレットの髪に投げつけているのに気づいた。ごく小さな紙くずだったので、ヴァイオレットは何も感じていなかった。ヴァイオレットの髪が紙くずだらけになると、ほかの生徒がくすくす笑いはじめた。ヴァイオレットが振りかえると、細かい紙くずが舞った。カイルが指さして言った「うわあ！　フケを撒《ま》きちらすなよ」

ファラはカイルを教室から出ていかせた。ヴァイオレットは残りの授業中ずっと、ノートに覆いかぶさるようにしていた。泣いていたのか、できるだけ縮こまろうとしていたのか。まるで身体を折りたたもうとしているようだった。ファラは授業のあとにヴァイオレットを引きとめて、ああいういじめはよくあるのか、今回だけかと訊いた。

「今回だけ」とヴァイオレットは短く答えた。おたがい嘘だとわかっていたが、ファラはそれ以上問い詰めなかった。次からはカイルと席を離したほうがいいかと尋ねると、ヴァイオレットはうなずいた。そして訊かれてもいないのに、さらに二、三人の男子とひとりの女子の名前を挙げて、席を離してほしいと言った。

「ヴァイオレットはいきなり感情を爆発させて、顔を真っ赤にして言ったの。〝いじめられてるんじゃない。集中したいときに、あの馬鹿な子たちが発してる瘴気《しょうき》を吸いたくないだけ〟って。わたしは言ったわ。誰かを馬鹿って言うのはよくないけれど、瘴気なんて、むずかしい言葉を知ってるのねって。そうしたらヴァイオレットは笑顔になって、むずかしい言葉ならたくさん知ってる、英語の授業も読書も好きだからって。じゃあ次の授業も楽しみにしてるわと言って、あの子を帰した」

そのいっぽう、ファラはジョニのクラスの席順を決めた。ジョニの言っていたことを踏まえ、ローレン・エヴェレットの隣にすわらせるのがいい結果を生むかもしれないとファラは考えた。

「ローレンはあの学年の女王さまみたいな子で……ローレンがいい子なのは知ってたのよ、わたしのクラスだったから。それであのふたりを一緒にしたら、おたがいの視野が広がるかなと思ったの。結果的にすごく仲よくなったみたいで、隣どうしにしたのを後悔したほどよ。席を替えるほどひどくはなかったんだけれど、よくひそひそ話をしたり小声で笑ったりしていて……あのふたりを一緒にしなければ、ジョニはもう少し授業に集中できて、上のクラスにあがることもできたかもしれない。まあ、たられればを言ってもきりがないんだけれど」

ファラはヴァイオレットのクラスの席順を決めるとき、ヴァイオレットは自分のすぐそばの席のままにして、ほかの生徒を散らばらせ、ヴァイオレットのまわりを行儀のいい女子生徒で固めて、飛んでくる紙くずや鉛筆の防壁にした。

ファラは創作文を書かせた。それは生徒たちの語彙力をはかったり、英語や物語にどれだけ親しんでいるかを見るのに好んでいた方法だった。ヴァイオレットは授業中ずっと猛然と書いていた。そして翌日、十五ページの物語を提出してきた。ペットの犬を生きかえらせたティーンエイジャーの話で、明らかにティム・バートンの短編映画『フランケンウィニー』

のパクリだった。だが、賢い子ほど、オリジナルの物語を考えだすという困難なタスクにつまずくことなく、どこかからアイデアを拝借してそこに独自の味を加えるということをやりがちなのもファラは知っていた。

その物語はシンプルだが感動的で、ちゃんと序盤、中盤、終盤に分かれていた。それだけで、提出された大半の作品をはるかにしのいでいた。

「それであの子に何冊かノートを渡して言ったの。いつでも書きたくなったらこれに物語を書いて、よかったらいつでも見せにきてって」そこでファラが鼻を鳴らした。「一度も見せにはこなかったけれど、ヴァイオレットが感謝してるのはわかった。あの子を元気づけたかったの。でもうっとうしくはならないように、たいていはただ、いまどんな本を読んでるのかって話を聞いていた。とくに、ヴァイオレットが昼休みにひとりでいることに気づいてからは」

ジョニも一番上のクラスにあがりたいとは言わなくなり、なんの不満もなさそうにローレン・エヴェレットときゃっきゃして、リップグロスをもてあそんだり、おたがいのカーリーヘアをさわりあったりしていた。ファラはわりとよく見る光景だと言った。はみだし者が、もうはみだし者でいたくないと心に決めること。普通になりたい、普通に見られたい、溶けこみたいと。

「ヴァイオレットみたいな子がそうやって取り残されるのを見るのはつらいわ。でもそれがハイスクールなの。そういう、まわりになじもうとして自分を変えた生徒を責める気はない。ただ、取り残されてしまった子のことは気にかけようとしているの。もちろん適切な範囲で。わたしは友達でもなんでもないもの。それでも、学校に少なくともひとりは気軽に話せる相手がいると、そういう子たちに思ってもらいたくて。ただしヴァイオレットの場合、わたしがより事態を悪くしてしまったのかもしれないと気がかりなんだけれど」

ヴァイオレットはおもに、ファラが聞いたこともない犯罪実話本やホラーを読んでいたが、スティーヴン・キングのことでは話が合った。ファラはキングの大ファンで、ヴァイオレットは『IT』の昔のハードカバー版を持ち歩きはじめたところだった。ファラが話しかけても、ヴァイオレットの返事はごくそっけなかったが、ホラーファン仲間ができたとわかると、もう少し心を開いてくれるようになった。

ヴァイオレットはクリーピーパスタや犯罪実話の話をよくしていたかとファラに質問した。

「ええ、していたわ。そんなに異常だとも思わなかった。ティーンエイジャーって病的なものに惹かれがちだし、ポッドキャストやなんかが流行っている最近はとくに、シリアルキラーにハマってることを自分のアイデンティティみたいにしている子がおおぜいいる。ファッションみたいなものだと思うわ。立派な大人の女性にも、同じようなファッションをまとっている人がたくさんいるし。だから繰りかえしになるけれど……とくに気にとめもしなかった。後知恵ならどうとでも言えるけれど……」ファラがはじめて少し動揺を見せた。取材した相手はひとり残らずほぼ同じことを言っていたと私は彼女に告げた。後知恵での後悔。〝まさかあんなことになるなんて〟ファラは、それでもあまり気休めにはならないと言った。

ヴァイオレット自身はこの時期についてどんなふうに言っているのか。保護施設で書いた文章のなかで、彼女はTumblrがいい逃げ場になったと認めている。ヴァイオレットの趣味については、裁判でも、ポッドキャストやブログでもあれこれ取りざたされている。ヴァイオレットについて多少なりとも知っている者はみな、少し不気味な少女だったという印象を持っているようだ。

ローレン・エヴェレットへのインタビューの際、ヴァイオレットについてどう思うかと訊いてみた。「えっ、あんまりよく知らない。ただちょっと……なんていうのかな、ファッションとかそういうことじゃなくてゴスっぽい子だってことくらいしか。アンジェリカは変人だって言ってた。ジョニとは小学校のころ仲がよくて、いまでも友達っぽい感じだっていうのも知ってたけど、でもそれだけ。ジョニはときどき、体育で同じチームにヴァイオレットを入れてあげてたよ」

ヴァイオレットの弁

ジョニに見捨てられて、シールと馬の子たちとも仲よくできそうにないってわかってから、昼休みの隠れ場所を見つけた。みんながお昼を買いにいく学食からも、お弁当を食べてるべンチからも離れてるところに。技術室とロッカーとのあいだの新しくできた通路。その通路に小さなアルコーブみたいな、引っこんでるところがあって、コンセントのプラグがついてた。そこに入って、携帯の充電をしながらTumblrをチェックしてた。

本を読むこともあったけど、だいたいはクリーピーパスタに夢中になってた。ちなみにクリーピーパスタっていうのは、インターネットでコピー&ペーストされて拡散されるアマチュア・ホラー小説のことね、念のため。とくに有名なのが『スレンダーマン』で、聞いたことくらいあるんじゃないかな。うちはクリーピーパスタのそんなに濃いファンってわけじゃなかったけど、読んだり感想を言いあったり、ファンアートをシェアしたりするのは好きだった。SCP財団[12]も好きで、ときどき自分で創作したりもしてた。

そういうのにハマってなかったっていうふりをするつもりはないよ。実際、ハマってたし。ただ、『ジェフ・ザ・キラー』のエロい二次創作を書いたりはしてないし、スレンダーマンにスレンダーマンションに連れていかれるって信じてたりもしなかったってことだけははっきりさせときたいんだ。

12　SCP財団とは〝アノマリー〟と呼ばれる異常な物品・存在・現象等の〝確保《セキュア》・収容《コンテイン》・保護《プロテクト》〟を目的とした架空の組織。SCP財団Wikiというサイトにユーザーが投稿した独自のアノマリーにまつわる創作ホラー小説が集められている。

それに、いつもそういう話をしてたわけでもない。お母さんには絶対言わなかったし。心配させたくなかったから。ナワズ先生には話したけど、それは先生がホラー好きみたいだったから。先生はうちがいつもひとりでいるのを知ってて同情してたんだと思う。すごく話しかけてくるから、ちょっと恥ずかしかったけど、話し相手がいるのは嬉しかった。クリーピーパスタのことは話すつもりじゃなかったんだけど、つい興味のあることをぽろっと口に出しちゃった感じ。

でもスレンダーマン刺傷事件があってから、少し興味をなくしたんだ。好きな書き手や絵師にたくさん匿名のいやがらせメッセージが送りつけられてたし。クリーピーパスタが好きなのを親に怒られて、インターネットのアクセスを制限されたり、外出禁止にされたりしてるアメリカの友達もいたから。知りあいの子なんて、お母さんにネットの履歴をチェックされて、クリーピーパスタを読んでるのがばれたら携帯を取りあげられてた。

前にナワズ先生にスレンダーマンの話をしたことがあったから、お母さんに言いつけられるんじゃないかって心配だったけど、それはなかった。先生はスレンダーマン刺傷事件のことを知らなかったんだと思う。で、先生が町の言い伝えのことを話題にして、それからはクリーピーパスタよりその話をすることが多くなった。

スレンダーマン刺傷事件と町の言い伝えのことで、犯罪実話にもっと興味を持つようになった。それまでは、何冊か本は読んでたけど、そこまで好きでもなかった。でもスレンダーマン事件のあと、クリーピーパスタ界隈《かいわい》があんまり楽しくなくなったから、そっちに移ったんだ。

スレンダーマン刺傷事件の情報はすごく追ってた。裁判ではそのおかげで不利になったけど。でも当時は、事件を起こした女の子たちにすごく怒ってた。ファンが全員頭のおかしい馬鹿みたいに見られちゃうじゃんって。だからもっと情報が出てきて、犯人の子たちがはめられたとか、スレンダーマンのことはただの言いわけで、ほんとは復讐《ふくしゅう》とかが動機だったって明らかになるといいなと思って。それで新着ニュースにアラートを設定して、見つかるかぎりの記事を熟読してた。

こんなこと言うと、いかにもうちに罪があるっぽく聞こえるのはわかってる、って書こうとしたんだけど、うちに罪はあるしね。こういうこと――ブックマークとか、見てたサイトとか――は裁判でも取りあげられた。何もかも夢みたいな感じ。もう自己弁護しなくていい――罪を認めてできるだけ正直に話そうとすればいいんだってことをつい忘れそうになっちゃって。事件に巻きこまれたのが犯罪実話のせいだとは思わない。自分のしたことを摂取したメディアのせいにしたくない。それがうちの心や考えかたに影響を与えたのは否定しないけど、自分がジョニの死にかかわったことについてはちゃんと責任をとりたいと思ってる。

スレンダーマン刺傷事件以降、子供の殺人について読むようになった。子供が人を殺した事件ってことだけど。スレンダーマン刺傷事件の被害者はもちろん死んではいないけど、すごく残忍な事件だったし、なんていうか、すごく惹きつけられた。本当にぞっとするようなもの――俗悪なサイトとか超生々しい犯罪実話ポッドキャストとか――に行きつくのは少し先で、最初はただウィキペディアを読んでた。Tumblrで犯罪実話ブログをフォローするようになったら、〝子供の殺人犯まとめ〟っていうリストを誰かが載せてた。それをブックマークして、全部の事件について読んだ。

で、それを読みつくしたら、次は〝拷問殺人まとめ〟っていうリストの記事を全部読んで、その次は〝最悪最凶のシリアルキラーまとめ〟のリスト。うちはちょっとした博士みたいになった。子供の殺人犯とか人肉食とか死体性愛のことならなんでも訊いてって感じ。

どれもクリーピーパスタよりはハードだった。実話だったから。うちが一番好きなクリーピーパスタは『ロシア睡眠実験』だったんだけど、それは最初に読んだときは実話だと思ってたから。Tumblrで、あれを実話だと思ってる人がこんなにいるって笑ってる人たちの書きこみを見て、真実を知っちゃったんだけど。ぞっとする話がこんなにあって、それが全部実話で、そんな宝の山を見つけて、もう夢中になっちゃった。被害者も加害者も全員実在の人で、人間にできる最凶の行為をされたりしたりした人たちで――そんなのに惹きつけられないでいられる？

当然、ただインターネットを見るだけじゃなくて、本を読んだり、ドキュメンタリーを見たり、ポッドキャストを聴いたりもするようになった。犯罪実話ファンの世界とももっとかかわるようになった。おもに冷笑的な、厨二《ちゅうに》病的な感じでだけど。自分ではジェフリー・ダーマーの写真に花冠をかぶせたりしないけど、それを皮肉っぽくリブログはする、みたいな。わかるかな？　シリアルキラーものの二次創作を真剣に読んだり書いたりはしないけど、冗談でそういう二次創作サイトをあさって、とくにヤバいやつをスクリーンショットして笑ったり。自意識過剰だったんだよね。自分はほかの子たちとは違うって。自分は異常心理とかに関心があるんであって、コロンバイン高校銃乱射事件のハリスとクレボルドにキャーキャー言ってるような子は、自分たち〝一般の〟ファンから見たら恥ずかしい、みたいなことをよく書きこみしてた。

そういうただの一般ファンだったのが、町の言い伝えとか歴史について書きこみはじめて変わった。ナワズ先生に言われたのがきっかけだったんだけど。インターネットの都市伝説が好きみたいなことを、たぶんちょっと話を盛ってしゃべってたら、クロウの歴史についてあは読んだことあるかって先生に訊かれて。魔女の話とかヴァイキングの話とか。実際に調べたのはしばらくあとだったけど（記憶がたしかなら、九年生と十年生のあいだの夏だったと思う）、調べてみたらものすごくハマっちゃって。

それで、町の話をいろいろ書きこむようになって、独自の地位を築けたっていうのかな。ほかの誰も聞いたことない、誰にもアクセスできないことについて、うちだけが書けるみたいな。それでうちの書きこみがすごくバズった。歴史好きと犯罪実話好きはかなり重なってる。だってほとんどの犯罪実話はもう歴史だから。それでフォロワーがすごく増えた。八千か九千くらい。いまだとたいしたことないように聞こえるけど、Ｔｕｍｂｌｒのニッチなジャンルではかなり多い数だった。

町の言い伝えにヴァイオレットの目を向けさせたことについて尋ねると、ファラは後ろめたそうに私を見た。ヴァイオレットの趣味があそこまでダークなものだったとは知らなかったとファラは言った。それに、町の言い伝えのほうがキッチュで、ヴァイオレットがネットで読んでいるものよりよほど子供らしい内容だと思ったという。

「そういうお話の多くが人工的で――クロウはウィットビーがドラキュラゆかりの観光地になっていることに便乗したようなものだし――ほとんどが幽霊話でしょう？　呪われたなんとか、なんていう話もすごく無理があるし。でもヴァイオレットはそういう話しか聞いたことがなかったから……」ファラが指輪をいじった。これは取り調べじゃないですから、と私は言った。「きっと面白くて楽しいと思ったの。考えもしなかったのよ、まさかそういうことを……本気で信じる人がいるなんて」

うちのブログはＴｕｍｂｌｒの怖いもの好きのあいだで人気になった。＃クロウロアっていう名前で投稿を始めて――もちろん〝クロウロア〟はそんなにたくさんなかったけど、いくつかの投稿はかなり人気を集めた。英語の先生から教わったウィッチハンマーの話を投稿したら、けっこうバズって（数千のリアクションがあった）フォロワーがたくさん増えた。誰も聞いたことないようなイギリスの小さい終わった町のリアルさと、寂れた海辺の退廃美っていうのかな、そういうのが受けたんだと思う。〈テリーズ・ツアー〉っていう町の史跡めぐりツアーにまで参加したんだよ、投稿のネタにするために。これも英語の先生にすすめられたんだ、きっと気に入るからって。

ウィッチハンマー

私がクロウに滞在していた九月、夏の名残りもいよいよ薄れ、シーズンオフが近づいていた。店やゲームセンターは秋冬を前にして閉まりはじめ、週末ごとに目にする観光客の姿も減っていた。

私はシーズン最後のゴーストツアーに参加する機会を得た。参加者は私ひとりだった。ツアーの出発地点はクロウの北のビーチにあるホローククル・ザ・クロウの像の前だった。その像はよくあるヴァイキングの姿で、角《つの》のついた兜《かぶと》をかぶり、カモメの糞まみれになっていた。ツアーの集合場所の目印の像に近づいていくと、一羽のカモメがホロークルの兜の角にとまった。像の後ろの手すりにはラミネート加工されたA4の紙が結束バンドでとめられていて、目を見ひらいたカモメの絵とともに〝ボクはみんなの敵ナンバーワン。食べ物には気をつけて！〟と書かれていた。

これをゴーストツアーと呼ぶのはやや言いすぎだったかもしれない。

〝クロウ・オン・シーの血塗られた歴史めぐり〟というのが謳い文句で、テリー・タッチェルという年配の男性――〈テリーズ・ツアー〉のオーナー兼運営者――がガイドだった。ツアーのガイドをしていないときは町の観光局で働いていて、地元の歴史についての著書が何冊かあるという。彼はいかにも地元史家という雰囲気の小柄な年配男性で、無造作な白髪頭に独特のファッションセンスで小ぶりな眼鏡をかけていた。

彼は旧シリーズの歴代『ドクター・フー』全員を合わせたような格好で、挨拶もそこそこに、ホロークル・ザ・クロウの伝承について語りはじめた。

それが終わると、よく報告されているホロークルの亡霊の目撃談について教えてくれた。観光客や地元住民が、アンティークショップの戸を叩くヴァイキングの戦士やガラスに残された血の跡を見たり、一瞬だけ岸に浮かぶ黒い船を見たりしている。なかには〝ブラッド・イーグル〟[13]にされた中世の農夫が像のそばの宙に浮かんでいるのを見たと言う者もいるという。

13 〝ブラッド・イーグル〟とはヴァイキングがおこなっていたとされる処刑方法。犠牲者の背中を切りひらき、肋骨《ろっこつ》を背骨から切断して、あいた隙間から両肺を引きだし、翼のようにするというもの。ただし、ホロークルが人々をブラッド・イーグルの刑に処していた可能性は低い。というのもブラッド・イーグルがかつて実際におこなわれていた可能性が低いためだ。伝説にしか登場しないこの処刑方法は、史実というより物語上の創作であろうと考えられている。

ツアーの開始前に、私は時間をとって近くの〈ヴァイキング・アンティーク〉に立ち寄り、オーナーにホロークルの亡霊を見たことがあるかと尋ねた。オーナーは「あんな話、でたらめよ」と言い、何も買わないなら帰ってと告げた。

テリーは次に〈エンパイア・ホテル〉に連れていってくれたが、ホテルの幽霊話は〝嘘くさいし、もう飽き飽き〟だとずけずけ言い、さっさと終わらせた。そのホテルを嫌っているのはヴァイオレットも同じだった。ヴァイオレットのブログのアーカイブを読むと、ホテルについて書いてほしいというリクエストがTumblrの質問ボックスに何度も来ていたのがわかる。すでに一度投稿しているにもかかわらず。ヴァイオレットは少なくとも一度、過去の投稿へのリンクとともに、〝あのクソホテルのことは一回しか書かないから!! あんな大嘘の幽霊話、笑うしかないし。うちがデレク・アコラみたいな霊能者に見える⁇〟とリプライをつけている。

〈ポセイドンズ・キングダム〉の跡地を通りながら、テリーは古墓地と屋内プール施設のことを話した。彼はポスト・オン・シー紙の過去記事で読んだ怪談のひとつを語ったが、アリーシャ・ダウドの溺死には触れなかった。施設が閉鎖されたのは安全性の問題のためだったと言い、霊の関与をほのめかした。

「子供が溺死したんですよね？」

「そういった重い話は避けるようにしている」テリーが答えた。急にするどい口調で、しつこく訊いたら昔の厳格な教師ばりにステッキで手を叩かれそうだった。

しばらく海辺を歩き、何棟かの焼け落ちたシャレーとジョニの追悼スポットのそばを通りすぎた。しおれた花と汚れたぬいぐるみが結束バンドで街灯にくくりつけられ、その中央でラミネート加工の色あせた学校写真が笑いかけていた。それはアマンダによるものではなかった。彼女はそれを見るのも耐えられなかったが、いまだに花やカードを供えてくれる人々がいることには感動していた。

ジョニの事件について知っているのかとテリーが訊いた。

「重い話は避けるようにしているのでは？」

「そうだが、近ごろではそれ目あての人もいてね」テリーがため息をついた。「訊いたのは、知っているんだろうと思ったからだよ。おたくがダウド家の娘のことを尋ねたから。いつもならその話はしないんだが」私はジョニの事件について書くためにクロウに来ているのだと告白した。

それを聞いた彼は、とくに批判的な態度を見せるでもなければ、感動や興奮をあらわにするでもなかった。クロウの町が犯罪実話ビジネスでにぎわうのはあまり嬉しくないとだけ言った。テリーはクロウの出身だが、若いころにロンドンとベルリンでツアーガイドをしていた。観光客を切り裂きジャック・ツアーに連れていくうちに、だんだん嫌気がさしてきたのだという。ベルリンでは怪談がらみではない史跡めぐりツアーをやっていたが、ホロコーストについてやたら訊いてくる変な客がちょくちょくいて、それもいやだったそうだ。そういうことがこの町で起こってほしくないという。

しかしたびたび起こっている。城へ行く途中でどうしても追悼スポットを通るし、最近ではツアーの二回に一回は、そこで立ちどまって事件の話をしてほしいと求められる。

「ふだんは話したくないと断わるんだよ。あの子の母親を知っているし、まだまだ傷も生々しい事件だから。いや、アマンダとは知りあいみたいなものと言ったらいいかな。弟がフレディの友達だったんだ。だから、町にとってそこまで記憶に新しくない殺人の話なら山ほどしてあげられますからと言うんだが。そうするとみんな申しわけなさそうな顔になる。すごく腹を立てたグループもひと組だけいたな。チップはくれなかったよ」

私たちは急な丘をのぼってゲインズフォース城跡をめざした。それはふたつのビーチのあいだの崖に危なっかしく立ち、町とその向こうの海を見おろしていた。

城が築かれる前、この場所には砦《とりで》があった。それは紀元八〇〇年ごろにつくられ、イングランド王ウィリアム一世による北部の蹂躙《じゅうりん》で破壊された。その跡地に十三世紀はじめに小さな城が建てられ、イングランド内戦まで貴族のゲインズフォース家が城をおさめていた。敬虔《けいけん》なカトリックで王党派のゲインズフォース家はフランスに逃げようとしたが、議会派の軍勢に捕えられて処刑された。城はしばらく議会派が占拠していたが、王党派やスコットランドとの戦いで建物は損傷を受けた。

王政復古ののち、この小さな醜い城は主《あるじ》もなく荒れはてるままにされていた。いまも立っている城の建物は損傷もさほどではないが、安全上の理由で立ち入ることはできない。修復のため資金集めの試みが何度かおこなわれてきたが、いずれも失敗に終わった。城は観光客にもあまり人気ではなく、近くまで来て「ふーん、これか」と言うとみなどちらかのビーチに戻っていってしまう。

城の城壁は大部分がくずれ、塔もぼろぼろだが、天守部分はところどころに穴があいているほかは無事だった。しかし、テリーが見せたかったのは城そのものではなく、地面に鎮座する大きく重い装置――魔女の鉄槌《ウィッチハンマー》だった。

この装置の起源については諸説ある。べつの地元史家のヴィクトリア・ジェイコブスは、一四八六年に書かれた魔女狩りの書『魔女に与える鉄槌《マレウス・マレフィカルム》』について町の住民が耳にしたあとにウィッチハンマーがつくられたのではないかと推測している。この書は魔女と疑われた女性を迫害し断罪する目的で広く用いられていた。公文書館で働くジェイコブスは、敬神のジョンと呼ばれた地元の牧師が十五世紀末ごろに書いたとされる日記を発見し、その一部を現代英語に翻訳した。以下はその抜粋だ。

この地において魔術がはびこっていると耳にし、私も他のクロウの善《よ》き民も大いに懸念している。凶作を受け、われらの共同体にひそむ魔女をあぶりだすことが最善と私は考える。

魔女か否かを判断できる偉大なる魔女の鉄槌《てっつい》というものについて耳にした。そのような鉄槌がどのような見た目で、どのようにつくるのか、われらのなかの悪魔を根絶やしにするために、それにどのような祝福を授けるべきかはわからない。

したがってジェイコブスは、ウィッチハンマーが完全なる誤解——〝魔女に与える鉄槌〟が文字どおりのハンマーだとの——から生まれたものではないかと指摘する。

テリーはより怪奇譚めいた話を語って聞かせてくれた。地元の言い伝えによれば、昔、大柄で丈夫で力の強いことで知られたベネディクタという女がいた。あるとき疫病が流行り、クロウでもおおぜいが命を落としたが、そこにはベネディクタの比較的裕福な夫と息子たちも含まれていた。ベネディクタは夫とその疫病で死んだ家族から、かなりの土地と財産を相続することになった。そして、嫉妬に駆られたベネディクタの夫の遠い親戚から、疫病が流行ったのはベネディクタのせいだと指弾された。ひとりの女がこのようなひどい流行り病でぴんぴんしていたばかりか、病によって得をすることにまでなったのはどういうわけなのかと。

そこでベネディクタは審問にかけられた。スカートに石を縫いつけられ、高所から海に投げこまれて、浮くかどうか見るというものだった。言い伝えによれば、ベネディクタは浮かなかったが、転落の衝撃に耐え、岸に泳ぎついた。次にベネディクタは木に首を吊られた

――が、（これも言い伝えによれば）縄をつかんでのぼり、吊るされていた木の枝にあがって、縄をほどいてしまった。

ベネディクタは町の人々を嘲笑し、彼らのけちな審問など、小さくて愚かな女には通用しても自分には通用しないと言い放った。それで町の人々は集まって知恵をしぼり、ウィッチハンマーを考えだした。ギロチンを思い浮かべ、それをより大きくしたものを想像してほしい。犠牲者が首を入れる部分をとって、小さな木の踏み台に置きかえる。そして刃を重い鉄の〝ハンマー〟に替える。それは教会の鐘のような形をしているが、なかは空洞ではない。鐘の形をした大きな鉄のかたまりだ。

ベネディクタはウィッチハンマーの下に立たされた。三人の大の男が力を合わせて引きあげたハンマーが落とされ、ベネディクタはつぶされた。

この言い伝えの真偽はともかく、ウィッチハンマーは実際に中世のクロウで処刑に使われていた。数百年ものあいだ、近隣の村から女たちが（一部男たちも）ここに送られては、ハンマーにつぶされて死んだ。最後に使われたのは一七八五年という記録が残っている。

そのウィッチハンマーもいまはもう使うことはできない。木の枠組みははるか昔に腐り落ち、ハンマーそのものは地面に置かれている。重くてひとりではとても持ちあげられない。新たに鉄の枠組みがつくられ、それが地面に据えつけられて、ハンマーが鎖でつながれている。近くにはベネディクタの伝承を記した銘板がある。

かつて郷土史の風変わりな見どころだったハンマーは、ハリー・スマイス著『魔女、ビッチ、ババア――イギリスはなじめない女たちをいかに罰してきたのか』というポップなフェミニズム史書により、ミソジニー的抑圧を象徴する野蛮な道具として見なおされた。いまでは、ハンマーのそばに花を供える若い女性たちの姿をよく見かける。

ジョニ・ウィルソンが殺されるまでの一連のできごとにおいて、ウィッチハンマーがどんなふうに登場するかを知っているかとテリーに尋ねてみた。知らないし、知りたくないという答えが返ってきた。その情報は彼の気分を害したようだった。自分のツアーにとっての目玉を、家族の知りあいの娘の死と結びつけてほしくなかったのだろう。私はその話を持ちだしたことを謝罪した。彼は機嫌をなおしてツアーを終え、私は三十ポンドのチップを払うとともに、彼のツアー会社の名前を本に出すと約束した。

ほかの子たちと出会う前の学校でのうちはそんな感じだった。隅のほうでぽつんとしてる、ホラーにどっぷりつかった女の子。ひとりで、歪《ゆが》んでいくいっぽうで、異常に孤独だった。それは認める。ずっとネットの世界にいて、現実世界の友達が必要だったことを否定するつもりはないよ。うちをちょっとでも気にかけてくれるのは英語の先生だけで、それは明らかにただ同情してたから。あとお母さん。お母さんには嘘をついてた。ネットではかなり見栄《みえ》張ってたけど、ひとりでずっと部屋にこもって、自分がすごく情けなかった。お母さんには友達と出かけるって言って、ビーチでひとりで携帯をいじってたり、図書館に行ってブログのネタ探しに地元の歴史の本を読んで、たいして何も見つけられなかったり。お母さんも心のどこかでは、うちに友達がいないってわかってたと思う。それでも出かけてくるって言うと、そのまま受け入れてくれてたけど。

自分にはくだらないブログとクロウロアの投稿しかないって感じてた。あとはゲームの『ザ・シムズ』をカスタムするのにもハマってた。それがうちの時間つぶしだった。すごく寂しかったけど、少なくとも、そのころにはもう誰にもいじめられなくなってた。

九年生からはもっとわかりやすいいじめのターゲットがいたから。うちはひとりで目立たないようにしてたし。自分がかわいいと思ったことはないけど、注目を集めるほどすごいブサイクってわけでもない。平凡で無害な見た目。持ち物で個性を出そうとするのもやめて、かばんにワッペンとかバッジとかもつけなくなったし、ノートにカバーもしなくなった。学校ではとにかく無色透明な空気みたいな存在でいるようにした。

誰かにからかわれても、反応しないようにした。注意を引かないように、なるべく目立たないようにしてた。そこにいてもいないみたいに。授業をやりすごして、休み時間に携帯をいじるのを楽しみにしてた。みんなうちのことを忘れた。それこそうちの望みだった。それにベラ・チャン*みたいな子がいるのに、わざわざうちをいじめる理由なんてないしね。

ベラは学校でただひとりの中国人の子で、訛《なま》りがあって、それだけでも標的にされるのに充分すぎるほどなのに、そのうえ変わってた。たぶんうちより変わってたかも。例のシールと馬の子たちのひとりで、ノートに馬のシールをいっぱい貼ってて、髪に子供っぽいヘアクリップとかポンポンとかをつけてた。

で、いつも言いかえすの。うちより勇気があったんだよね。自分を曲げないっていうか。変なイタいやりかたではあったけど、それでも。うちなら誰かに何か言われても無視するんだけど、ベラは女子には「うるさい、クソ女！」、男子には「黙れ、低能！」とか言うの。

ベラは一例で、ほかにもいじめられっ子はいた。学習障害があって、たまにおもらししてた男子とか、家が魚屋で、魚臭いのに自分で気づいてない女子とか。みんな馬鹿にされたら、かならず言いかえしてた。「おもらしなんかしてない、一回もしたことない！」とか「魚はにおいなんてしない！」とか。言いかえすと、いじめっ子はますます面白がるだけなのに。あいつらは反応を楽しんでるんだってうちはすぐ学んだから、意識を飛ばして、そこにいないようにした。うちをいじめても全然面白くないから、ほっといてもらえるようになった。だいたいは。

アンジェリカでさえうちをいじめるのに飽きた。前は廊下で転ばせようとしてきたり、授業で何か言うとくすくす笑われたりしてたんだけど。でもそういうつまんないこともしなくなった。体育の授業がとどめになったんだ。

体育のネットボールのチーム決めで、うちは最後まで残っちゃって（べつに傷つきもしなかった。うちは背も低いし、不器用だし、シュートの狙いも悪いし、どう考えてもネットボールがドヘタだったから）結局アンジェリカとジョニとローレン・エヴェレットのチームに入ることになった。そしたらアンジェリカが目をぐるっと回して「これじゃ負けちゃう」って言って、ローレンがそれに目をぐるっと回しかえして、「勝ち負けとかどうでもいいでしょ。小学生？」って言った。そしたらジョニが（八年生のときからうちの存在をほぼ無視してたのに）口を出してきて、「少なくともヴァイオレットはボールを持ったら離さないってことはないし」って。それでアンジェリカが夢中でシュートを打って、力が入りすぎてコケたときの真似したんだ。前の週に実際にあったことだったんだけど。「あんたよりはヴァイオレットがチームにいたほうがいい」ってジョニは言った。

それが十年生の終わりのほうだったと思う。うちとジョニはまたちょっと話すようになった。それからうちがアンジェリカのブログを見つけた。うちのクロウロアの投稿のひとつをリブログして〝わっ、わたしここに住んでる〟って書きこんでて。それがアンジェリカのブログなのは一目瞭然だった。だって〝アンジェリカ、十五歳、ストレート、イギリス〟って書いてあるんだもん。

うちは自撮りをアップしたこともなかったし、ネットで本名を使ったこともなかった。Ｂｕｔｔｏｎｓで通してた（ブログのＵＲＬはMurderxButtonsだった）。だからアンジェリカはうちが大人だと思ってたんじゃないかな。わざと大学生って思われるようにしてたし。学校でのことを書きこむときは、授業じゃなくてゼミって書いたり、先生じゃなくて講師って書いたりして。年齢も公開してなかったから、ほとんどの人はうちを大学生だと思ってたはず。うちのネットの友達は二十代前半が多かったし。

まあとにかく、それがきっとアンジェリカだと思って、過去の投稿で写真を探したんだ。アップされてた『キャッツ』の舞台メイクの写真でアンジェリカだって確認できた。すごく笑える写真だと思って保存した。気に入らないアカウントの投稿を集めて保存しておいて、まとめて〝晒《さら》しあげる〟っていうのが当時は普通にされてた。Ｔｕｍｂｌｒでは〝キャンセルカルチャー〝って言葉が流行る前からキャンセルカルチャーみたいなことがされてたんだよね。〝晒しあげ〟って呼ばれてたけど。でもアンジェリカを晒しあげようと思ってたわけじゃなくて、ただそういうのを保存するのが癖になってただけ。いま思うとすごく変だけど、まあみんな想像がつくとおり、うちは変な子で、しかもとくに変な年ごろだったから。

ここはTumblrで変なことをした話をする場所じゃないのはわかってるんだけど、アンジェリカが『キャッツ』の猫メイク以外でもマジで頭がおかしかったことだけは言っときたくて。『オペラ座の怪人』のことでしょっちゅう言いあいしたり、『スターライトエクスプレス』のことでキレたり、『キャッツ』のキャストに欲情してるって書いたり。誰かがアンジェリカに匿名で〝『キャッツ』なんてクソだ〟ってメッセージを送ったら——これはすごくはっきりおぼえてるんだけど——〝よく言えたな。アンドリュー・ロイド＝ウェバーの小指一本に、てめえの汚ねえ全身より多くの才能が詰まってるんだよ、この酸素泥棒！！！〟みたいなことを言いかえしたり。

確認できる写真を探してるとき、アンジェリカが誰かの『レ・ミゼラブル』の二次創作をめぐって超激しくバトルしてるのを見ちゃって。うちはミュージカルにくわしくなくて、なんとなく聞いただけの知識しかないから、よくわからないことも多かったんだけど。でも記憶がたしかなら、アンジェリカは、こんなに気高いヘテロセクシャルらしい男性の登場人物をほかの男性とカップリングするなんてって怒ってた。誰かの二次創作をリブログして、こんなコメントしてたんだ。

〝ジャン・バルジャンをジャベールとカップリングするなんてキモい。ジャベールは虐待男だし、これは問題あると思う。ジャン・バルジャンとジャベールを無理やりくっつけようとする変態にはうんざり〟（これはつくったんじゃないよ、一言一句そのままおぼえてるから）〝これは登場人物へのレイプだ〟って。それが大論争になってた。そっちこそ問題があるとか、同性愛嫌悪だとか、たくさんの人がコメントしてて。レイプなんて言葉を気軽に使うべきじゃないとか。アンジェリカはひと晩じゅうバトルしてたっぽくて、しかもその投稿を消してもいなかった。

笑えると思ったのは、アンジェリカがすごくムキになってたから。ずっとうちを変人って馬鹿にしたり、ジョニがすぐ熱くなるってからかったりしてたのに、Ｔｕｍｂｌｒでこんなことしてるんだって。『キャッツ』のキャストのことで山ほど飢えたみたいなリブログしてたり、ちょっと信じられなかった。それでアンジェリカを馬鹿にする気持ちになったんだ、自分のことを棚にあげて。あのころはマジで厨二病で、それまで好きだった尖《とが》ったものでもまだ尖りかたやダークさが足りないって思うようになってた。ティム・バートンなんて基本すぎる、うちぐらい高度な趣味のティーンエイジャーになると、ものすごく残虐な犯罪実話とか、とんでもなく不気味なクリーピーパスタしか摂取しないし、すさまじく悪魔的なメタルしか聴かないんだ、みたいな。ほんとはメタルなんかあんまり好きじゃなくて、ただ箔《はく》をつけるために聴いてただけなんだけど――ユーロニモスとヴァルグ・ヴィーケネスのこととか、ブラックメタルの教会放火のこととかをよく書きこんだりして。

で、そのころまたジョニとよりを戻すみたいな感じになってて。たぶん、ジョニの新しい友達との共通点がじつはそんなになかったからじゃないかなと思うけど、アニメとかゲームとかのことでちょくちょく連絡してくるようになった。ショートメールとか、フェイスブックのメッセンジャーとかで（うちはインスタグラムもスナップチャットもやらないことにしてたから）。直接話すことはあんまりなかったけど、学校の廊下で会うと目を合わせてきたり、ときどき挨拶してきたり。ただしジョニは、ほかの子といるときは絶対しなかったけど。ジョニにムカつきたい気持ちもあったけど、やっぱりまた話してくれるようになって嬉しかったから。

ジョニはうちにアンジェリカの悪口を言ってくることもあった。グループのみんながアンジェリカを嫌ってるって言ってたけど、うちに対してのほうが、意地悪なことをのびのび自由に言えたみたい。ケイリーやローレンはアンジェリカをかばうこともあったみたいだから。で、ある日、ジョニが〝アンジェリカは演劇のクラス全員に『キャッツ』をやらせようとしてる。なんであんなに猫になりたいんだか〟ってメールに書いてきたから、『キャッツ』の格好してるアンジェリカの写真を送って、あの子のＴｕｍｂｌｒを見つけたよって言ったんだ。ＵＲＬも教えて、ふたりでアンジェリカがこんな変なこと書いてたってスクリーンショットを送りあったりして。

アンジェリカの悪口ならいつまででも言ってられた。アンジェリカにはひどいメッセージも送られるようになってた。それはちょっとかわいそうだった。

Ｔｕｍｂｌｒはいろいろヤバいサイトだった。ドリーとも出会ったのはＴｕｍｂｌｒだった。最初はネット友達だったんだ。アンジェリカみたいに、うちのクロウロアの投稿をドリーがリブログして、ここに住んでるってコメントして。

十年生と十一年生のあいだの夏休みだった。うちはＴｕｍｂｌｒばっかりやってたんだけど、ドリーからこんなファンメール（そのときはＴｕｍｂｌｒにインスタントメッセージ機能ができる前だったんだけど、ファンメールっていう機能があって、非公開で長いメッセージを送ったり、返事を出したりできた）が来て。

《どうも。クロウの投稿、いいね。ここに住んでるの？　中年男じゃないよね？》

うちはドリーのブログをチェックした。最初はあんまりしっかり見てなくて。ドリーも犯罪実話やホラーが好きみたいだったけど、書いてるのはうちより基本的な内容だった。好きになってまだ日が浅いのかなって感じで。入門レベルのシリアルキラーのことを書いてたから。自撮り写真があって、見おぼえのある顔だった。ちょっと衝撃を受けたっていうか。ドリーはよくいるかわいくてモテる軽そうな女子っていうイメージだった。でも違ったんだなって。

おたがいフォローしあって、そしたら……皮肉っぽい感じじゃなく、銃乱射犯に花冠をかぶせた写真がたくさん流れてくるようになって。でもいいほうに解釈してた。皮肉っぽい感じじゃなく思えるけど、じつは皮肉のつもりなのかもって。

一週間くらいやりとりしてから、ドリーに〝クリーカー〟なのかって訊かれた。うわって感じだった。えーって。だっていままで会ったクリーカーはみんな頭がおかしかったから。銃乱射犯のファンの子って、犯罪実話ファンの世界でもちょっと変な目で見られてる感じで、だからドリーがクリーカーだって聞いてびっくりした。そういえばドリーのURLはCherryb0b0mbだった——クリーカーはみんなURLに〝cherry〟って言葉を入れてる——けど、うちはぴんと来てなくて。やりとりするようになってすぐ、ドリーはブログのタイトルを〝輝く甲冑《かっちゅう》のマクナイト〟に変えた。それまでは〝チェリーチェリーチェリー〟で、ラナ・デル・レイの〈チェリー〉の曲が好きなのかなくらいに思ってたんだけど。

チェリークリーク高校銃乱射事件は知名度が低くて、犯罪実話界隈でも正直、マイナーな事件なんだけど。またアメリカの学校の銃乱射かって。五分に一回くらい起きてる感じだから、いちいち気にしてられないっていうか、多すぎてすごいマニアでも追いきれないっていうか。モンタナ州の高校で、ふたりの白人の男子——マシュー・マクナイト（輝く甲冑の）

とブライアン・クーパー——が八人を殺した。くわしく知らなければあくびが出そうな事件に聞こえるけど、じつはけっこう面白くて、ひそかに人気なのもわかる。

チェリークリーク事件にはほとんど誰も注目してなかったのが、マシュー・マクナイトの量刑言い渡しのときの動画がバズったとたん、たくさんの人が熱狂した。動画は二〇〇八年のもので、どうしてそれが急にリポストされたのかはわからないんだけど。その動画でマクナイトは最後に言ったんだ。〝おまえらの子供を殺したこの手でマスかいてるぜ〟って。それを見てみんないきなり〝ちょっと、誰？　このうるわしい殺人犯の若者は？〟みたいになって。

うちにはマクナイトはそこらへんの白人アメリカ男子にしか見えなかった。べつにハンサムでもない、ただのアメリカン・ガイ。でもクリーカーはみんな彼のことをそういうふうに言うんだよね。うるわしのダークで倒錯した復讐の天使みたいな。

でもみんながマジで熱狂したのは、マクナイトがキュートだったからじゃなくて（そうでもないし）、彼とクーパーが銃を乱射したあと、クーパーが頭を撃って自殺して、マクナイトがその死体をファックした——と言われてる——から。コロンバイン高校事件のファン《コロンバイナー》も大興奮して、マクナイトの動画がバズってから七十二時間以内には新しいファンの世界が生まれて、みんなの脳内で事件についてのファンタジーができあがってた。

クリーカーは、マクナイトとクーパーを田舎町の同性愛嫌悪の犠牲になった罪なき悲劇のカップルに仕立てあげた。うち個人はそんなこと思ってないけど。マクナイトはただのサイコで、有名になりたくて事件を起こしたように思えるし、日記とかを見ると実際はかなりのゲイ嫌い（で、相当な人種差別主義者）だったみたいだし。日記の中身が全部本心とはかぎらないけど、どうしても抑圧された悲劇の隠れゲイだったとは思えないんだよね。

ドリーに訊かれて、ちょっと気まずかった。自分のブログでそういう……殺人を容認するわけじゃなくて、ただBLが好きなんです、みたいな銃乱射犯のファンをかなり叩いてたから。それで、興味深い事件だけど、うちはクリーカーじゃないとだけ言った。ドリーはそう、残念って。

ドリーのブログをミュートまでした。クリーカー関連の投稿がすごくキモかったから。ドリーはマクナイトとクーパーを美化したファンアートを山ほどリポストして、ふたりの二次創作を読んだり書いたりしてた。個人的なことはあんまり書きこまなくて、書いても消してた。リアクションが何百もあったある投稿をおぼえてるんだけど〝ひとりぼっちに感じたときはいつも、マシューがそこにいるって想像すると、彼とつながってる気分になれる。刑務所のベッドに横になってる彼にもきっと、あたしが手を伸ばしてるのがわかるはず〟みたいなことが書いてあった。

ドリーにはメッセージがたくさん来てた。匿名のも、〝BloodyCherryGirl〟とか〝the-mcknights-sword〟とかいうアカウントからも、ドリーの二次創作が好きだって。ドリーは二次創作をしょっちゅう投稿してた。でも主流の二次創作投稿サイトじゃなくて〈AO3〉では銃乱射犯の二次創作は禁止されてるのかな?)、〈ライブジャーナル〉をパクったみたいな〈デスジャーナル〉っていうサイトにだけ。その〈デスジャーナル〉っていうシリアルキラー・ファンの二次創作サイトを見てみたら、ドリーはチェリークリーク高校銃乱射事件以前を舞台にした長い小説を書いてる途中だった。マシュー・マクナイトが父親からぞっとするような性的虐待を受けてるっていう内容の。

すごく描写が生々しくて、読んだってドリーには言えなかった。気持ち悪くなっちゃったから。でもざっと流し読みしただけでも、虐待される合い間に、ドリーの書くマクナイトはブライアン・クーパーと熱い恋をしてた。すごく華麗な美文調で読んでて恥ずかしくなるぐらい。〝ブライアンのさざめく透きとおった水面《みなも》のような瞳は信じられないほど深く青かった〟とか〝マシューの漆黒の脳裏に燃えあがる炎のような考えがひらめいた〟とか〝これほど美しい少年は罪つくりだ〟とか。正直、イタかった。

でも自分もすごくイタいのはわかってたから、ドリーとは似た者どうしみたいな感じがして。それで殺人事件の趣味はちょっと違うけど、やりとりを続けた。そのうち同じ団地に住んでるのがわかって、夏のあいだに何回か一緒に散歩した。でもほんとに仲よくなったのは、学校の技術室の通路ですごすようになってから。

うちはおもにインターネットで見たことの話をしてた。なんていうか……だいぶ変だったと思う。ドリーはチェリークリークは大好きだけど、犯罪実話の知識はかなり浅くて。ジェフリー・ダーマーやテッド・バンディは知ってても、リチャード・チェイスやディーン・コールは聞いたこともなかった。だからそういうことを教えたりして。より仲よくなったのはハロウィーンのあとかな。それでクリスマス休みのあとにもっと仲よくなったと思う。

クリスマス

「すっごい」ドリーが言って、ウィッチハンマーを蹴った。「めっちゃ硬い」

「うん」ヴァイオレットは応じた。「昔、魔女に使われてたんだよ。あと、ときどきほかの犯罪者にも」ヴァイオレットは〝魔女〟という言葉を引用符でくるジェスチャーをしてみせた。「町の人や教会の人たちは、その人間をこの下に立たせて、ハンマーを落とした。ちょっと持ちあげてみなよ」遠足でツアーガイドはかならず、誰か持ちあげてみる人はいないかと募っていた。ヴァイオレットも一度やったことがある。ハンマーに腕を回して動かそうとしてみた。それは氷みたいに冷たくてつるつるしていて、地面にネジ留めされているみたいにびくともしなかった。

ドリーも同じように、ハンマーに腕を回して動かそうとした。

「これ、一トンはあるんじゃない？」

「うん、一トンあるよ」

「すごい。死ななかった人っているの？」

「ある女の子が死ななかったって話がある」ヴァイオレットは言った。「その子は魔女だって言われて、鎖で縛られてハンマーの下に立たされた。でもハンマーが落ちてくる瞬間にもがいたせいで、完全にはつぶされなかった。昔の話だし、言い伝えだからはっきりしないんだけど、どうもハンマーに身体の片側だけつぶされたらしくて、その状態で何日か生きてたんだって」

「うわあ。ヤバいね」

ヴァイオレットは何年後かのべつの遠足でそれについて訊いてみた。手をあげて、半分だけつぶされた少女について質問したのだ。それは本当の話かと。

ツアーガイドは、ただのつくり話、都市伝説だと言った。ヴァイオレットはそれでもブログにこの話を書き、〝半分つぶれた娘〟というタイトルをつけて、かなりの部分をでっちあげた。

「この場所には気がある」ドリーが言い、しゃがんで冷たい地面に指で触れた。「すごく邪悪な感じ」

「そう？」

ドリーは地面にそれを感じると言った。悪い血を。魔女の血を。それが土にしみこんでいる。ホロークル・ザ・クロウ（ドリーは〝あのヴァイキングの男〟と呼んだが）からこのウィッチハンマー、ヴァンス・ダイアモンドまで、クロウの土台には邪悪なものがある。ひょっとしたら地下水に流れているのかもしれない。ドリーの髪が風にあおられてドラマチックに顔のまわりで揺れた。

「ここは薄い場所なんだと思う。生者と死者の境界っていうか、この世と地獄との境界？ここはそれが薄いんだと思う。クロウ全体がそうだけど、ここはとくに」ドリーがヴァイオレットを見た。その目は興奮に輝いていた。ドリーはほかの人の前ではシニカルな態度で大人ぶって見せているが、じつはお話が大好きだった。ごっこ遊びが好きで、お話の世界で遊ぶのが好きだった。地面をさわって何かを感じるふり、霊を呼びだしたり祓《はら》ったりできるふり、自分の気を飛ばせるふり。ヴァイオレットも信じるふりをしていた。そのほうが楽しいから。

コートにくるまり、帽子とマフラーになかば隠れた顔で上目づかいにこちらを見るドリーは小さな女の子のようだった。「ヴァイオレットも感じない？」

「感じる。なんていうか……」ヴァイオレットは考えだそうとした。何かドリーが聞きたいようなこと、ドリーを感心させられるようなことを。「すごく薄くて……いまにも破れそう。しょっちゅう破れてるのかもね。だからここではやたら悪いことが起きるのかも」

「まさにそれ」

「アンジェリカをここに連れてきたら、あっちの世界の誰かと話せるかな」ドリーが言った。

「霊媒師みたいな感じで」

てるの？」
「かもね」ヴァイオレットは言った。「でも……あの子が本気で死者と話ができるって信じ

ドリーが少し考えこんだ。「そんなことで嘘つく人間がいるかな？　アンジェリカはウザい子だけど、アリーシャがこんなこと言ってたとか話してたでしょ。けっこう怖かったし」

「うん、そうだね」

ふたりは城の廃墟の周辺をぶらぶらしながら話した。〝薄い〟という言葉が何度も出た。この世の地獄について話した。この世の世界の境界、生死の境界、善悪の境界、この世と地獄との境界についても。

「地獄は実在すると思う」ドリーが言った。「でも人がそれをつくりだしてるんだと思う。たくさんのちっちゃな地獄を。ポケット空間っていうか、小さい地獄空間みたいな。地獄には実際に物理的に入ることもできる。マティとブライアンは高校に現実の地獄をつくりだした。あのふたりが図書室に立てこもったとき、マジで超自然的なことがそこで起きてないとは言えないでしょ」

「うん、もちろん」

「前に話してくれたデニス・ニルセンの家の話みたいに。死体をそこで保管してたっていう。彼は死体を煮て処理しようとしたけど、ほんとは手元に置いておきたかったって。それこそちっちゃな地獄の完璧な見本だと思う。その家は文字どおりの地獄のかけらじゃない？」ド

リーが期待をこめた目でヴァイオレットを見た。

「うん、そうだね。そう言われてみると」ヴァイオレットは言った。「クロウもある種の地獄だよね」

「だね」

「じめじめした海辺の地獄」

「シケた地獄」

ふたりはクロウでほかに薄い場所のことを話した。〈ポセイドンズ・キングダム〉の跡地、ビーチ、〈エンパイア・ホテル〉。ひょっとしたら〈アストロ・エイプ・アミューズメント・パーク〉も。それについては少し議論になった。そこが本当に薄い場所なのか、ホラー映画のお約束に影響されすぎているだけではないのか。

また何かを具現化させてみたいとドリーが言った。ハロウィーン・パーティで恥をかいたアナベルって子――ドリーは自分たちがそれをやったと信じていた。薄い場所で手をつないで念じることで、自分たちで起こしたのだと。

あれから、ほかにもやってみた。ジェイドに意地悪なシックスフォームの女子に対して、何か悪いことが起きろと念じてみたが、効き目はなかった。本当の意味では。

ドリーはその女子がボーイフレンドと別れたから効き目があったと主張した。でもその子は別れたことにたいして落ちこんでいる様子もなかったし、そもそもフラれたほうなのかもわからず、フったほうなのかもしれなかった。だからヴァイオレットは効き目があったうちに入らないと思っていた。そもそも効き目があるとも信じていなかった。ターゲットを選ぶように言われても、とくに誰も思いつかなかった。

「アンジェリカのパパがあたしたちを幽霊ホテルに泊めてくれないかな？　ただで」

「無理じゃないかな。それにどうせ元のホテルじゃないし。ほとんどはつくり話だと思うよ」

「じゃあ〈アストロ・エイプ〉に行ってみない？　少なくとも、なんか楽しそうだし。なかに入るのはすごく簡単って聞いたよ」

「どうかな。危ないよ、あそこ。いまはたぶん薄い場所になってそう。ホームレスの人が何人も死んでるから。凍死とかクスリのやりすぎとかで」ヴァイオレットは言った。「ここじゃだめなの？」

「ここはとっておいたほうがいいと思う。ウィッチハンマーは強力すぎるから」ドリーが真剣そのものの声で言った。

ドリーは運転の教習があると言って去り、ヴァイオレットはひとり残された。ウィッチハンマーに供えられたしおれかけの花の一本を抜いてポケットに入れた。紫色の醜い花だった。家に持って帰って押し花にするつもりだった。

歩いて帰る道すがら、ターゲットを選ぼうとしてみた。最近いやなことをされた相手を考えてみたが、ドリーやアンジェリカのような誰かへのはっきりした怒りがヴァイオレットにはなかった。感じている怒りは全般的なぼんやりしたもので、特定の何かに対してではなく、すべてに対して通奏低音のように鳴っていた。おおぜいから少し冷たくされたり意地悪されたりしたが、ヴァイオレットはいじめっ子の関心を長くは惹きつけられなかったので、特別な憎しみを持つまでにはならなかった。怒りを向けるような恋のライバルもいなかった。すごく嫌いな相手もいなかったが、とくに好きな相手もいなかった。何かに強い感情を掻きたてられることもなかった。

ときどき、自分はサイコパスなのだろうかと考えた。しょっちゅうググっては、診断があてはまるかやってみた。でもサイコパスにしては暗すぎるし、臆病すぎるし、行儀がよすぎた。よくいる鬱ぎみの中流っぽいティーンエイジャーでしかなかった。〝十代の若者を苦しめるメンタルヘルスの危機〟というポスターのモデルになれそうな、ぼんやりした実存的不安のほかに具体的問題をかかえてはいない、百万人ものふさぎこみがちな少女のひとりにすぎなかった。

それに、自分の身に悪いことが起きたのはたしかだが、毎日もっと悪いことが人々の身に起きている。統計的に見れば、自分は何も特別ではない。

ドリーと付きあうことで感じるものがあるか。あるといえばある。アドレナリンだ。とくにひどい殺人事件について読んだり、すごく怖い映画を見たりしたときの感じを思いだす。

すごく間違ってる、悪い、気持ち悪いという身体の内側の感覚。ドリーはひどいことについてだけ聞いたり考えたりしたがる。それを天気のことみたいに話したがる。そういうところは気が合う。でも霊媒とか具現化とか、ドリーのそういうことへの関心は変にしか感じない。クリーカーのこともいいほうには働いていない。二次創作とか、マシュー・マクナイトを〝マティ〟と友達みたいに呼んでいることとか。自分は偏見のないほうだとヴァイオレットは思っている。人がインターネットで変なことをやっていても、批判できる立場でもない。

それでもクリーカーは色眼鏡で見てしまう。コロンバイナーや、アイラビスタ銃乱射事件のエリオット・ロジャーと自分が――大学で彼を無視した知恵の浅い女子学生たちではなく――出会っていれば彼を救えたのに、と考えている女の子たちを色眼鏡で見てしまうように。どれもうんざりする。

家に帰ると、どこへ行っていたのかと母に訊かれた。ドリーと城のあたりをぶらぶらしてきたと言うと、母がほほえんだ。友達のことで母に嘘をつかなくていいのはほっとする。母を心配させていないのもほっとする。

ヴァイオレットはポケットから紫色の花を取りだし、母の本を押し花に使ってもいいかと尋ねた。母が大学で使っていた分厚くて高い本を花の汁で汚してしまったことがあるので、それ以来許可を求めるようにしている。

母は汁が漏れないように、とキッチンペーパーとラップで念入りに花をくるんでから、イギリスの社会福祉の歴史に関する厚い本を貸してくれた。

「こんなに傷んでない花にすればよかったのに」と母が言った。

でもヴァイオレットは傷んだものが好きだった。すでにばらばらになりかけているからこそ繊細で貴重で、その消えてなくなる寸前の色と美しさを保存しておきたかった。

ヴァイオレットは肩をすくめた。

「これはこれで味があるのかもね」母が言った。

ヴァイオレットは自分の部屋に行った。壁の色は中間色——緑がかったパステルブルーだった。ぱっと見では女の子の部屋か男の子の部屋かわからなそうなところが気に入っていた。デスクトップ・コンピュータを起動した。ポッドキャストを聴きながら『ザ・シムズ4』をプレイした。快適にそれができる程度にはコンピュータは新しかった。

ポッドキャストは〝タルパ〟としてのスレンダーマンについてだった。チベットの宗教と神話の専門家が、本当の〝タルパ〟とはなんなのかをインターネット史家に説明していた。彼によれば、西洋のタルパの概念はあくまで西洋の概念でしかない。インターネットにおけるタルパの概念は、ゴーレムの概念——あるいは西洋に浸透したゴーレムのイメージ——に近いものがある。ユダヤ教の伝承に登場するゴーレムは、しばしば主人に逆らう創造物として描かれるが、その役割はもっと複雑なものだ。われわれがゴーレムに誤った認識を持っているように、タルパにも誤った認識を持っている。われわれは総じてタルパの複雑さを正しく理解せず（その言葉を正しく発音することさえできず）、自らの俗信をそこに投影しているにすぎない。

「われわれはタルパをフランケンシュタインの怪物のようにしてしまったのです。西洋のキリスト教文化においては、人が神を演じることに脊髄反射的な反感を持ちがちです。古くはキリスト教以前のプロメテウスの神話にさえそれが見てとれます。しかし、それはチベットのタルパとはまったく無関係です」

みんなが自分のタルパ——自分が実際に、あるいは頭のなかで具現化させたと信じている創造物——について語りあっている掲示板サイト〈レディット〉のカテゴリー別板《サブレディット》が取りあげられていた。それでヴァイオレットはそのサブレディットを見にいってみた。ポッドキャストで話されていた内容も踏まえると、そこの人たちはイタくてどうかしているとしか思えなかった。自分より十歳は上の大人が、マンガのキャラクターやら恋人やらおそろしいモンスターやらを具現化させることができると主張し、イマジナリーフレンドとの特別な濃い関係について大っぴらに公言していた。

書きこみのどれだけが本気で、どれだけが釣りなのかわからなかったが、ドリーは好きそうだった（ヴァイオレットは馬鹿馬鹿しいとしか思わなかったが）。ヴァイオレットは懐疑的なポッドキャストは送らず（ドリーは気に入らないだろうから）、サブレディットのリンクと、さらに怪しげなパラノーマル関係のサイトの記事をいくつか送った。

『ザ・シムズ』で、ヴァイオレットはネットで見つけたガイドを参考に、ある家族のための家を建てた。白いデッキのあるかわいい家で、寝室は三つあった。書斎と三つのバスルームに広々したキッチン、リビングとダイニングと娯楽室もあった。さらに地下室もあった。家のほかの部分はパステルカラーで丹念な装飾がほどこされているのに、地下室はコンクリート剝きだしで、ひび割れて蜘蛛《くも》の巣が張っていた。そこにはトイレ、簡易ベッド、流し台、冷蔵庫と電子レンジがあった。カスタム機能《MOD》を使って、地下室には鍵のかかるドアをつけた。

その家に住まわせたのは父親と母親、幼い娘と十代の息子の四人家族だった。息子に地下室の鍵を持たせたかったが、家族で息子だけが鍵を持っているのは変だと思って、父親を殺すことにした。プールで父親を溺れさせると、息子が〝一家の主〟ということになって鍵を受け継ぐことができた。

ヴァイオレットは家族とは他人の十代の少女をつくり、家に入れた。地下室の鍵をあけて、少女をなかに入らせた。そして鍵をかけた。

息子に少女を訪ねさせ、ふたりを恋に落ちさせた。少女をずっと地下室に閉じこめたままで。セックスのMODをインストールしようかと考えたが、ダウンロードするのが恥ずかしくてやめた。父親の墓石も地下室に置き、ときどき父親の幽霊におどかされて少女がおもらしをした。母親と娘は地下室の少女のことを知らなかった。少女も息子も大人になって赤ちゃんが生まれるようになると、その赤ちゃんたちも地下室にとどまった。

午後十一時に母が部屋のドアをノックして、もう寝なさいと言った。ヴァイオレットはコンピュータの電源コードを母に渡した。一時間ほど本を読んでから、数カ月前に買ったもう一本の電源コードをたんす裏の隠し場所からとりだし、コンピュータにつないで、『ザ・シムズ』をもう一度立ちあげた。

息子の母親が死に、妹が家を出ていったので、息子に上の階の妻を持たせることにした。上の階の妻は上の階の家庭を築き、地下の少女は地下の子供たちの世話をした。ヴァイオレットはMODを使ってソーシャルワーカーをオフにし、地下の子供たちが学校に行かなくていいようにした。

年長の地下の子供が十代になると、近親相姦《そうかん》ができるようにするMODをダウンロードしようかと考えたが、さすがに自分が気持ち悪くなって寝ることにした。午前三時だった。

母が午前七時にノックしたとき、ヴァイオレットは眠くてたまらなかった。母は薄いコーヒーを淹れてくれて、ティーンエイジャーに九時前から学校へ行かせるなんてどうかしているとぶつぶつ言った。

「わたしなら、学校は十一時からにするわ」母は以前はヴァイオレットより先に仕事に出かけていたが、いまはヴァイオレットが学校へ行くまで待っている。

去年、ヴァイオレットは準備していない化学の模擬試験を受けるのがすごくいやで、声色を使って母のふりをして病欠の電話をすることを思いついた。四日間はばれなかった。休んだ四日目の午後、受けなかった化学の模擬試験の追試について、学校から母の職場に電話が入った。ヴァイオレットは学校を休めば試験を受けずにすむと思っていたのだが。たいして叱られることもなかった。母は四日間も気づかなかった学校におもに腹を立てていた。だがその結果こうなった。母は出勤も退勤も一時間遅くして、ヴァイオレットがちゃんと学校へ行くのをたしかめるようになった。

母は不登校の子について話していたことがある。仕事でたくさんのそういう子と接するという。ヴァイオレットは自分も不登校になろうかと考えたこともあるが、できなかった。騒ぎを起こすのが恥ずかしかった。

本当はバスに乗ることになっているが、いつも学校まで歩いている。バスより時間はかかるが、それほどでもない。バスはいつも渋滞に巻きこまれるから。それに、母に早く家を出されるので、歩いても充分に間にあう。

いけないと言われているが、ウォレンズを通り抜けていくことにした。母に言わせると、そこがとくに危ないからというわけではなく、母が仕事で接する家族がそこにはたくさん住んでいて、そういう家族の誰かにヴァイオレットのことを気づかれたくないからだという。なかには母と対立関係にある人もいるからと。

ウォレンズは実際、自分の住んでいる団地とそこまで違っては見えない。ヴァイオレットの団地と同じようにテラスハウスがびっしり建ちならんでいる。ただし、ヴァイオレットの団地のテラスハウスは三階か四階建てで、全体的に大きい。ヴァイオレットの団地の家には前庭があるが、ウォレンズの家のほとんどは歩道にじかに接している。一棟が二軒に分かれた大きめのセミデタッチハウスもいくつかある。そのひとつの前を通ると、〃通り抜ける人は犬に注意〃の文字とともに、口からよだれをたらす犬のマンガ絵が描かれた看板が掲げられていた。

その家のドアが開いて、犬が吠える声が聞こえた。マンガ絵の犬のような大型の猛犬の吠え声という感じではなく、甲高いキャンキャンという声だった。少年が家から出てきたのと同時に、一頭のグレイハウンドが飛びだしてまっしぐらにフェンスに駆け寄ってきた。ヴァイオレットは犬におびえて立ちどまった。でも犬も同じだった。フェンスまで来ると、急に不安げな顔で足を止めた。少年が犬の首輪をつかんでなかに連れもどそうとした。

「あれ？ヴァイオレット」それはジェイドだった。遠目には男子に見間違えてもおかしくない雰囲気だが（とくにヴァイオレットは視力検査が必要で、眼鏡をかけた目を細くしていたので）それでも恥ずかしくなった。

「おはよう」

「ここを通って行ってるの？」

「ときどきね」

「じゃあちょっと待ってて。一緒に行こう」

グレイハウンドを家のなかに戻すと、ジェイドとヴァイオレットは学校まで一緒に歩いた。いつもドリーがいたので、ふたりきりになるのははじめてで、ジェイドは口数も多くなかった。

「犬、何頭いるの？」ヴァイオレットは訊いた。

「いまはベイビー、ココ、スキニー、スパゲティ、デイヴかな。でもスキニーは一時的に預かってるだけで、いずれ誰かに引きとってもらうことになるけど」近くでブックメーカーをやっている母親が保護した犬たちだとジェイドは説明した。「うちの母さんは小さいころドッグレースが大好きだった。父親がレース用の犬を二頭飼ってたから。でも十代になると、犬たちがひどい扱いを受けてることとか、しょっちゅう安楽死させられてることを知った。それで、いまは怪我したレース犬を引きとってる。そういう犬はたくさんいるから。いつもは預かって里親を探すんだけど、母さんはすぐ情が湧いてうちで飼っちゃう。というわけでいまは四頭いて、一番長く飼ってるのはベイビー」

「そんなにたくさん犬がいて平気？」ヴァイオレットは尋ねた。「悪い意味じゃなくて、いっぱいいるんだなと思って」

「ときどきはね。どの犬もそれぞれ好きだけど、まあ……じつはちょっと犬アレルギーぎみなんだ。だからトレーラーで寝ることもある。アレルギーがひどくなるとね。べつに変な意味じゃないよ、母さんが犬のほうをより愛してるとかそういうんじゃなくて。ふだんは平気なんだけど、新しい犬が来るとアレルギーが出ちゃうときがあって。とくに春だと花粉アレルギーもあるから。うーっ、しばらくトレーラーで寝る、ってなるんだ。わかってくれる？」

ジェイドが外のトレーラーハウスで寝ているという噂は聞いたことがあった。学校で耳にしたときはもっとひどい話に聞こえた。だからジェイドはこうやって自分に説明したのだろう。みんなが噂を聞いていることを知っていて。たぶん誰にでもそういうちょっと変なところ——家族がやっているちょっとおかしなこと、理由を知らない外部の人にはとても悪く聞こえそうなこと——はあるよ、と言ってあげたくなった。

ジェイドの気が楽になるよう、自分の家族がやっている変なことの話をしたかったが、すぐには思いつかなかった。それで、うんとだけ言って歩きつづけた。ジェイドの家の犬の話をもう少しした。ジェイドが一番お気に入りなのはベイビーで、一番お気に入りじゃないのがココ。家から飛びだしてきたのは預かっているスキニーで、おとなしくて怖がりかと思えば、急に元気いっぱいで攻撃的になったりして、予測がつかないのだという。

ふたりは学校に着いた。ジェイドはシックスフォームの談話室へ行き、ヴァイオレットは技術室の通路に行って携帯を充電した。教室に行く時間までには十五分あった。

ドリーからショートメールが届いていた。ヴァイオレットが送ったタルパのことで興奮している様子で、〝超すごい〟、昼休みにじっくり話したいと書かれていた。ジョニからもメールが来た。届いたばかりで、ジェイドと一緒に学校に来たのかと尋ねていた。ヴァイオレットはついにやにやした。ジョニがジェイドを好きだというドリーの話を完全には信じていない。ヴァイオレットから見て、ジョニは同性愛者っぽくない。メイクをして、髪型やネイルのことで騒ぎたてて……ただ女っぽいんじゃなくて、平凡で退屈な女っぽさ。ドリーも女っぽいけど、ジョニみたいに平凡じゃない。そして平凡な人はストレートと決まっている。

ジョニに返信した。《うん、なんで?》

画面に三つのドットがあらわれた。

《べつに》

《ただそうかなって》

《ジェイドはヴァイオレットとドリーの友達だから》

《うん》

《あのふたりまだ付きあってるの?》

《うん。それが何か? 笑》

《ただ訊いただけ》

《そっか……》

《何?》

《べつに。そうなんだ……》

《もういいよ》

ヴァイオレットはもう少し攻めようと、眉を吊りあげた顔の絵文字を送ったが、ジョニから返信はなかった。

きょうは英語の二回目の授業だった。ナワズ先生が手を振って一番前の席を示し、ヴァイオレットを自分のそばの席に招いた。席順などないかのように。

ナワズ先生はいい人だ。若者の理解者ぶってちょっとウザいところもあるにはある——でもおおむねいい人だ。先生は地元の歴史に興味を示し、ヴァイオレットのブログのことを聞きたがった。うまく書けた話について質問し、投稿にいいね《アップボート》が何件ついたのかを知りたがった。Ｔｕｍｂｌｒでは〝スキ！〟であって、〝アップボート〟は〈レディット〉だけの用語だということを先生は知らない。でもアップボートを知っていることに見るからに自慢げなので、間違いを指摘するのは気が引けた。

きょうの話題はＡレベルで選択する科目についてだった。ナワズ先生は、英語をとるんでしょ、とヴァイオレットにたしかめた。

「どうかな、わかりません。Ｂをとっても選択させてもらえると思います？」

「あなたがＢってことはないわ。それにもしＢをとっても大丈夫だから」ナワズ先生が言った。

「わかりました」

「ちょっと成績が落ちてるわね？　でも集中すればいいだけよ。しっかり睡眠をとって。よくあくびをしてるでしょ。コンピュータに向かうのもほどほどに。夏休みまでコンピュータは逃げないから」

先生があくびのことを口にしたせいか、思わずあくびが出た。すると先生もあくびをしたので、ふたりで笑った。授業が終わると、後ろの席の男子のひとりがヴァイオレットをあざけるように笑った。

「ナワズ先生がだいっっ好きなんだな」男子が言った。ヴァイオレットはただ男子を見かえした。「だいっっっ好きなんだろ」立ち去ろうとすると、「認めたぞ！」と囃《はや》したてられた。ヴァイオレットはめずらしくムカついて、肩ごしに中指を立てた。男子がいっせいに笑った。

休み時間、フランス語の授業、そして昼休み。ラ・レクレアシオン、フランセ、ピュイ・デジュネ。

お弁当を持ってくるのを忘れてしまった。昼休み前に母から〝サンドイッチ、忘れてない？〟というメールが届いた。悲しい顔の絵文字を返すと、デビットカードは持っているかと訊かれた。さいわいにも持ってきていた。母が五ポンド送ってくれて、それで学食のまずいパスタを食べることにした。

〝今晩の夕食はスパゲティよ〟と母が書いてきたので、ヴァイオレットは『ザ・シンプソンズ』のスクリーンショットを返した。カーク・ヴァン・ホーテンが〝ミルハウスに一日二食スパゲティを食べさせるのはいやだな〟と言っているのを。

母からは〝ごめんね、ミルハウス:(〟という返信が来た。

列に並んでパスタを買った。発砲スチロールのボウルに入った、火の通りすぎでまずいパスタを。並んでいると誰かに押された。うっかりかもしれないし、わざとかもしれない。あたたかいメニューは食堂で食べなければならないことになっているが、そこでひとりで食べるのはいやだった。ぽつんとしているのが目立ってしまう。それでフォークをとってパスタを持ちだし、技術室の通路で食べた。食べ終わるころにドリーがやってきた。シックスフォームのドリーは黒のペンシルスカートに白いシャツ、グレーのブレザーを着ている。ドリーいわく〝ダサいストレートの女子のバッグ〟を持ち、学校の規則で認められているものより一インチはヒールの高い靴を履いている。ドリーはそれを履くといつも叱られていて、靴を履きかえてこいと家に帰されたこともある。

ドリーはスカボローのアート専門学校に行きたいと言っていたが、大学に進んでほしいと母親に言われたそうで、こうしてクロウ・オン・シー・ハイスクールのシックスフォームにいる。Aレベルで美術を選択しているほかの生徒のように、大きな作品収納ケースを持って歩いている。ほかに生物と英語と歴史も選択している。

ドリーが作品ケースを引きずるようにして近づいてきた。

「タルパ」ドリーが言った。「あたしもつくりたい。できるよね？　あんたが何か具現化させる番だけど、あのタルパのことを送ってきたからには、あんたもつくりたいのかなと思って」

「うん、当然」ヴァイオレットは嘘をついた。「いいよね、タルパ。比喩的な意味で」

「何をつくりたい？　あのサブレディットの低能どもみたいな変なのはやだよ。あたしはマティをつくってみたいとかは思わない。とりあえずいまはまだ。ピンキーパイのタルパをつくってファックしたら、タルパがおかしくなっちゃって、ずっと叫んでるとか言ってたやつ、見た？」

「見てないけど、キモいね」

「だよね。あたしたちはもっとイケてるやつをつくろう。怖いやつ」

「うん」ヴァイオレットは言った。本当はそのあとに付け加えたかった。「もちろん遊びでだよね？」と。でもそう言ったら、ドリーにはきっと「遊びでに決まってるじゃん、何言ってんの？」と言いかえされて、訊いたこっちが馬鹿みたいな気分にさせられるだろう。

ドリーは本人がいないところではアンジェリカに辛辣だった。アンジェリカは霊と話せる――少なくともひとりの霊とは――としても、わかってないと言って。わかってるようなふりをしているが、ヴァイオレットのようにはわかってない。アンジェリカは自分たちのレベルではない。波長が違う。ドリーとヴァイオレットが話していることの半分もわかっていない。それに本気でオカルトに興味もない。アリーシャの霊にまつわるショボいつくり話以外には。ヴァイオレットは正直、アンジェリカを馬鹿だと思っている。でもドリーはアンジェリカが必要だと信じている。霊媒として。

「アンジェリカに訊いてみたらいいかもね。なんのタルパをつくりたいか」ヴァイオレットが言うと、ドリーがにやっとした。

「エロ猫のランブルファッキンとかじゃない？」

そのすぐあとにアンジェリカがやってきた。ドリーがタルパの記事やサブレディットを送ったそうで、すっかり信じているみたいだった。

アンジェリカの人生はうまくいかないことばかりのように思える。父親はずっとああいう恥ずかしい有名人だったし、友達にも好かれていなそうだし、おまけにあのマヌケなTumblrのブログのことをみんなに知られてしまった。あれをジョニに見せたことをヴァイオレットは後悔していた。去年、たまたま見つけてジョニに送ってから、しばらくはアンジェリカのブログのイタい内容を報告したときしか返事が来ない感じだった。

ジョニはTumblrをやっていないので、ヴァイオレットはアンジェリカの恥ずかしい投稿を見つけるたびにせっせとリンクを送っていた。ジョニに何かを送ると、その直後にアンジェリカが、届いた匿名のいやがらせメッセージのスクリーンショットやそれに対する返信をアップしていた。一度、匿名のメッセージをオフにすればいいのにと匿名で提案したことがある（〝いやなメッセージがこんなに来るなら匿名をオンにしてる意味がないと思うので、オフにすることを考えてみたら？〟）が、アンジェリカは無反応だった。

「じゃあほんとなの？　ほんとにできるの？」アンジェリカが訊いた。サンタクロースは本当にいると信じたくて尋ねる小さい子供みたいな調子で。それから、怖いのはつくりたくないと言った。スレンダーマン刺傷事件について読んで、ドリーたちが自分を生贄《いけにえ》にしようとしたらいやだからと。

「スレンダーマンにあんたのこと押しつけたら迷惑でしょ」ドリーが言い、何か言ってという顔でヴァイオレットを見た。

「そうだね……生贄の人間を返せるのかどうかわからないけど、スレンダーマンはそうしようとするかも」

三人は話しあった。どんな怖いものをつくろうとすべきか。強力なものか、そうでもないものか。クロウが〝薄い〟場所であり、ちっちゃな地獄だとすると、闇を受け入れるのがいいか、それと闘おうとすべきなのか。さらに深みに沈むべきか、地の底から浮かびあがろうとすべきなのか。

「混沌《こんとん》を受け入れよ」ドリーが言った。それはマシュー・マクナイトの日記からの引用だった。「この場所をめちゃくちゃにするんだよ。抗《あらが》ってどうするの。ここのみんなにとって最大限ひどくしてやろうよ。ここが地獄だってあたしたちは知ってる。その気持ちをほかのみんなにわからせてやらないと」

「じゃあ、なんだろう、何か悪いものをつくって、それを……みんなに放ちたいってこと？」ヴァイオレットが言うと、ドリーがうなずいた。三人はそれについて考えながら授業に戻った。町にぶつける漠然とした悪いものについて。

それはどんな形なのか。ヴァイオレットは歴史の授業中、ノートの余白に落書きをしてすごした。その日は一九二三年のミュンヘン一揆《いっき》のドキュメンタリーを見せられ、ヴァイオレットは石のゴーレム、ヴァンパイア、アドルフ・ヒトラー、スレンダーマンを描いた。モンスターより実在の人間のほうが怖いと思い、そのフレーズをノートに書いたあと、線で消した。深いことを言っているふうで、ありきたりでつまらない言葉だったから。

家に帰り、デスクトップ・コンピュータの前に落ち着くと、〝一番怖いタルパの話〟でググった。〝みんなのタルパの怖い話を教えて〟という〈レディット〉のスレッドが出てきた。

それにはこう書かれていた。


タルパをつくろうか迷ってます。成功した話はたくさん読んだけど、失敗談はあんまりないよね。失敗したタルパの話を教えて。自分の体験談でも、聞いた話でもいいから。決める参考にします。


コミュニティの〝タルパマンサー〟からの返事は上から目線のウザいものが多かった。

——タルパは車の運転みたいなもんだよ。百パーセントの安全はない、ぶっちゃけ。

——いやなんでわざわざ訊くの？　ここには大嘘が山ほど書きこまれてるだろ。だからこのサブレディットはお手軽なクリーピーパスタ禁止のルールがあるんだよ笑。タルパのほら話なんて自分で簡単に見つけられるだろ。

──うるさい古参と思われるかもしれないが、〝敵対的なタルパ〟とか〝性悪なタルパ〟について嘆いてる新参のタルパマンサーはみんなアホだ。ほかのコメントにもあったけど、車を運転するようなものだから、具現化したタルパがなんの理由もなく性悪になったり敵対的になったりすることはほとんどない。ただし悪意を持ってタルパを具現化させようとしてたり、邪悪な感情を持ってるなら、考えなおしたほうがいい。こんなところで遊んでる前に、まず自分の問題と向きあって解決してからにしろ。

ここの人たちが話題にしているタルパのかなりの部分が、実際は本人の頭のなかにしか存在していないようだとヴァイオレットは気づいた。むしろ多重人格のように思えるものが多い。乗っとられるとか、〝思念体が入ってきて乗りうつる〟とか、そういう話はだいたいそうだ。サブレディットに〝タルパどうしがコメントしあう〟ためのスレッドを作成しないよう求めるルールがあると知って、ヴァイオレットは声を出して笑った。

ドリーにメールを送った。

《タルパのサブレディットを見てたんだけど》
《これってちょっと、みんな馬鹿っぽい気がしてきた》

《そうそう、そいつら低能だよね》
《でもあたしたちはそんな低能っぽいことはしないよ?》
《ならいいけど》
《ところで低能って言っちゃいけないんじゃない?》
《笑笑　はいはい優等生》
《失礼しました》
《とにかくアホっぽいことはしないから》
《アホは言ってもいい?》
《笑笑笑》
《うん》
《脳内でイマジナリーフレンドをつくろうとするんじゃなくてね》
《そうそう》
《むしろエネルギーとか気みたいな》

《うん、気みたいなね》

《そう》

《今週末、アストロ・エイプ行かない？》

《いいよ》

ふたりで計画を立てた。親にはキャンプに行くと言うことにした。ドリーは母親に、キャンプ用品ならジェイドが山ほど持っているから、何も買う必要はないと言った。ヴァイオレットも母に同じことを言った。

本当にどこかでキャンプするのかと訊くと、ドリーは姉の車を借りるからと言った。町の外のガソリンスタンドにある二十四時間営業のマクドナルドに朝までいればいいと。

《でもまだ教習中でしょ》

《そうだけどもう運転できるから》

《そんなに遠くないし》
《警察に止められたりしないって》
《わかった》

ヴァイオレットは『ザ・シムズ』のサブレディットを見た。ゲーム内で〝過激な暴力〟を可能にするMODが話題になっていた。そのMODでは、プレイヤーがシムを殺したり、シムどうしで物を盗んだり、さらったり殺したりできるようになるという。そのMODをつくった人は〝拷問&カオス〟のMODもつくっていた。ヴァイオレットは両方ダウンロードした。

そのMODがあれば、地下室の少女のゲームにいろいろな可能性が開ける。地下室の少女を監禁している息子に、少女を拷問させようか。地下室の少女を脱走させて、息子とその上の階の家族を殺させようか。少女が上の階の妻と子供を殺してその後釜にすわるのもいい。地下室での暮らしから解放するために少女が自分の子供たちを殺すのもいい。いくらでもストーリーを思いつく。

さしあたり、町にシリアルキラーを出現させることにした。お気に入りのシリアルキラー（それはジェフリー・ダーマーだった。お気に入りがいるなんてコロンバイナーみたいでイタいし、それが陰のあるブロンドの白人青年だなんてなおさらだが）をモデルにするつもりだったが、それでは目新しさがないと考えた。不気味なはぐれ者の男がシリアルキラーなんて、ありきたりすぎる。それで女、それも少女にすることにした。よく見ればヴァイオレットにどことなく似ている少女。黒い髪に眼鏡をかけ、地味な服装の。そのシムをダリアと名づけた。

ほかのティーンエイジャーにダリアを殴らせた。MODがあるからいまはそれができる。それから、ダリアにそのティーンエイジャーをひとりずつ追い詰めさせ、それぞれ違う方法でひそかに殺させた。

警察がダリアの家に訪ねてくると、ヴァイオレットは自殺させることにした。MODにはいくつかの選択肢があった。頭を撃つか、首を吊るか、手首を切るか。ダリアには手首を切らせた。

「もう寝る時間よ」午後十一時、ダリアのストーリーがちょうど佳境に入ったところで母が言いにきた。ヴァイオレットは電源コードを渡した。「クリスマス・プレゼントのリストに何か加えたい？」母が訊いた。

「ううん、いい」

「たいして頼んでないのに」

「まあね」

「もう少しほしいものを考えてくれない？」

「なんで？」

「お父さんがへそを曲げてるのよ。わたしが先回りしてリストのものをほとんど買っちゃったって」母は軽蔑を隠そうとしているが、あまりうまくいっていない。母が父を嫌っているのは知っている。ヴァイオレット自身もあまり父のことを好きではない。でもおたがいに、相手はそうではないと思っているふりをしている。父も自分をたいして好きではないように感じる。母と同じ数の、あるいは適切と思われる数のプレゼントを贈ろうとするのは全部体裁のためだ。母や、自分の家族や、ヴァイオレットに対する体裁を保つためでしかない。いまはロンドンで暮らす父は、大きな買い物袋をいくつもかかえてショッピングモールを歩きまわり、いかにもいい父親のように人から見られたいのだろう。

ヴァイオレットは考えてみると約束した。

秘密の電源コードを使うかわりに、ベッドに寝ころがって〝プレゼントのアイデア〟で検索した。すごくほしいわけではないが、あったらたぶん嬉しいもののリストを携帯にメモしていった。〈ラッシュ〉のソープ、チョコレート、高級色鉛筆とスケッチブック。去年、父はすごく子供っぽいプレゼントを贈ってきた。カラフルな紐《ひも》とプラスチックのビーズが詰めあわされた〝ブレスレットをつくろう〟セットと、ユニコーンの柄の文房具セット。「ヴァイオレットは十四歳なのよ、四歳じゃなくて。リストのものを買ってあげなきゃ」と母が父に言っているのが聞こえた。

父をかばうとすれば、二、三年前ならブレスレットづくりのセットを気に入っていたかもしれない。

土曜日、ヴァイオレットは歩いてドリーの家へ行った。徒歩五分の近所だった。ドリーの母親がドアをあけたので、ヴァイオレットは礼儀正しく挨拶し、ドリーが自分の母親について言っていた変なことは考えないようにした。母親の妙な発言やおかしなふるまいについて、ドリーはたいていくわしくは話さなかったが、話すこともたまにあった。

それよりもヴァイオレットの頭痛の種は、ドリーのクリーカーの二次創作の内容だった。マシュー・マクナイトが父親から受けている性的虐待のことで母親をなじる場面があった。〝おれをあいつから守るためにあんたは何もしてくれなかったじゃないか、アル中ババア〟とマシューが言うと、母親は〝どうしてあの人があたしとファックしないでおまえとファックしたがるのよ。おまえの何がそんなにいいっていうの、この売女《ばいた》〟と言いかえすのだ。

この性的虐待はドリーの二次創作のプロットの中心だが、実際のマクナイト夫妻は誰に訊いても善良な普通の人たちで、虐待歴などまったくない。そういうことがあれば、マシュー・マクナイトの弁護士はかならず持ちだしていたはずだ。ささいなことまで細かく記録されていたマシューの日記にも、性的虐待についての言及はない。ドリーあてに〝面白いストーリーだと思うけど、正直マティの両親に悪い気がする〟という感想を書いている人もいた。

そこからいやな想像が浮かんでしまって、ヴァイオレットはあえて考えないようにしていた。それでもドリーの母親にはおかしな雰囲気があった。いつもヴァイオレットにはやさしく接してくれるにもかかわらず。

ヴァイオレットとドリーは家を出てジェイドと合流し、三人でヘザーのフラットまで歩いた。ドリーの姉のヘザーはひとり暮らしで車を持っている。ドリーより三つか四つ上で、美容師見習いだか、美容師専門学校に通っているかだった。両方かもしれない。ドリーがフラットの呼び鈴を押すと、ヘザーが下までおりてきた。

「車、貸してくれない？」ドリーが頼んだ。

「なんのために？」ヘザーが訊いた。

「今晩、キャンプするから」

「ひと晩じゅうってこと？　冗談やめて」

ふたりが言いあいになった。怒るヘザーにドリーが泣きついて、結局、朝七時までに返すことと定期的にメールすることを条件に、車を貸してもらえることになった。

三人で車に乗ってアンジェリカの家へ行った。ジェイドがアンジェリカも来ることに文句を言った。

「あの子は食べ物とかお酒とか持ってきてくれるから」ドリーが言った。「いっつも金持ち自慢してるけど、少なくとも口だけじゃないし」

ドリーがアンジェリカをそばに置きたがるのは、おちょくる相手がほしいからではないかとヴァイオレットは思うことがある。意地が悪いといえば悪いが、アンジェリカなら自業自得だろう。自分だって意地悪なんだから。

アンジェリカが家の前まで車で来ないでと言ったので、広大な私道の手前の門のところで待つことになった。

「頭おかしいよね、この家」ジェイドが言った。

「なかもどうかしてるよ」ドリーが応じた。「あの子のパパも相当いっちゃってるから。自分とあのペドの写真が山ほど飾ってあるの。それで、あのペドがすごく偉大な人だったとかあたしに教えようとしてきてさ。あいつがペドだったって全国ニュースでやってたのがなかったことみたいに」

アンジェリカが重そうな袋を引きずるようにして私道をやってきた。本当にキャンプに行くみたいに、普通のコートではなく、アウトドアっぽい分厚い服を着こんでいる。

「キャンプにほんとに行くわけじゃないんだよ」ドリーが言った。

「わかってるけど、寒そうだから」とアンジェリカ。服は新しそうだ。キャンプに行くと言って買ってもらったのかもしれない。

しばらくドライブした。どこかに食べにいこうかと話していると、ピクニック用に食べ物を持ってきたのにとアンジェリカが文句を言った。外は凍える寒さだったにもかかわらず。

ヴァイオレットが池のそばのグリーヴス公園はどうかと提案すると、ジェイドが強盗に（あるいはもっとひどい目に）あいたいならいい考えだと言った。

「じゃあ〈アストロ・エイプ〉のそばのあそこにしようよ」アンジェリカが言った。「あの空き地、夏しか使われてないし」

四人は広い空き地のそばに車をとめた。〈アストロ・エイプ〉の輪郭が数百ヤード向こうに見えた。錆びた観覧車のてっぺん、巨大すべり台の頂点、ドロップタワーの上三分の一が見てとれる。みんなでフムスをはさんだパンとポテトチップスを食べながら沈む夕日を眺めた。甘いアルコール飲料を飲み、ドリーとジェイドはタバコを吸った。風が強く、ヴァイオレットの顔と指先がしびれてきた。寒いから車に戻ろうと言ったが、シートに食べかすを落としたり、何かこぼしたりしたらヘザーが激怒するからとドリーに止められた。

「昔の遊園地の廃墟にまつわる怖い話、知らない？」ドリーが言った。〝昔の遊園地の廃墟〟の部分におそろしげな声色を使って。

「何年か前にここで人が刺されたんだよ」ヴァイオレットは言った。そして話を（自分ではあまり信じていなかったが）だいぶ盛って語った。その話はブログに書いたことがあって、かなり反応がよかったので、書いたとおりに思いだそうとした。

ホームレスの集団がここに移ってきて、激しい縄張り争いを繰りひろげた。都市伝説によれば、ちょっと『マッドマックス』の映画みたいになった。一番大柄な男がこのパークの王を名乗って、ほかの人たちを従わせた。男は圧政を敷いて、服従しない臣下を古い乗り物に閉じこめた。あるとき反抗した者とのあいだで大喧嘩になって、誰かが刺された。でも死にはしなかった。

ヴァイオレットは王が暴力的にその座を追われ、かつての臣下に処刑されたみたいに聞こえるようにした。現実離れしすぎてまるで中世の話だった。母がこれを聞いたらがっかりするだろうなと想像した。「ホームレスの人のことをそんなふうに言うもんじゃありません」と言われるだろう。そして「依存症は病気であって、道徳的な問題じゃないのよ」と付け加えるかもしれない。ヴァイオレットは後ろめたい気分になり、さっさと話を締めくくった。

「へえ」ドリーが言ったが、それほど感じ入ったふうでもなかった。四人は酔ってきて、タルパの話をした。ドリーは〝低能っぽいことはしない〟と何度も言い、そのたびにあてつけるようにヴァイオレットを見た。ドリーはとくにアンジェリカに向かって、ありきたりすぎるアホなものを具現化させようとするなと釘《くぎ》を刺した。

狙いはパークのエネルギーを利用してなんらかの力を生みだすことだとみんなで確認した。風とか、伝染病とか、悪運とか。

「なんかこう、悪い気みたいな」ドリーがろれつの怪しい口調で言った。「マティがいつも言ってたみたいに。自分は邪悪な力だって。だから……そう、邪悪な？　わかんないけど」

「マティって誰？」アンジェリカが質問すると、ドリーが鼻を鳴らした。

真夜中にパークへ行った。フェンスの金網の一部に大きな穴があいていて、そこを通って簡単になかに入れた。携帯のライトで照らしてざっとあたりの様子をたしかめた。ヴァイオレットはバナナの形をした売店をチェックし、レストランの廃墟の汚れた窓からなかを覗きこんだ。

「同じ学校の子が——いくつか上の学年だけど——ここのジェットコースターからおりられなくなっちゃったの」アンジェリカが言った。「夜によじのぼったらしいんだけど、消防車を呼んで助けてもらったんだって」

それは全部が本当の話ではない。ヴァイオレットは小さいころからその話を聞いている。仮に本当だったとしても、その男子が誰なのかアンジェリカもヴァイオレットも知らない。

「アホじゃん」ドリーが言った。「人が刺されたのはどこ？　やるならそこがいいよ」

「わからない。パークのまんなかでいいんじゃない？」ヴァイオレットは言った。

四人は昔の地図や案内板を頼りに、パークのおおよそ中央へ向かった。園内はさほど広くなく、大きなグラスファイバー製のチンパンジーの像が立っていたので中心はすぐにわかった。像の足元の地面には大きな月面地図が描かれていたが、いまでは汚れてかすれ、ただの灰色の円にしか見えない。

「アンジェリカ、何か聞こえる？」ドリーが訊いた。

「ささやき声だけ」アンジェリカが、霊と交信しているていのときにするミステリアスっぽい口調で言った。

「それだけ?」ドリーがつまらなそうに訊きかえした。ドリーが霊と話してみせるようアンジェリカに求めたことはいままでなかった。ただアリーシャ・ダウドの声が聞こえたとか何か見えたとかいうアンジェリカの話をそのまま信じていた。三人が期待のこもった目をアンジェリカに向けると、アンジェリカはあたりを見まわし、目を閉じて、穏やかで神秘的っぽい表情をつくった。ヴァイオレットは声をあげて笑いそうになった。

「ささやき声は……ここのほうがだいぶ大きい。うん、やるならここが一番いいと思う」アンジェリカが何かをさわるように手を伸ばした。「うん、ほんとに大きい。ここはすごくヴェールが薄い」

ヴァイオレットはつい茶化すようなことを言いたくなったがこらえた。いまふざけたら、ドリーが気を悪くする。

ドリーは満足げだった。アンジェリカはほっとしたような、悦に入ったような顔をしている。四人とも携帯のライトを消した。ジェイドが飾り気のないティーキャンドルをいくつかポケットから出して火をつけた。みんなでキャンドルを囲んですわり、手をつないだ。

「何か悪いものをつくることに意識を集中させて。具体的すぎるのはだめ。ただ何か……すごく邪悪なエネルギーを持つものを具現化させようと考えて。町を本気でめちゃくちゃにするようなものを」

ヴァイオレットはあれこれ思い浮かべた。石のゴーレム、ジェフリー・ダーマー、魔女、ゾンビ、疫病にかかった人……しばらくそうしていると、ジェイドがくすくす笑いだした。

「ごめん。でも馬鹿馬鹿しすぎて」

「馬鹿馬鹿しくない」ドリーがぴしゃりと言った。

音がした。気味の悪い空咳《からぜき》の音。乗り物の陰から人影がよろめくように出てきて、咳《せ》きこみ、唾を吐いた。そして、何かわめき、叫び声をあげた。

四人はいっせいに逃げだした。真っ暗な園内を、悲鳴をあげながら一目散に逃げた。フェンスの金網にヴァイオレットのコートが引っかかり、引っぱった拍子に生地が裂けた。かまわずに前へ前へと走った。遠くの車の音のするほうへ、その先のまばらな町の明かりへ向かって。なんとかヘザーの車を見つけた。

車のボンネットにあがり、空き地を見わたそうとした。遠くから甲高い声が聞こえてくるものの、姿は見えない。携帯のライトをつけて、振りながら叫んだ。「車のところにいるよ、ここだよ、車のところにいるよ、ここだよ」

ドリーとジェイドが見つけてくれたときには涙ぐんでいた。せいぜい十分くらいのことだったが、もっとずっと長く感じられた。ヴァイオレットは目を拭い、こんなに動揺していたのをふたりに気づかれないよう願った。

「なんだったと思う?」ドリーが興奮して訊いた。明らかにまだ酔っている。ヴァイオレットの酔いは完全にさめていた。

「ただのホームレスじゃない？」ヴァイオレットは答えた。

「そう言ったんだけど」ジェイドが言った。ドリーをなだめるようにそっと肩をさすっている。「ね、大丈夫だから」

ドリーが乱暴にジェイドの手を払いのけた。

「違う。ふたりとも馬鹿なの？　あれは絶対ただの人間じゃない。みんなで何かを呼ぼうとしてたあのタイミングで？　そんなのありえない」

「ドリー……気を悪くしないでほしいんだけど、どうかしてるよ」ジェイドが言った。

「やめてよ。気を悪くするな？　ふざけんな。自分が何言ってるかわかってんの？　そっちこそどうかしてる。ヴァイオレット、ほんとにあれがただのホームレスだったと思ってる？　本気で？」

ふたりともがすがるような目をヴァイオレットに向けてきた。ドリーもジェイドも。ゲームでよくこういう二択を突きつけられるな、とふと思った。どちらかを選択すると、《キャラクターYは感謝している》というポップアップとあわせて、《キャラクターXはこのことを忘れないだろう》というポップアップが出るのが頭に浮かんだ。

「えっと……どうかな。ドリーの言うとおりかも。すごく不気味だったし。ちょっと考えさせて」

ジェイドが眉間にしわを寄せた。怒ったというより、がっかりしたように。ドリーが勢いよくうなずいた。

「ね？」

ドリーは味方してもらえて感謝している。

ジェイドはこのことを忘れないだろう。

三人はウサギの巣穴に足がはまって、抜けない、足首が折れているかもしれないとべそをかいているアンジェリカを見つけた。

「抜けないの」アンジェリカが言って、足を引き抜こうとした。

「靴をぬいでみた？」ジェイドが訊いた。アンジェリカはやっていなかった。数秒後には自由になり、足が入っていないので簡単に穴からとれた土まみれの靴をまた履いていた。

アンジェリカもドリーに賛成し、パークで見たたぶんホームレスの人を、間違いなく絶対に超自然的な存在だと断言した。あれは人間ではなく、具現化した何かだと。本気でそう信じているのか、ドリーを喜ばせようと言っているのかはわからなかった。

もうガソリンスタンドのマクドナルドへ行こうとドリーが言った。ドリーの運転は荒く、スピードを出しすぎなうえにふらついていた。

店に入っていくと、スタッフに睨まれた。黙ってコーヒーを飲むジェイドをよそに、ドリーとアンジェリカは砂糖たっぷりのラテとマックフルーリーを片手に、あの影（ふたりはあれを畏怖の念をこめて〝影〟と呼ぶようになっていた）の姿を誇張することに夢中になっていた。ヴァイオレットもそこに加わった。置いてきぼりにされたくなかった。

大きさはもはや普通の人間のそれではなく、背が七、八フィートもあったことにされた。実際は暗くてよく見えなかったのに、間違いなくそれには目がなかったと言いあった。目のない顔をたしかに見たのだと。それに汚れたぼさぼさの髪。服装はたぶんパーカーだったのに、それが毛皮のマントに変わった。目のない古代の存在。それがホームレスの王にも乗りうつっていたのだ。ひょっとしたらホロークル・ザ・クロウの霊かもしれない。それがもうすぐ邪悪と混沌をクロウに降りそそがせるのだ。

ジェイドはつまらなそうにコーヒーを飲みながら、ときどきヴァイオレットに向けて眉を持ちあげてみせた。よくやるね、とその顔は言っていた。あんたがここで芽を摘んでおくこともできたのに、と。

少女Dと呼ばれた人物

《アイ・ピード・オン・ユア・グレイヴ》第三百四十一回——二〇一八年七月一日より

ドイル　さて、いよいよアンディお待ちかねのパートだな
クーンツ　（ロンドン下町訛《なま》りで）ちょいと、旦那？
ドイル　やあ、アンディ
クーンツ　（ロンドン下町訛りで）レズビアンの時間なのかい、旦那？
ドイル　そう、レズビアンの時間だ。でもその前にCMを
アラン　おお、スムーズな流れ
クーンツ　プロの鑑《かがみ》だな
ドイル　男性の健康はこの《アイ・ピード・オン・ユア・グレイヴ》の面々にとっても大切な——
クーンツ　なんだなんだ、まさかEDの薬のCMか？
ドイル　そのとおり、EDの薬のCMだ

（全員、笑う）
アラン　でもこれがいままでで最悪のCMと事件の組みあわせってわけじゃない
ドイル　うん、トップはフレッド・ウェストと妻のローズの事件と大人のおもちゃサイトのCMだな。あれより最悪の組みあわせはもうあらわれないだろ
クーンツ　なあ、十代のレズビアン殺人犯が好きなら、この回を聞けばEDの薬は必要なくなるんじゃ？
ドイル　やめろ。EDでお悩みのリスナーは、ぜひうちのスポンサーのEDの薬を買ってください。頼むからもうスポンサーをおりるって言われないうちに、広告を読ませてくれ
アラン　今回の内容でスポンサー料をもらえるチャンスはゼロだな
クーンツ　いや向こうだってわかってるだろ、何にCMを出してるのか
（ドイルが広告を読む）
ドイル　よし、じゃあレズビアンの話に戻ろうか
クーンツ　待ってました！
アラン　えーと、事件にある意味でかかわった四人目の女の子がいたんだよな？
ドイル　そう。でもその子のことは叩いちゃいけない。事件に関与したって誤った疑いをかけられて、当時はしばらく生活がめちゃくちゃになったんだから。いまは大丈夫みたいだけどな。彼女のインスタグラムも簡単に見つかったし。総合格闘技ファンみたいで、元気そう

だよ
クーンツ　マジで？　そりゃアツいな。その子、もう成人なんだよな？　ググってみるよ、名前なんだっけ？
ドイル　ジェイド・スペンサー
クーンツ　いい名前だ
アラン　その子は成人なんだな？
ドイル　うん、たしか二十歳だ
クーンツ　（笑って）うーん、おれの好みからすると、この子はちょっと……
アラン　見せてくれ……ああ
クーンツ　どう見てもヘテロセクシャルの女性じゃないよな
ドイル　だな。いかにもって感じだ。いやもちろん、レズビアンのリスナーも好きだよ。でもこの女性は見るからにストレートじゃないな、うん
クーンツ　でもある意味エロいよな
アラン　おいおい
クーンツ　なんだよ？　この子に蹴ってもらいたいよ……顔とかを。で、なんだっけ。犯人たちはこの子をめぐって被害者を殺したって？
ドイル　まあある意味な。ちょっと違うけど。いや……とにかく最後まで話させてくれたら

わかるよ
クーンツ　おれに最後までイカせてくれたら、もっと集中できるようになるんだけどな。この回ならいつでもイケる
ドイル　なあ……
アラン　今回のスポンサーになってくれたEDの薬の会社の人にはあらためておわびします

誰かと話ができるまでに、スペンサー家が経営しているブックメーカーには何度か通った。最初に行ったときは閉まっていた。二度目は常連客に追いはらわれた。三度目はテリーのツアーの日で、ツアーが延びて閉店時間を過ぎてしまった。

四度目でやっとうまくいった。

ダイアナ・スペンサーに会いたいとカウンターにいた若い娘に告げると、即座に警察かと訊かれた。地元では誰もダイアナ・スペンサーとは呼ばない。レディ・ダイだ。娘の肩ごしに、ダイアナ妃の記念皿が飾られているのが見えたが、その顔の部分にはクロウのレディ・ダイの写真が貼りつけられていた。クロウのレディ・ダイは五十代はじめのいかつい女性で、記念皿のやわらかなパステルカラーのなかでは明らかに浮いていた。がっしりした顎にしわ深い革のような肌は、海辺の町の日ざしと潮風に長年さらされてきた労働者階級の女性であることを物語っていた。

カウンターの向こうの娘が私を睨んだ。

「あたし、チクったりしないから」

「私は警察じゃないんだ、じつを言うと」

先週、ここで派手な喧嘩があったらしく、双方とも常連客で友人どうしだったので、誰もこれ以上ことを大きくすることを望んでいなかった。自分はジャーナリストで、ジョーン・ウィルソンが殺された事件について本を書こうとしているのだと告げると、娘が言った。

「あっ、もしかして電話を盗聴した人？」

私は認めた。そのとおり、私が電話を盗聴した人であり、いまは本を書いていて、レディ・ダイに話を聞きたいのだと。

「無理」娘が言った。ダイは電話にも出てくれず、娘は雇い主の情報を漏らして大目玉を食らいたくないと、ダイがきょう店に来るかどうかすら教えてくれなかった。それで私は待った。

待っているあいだ、私はひどく浮いていた。汚れた皿でいっぱいの流しに一枚だけのきれいな皿のように。賭けごとの券を買いにきては近くのパブとのあいだを行ったり来たりしている男たちにじろじろ見られた。

ダイは数時間後に姿を見せた。私にすぐ気づいて、帰れと言った。娘はあの事件に関与していない。このうえ付きまとわれるいわれはない。あの子は加害者ではなく、警察や、一家への偏見や、誤った容疑の犠牲になった被害者なのだからと。

その誤解をさらに広めるつもりはないと告げた。あなたとジェイドに話す機会を与えたいのだと。あなたがたの側から見たストーリーを語ってほしい。あなたがたがクロウ・オン・

シーでどんなふうに暮らしてきて、町からどんな扱いを受けたのか。ジェイドがどんな扱いを受けたのか。

説得が功を奏した。ダイは態度を軟化させ、取材に応じると言った——ジェイドが承知しさえすれば。また、ジェイドの取材には自分も立ち会うという条件をつけた。ジェイドはもう成人で、いまはクロウに住んでもいないが、ダイは娘に対して過保護なほどだった。

それから一週間後、取材の日がやってきた。まず家でダイからスペンサー家について話を聞き、ジェイドは午後から来ることになっていた。

その家は地味な三階建てのセミデタッチハウスだった。かつての公営住宅で、団地内でも大きな家のひとつだった。家に入るやいなや、何頭ものグレイハウンドに迎えられた。それぞれ落ち着きや攻撃性が異なっていて、二頭は逃げ、哀れっぽく鳴いて私から隠れた。

「ベイビーとビンゴは男の人が怖いの」

べつの二頭はその場で私に吠えた。ダイが二頭の首輪をつかんで（やさしく、だが有無を言わさず）キッチンへ連れていき、ドアを閉めた。

「でもビスケットとココは男の人が嫌いなの」スパゲティという名の、グレイハウンドでもひときわ長細い一頭は、その場でじっとしたまま私を観察していた。やがて私のにおいを嗅ぐと、脅威ではないと納得したようだった。スパゲティは取材中ずっとそばにいて、レディ・ダイはスパグーとかスパギーとかスパグスポグとか、次々に違うニックネームで呼び、二度同じ名前で呼ぶことはほとんどなかった。

その評判（と当初の敵意）に反して、レディ・ダイがとても心やさしい女性だということはすぐにわかった。イギリス人が期待しがちな見せかけだけの表面的なやさしさではなく、偽りのない本物のやさしさを持っていた。壁にはこれまでに保護したたくさんの犬たちの写真とともに、子供たち――ジェイドと息子のコナー＊――の写真が飾られていた。

お茶を飲みながら、ダイは犬たちの話をしてくれた。十代のころから犬の保護をしていて、自分でも〝少しおかしい〟のはわかっているという。

ブックメーカーはもともと父親のものだった。少女のころ、ダイはドッグレースが好きで、どの犬に賭けるといいか店の客に助言していた。やがて犬がひどい扱いを受けていることを知り、ドッグレースが嫌いになった。客に助言を求められても断わるようになり（ただし金は受けとっていた）、十七歳のときにはじめて犬を保護した。怪我をした犬はもうレースに出られないから安楽死させる、と言っていた父親の友人と口論になった。

「それでも見てのとおり、ブックメーカーは継いだんだけどね。ドッグレースに賭ける客を睨むようになっただけで」ダイが含み笑いをした。「みんなが父に愚痴をこぼしてたものよ。〝ここもベジタリアンな感じになってきたな〟って」

レディ・ダイは父親についても包み隠さなかった。父親はこのあたりの犯罪組織にかかわっていた。自分は違う、つねに法を守る市民だ。しかし父親と三人のおじのうちふたりは違法行為に手を染めていて、祖父は〝最低の悪党だった〟。何をしていたのかよくは知らないが、商売の多くがギャンブルと非合法のタバコがらみだったようだ。ダイは父親とおじたちの写真を見せてくれた。みな体格がよく、ブックメーカーの前で腕を回しあって立っていた。ダイがおじのひとりを指さした。

「これがボブおじさん。マッド・ボブよ」マッド・ボブを知っているだろうと言いたげな口調だった。「地元の有名人なの。何度か新聞にも載ったことがあって」こんな話に興味はないかもしれないけど、とレディ・ダイが言ったが、興味はもちろんあった。

マッド・ボブ

二〇一一年、〝五つ星の高級別荘〟という触れこみの〈ザ・パール〉が建設された。いわゆるリゾートマンションとして、〈ザ・パール〉は六月から八月に町へやってくる観光客向けに建てられていた。九月から三月は閑古鳥が鳴くと予想されていたが、実際に閑古鳥が鳴いていた。クロウの誰もそこに住める余裕はなかった。オーナーも地元の人間ではなく、雇用が生まれるでもなく、町を訪れる観光客がどっと増えるでもなかった。地元紙にも〈ザ・パール〉のことは短く淡泊な記事が載っただけだった。

建物は四階建てで、十六戸ほどが入り、各戸ともバルコニーつきで、海が見える北側と西側に均等に配置されていた。南側につけられた階段は全面ガラス張りで外がよく見えた。しかし、東側の壁は違った。窓はひとつもなかった。〈ザ・パール〉のすぐ東側がウォレンズ・プレイスだったからだ。〈ザ・パール〉はウォレンズからは充分に離れていた。だが高台に建っているので、仮に東側の壁に窓があってそこから外を見れば、ウォレンズ全体が見おろせていたはずだった。だから窓はなかった。

クロウ周辺の崖にはカナダガンが巣をつくっていて、グリーヴス公園の巨大な人工池には各種のカモやハイイロガンが生息している。これらの鳥はみな、ねぐらと餌をとる海とのあいだを往復している。〈ザ・パール〉の東側の壁は夜になると鳥たちに見えなかった。はじめのうちは大きな問題とは思われなかった。〈ザ・パール〉の東側の壁のそばにカモやカモメや鳩《はと》の死骸がいくつか落ちているのを地元住民が見つけた。だが、それはカナダガンが渡ってくる前の春のことだった。

カナダガンがクロウに戻ってくると大惨事になった。とくに多くのカナダガンがやってきた渡りの時期のある夜が明け、クロウの住民が朝起きて出勤途上に〈ザ・パール〉のそばを通ると、地面に散らばった二十五羽ほどのカナダガンの死骸を目撃した。二〇一一年六月のポスト・オン・シー紙の一面には〝見えない死の壁〟の見出しが躍った。その一週間後には〝見えない死の壁に夜間照明――ザ・パールの家主ら怒り〟との見出しが。

それは〈ザ・パール〉の各戸の地権者（その大半は貸別荘としてフラットを貸しだしている家主だった）が照明の設置に反対しているという記事だった。借り手に光害の影響がおよぶことを彼らは懸念していた。

同じ日の何ページかめくった紙面には〝これで夕食は心配ない！〟と題された記事が、ダイのおじのロバート・〝マッド・ボブ〟・スペンサーの写真とともに掲載されていた。

両手に一羽ずつカナダガンの首をつかんでぶらさげたマッド・ボブは大柄で、大きな角ばった顔に歯を見せて陽気な笑みを浮かべていた。写真には〈豪華なガンのディナーを喜ぶ地元住民の〝マッド・ボブ〟・スペンサー〉とのキャプションが添えられていた。

続く短いインタビューで、マッド・ボブは食べたことのないカナダガンを食べるのが楽しみだと語っていた。記事はボブが有名な鳥嫌いであることにさりげなく触れ、どことなく嘲笑的なトーンで締めくくられていた。

じつは、マッド・ボブがクロウ・オン・シーの鳥とことをかまえるのはこれが最初ではなかった。死の壁の事件の数年前に、マッド・ボブはクロウのカモメに戦いを挑んでいた。「公平のために言っておくと、あいつらはまるで翼竜だから」この話をしてくれたダイが言った。実際、そのとおりだった。海岸は〝カモメに餌をやらないで〟〝食べ物に気をつけて！カモメに盗られます！〟〝獰猛《どうもう》なカモメに注意〟といった看板だらけで、あるテイクアウトの屋台には〝返金はしません。商品をカモメに食べられてもうちの責任ではありません！〟という貼り紙がしてあった。

とくに人気なのが、〝みんなの敵ナンバーワン〟というスローガンにカモメのイラストや写真を添えたデザインで、これは絵葉書やTシャツにまでなっていた。

私でさえクロウの獰猛な巨大カモメの餌食になった。ある日はフライドポテトを容器ごと盗られ（膝にのせていたのをかっさらわれた）、またべつの日はツナのバゲットサンドを丸ごと手から奪われた。

ボブには自分の家がなく、きょうだいや甥《おい》、姪《めい》の家を転々としていた。ボブは兄たちよりだいぶ年下で、一番年かさの姪のダイアナと年齢が近かった。親族の誰かの家にしばらくいると、そのうちかならず相手を怒らせ、追いだされるのがつねだった。

「明らかにいろいろ精神に問題をかかえてたのよ。でもとにかく厄介な人で、誰かに面倒を見てもらうのも嫌いでね」ダイアナが言った。「たぶん施設に入るとか、専門的なケアを受けるべきだったんだろうけど、本人がいやがって。みんなでお金を出しあって、介護つき住宅とかそういうところに入ってもらおうとしたんだけどね。でも、措置入院させられてたことがあるから、病院はもうまっぴらだ、野宿するほうがましだって言うもんだから」

ボブは一家の知りあいの雑用などをして細々と生計を立てていた。絵描きでもあり、観光シーズンには海辺で水彩の風景画を売っていた。ダイが壁に飾られたゲインズフォース城のみごとな絵を指さし、「マッド・ボブのオリジナルよ」と言った。

「いいときの彼は人気者だった。陽気で話し好きだったから、みんなあの人とおしゃべりするのが好きだったの」

ボブは数十年かけて徐々にカモメへの恨みをつのらせていった。絵を糞で汚されたかと思えば、ランチを盗まれ、客を追いはらわれた。歳をとり、身体が衰えるとともに、カモメへのフラストレーションがたまっていった。

「カモメは誰にとっても悪夢だったんだけど、ボブはカモメがとくに自分に悪意を持ってるんだって思いこんじゃったの」

二〇〇八年の夏、ボブはきょうだいたちから金を借りて軍用品店へ行き、クロスボウを買ってきた。そして早朝に海岸をパトロールしては、カモメを撃ちはじめた。

ポスト・オン・シー紙の一面には、〝みんなの敵ナンバーツー？〟と問いかける見出しとともに、カメラに向かってクロスボウをかまえるマッド・ボブの写真が載った。

〝クロウ・オン・シーからカモメの害を一掃すると誓う地元の有名人〟

マッド・ボブがカモメ駆除を始めて一週間したころ、誰かが動物虐待防止協会に通報した。ボブは起訴こそされなかったが、逮捕されて動物虐待で警告を受けた。カモメの害がこれほどひどくなければ、より重い処罰がくだされていたかもしれない。

それでもボブは注目を集めたのが嬉しかったようで、その後も絵を売るときにはかたわらにクロスボウを置き、自らのカモメとの戦いについて客に語り聞かせていた。

「みんながただ……ボブのことを陰で笑ってるうちはまだよかったの。でも新聞に載せるのは違う。あんな恥をかかせるような記事……地元の人間はボブが病気だってことを知ってたのよ。障害のある人をいじめてたの。ボブが新聞に載ったときは二回とも電話して抗議した。彼は障害があって、措置入院してたこともある。これはただのいじめだって。だけど取りあってもらえなかった。決まって言われるのよ、彼は地元の犯罪一家のひとりじゃないかって。でもボブがカモメを撃ってたころには、うちの父は死んでたし、ほかの兄たちも七十代になってた。もう犯罪一家なんかじゃなくて、ただの老人たちとその病気の弟だったの。だけど、その〝地元の有名人〟って茶化すみたいなトーンは一変した。ロバの首絞めが始まってから」

ここで聞き違いでないか再確認しなければならなかった。以下はインタビューの録音だ。

私　失礼――ロバの首絞め？

ダイ　そう、ロバの首絞め。

私　というと……ロバが首を絞められたんですか？

ダイ　そうよ、よくビーチにいるでしょ、子供が乗ったりするロバが。誰かが夜、あのロバの首を絞めてたの。

私　どうやってロバの首を絞めるんです？

ダイ　ロープでじゃないかしら。あ、ごめんなさい、みんなこの話を知ってるのがあたりまえだったから。言っておくべきだったわ。ロバは死んでないの。ロバを絞め殺すのはかなり大変なんだと思う。ロバたちはビーチのそばの囲いに入れられていて、二週間くらいのあいだに――二〇一二年ごろのことだったと思うけど――何頭かが襲われたの。首にきつくロープを巻かれてね。誰かが絞め殺そうとしたみたいに。

私　なんですか、それは。

ダイ　ええ、変な話でしょ。

一連のロバの首絞めが起きたのは二〇一二年だった。誰も捕まらなかったが、マッド・ボブが第一容疑者だった。ポスト・オン・シー紙ははっきり書きこそしなかったが、〝いったい誰？　ロバを傷つけるいかれたやつは〟という見出しの記事でボブが犯人ではないかとほのめかした。

記事では地元の動物虐待防止協会のボランティアが取材に応じていた。「クロウ・オン・シーでは動物の安全を軽視する明らかな風潮がありますから、こんなことが起こるのも意外ではありません。ここでは動物を乗りものや慰みものにして、鳥をクロスボウで撃つようなやからがうろうろしていても知らんぷりするんですから」ポスト・オン・シー紙は続けて〝動物虐待の前科のある人物が逮捕されたのかと地元警察に問いあわせたが、回答は差しひかえるとのことだった〟と書いていた。

ボブはその翌日に逮捕された――が、彼には鉄壁のアリバイがあった。その晩はダイの家に泊まっていて、ダイの家の正面は町の防犯カメラに、裏庭は隣人が設置した防犯カメラにとらえられていたのだ。犯行があった日、ボブがダイの家に入るところはカメラに映っていて、表からも裏からも出ていく姿は映っていなかった。

「自分の家が監視されてるのは気分のいいものじゃないけど、でも……」ダイが肩をすくめた。「ここ数年で二回は役に立ったのもたしか」

ボブは釈放されたが、ロバの首絞めの容疑者だという評判は払拭できなかった。みんな彼にやさしかったのに（少なくとも彼の前では）、二〇一二年にそれが一変した。もうみんな彼と口をきかず、子供は彼を見たら逃げていき、逮捕直後には酔った若者の一団に袋叩きにされた。

ボブはますます被害妄想が激しくなり、怒りっぽく情緒不安定になった。二〇一四年はじめ、泊めてもらっていた兄の家で喧嘩になり、マッド・ボブは道で寝るほうがましだと家を飛びだした。一月の凍える夜で、ときならぬ吹雪がクロウを襲った。ボブは低体温症で死亡した。

「ひどいことよ。本当にひどい。ごめんなさい、こんなにボブの話ばっかりして。でも……ようするにこれがうちの一家の評判なの。犯罪者で、ひょっとしたらロバの首絞め犯」ダイが言った。「みんなわたしにも冷たかった。何もしてないのに、先生はみんな色眼鏡で見るし、友達もあまりできなかった。ほかの子の親のなかには、うちの父やおじたちと揉めたことがある人も多かったから……自分のせいでもないのに悪い評判が立っちゃってたの」

ジェイドもそうだったと思うかと私は質問した。クロウでのスペンサー家の評判が自分にも波及しているとジェイドは感じていたのだろうか。

「こんな小さな町でそういうふうに知られてるのは決して楽じゃないわ」ダイがうなずいた。「引っ越すべきだったんだろうけど……ブックメーカーがね。ずっとうまくいってて、安定してたから。家業だし。そういうものを簡単に置いてはいけない。それにたぶん……ここでは自分が何者かわかってるから。ジェイドも大丈夫だろうと思ったの。ときどきは学校でつらい目にあうこともあったけど」

ジェイドは一九九八年にクロウの病院で生まれた。ダイのふたりの子供のうち下のほうで、兄のコナーは一九九四年生まれだ。コナーは教師にすこぶる評判が悪かった。

「コナーはＡＤＨＤなの。ジェイドもそう。わたしもたぶんそう。診断を受けたりはしてないけど。でもコナーはすごく……典型的なＡＤＨＤで。ＡＤＨＤと聞いてみんなが思い浮かべるような、まさにそんな男の子だった。いまはもちろんもっと落ち着いているけど、小さいころは本当にじっとしていなくて。先生たちはあの子を悪夢のような存在扱いしていたけど、あの子の力になろう、よくしようとしてくれたとは思わない」

コナーは元気いっぱいの少年で、しょっちゅう退屈だとこぼし、一度に数分以上じっとすわっていることができなかった。手の焼ける子だったのは認める。エネルギーが切れることなどないかのようで、付きあうのは大変だった――が、教師たちはコナーにいっさい配慮しようとしなかった。ただ叱りつけ、問題児でかたづけた。

問題児扱いされてコナーは傷ついた。コナーは拒絶されることにとても敏感で（ＡＤＨＤの典型的な症状のひとつだ）、それが自己肯定感に悪影響をおよぼしたとダイは言う。

ダイは息子を特別支援校に行かせることも考えたが、結局、特別支援校に行ったという烙《らく》印《いん》のほうが、障害をかかえて普通校を乗りきるより影響が大きいだろうと判断した。

「あの子は診断を受けていたから、支援スタッフもいたし、授業に補助教員がつくこともあった。だけどやっぱり、思いきって普通校から転校させるべきだったんでしょうね」ダイがため息を漏らした。コナーは十六歳で学校を終えて専門学校に進み、電気技師になった。いまはパートナーと幸せに暮らしている（最近第一子が生まれたばかりだ）が、成人してからも精神的な問題をかかえている。

学校に通いだしたジェイドにも、母親や兄と同じようにスペンサー家のレッテルが付きまとった。一年生の初日に「コナー・スペンサーの妹？」と教師に訊かれ、ジェイドがうなずくと教師は言った。「あらやだ、もうひとりなんて」

ジェイドは兄よりは落ち着きがあった——が、さほど大きくは違わなかった。やはり元気があり余ってじっとしていられず、すぐに退屈だと文句を言った。表面上は兄とよく似ていて、そのせいで教師から不当に目の敵《かたき》にされた。ジェイドが女の子であることも、学校で特別に反感を持たれる一因になったとダイは考えている。

「女の子のくせにやんちゃだって思われて。小さい女の子が退屈だって文句を言ったり、男の子とサッカーをしたりするなんてけしからんって。ジェイドは昔からスポーツが得意で——アレルギー持ちではあったけど——すごく才能があった。だけど、誰もいいことのように扱ってくれなかった。それもジェイドのおかしいところみたいにされて」ダイが憤慨して言った。「あの子が背中を押してもらえていたら、何かの競技でオリンピックにだって行けたかもしれないのに」

「それはだいぶ言いすぎだよ」ジェイドが戸口から言った。

ジェイドが家に入ってきたことにどちらも気づいていなかった。ジェイドが腰をおろすと、ダイは娘の学校生活の話を続け、ときどきジェイドが口をはさんだり訂正したりした。

ハイスクールに入ると事態はより悪くなった。教師たちはADHDの診断をほとんど無視し、典型的な症状がちょっと出ただけで厳しく罰し、吊るしあげた。

「ある英語教師に、授業中のいたずら書きを何度も叱られたのをおぼえてるわ。その先生にはちゃんと説明したのに。娘は授業を聞いていないわけじゃない、手を動かしていたほうが集中しやすいんだって」

「その先生には授業のはじめにペンも鉛筆も取りあげられて、何か書く課題のときしか返してもらえなかった」ジェイドが付け加えた。「それでよくそわそわしたり、居眠りしたりして、そのせいでまた叱られてさ」

GCSEが近づいてくると、ジェイドは不当に低い成績予想をつけられた。英語ではD（得意科目ではなかったものの、Dは厳しすぎた）、数学と理科ではC——理数系科目ではつねに学年トップクラスの成績だったにもかかわらず。

「毎年毎年、まんなかのクラスや四、五番目のクラスに入れられて、そのたびに電話したわ。なんの冗談ですかって。それで模擬試験を受けさせられて、すごくいい点をとってやっと、二番目や一番上のクラスにあげてくれるの。しょうがない、授業態度をよくしていられるか見てやろう、みたいな感じで。それで向こうの授業態度がいいことの定義っていうのはただ……じっとすわって口答えしないこと。ジェイドの優秀さなんてどうでもよくてね」ダイが顔を真っ赤にした。「ごめんなさい、あの子の学校での扱いを思いだしたら頭に来ちゃって。

少なくともコナーが多少の問題児だったのはたしかだけど、ジェイドについては馬鹿にされてるとしか思えなかった」

「ちなみに、数学と理科では結局Aをとったけどね」とジェイド。髪はいまも短いブロンドで、ニット帽をぬぐとその髪を掻きあげた。「大学には行けないだろうって言われた。Aレベルの数学はおまえにはむずかしすぎるって」

「ほんと、馬鹿にしてるわ」ダイが吐き捨てた。

教師も生徒もジェイドに偏見を持っていた。クラスメートのなかには、兄や姉がコナーにいじめられた子も何人かいた。ジェイドはおてんばだったから、きっとワルなんだろうと思われてしまった。

「コナーがいじめっ子だったから、こっちまでいじめっ子だと思われたんだよね」

「コナーは誰もいじめてなんかない」ダイが言った。

「ちょっと母さん」

「いじめてないわよ」

コナーはよく、クラスのスポーツが苦手な子にボールを蹴ってぶつけていたとジェイドが説明すると、「その子たちもサッカーに入れてあげようとしてただけよ」とダイは言った。

コナーが弱そうな子をおちょくったり小突いたりしていたとジェイドが言うと、ダイがまた割って入った。「その子たちがコナーに馬鹿って言ったから、自業自得だったのよ。でもそのことは誰も指摘しないの」

コナーの評判がいわれなきものではなかったとしても、ジェイドは違った。まわりにどう見られていたにせよ、本当のジェイドはシャイで繊細で、みんなとなじみたいだけだった。

「たしかにこっちは昔から男っぽかった。髪は伸ばしたくなかったし、スカートも嫌いだったし。女の子には相手にしてもらえなかった。男の子にはサッカーに入れてもらえたけど、それはこっちがうまかったから。一回ヘマすると、何週間もハブられた。それに男の子も授業で組んではくれなかったし、誕生パーティにも呼んでくれなかった。

変なことされたら黙ってなかった。たぶん、こっちはちょっと、なんていうか、ウザくて付きあいづらかったのかも。女の子と無理に仲よくしようとはしなかった。ごっこ遊びとかに興味なかったから。縄跳びやフラフープなんかは一緒にやったけど、負けず嫌いなところが出ちゃって、勝とうとしすぎて、もうどっか行ってって言われることもあった。誰も本当のこっちを知らないし、知りたくもなかったんだと思う。スペンサー家の子ってこと以外は」ジェイドが肩をすくめ、話が繰りかえしになったことをわびた。

ダイもはじめのうちはなんとかしようとした。

「ジェイドが小学生のときは、ほかの子のお母さんたちを追いかけたものよ。運動場で声をかけて訊いた。クラスのほかの子はみんなおたくの娘さんの誕生パーティに呼ばれてるのに、どうしてジェイドだけ呼ばれてないのかって。みんなあれこれ言いわけしてた。誰か本当の理由を認める勇気のある人はいないものかと思ってたわ」

私は尋ねた。「あなたが思うその理由というのは？」

「スペンサー家の人間を見くだしてたから。あの成りあがったつもりの女たちに――その半分はもともとウォレンズに住んでたくせに――認めさせたかったの。自分がえらくなったと思いたくてそんなことをしてるんだって」ダイが言い、訛りを真似てしゃべりだした。私自身のものにも近い訛りだった。「まあいやだ、ジェイド・スペンサーがおたくの誕生パーティに来るなんて。呼ばないでちょうだい」ダイが続けた。「コナーも同じだったけど、まだしかたないと思えた。困った子だったのはたしかだから」

ジェイドの短い髪やスポーツ好きや男っぽい服の好みは、小学校ではおてんば娘でかたづけられていたが、ハイスクールにあがると後ろ指をさされるようになった。ジェイドは同性愛者に見えた。実際に同性愛者だった。それで浮いてしまった。

自分の性的指向に悩んだことはないとジェイドは説明した。家族がいつも味方になってくれたからと。

「〝あんたがボーイフレンドじゃなくてガールフレンドがほしいとしても、全然気にしない〟ってずっと母さんに言われて育ったから、学校でもそれが問題になると思ってなくて。十三歳ぐらいになって、こっちがちょっと違うってことにみんなが気づきだして、〝レズビアンなの？　どうしてそんなにレズビアンっぽいの？〟って言われるようになったときも、普通に……だってレズビアンだからね、って答えて。もしかしたら——母さんが同性愛者嫌いじゃなかったのが悪いって責めてるわけじゃないからね——もう少し楽だったのかもしれない。こっちがもうちょっと……」ジェイドが言いよどみ、様子を見にやってきた犬のベイビーをなでた。ベイビーはダイとジェイドのあいだにうずくまり、私からは警戒して距離をとった。「……ばれるのを怖がるようなタイプだったら、もっといろいろましだったかもしれない」

ハイスクールで実質的に〝カミングアウト〟してから、より女っぽいジェンダー表現に従おうとした時期があったという。男っぽいことで受けていたハラスメントを避けるべく、ジェイドは髪をボブに伸ばし、スカートを穿いてみた。

ジェイドいわく〝女役をやってた年〟の写真をダイが見つけてきた。学校で撮られたたいていの写真がそうであるように、写りが悪くぎこちない雰囲気だった。ジェイドのダークブロンドの髪は耳の後ろにかけられ、長さが気になるのか前は短く切られていた。目元のアイライナーは濃すぎ、唇にはリップグロスがおざなりに塗られていた。

「で、その夏に——十一年生で、シックスフォームにあがったらもうやめようと思ってたから——コナーの床屋で髪を切って、それから母さんの美容院でブリーチしたんだ。後悔はなかった」

シックスフォームでもいじめは続いたのかと質問した。

「ううん。っていうのも……シックスフォームにあがらないで、どこかの専門学校に進んだり、職業訓練を始めた子がたくさんいたから。残った子は大学に進みたい勉強好きなタイプで、授業でのこっちのことのほうをよく知ってた。あと馬鹿みたいなんだけど、ちょうどその年にルビー・ローズが『オレンジ・イズ・ニュー・ブラック』に出るようになって」ジェイドが鼻を鳴らした。「で、突然、何人かの女子が——名前は言わないけど——こっちのことをモデルのルビー・ローズに似てるとかって言いだして。似てないんだけどね、全然。でも急になんか、レズビアンが——とくに男役が——イケてるみたいな感じになって……誰も大っぴらにレズのオトコ女って呼ばなくなったんだ。シックスフォームでは同性愛嫌悪的なのはダサいってことになって」

敵意を向けられることが減ったなら、友達はできたのかと訊いてみた。

「うーん……いや。ドリーと付きあいだしたから。付きあってることはみんなあんまり知らなかったんだけど、ただでさえ家族が犯罪をしてたとか、おじさんがカモメを撃ってたとかでこっちの評判は悪かったから……そのうえ一年もたたないうちにほぼ全員に嫌われちゃったような子とつるんでたらね」

ここでレディ・ダイが席をはずすことになった。私はいてくれてかまわないと伝えたのだが、あなたと話をして、それなりに信用できる人だということはもうわかったからと彼女は言った。ドリーの話を聞くのは気が重い、いまだにジェイドが殺人事件に巻きこまれそうになったショックが尾を引いているのだと。席をはずす前に、それについて手短に教えてほしいと私は頼んだ。

「わたしは決して信心深いほうじゃないの。でもジェイドが逮捕されて、あのときは一瞬、事件にかかわっているんじゃないかと思った。だから……あんなにおそろしい事件のことを聞かされて、神さまのご加護がなければ娘がいなくなってたかもしれないと思うと……被害者になってたかもしれないってことよ、加害者じゃなくて。もしあの子と別れていなければ、それともあの子を怒らせていたら、ジェイドがどうなっていたことか」ダイが首を振った。「それを考えると気分が悪くなるの」そう言うと、彼女は部屋を出ていった。

母親がいなくなって、ジェイドは少しリラックスしたようだった。ああ見えて母はとても繊細で、ハイスクールの話をするときはいつも動揺させないか心配なのだという。ジェイドが仲間はずれにされたり、からかわれたりすることに母が怒るのも、あまりいいほうには働かなかった。すでにのけ者になっているところに、教師や保護者とやたらにことをかまえたがる母親がいたら……母が自分をかばい、守ろうと必死になってくれるのは嬉しかった。支えられ、保護されていると感じた。それでも、心に深く根ざした不公平感も手伝ってか、人前で派手に怒りを爆発させる母に恥ずかしい思いをさせられることもたびたびあった。

「母さん自身が学校で受けた扱いを思いださせられたんだろうね」ジェイドが言った。「どこかにずっとティーンエイジャーの自分がいるんだよ。多くの人にとって十代は人生で一番トラウマな時期だし……すごく精神的に安定した立派な大人でもそうなんじゃない？」

それはじつにするどい洞察だと私は言った。五十代になってさえ、私も同年代の多くもそんなふうに感じることがある。十三歳のとき、仲のいい友達に誕生パーティに呼んでもらえなかったことがあり、私はいまだに自分だけ何かに呼ばれないことに根源的な怒りをおぼえる。私は友達を感心させようと大ぼらを吹くようになった。学校の同級生からの注目と友情を手に入れたくて。だがみんなに見透かされ、うまくはいかなかった。

「ドリーみたいね」ジェイドが言った。「あの子もだいぶ柔軟に真実を曲げるほうだったから」

ドリーがクロウ・オン・シー・ハイスクールに転校してきたときの印象を尋ねると、ジェイドは思いだせるかぎり振りかえってくれた。

ドリーは十一年生のなかば、クリスマスの直前か直後に転校してきた。すごい美人だったのでたちまち目立った。それに社交的なタイプに見えた。うつむいて声をかけてもらうのを待っているのではなく、積極的に話しかけてすぐに友達をつくっているようだった。みんなが自分に興味を持っているのをうまく利用して。

ドリーはジェイドのことを下の学年ではいじめていたのに、シックスフォームになると急に同性愛差別はダサいと言いだしたような子たちと仲よくなった。アンジェリカ用語で〝A

クラス〟の人気者の女子たちと。

しかしそれも長くは続かなかった。ドリーは嵐のようだった。友情も十代の恋愛もカオスな力で引っ掻きまわした。

「あの子は……こっちがそうだとみんなに思われてたような子だった。怒らせるとすごく攻撃的になって。学校のゴシップについて教えてくれるような友達もいないこっちにさえ、あの子がこんな大変なことをしたっていう噂が聞こえてくるくらい。ドリーがある女子のボーイフレンドを盗って、その女子と喧嘩になって、止めに入った男子を嚙んだっていう話とかね」ジェイドが言った。ドリーの話をするのは居心地が悪そうだった。目をそらして犬をなでることに注意を向けると、犬のほうも彼女の憂いに同調するように哀れっぽく鳴いた。

ドリーは転校してきてから学年末のGCSE試験までのあいだに、すっかり評判を落とした。あらゆるパーティに引っぱりだこの存在から、廊下でひそひそと噂される存在になった。

ドリーがシックスフォームではよそへ行くのではないかと、クラスメートが期待をこめて話していたのをジェイドは記憶している。シックスフォームの初日に談話室にいたら、ドリーが入ってきて、べつの女子が「うげっ」と声をあげたのもおぼえている。

ドリーが尻軽だという噂や、ヤリマンドリーというあだ名について知っていたかと尋ねてみた。

「あの子は何かくれれば男子についていった。タバコとか酒とか、ときにはドラッグとか。

でもそういうものは学校でそんなに出まわってなかった。そのうち、みんながそのあだ名でドリーを呼ぶようになった。あの子は男子に対してはだいぶ変で、本人もそれはわかってた。こっちと一緒にいるときでも男子とメールしてて、ただ面白いのと、何か買ってもらえるからだって言ってたけど……それだけじゃないってわかってた。べつにたいしたことじゃないみたいに言ってても、一、二杯飲むと泣きそうな顔になって、自分がどうしてこんなにおかしいのかわからないって言ったり」

ドリーは傷つきやすかった。知りあう前からそれだけは感じとれた。ドリーには兄のコナーを思わせるところがあった。繊細さが、残酷さや攻撃性となってあらわれているような部分が。

ドリーとどうやって知りあったのかと質問した。

「二〇一五年の夏休み前にドリーが話しかけてくるようになって。最初は変な子だと思ったけど……こっちはがまんしてた。さっきも言ったけど、なんとなくわかったから。きっと問題をかかえてるんだろうなって。すごく落ちこんでる感じがしたし。何も問題ない子があんなふうにふるまうわけないし……」ジェイドの声が小さくなった。「まあとにかく、ドリーは同じ学年のみんなから避けられるようになって、友達がいない変わり者の子たちと一緒にいるようになった。ひとりでいる子を見ると話しかけてた。で、こっちもよくひとりでいたから。最初に話したのは授業でだった。なんの科目かはおぼえてないけど。ドリーはこっちが男子とサッカーをしてるのを見かけたって言って、訊いてきたんだ……あのなかの誰かとやってるのかって」

ジェイドは男子には興味がないとドリーに告げた。信じられなかった。ジェイドがレズビアンだということは誰でも知っているのに。ドリーはそれはいいねと言った。自分もじつはバイセクシャルだと。そしてクロウのゲイシーンについてあれこれ質問してきた。ジェイドは思わず笑った。

「だってクロウ・オン・シーにゲイシーンなんてないから。ゲイバーが一軒あるだけ。〈ピンク・ドルフィン〉っていうしょぼい店。月一回、〝マフダイバー・マンデー〟っていうしけたレズビアンナイトが開かれて、町に住んでる六人のレズビアンがお義理で行ってる。でもこっちはあんまり行ってない。だって町の人はみんなこっちのことを知ってるから。楽しいわけないでしょ。まあ元ガールフレンドが誰かに火をつけてない人にとっては、マフダイバー・マンデーは軽く笑えるイベントなのかもしれないけど」

ジェイドも最初はドリーをはねつけたという。ドリーについて知っているのは、人のボーイフレンドを次々に奪って寝ていることだけだったから。自分はからかわれているのだと思った。

「でもそのあとドリーがインスタグラムとスナップチャットでこっちをフォローして、夏休みにメッセージを送ってくるようになった」

ジェイドはアンジェリカやヴァイオレットやドリーとは違って、Ｔｕｍｂｌｒはやっていなかった。Ｔｕｍｂｌｒでほかのレズビアンを探せばいいと、善意のストレートの人たちからやや恩着せがましくすすめられたが、それは気が進まなかった。〈レディット〉をやっていて、Ｔｕｍｂｌｒがイタくてウザいと思われているのを知っていたからだ。それにＴｕｍｂｌｒのオタクっぽいところも好きではなかった。

クロウの町を出たあかつきには、コミュニティを見つけなければならないとは思っていたが、そもそも同性愛者のコミュニティが必要だという考えかたに多少抵抗があった。髪型や服装でまわりになじもうとするのはもうやめていたが、それでもまだ普通でいたい気持ちがあった。覗いているサブレディットでみんなに揶揄《やゆ》されているような、ソーシャル・ジャスティス・ウォリアー[14]的な同性愛者になるのを気にしていた。

その普通へのあこがれが、ドリーに関心を持った理由のひとつだった。ジェイドいわく、ドリーは完全にいかれていたが、すごくかわいくて女っぽかった。ジェイドはかわいくて女っぽいガールフレンドを持つということに惹かれた。

14　〝ソーシャル・ジャスティス・ウォリアー〟とは、社会正義にまつわる問題に関心の高い人を指す侮蔑的な用語。二〇一〇年代はじめには、反ソーシャル・ジャスティス・ウォリアーを誇らしげに公言する者もいた。この言葉はヒステリーや偽善者と同義語だった。いまでは〝ウォーク〟や〝ウォーキスト〟という用語に広くとってかわられている。

「こっちはその……リスペクタビリティ・ポリティクスっていうの？　差別される側だからこそ模範的にふるまわなきゃみたいな。そういうのをかなり内面化しちゃってたんだよね」ジェイドは社会正義的用語を口にするのがやや気恥ずかしそうだった。「でも、こっちのインスタグラムは見るからにレズビアンっぽくて、そこでおもに人と出会ったり話したりしてた。女の子とも話してたけど、恋愛的な意味だけじゃなくて、ただの友達をつくる手段にもなってた。ヴァイオレットがTumblrでやってたみたいに。でもまったく同じではなかった。インスタグラムももちろん変なところはあったけど、でも……当時のTumblrほど頭おかしくはなかったから」

インターネットでのありかたはごく普通だったとジェイドは言う。ネットの友達がいて、ニッチな趣味や関心も持っていたが、ほかの子たちのようにインターネットに侵されてはいなかった。スポーツファンで、男子と女子のサッカーやNBA、WNBAが好きだった。また総合格闘技とUFCも好きで、とくに女子の大会に興味があった。

UFCを見ていて自分でも格闘技をやりたくなったが、クロウで総合格闘技を教えている唯一のジムに女子向けのクラスはなかった。女子向けのクラスがあるのは空手とキックボクシングだけだった。がっかりしたとジェイドは言う。総合格闘技はあらゆる格闘技のもっとも有効な部分を取り入れていて、トップクラスのキックボクサーでも並の総合格闘家に負けてしまうほどなのだからと。ジェイドはしかたなく、空手とキックボクシングの両方のクラスに申しこんだ。

ジェイドのインスタグラムの内容はほとんどがそれだった。トレーニングの動画に好きな選手の写真と自撮り。ほぼ学校の誰もフォローせず、おもにスポーツ好きのレズビアンのほか、イングランド北部在住のスポーツや格闘技が好きな十代の女の子とやりとりしていた。ドリーにフォローされたときは驚いたが、ドリーからメッセージが来たときはもっと驚いた。ジェイドがアップした自撮り写真に対し、目がハートの絵文字つきでDMを送ってきたのだ。

ジェイドは驚いた——少しばつの悪い気分にもなった——が、それでもメッセージに返信した。ドリーはかわいいし、ドリーが好きというより、かわいい女の子にメッセージをもらえて嬉しかったから。

「ドリーに恋してたって言えるかはわからない。全部頭のなかで後づけで考えたことかもしれない。でもとにかくガールフレンドがいたらいいなと思ってたし、かわいくて女の子らしいガールフレンドがいたら最高だなと当時は思って、それで……変な子だし、いろいろ不安になるようなよくない噂も聞いてたけど、それでもメッセージに返信した。それでもドリーを口説いて、デートに誘った」

ジェイドは夏休みにドリーをビーチに誘った。〝ぶらぶらして、アイスクリームでも食べよう〟と。これを引用符でくくったのは、ジェイドがそうしたからだ。だいたいのデートがそうだったが、結局はどこかでくっついて、マリファナを吸い、キスしていた。ドリーにマリファナを手に入れられないかと訊かれて、ジェイドは本当は手に入れられないのに、うんと言った。兄がドラッグのディーラーで売ってもらえるとも言った。

「ほんとは売ってもらってたんじゃなくて、盗んでたんだけどね。コナーはそもそもディーラーなんかじゃないし、ばれたときはすごく怒られた。でも分けてくれないなら、粉のドラッグを家に持ちこんでるのを母さんに言いつけるよって言って。実際やってたから。母さんはコナーがマリファナを吸うのもよくは思ってなかったけど、黙認してた。でもふたりが酒を飲むようになったときに、はっきり言ったの。錠剤や粉は禁止、ほんの少しでも許さないって。まあそういうわけで、コナーにせめて金を払えって言われて。当時はそれも筋だなと思った。ドリーはこっちがドラッグを手に入れられるのをすごく喜んでた。ときどきヴァイオレットやアンジェリカといるときに、こっちに電話してきて、本物のドラッグディーラーと電話してるようなふりしたり」

ジェイドはマリファナを吸うのも最初はあまり好きではなかった。もともとアレルギー持ちということもあって、スポーツの能力に影響がおよばないか心配だった。マリファナと一緒に巻くために、ニコチンの入っていないハーブタバコをわざわざ買いさえした。

「それが唯一の共通点みたいな感じで。酒を飲んでマリファナを吸うことが。こっちはあの子たちが好きな怖い話とか正直どうでもよかったし、ドリーはスポーツにまったく興味なかったし。本当に無関心だから、すごく失礼なこと言ったりね。ちゃんと付きあう前のことだけど、夏休みのデート中に、NBAのドラフトについて説明しようとしたことがあったんだけど……こっちが話してるあいだドリーはずっと無表情で、終わったとたん言ったんだ。〝ごめん。でもアメリカのバスケットボールのことなんてマジでどうでもいいんだけど〟って。あのときはこんな女とは別れてやるって思ったな」

「ドリーがチェリークリークの話をしていたことは？」と私は尋ねた。

「ああ、あのマティとブライアンの？」ジェイドが目をぐるっと回してみせた。「少しね。最初にマティの名前が出たときは、元カレのことなのかと思った。で、誰なのかドリーに説明されて、ほんとにすごく変だと思ったから、顔に出ちゃったんだろうね。それからこっちの前ではほとんどその話はしなくなった。ヴァイオレットがいるとぽろっとしゃべることもあったけど」

実際、ふたりにはあまり共通点がなかった。ドリーはジェイドに少し意地悪だった。ちょっと怖いし、不安にさせられることもあった。それでも……ドリーは直接知っている同い年でただひとりの同性愛者の女の子だった。ジェイドはドリーが好きだった。本当に。ふたりの関係は人工的な――いかにもハイスクール的な――ところもあったが、ドリーのことは本当に好きだった。

「すごく寂しかったんだよね」とジェイド。「あの子と付きあってわかった。自分がどれだけ寂しかったか」

　ふたりは二〇一五年九月、シックスフォームが始まってまもなく〝正式に〟付きあいはじめた。だがドリーは付きあっていることをインスタグラムに書いたり、人に言ったりするなとジェイドに命じた。母親がよく思わないからと。

「ドリーの母親とちゃんと話したことは一度もなかった。母親と義理の父親がいるときは家にもあげてもらえなかった。ヴァイオレットとアンジェリカはいいのに、こっちはたいてい外で待たされた。母親と義理の父親がいい顔しないからってドリーに言われて。だから母親がほんとに同性愛者を嫌ってたのかはわからないけど、ドリーの言葉をそのまま信じてた。クリスチャンがみんな同性愛嫌いじゃないのは知ってるけど、あの子の母親は飲酒にすごく厳しかったし——異様なほど厳しかった。とくにこのへんでは——生まれ変わったとかなんとか言ってたし。だから疑う理由もなかった」

　ジェイドにとって、関係を秘密にしておきたいと言われたのは、じれったくはあっても、それほど意外ではなかった。ドリーが家族にカミングアウトしたくない、ばれるのが不安だというのは理解できた。だから喜んで秘密を守った。いろいろ不便だったし、ときには傷つくこともあったが。

「秘密っていっても、なんかドリーにだけすごく都合がよかったっていうか。こっちは誰にも言わないようにして、必死でごまかしたりしてたのに、誰かにぽろっと〝そういえば、ドリーから聞いたけど、付きあってるんだって？〟とか言われて。そういうのってちょっと……こっちが言ったら絶対怒るくせに。でも同性愛を隠してたのはドリーのほうだから、誰に話すかを自分でコントロールしたいのもわかるなって。だけど、そういうことはほかにもあった。ドリーとこっちとでルールが違うみたいなこと。

そうした基準の違いは、ジェイドが誰と話したり、つるんだりしていいか、よくないかにも適用された。ドリーはジェイドに対して独占欲が強く支配的で、しかも気まぐれだった。

「こっちのインスタグラムのメッセージとかスナップチャットとかを見て、友達だった人ともう話してほしくないって勝手にブロックしたり。男子には興味ない、これっぽっちも関心はないって五十回くらい説明してるのに、こっちがサッカーしたあとにやってきて、〝さっきのあれは誰？　誰と話してたの？〟みたいに訊いてきたり。その男子はこっちがシュートをミスったことに文句言って、おまえみたいなヘタクソと一緒にサッカーしたくないってガミガミ言ってただけなのに。どの男子とも、ほんとにただの友達かそれ以下の関係でしかなかったのに、ドリーは変に気にして」

それで喧嘩になったことはあるかと訊いてみた。

「ない。こっちが折れて、毎回謝ってたから。それが普通だと思ってたし、すごくかわいいとまで思ってた。パートナーが嫉妬するのは、好かれてる証拠だって。ドリーはこっちが大好きだから、やきもちを焼かずにいられないんだって、そう思いこんでた。でもドリーがまだ男子とメッセージやメールのやりとりしてるってわかって、頭に来ちゃって。だってこっちが一緒にサッカーしてるのを怒ってた、その同じ男子とメールしてたんだよ。そのあげく、こっちが理不尽でフェアじゃないみたいな、嫉妬深くて怖いみたいな態度をとられて。男子が何か買ってくれるからメールしてるだけだっていつも言ってたけど、それも気休めにはならなかった。だって……こっちもマリファナを持っていってるし。そういう男子とこっちはたいして変わらないんじゃないかって思っちゃって。わかる?」

これが大人になってからの交際なら、とうていがまんできなかっただろうとジェイドは言う。しかし当時は、ドリーのふるまいにとくに悩んだりすることもなかった。ウザいし腹も立つが、それだけだった。自分は心配性なほうではないからとジェイドは説明した。あれこれ気に病んだり、すぐに最悪のケースを想像したりはしない、どちらかというと呑気《のんき》で、くよくよしやすかったり、落ちこみやすかったりするほうではないと。よっぽどのことがないと悩まないから、よっぽどのことがないと声をあげたりもしないのだと。

呑気だから踏みつけにされても気にしなかったというのは、ジェイドとダイが話していたほかの内容とは一致しないように思える。負けず嫌いで、何かがおかしいとか無意味だと思えばはっきりそう言うとジェイドは自分で話していた。ドリーとの関係ではなぜそうではなかったのか。

「うーん……どうしてかな。馬鹿馬鹿しいと思ったら、そう言うのは平気だよ。怒るとかそういうんじゃなくて、ただ事実を指摘する。ドリーが何かして、それが確実に間違ってると思えばそう言ったし。一度、〈アストロ・エイプ〉っていう遊園地に侵入したことがあって……あ、侵入したっていっても、すごく簡単に入れたんだけど、とにかくそこに忍びこんで……」ジェイドが〈アストロ・エイプ〉に侵入したときのことを振りかえった。ドリーは何かを、おそろしい巨大な影を召喚したと信じこんでいた。ホームレスの男とたまたま出くわしたのではなく。

「あのときはドリーにきっぱり言ったんだよ。あれはモンスターとかじゃないと思うって。そういうことについては、直接訊かれたらいつもはっきり答えてた。変なオカルトみたいなのはいっさい信じてなかったし。ドリーが信じたいならべつにいいけど、こっちは信じてなかったから。それでドリーがいらいらしても、反論するんじゃなくて、わかったからもうこの話はやめようって言って」

ドリーが〝神秘主義〟的になるにつれ、ジェイドは交際を続けるのが不安になってきた。とくにその〝神秘主義〟が嫉妬や支配の問題とも混ざるようになってくると。

そこで私は、そろそろジョニについて聞かせてもらえないかと水を向けた。ジェイドは承知した。できれば話したくないけど、と言いながら。

ジェイドからすると、ジョニはある日キックボクシングのクラスに入ってきた、ひとつ下の学年の女子でしかなかった。少し太めで、とくに強くも運動神経がよくもなかったが、面白くて人なつっこい子だった。ジョニがキックボクシングを始めたのが自分のためだとは、ドリーがそう言い張るのを聞くまでまったく知るよしもなかった。

「信じなかった。ヴァイオレットやアンジェリカが言ってたことも……なんでもない話を大きくして騒いでるだけだと思って」ジェイドが肩をすくめた。「それに、ジョニがこっちと友達になろうとしてたとして何？　ジョニはたぶんこっちを好きなわけでもないとそのときは思ってた。たぶん……ジョニはレズビアンかバイセクシャルかで、身近にいて知ってる唯一の同性愛者とただ話してみたかっただけだろうって。それはかまわなかったし、ジョニからメッセージが来るのも全然問題なかった。でもドリーはそれを悪くとらえようとした。ジョニがこっちを盗ろうと狙ってるとかなんとか。ジョニはキックボクシングのクラスに入ってきたとき、こっちとドリーが付きあってることすら知らなかったのに」

ジェイドがそこで首を振った。いまはその話をしたくないと。私が押してもだめだった。

事件までのできごとについて話してもらえないかと頼むと、ジェイドは断わり、事件そのものについても話したくないと言った。このインタビューがあるのはわかっていたが、しっかり考えをまとめて準備する時間がなかったので、もう少し考える時間がほしいと。メールで質問リストを送ってもいいかと訊くと、わからないと言った。話すのがむずかしいようなら、もっと精神的に負担のかからない方法で取材させてもらいたいのだと伝えると、彼女はメールを通じて質問に答えるのも精神的負担がないとは言えないと難色を示した。

それでも質問リストは送った。返事が来るまでには、何度かの催促のうえで三週間かかった。

春分

ヴァイオレットの部屋は狭く、形ばかりかたづけようとした跡が見られた。服や本や文房具が壁ぎわに寄せられたり、ベッドの下に押しこまれて、四人がどうにかすわれるスペースがつくられていた。ちゃんと掃除もしないで人を家に呼んだら、自分の母親はどんなに腹を立てるだろうとジェイドは考えた。その部屋は汚れているわけではなかった。カビの生えたマグカップや皿はないし、濡れたものは何もない。しかし散らかって埃《ほこり》っぽく、暗かった。埃のせいでジェイドのアレルギーが出て、そこにいればいるほど目がかゆくなり、鼻がむずむずしてきた。

ヴァイオレットの部屋のカーテンは閉まっていた。来たときからそうだった。まだ日が出ていたのに。何本かろうそくがともされていたが、空気がこもってむっとしていた。自分がなぜ呼ばれたのかもジェイドにはよくわからなかった。ヴァイオレットとアンジェリカはドリーの友達で、毎回連れてこられるわけではないが、とくに神秘主義的なことや変なことをするときは、ドリーはかならずジェイドもそばにいさせたいようだった。ドリーが十一年生の友達と遊ぶときに自分もそこにいる必要があるのかと疑問を口にしたら、四はいい数だからとドリーは言った。東・西・南・北。土・日・水・空気。

きょう、三人はまた何かを具現化させるとか、何かを召喚するとかいう話をしている。タルパとかなんとか。ジェイドはろくに聞いていなかった。携帯でUFCの動画を見て、ときどきうなずいたり鼻歌を歌ったりしていた。一時間ほどしてヴァイオレットの母親が出かけたので、ヴァイオレットはジェイドに裏庭でマリファナを吸わせてくれた。ドリーも出てきてふた口ほど吸ったが、ほぼジェイドだけで吸っていた。一本の半分をひとりで吸ってしまった（ジェイドにしてはだいぶ多かった）。マリファナタバコ《ジョイント》を口の端にくわえて自撮りをし、それをスナップチャットのストーリーにあげた。

ジェイドはヴァイオレットの家の壁でジョイントを揉み消し、小さな焦げ跡を指で拭い去った。それからジョイントを入れてきた小さなチャックつきポリ袋にまた戻し、口を閉じて慎重に袋を丸めた。

家に入り、自分のバックパックを探してきょろきょろし、キッチンのテーブルの下でそれを見つけてポリ袋をしまった。

二階に戻るのをぐずぐずして遅らせているのは自分でもわかっていた。

キッチンで水を飲み、どんな口実をつけて先に帰ろうかと考えた。

ジェイドはふらふらとヴァイオレットの部屋に戻った。どうして庭やリビングではだめなのかと訊きたかった。どうしてこんな狭くて散らかった部屋に押しこめられなければならないのかと。

三人は話の途中だった。声をひそめて真剣な口調でしゃべっていた。ジェイドはヴァイオレットのベッドに腰をおろし、そのまま寝ころんだ――頭を足元側にして。天井を見あげると、小さい子みたいに暗闇で光る星のシールがまだ貼ってあり、日が沈んだいま、それがぼうっと緑色の光を放っていた。

ドリーがしゃべっていた。ジェイドがベッドからたらした手をドリーが握った。やわらかい手だった。ジェイドの手が乾燥してかさついているとドリーはいつも文句を言っていた。

「うまくいかなかったのはたぶん――」

「うまくいったよ」アンジェリカがぴしゃりと言った。

「うん、うまくいった。もちろん」ヴァイオレットが同意した。ジェイドにはそれが嘘だとわかっていた。ヴァイオレットはほかのふたりのようにはこんなことを信じていない。いつも自信なさげな口調で、相手が言ってほしいと期待していることを言っているように思える。

「でも墓地や遊園地のほうがうまくいったのは、あそこが薄い場所だったからかもしれないよ。家や学校で何度かやってみたけどうまくいかなかったでしょ。横着して」ドリーが言った。

ジェイドも学校でのいかれた召喚の儀式に二度ほど参加させられた。学校のみんなにどう思われようと、いまさらどうでもよかったが、それでもあんなことをやっているところは見られたくなかった。ものすごく恥ずかしかった。まるで幼児のごっこ遊びだ。

「でもクリスマスはちょっとうまくいきすぎたと思わない？　あれが本当にタルパで、ただの……人間じゃなかったらってことだけど」ヴァイオレットが言った。使徒トマスのように、話の穴に指を突っこんでみずにはいられないのだ。そもそもドリーとアンジェリカにこんな馬鹿な話を信じこませたのはヴァイオレットなのに。

「違うよ」とドリー。

「うん、でも……ちょっと怖かったと思わない？」

ドリーがジェイドの手を離した。ドリーが睨んでいるのがわかった。自分が聞きたいのと違うことを相手が言ったときにする、あのおそろしい形相で。

「また具現化させよう、もう一度タルパをつくろうって話をするたびに、あんたはいっつも後ろ向きなこと言うよね」ドリーが言った。ごく普通のまともなことを言っているような口調で。

「そうだよヴァイオレット。あんたはすごく後ろ向き」アンジェリカが言った。なんだかおかしかった。アンジェリカこそ、ジェイドが会ったなかでもこれほど敵意に満ちた後ろ向きな人間はいなかったからだ。アンジェリカは誰も彼もが嫌いで、あらゆることに文句を言っていて、ドリーの最悪な部分を引きだしていた。ふたりがあのジョニという子のことでえんえん悪口を言うのを聞いているとおかしくなりそうだった。「うまくいかないのも不思議じゃないよ。あんたがいると霊の声も小さくなるし」

勘弁して、とジェイドは思った。アンジェリカがドリーを感心させたくて霊と話せると言っているだけなのか、自分でも本当に信じこんでいるのか、もはやわからなかった。

「いや、えーと……ただその……フランケンシュタインの怪物みたいなのはつくりたくないなって」とヴァイオレット。ジェイドは少し前に、メアリー・シェリーの『フランケンシュタイン』についてウィキペディアと学習ガイドサイトの〈スパークノーツ〉で調べていた。というのも、ヴァイオレットがかならず〝フランケンシュタインの怪物をつくる〟と言い、誰かが〝フランケンシュタイン〟と言おうものなら毎回、「フランケンシュタインは博士で、怪物のほうじゃない」と訂正していたからだ。

〈スパークノーツ〉を読んで、ジェイドにはわかった。怪物をつくりだしてしまったのではないかとヴァイオレットは不安がっているが、もう手遅れだと。みんながやっているこの馬鹿げたゲーム——ヴァイオレットも続けざるをえなくなっているゲーム——こそが、もうすでに怪物なのだ。それは日に日に大きくなり、手に負えなくなっている。ヴァイオレットはそれでも餌をやりつづけている。さらに墓を掘りおこしては、怪物に手足をつけて皮膚をつぎはぎしている。さらなる残虐な話やいかれたウィキペディアのページや頭のおかしいサブレディットで。

ジェイドはそれを全部指摘したかったが、こんなにハイな状態ではできるはずもなかった。

「ああもう」ジェイドがつぶやくと、床にすわるドリーがため息をついた。

「ちょっと、またフランケンシュタインの話？」ドリーが言った。「いい？　これは大丈夫だから。フランケンシュタインみたいにはならないから。フランケンシュタインが博士だってことはわかってるから黙ってて。だって今回は実体のあるものを具現化させようとするんじゃないからね。人の形にするんじゃなくて、もっと……災いみたいな、瘴気《しょうき》みたいな……えーと、混沌？　そう、純粋な混沌みたいな」

ドリーはただ意味のない言葉を並べているだけだった。毎回こうなるのだ。ドリーがわけのわからないことを言いはじめて、ほかのふたりは、それがドリーにしか意味をなさないでたらめなんかじゃないように、うなずいて同意する。

「悪いけどほんと、何言ってんの？　馬鹿じゃないの？」ジェイドは言った。まずいと思う前に口をついて出ていた。ほとんどひとり言のように。ほかの子たちの話がぴたりとやみ、怒りをはらんだ沈黙がただよっているが、ジェイドはハイになりすぎて気にもならなかった。

「いつも話してるようなことを話してるだけだけど」ヴァイオレットがおずおずと小声で言った。

「わかってるけど……それってただのジョークだよね？　ふざけてるだけでしょ？」ジェイドはハイすぎて、うまく言えなかった。「まさか本気で信じてるんじゃないよね？」

「どうしちゃったの？」ドリーがとげとげしく言った。ジェイドはもううんざりだった。その口調も、ドリーがわけのわからないことをべらべら話すのも。ジェイドは起きあがった。その拍子にポケットから携帯が飛びでて、ヴァイオレットの埃っぽい厚手のベッドカバーの上でバウンドし、ドリーの膝に落ちた。

「それはこっちのセリフ。みんなどうしちゃったの？　マジで」ジェイドは言った。アンジェリカのほうは見なかった――あのいかれ具合と性格の悪さはもう救いようがない――が、首をめぐらせてヴァイオレットを見ると、うつむいて床に視線を落としてしまった。

「なんでジョニからメッセージが来てんの？」ドリーが訊いた。

「こっちのストーリーにリプライしただけでしょ、なんでもないよ」ジェイドは携帯を取りかえそうとしたが、ドリーがそれを遠ざけた。

「なんであの子がジェイドのストーリーにリプライしてくるの？」ドリーが言い、ジェイドの携帯のロックを解除して（パスコードを変更しなければとジェイドは思った）メッセージを見た。ただの笑顔の絵文字か何かで、とくに意味のないものだった。「この必死な女、マジで大っ嫌い」ドリーが言った。アンジェリカが同意し、後ろでオウムみたいに繰りかえした。ほんとほんと、あいつ必死すぎ。

「なんでもないって、ほんとに。こっちは……こっちからは返信もしてないし」ジェイドはしどろもどろに言った。

「返信してない？　なのに何度もメッセージ送ってくるなんて、あいつマジでイタいね」アンジェリカが言った。

「ほんと、哀れ」ヴァイオレットが同調した。もうやめて、とジェイドは思った。ドリーが小声で何かつぶやき、歯ぎしりした。

ジェイドにはいつもそれがいらだたしかった。ふだん、ドリーは自分に対してどこか無関心な態度なのに、べつの女の子からDMが来たり、スナップチャットにリプライがついたりしたときだけ、急に嫉妬心のかたまりになるのだ。

「相当ムカつくでしょ」アンジェリカがドリーに向かって言った。ジェイドのことは見もしなかった。アンジェリカがジェイドにかまうのは、波風を立てられるときだけだ。アンジェリカはジョニ・ウィルソンを嫌っている。毛嫌いしている。本気でドリーとジョニのあいだにことをかまえさせたいような、ドリーが学校でジョニに飛びかかればいいと思っているような、そんな感じがした。「わたしならすっっごくムカつく。シメてやったほうがいいよ」そう言うと、アンジェリカは大きな音を立てて両手を打ちあわせた。

ジェイドはドリーから携帯を奪いかえした。するとドリーが傷ついた顔をした——本気で傷ついた顔を。ジェイドはそれに弱かった。ドリーがあの大きな目に、蹴飛ばされた子犬みたいな悲しげな表情を浮かべて自分を見ることに。だってドリーはいろいろな意味で、本当に蹴飛ばされた子犬だったから。ドリーが両親について話したことはないが、複雑な事情があるのはわかっていた。母親と義理の父親が狂信的だというのをべつにしても、ドリーはよく実の父親の自殺について変なジョークを言っていた。それを聞くたびにすごく落ち着かない気分にさせられた。

ドリーには母の犬たちを思いださせるところがあった。母は救いようのない犬なんていないと考えている。どんなに凶暴で衝動的なグレイハウンドも、そうさせたのはひどい飼い主なのだからと。そういう存在をただ見捨てることはできない、動物が思いどおりのふるまいをしないからといって見かぎることはできない――とくにそれが動物自身のせいではないなら。

「わかった」ジェイドは言った。「ごめん。ほんとはメッセージを送ってきてほしくないんだけど、だからって……あの子に恥かかせたくない。かわいそうだから。ね、ごめん」

「いいよ」ドリーが言った。「平気」

ジェイドがもう帰ると言うと、ほとんど異議は唱えられなかった。歩いて帰る途中に、ドリーから何度もメールが来た。謝罪と怒りのメールが交互に。〝携帯見てごめん〟〝怒ってごめん〟〝でもなんであの子がメッセージ送ってくるの〟〝あいつ大っ嫌い〟〝ごめん〟〝愛してる〟〝あいつ大っ嫌い〟

ジェイドは〝こっちも愛してるよ〟と返信した。愛していなかったが――本心からは。ドリーのことは好きだが、たぶん近いうちに別れるだろう。そのあとのことが心配といえば心配だが。どちらかが大学に行くなり町を出るなりするまで、このままでもいいかもしれない。あるいはドリーから別れようと言いだすまで。急にどっと疲れて、携帯の電源を切った。それを海に投げこむところを想像し、そうできたらいいのにと思った。

家に帰ると、とたんにマリファナを吸っていたのかと母に訊かれた。ううん、と言ったが、ばればれだった。母が名前を呼んだ。ジェイド。

「アレルギーだってば」

「犬のせいにしないの」母がぴしゃりと言った。ジェイドはしかたなく認め、いつものお小言を聞かされた。マリファナを吸うのはいいが、脳の発達のことを考えなければならないし、家族には精神疾患の者もいたからその責任もある、だからもう少し大人になるまで吸わないでいてくれたほうがよかった。聞き流していると、母がジェイドの顔の前で指を鳴らした。

「明日話しましょう、しらふになってから」

母が紅茶を淹れてくれて、ふたりで恋愛バラエティ番組の『テイク・ミー・アウト』を見た。

「ぼくを振るつもりならどうやって振る？」と期待をこめて〝シングルマン〟が質問した。

「『マンボ・ナンバー5』ね。あなたの人生に少しだけモニカをいさせてほしい」とコヴェントリー在住のモニカ二十三歳が答えた。

「え？　これってどういう答え？」ジェイドは言った。母がちらっとこちらを見た。「ごめん、質問はなんだったっけ？」

「たしか、クラブで自分の気を惹くために何か一曲かけるなら、とかじゃなかった？　彼がなんて言ったと思ったの？」

「なんでもない。ちゃんと聞けてなかったみたい」

ジェイドがふたたび携帯の電源を入れたのは月曜日の朝だった。ドリーから何度かメールと不在着信が来ていた。

《ねえ》

《何してる？》

《ジェーーーイド》

《あたしはいまミニオンズ見てる》

《うちのママはPG12より上のは見せてくれないって言ったっけ？　笑》

《ミニオンズかなしか》

《わかった、まだ怒ってるみたいね》

《とにかくまた学校でね》

《返信しなくてごめん》

《食あたりになっちゃって》
《まだだいぶ具合悪いからきょうはたぶん行けない》

ジェイドは母が仕事に出かけるまで待って、学校をサボった。シックスフォームでは休むときの連絡用のメールアドレスがあって、学校のウェブサイトの〝保護者〟のセクションに載っている。ジェイドは母の名前でつくってあるGメールのアカウントからメールを送った。これまでも何度かやったことがあり、毎回うまくいっていた。

いつもお世話になっております、と打った。それが大人っぽくて実務的なメールの書きだしだと知っていた。

《ジェイドは食あたりで体調不良のため、きょうは欠席します。明日は登校できると思いますが、休むときはまたメールかお電話で連絡します。確認したいことや質問等あれば、お電話ください。

よろしくお願いいたします。

ダイアナ・スペンサー》

〝お電話ください〟は学校に疑われたときのはったりにはいい。でも学校は欠席にそれほど厳しくない。ずる休みの常習犯はほかに何人もいるから、ジェイドがときどきサボるくらいではほぼ気づかれもしない。

それに月曜日はどうせ三つしか授業がない。午前中にふたつと、四時間目にひとつ。十二時半ごろに制服を着て母の店に顔を出して、午後の授業は先生が休みでキャンセルになったと言えばいい。ドリーを避けるためだけにやりすぎかもしれないが、その価値はある。ジェイドはパジャマのままトーストをかじり、『フレンズ』の再放送を見た。十一時ごろに、コナーがいかにもふつか酔いの顔で二階からおりてきた。

「学校に行かなくていいのか?」コナーが訊いた。

「そっちこそ仕事に行かなくていいの?」

「おれは体調が悪い」

ジェイドは肩をすくめた。「こっちも」

これでおたがいさまということで、どちらも告げ口はできない。コナーは二度寝しにいき、ジェイドはくだらないテレビを見つづけた。あまりくつろげなかったが、学校に行くよりは間違いなく気が楽だった。昼休みに母のいるブックメーカーに顔を出したあとはもっと気分がよくなった。

ドリーからまだ具合が悪いのか尋ねるメールが来た。

《もう吐いてはいない笑》
《何も塗ってないトースト食べた》
《明日はたぶん行ける》

火曜日は学校へ行った。ドリーは疑っているそぶりもなく、ふだんどおりだった。昼休みはドリーを避けたが、さりげなくやったのでばれなかった。

放課後はキックボクシングがあった。学校から直接ジムへ向かった。徒歩で三十分ほどの距離だった。いつもクラスが始まるまで少し待たなければならなかったが、いったん家に帰るよりは理にかなっていた。

「ジェイド？」誰かが後ろから声をかけてきた。ジョニ・ウィルソンだった。ジェイドは顔をしかめた。やんわり追いはらう方法を見つけなければ。ジョニが自分と親しくなろうとするのをやめさせる必要がある。ドリーを怒らせたくない。だがそこで、ドリーのことを考えれば考えるほど、だんだんいやになってきた。ドリーと別れる勇気さえ出せたら、ジョニを苦労して追いはらう必要もなくなる。ただ普通に話したりできる。

そんなことを考えているあいだにも、ジョニが世間話をしてきた。小指は大丈夫かと尋ねられた。先週、ジェイドはキックのタイミングを誤って壁に足をぶつけ、小指にあざをつくっていた。

「折れたりしてないよね?」ジョニが訊いた。丸い顔に大きな目、低い団子鼻。なんだか赤ちゃん向けのソフト人形を思わせる。

「折れてない。見た目ほどたいしたことないから」

ジョニが笑みを浮かべて「よかった」と言った。歩きながら携帯を出していじり、そわそわと画面を見ている。

「あの、ごめん、変なこと言うようだけど、ゆうべメッセージが来たんだ……ドリー・ハートから」ジョニが言い、携帯のロックを解除してインスタグラムを開いた。

「どんなメッセージ?」

「怒ってる感じの」

ジョニが携帯を見せた。ドリーからのインスタグラムのメッセージリクエストにはこう書かれていた。

《ちょっと! あたしのガールフレンドにすごく話しかけてるみたいだけど。一緒にキックボクシングやってるのも、あの子のこと好きなのも知ってるんだからね。もう話しかけるのもメッセージ送るのもやめてくれないかな。あの子はあんたのことなんて好きじゃないし、迷惑してるから。よろしく!!》

ジェイドはため息をついた。顔が赤くなるのを感じた。

「ごめん、ほんとに。マジで恥ずかしい」ジェイドは言った。「ドリーは前にもこんなことを?」ジョニが肩をすくめた。あったとしても認めたくないというように。「ごめんね」

「大丈夫。もしかしてドリーにメッセージ見られたとか?」ジョニが訊いた。ジェイドはわからないと答えた。「変に思わせちゃったならごめんね。わたしはただ……誰にでもああいう感じでリプライしちゃうんだ。ほんとに」

「ううん、大丈夫。なんでもないってわかってるから。普通のことだって。ジョニじゃなくて、ドリーのほうの問題だから。あの子、こういうことになるとちょっと変で。前に浮気されたことがあるんだって。だから気持ちはわかるんだけど、やりすぎなところがあって」浮気されたことがあるとドリーから聞かされたというのは嘘だが、そうやって言いわけしなければならない気がした。

「そうなんだ」ジョニが笑みを浮かべた。「ドリーはすごくやきもち焼きなんだね」

「ときどきね」

「ジェイドのことがすごく好きなんだね」

「たぶん」

「でも、それってちょっと危ない感じじゃない?」ジョニが用心深い口調で言った。

あのソフト人形みたいな顔で無邪気そうに目をしばたたかせ、明らかにジェイドの口からドリーを悪く言う言葉を引きだそうとしている。えっ、いくら付きあってるからってドリーはかなりおかしいんじゃない……もっとまともな誰かに相談したほうがいいんじゃない？

ジェイドは馬鹿ではなかった。ジョニのたくらみはお見通しだった。それは忍びなかった。ジョニを追いはらいたかったが、恥をかかせたくはなかった。その気持ちを傷つけたくなかった。ジョニがただ試しに自分に恋をしてみただけだったとしても、まさに板挟みの状態で、自分が半径十マイル以内で唯一のカミングアウトしている十代のレズビアンでなくなる日まで待つわけにもいかない。

ドリーが嫉妬深いことも問題を悪くしているように思える。そのせいで、ジェイドがぼんやりしたあこがれの対象から、禁断の果実になってしまったのかもしれない。ジョニは〝好きになっていいただひとりの対象だからジェイドを好きになってみよう〟から〝手に入らないからこそジェイドを手に入れたい〟と思うようになったのだろう。そこで、そんなふうに考えている自分が恥ずかしくなってきた。うぬぼれすぎだ。

そんなこみいった話を、たいしてよく知らない相手に、キックボクシングのクラスまでの十五分できちんと伝えられるはずもなかったので、ジェイドは何も言わなかった。自分のガールフレンドのことを（たとえいかれたガールフレンドだったとしても）悪く言わせようとしたのは印象がよくないと感じたのか、ジョニが話題を変え、リアリティ番組の『ル・ポールのドラァグ・レース』を見ているかと尋ねた。

　ジェイドは見ていなかった。シーズン8の放送が始まったばかりだから、見たほうがいい、面白いよとジョニが言った。そして、ほかの有名なLGBTっぽい番組についてぎこちなく訊いてきた。『glee／グリー』（「面白くなかったけど、終わっちゃったのはちょっと残念」）、『レジェンド・オブ・コーラ』（「あそこに行ったの、すごくよかった！」）、そして『スティーブン・ユニバース』（「子供向けだけど、すっごく面白い」）。ジェイドはどれも見ていなかったし、それらがLGBTっぽいこと、前にもそれらが好きかと悪気なく訊かれたことがあるということ以外、何も知らなかった。ジェイドから見ると、どれもオタクっぽくて、変で、Tumblrっぽくて、まったく興味が持てなかった。

「こっちはスポーツだけだから、好きなのは」ジェイドは言った。「バスケットボールとかサッカーとか」

「『ドラァグ・レース』は好きかもよ。競技っぽくて、ほとんどスポーツみたいなものだから。ドラァグはコンタクトスポーツじゃないけど」ジョニは最後の部分だけアメリカ訛りで言った。

「それ、番組でそういうふうに言ってるの？」

「あー、うん。ごめん」

　ジョニが気まずい沈黙に耐えかねて口を開いた。

「アンジェリカと遊んでるの？」

「ドリーがね。こっちはあの子のこと好きじゃない」ジェイドは答えた。ジョニが目を輝かせ、自分もアンジェリカが嫌いだと言った。みんながあの子と付きあっているのは同情しているから――でも自分は同情していないと。

「あの子、小学校ではいじめっ子だったから。いまもいじめっ子になろうとしてるけど、誰にも相手にされない。アンジェリカのTumblr、見たことある？」

「ううん」

「すごく笑えるよ。ミュージカルのことで言いあいしたり、猫の格好したり。ときどき、匿名でメッセージ送ってからかうと、いらいらするから面白いんだ」ジョニが含み笑いをした。

ジェイドはなんと言えばいいのかわからなかった。「あの子、自分は死んだ人と話せるって思ってるの、知ってる？　ケイリーにしか言ってないみたいだけど――ケイリー・ブライアン、知ってる？――ケイリーから聞いたんだ。あの子、前にお泊まり会でそういうふりして恥かいたから、ふだんは言わないようにしてるんだけどね。でも最近、Tumblrにそういうことを書きこんでたから、メッセージ送ったの。〝何か霊界からの情報はありませんか〟って。そしたら大真面目にリプライしてきて、〝待ってて、何かないか見てみる〟って」

「もういいよ」ジェイドは言った。続けて言わずにはいられなかった。「あのさ、届くメッセージのこと、アンジェリカから聞いたことあるけど、けっこう気にして悩んでたよ」

「わたしが全部送ってるわけじゃないし。ていうか、ほとんどはわたしじゃないよ。あの子、匿名を絶対オフにしないし、かまってちゃんなんだよ」

キックボクシングは少し気まずかった。ジョニがずっと自分を見ているのがわかったし、きょうがキックボクシングの日だと知っているドリーから、きっと山のようにメールが来ているだろうとも思った。

「どうした、スペンサー」ジェイドのまったく身の入らないキックに、インストラクターが言った。「きょうはやる気がないんじゃないか！」

「すみません、週末に食あたりになっちゃって」

クラスが終わると、ジョニがまたねと言って、ぎこちなく肩にパンチをしてきた。本当はハグしたいが、勇気が出なかったように。

ジェイドは家に帰るまで携帯をチェックするのを先延ばしにしていた。案の定、ドリーからは大量のメールが来ていた。

《あんたのガールフレンドはきょうどうだった笑》

《なんてね笑》

《でもあいつが悲惨だったなら教えて》

《昼休み会えなかったけど、土曜日にウィッチハンマーで召喚の儀式やろうと思ってるんだけど、どう？》

《八時ごろうちに来て》

《日曜日は春分だからほんとはそっちのほうがいいけど、次の日学校だしね》

ジェイドは〝いいね！〟と返信した。まったくいいとは思わなかったが。ジョニのことで少し愚痴りたい気もしたが、ドリーがまたジョニにメッセージを送ってはまずいのでやめておいた。

コナーはいなかったので、ジェイドは夕食中に母に恋愛相談をしようかと考えた。そこで、母はろくでもない男とばかり付きあい、虐待されたかわいそうなグレイハウンドにするように男たちに接するのだということを思いだした。どんな男にも忍耐強く、どんな男にも思いやりを持って――決して犬を安楽死させてはいけない（その男がクズで、ブックメーカーで出会ったひどいギャンブル狂だったとしても）。そんな母だから、ドリーの味方をするかもしれない。

とはいえ、ほかにアドバイスを求められる相手もいなかった。

「誰かと別れたほうがいいかどうか、どうしたら決められるのかな？」ジェイドは尋ねた。

「ちょうど考えてたのよ、あんたが最近ガールフレンドの話をしないなって」母が言った。

「ここ何カ月かあの子のこと見てないし」

「うん、まだ付きあってはいるんだけど、でも……」

「ちょっと冷めてきた?」大人が恋愛について訊いてくるときにする、あのわかったようなしたり顔で母が言った。十七歳のおまえのすることなんて全部予想がつくと言いたげに。いつでもそうだ。〝ハイスクールの最初のボーイフレンドには自分も夢中だった、その年ごろはそういうもの〟であり、〝二カ月後にはハイスクールのボーイフレンドのことなんてきれいさっぱり忘れてた、その年ごろはそういうもの〟なのだ。二十五歳になるまでは、ジェイドのすることなど何から何まで、愚かでくだらないわかりきったことだというように。

いや、それでも言われるのかもしれない。〝まあ自分も二十五歳のころは……〟と。

「何もわかってないくせに」ジェイドはつっけんどんに言った。母が目をぐるっと回した。

「もういいよ」

「あんたが訊いてきたんじゃないの」母が犬たちを見た。ふたりが食べているあいだ、並んで物欲しげにこちらをみつめていた犬たちを。「少なくともおまえたちは誰もこんなふうに口答えしないものね」

「スキニーは二日前に母さんを嚙んだでしょ」

「あれは分離不安よ。ほんとは嚙むつもりなんてなかったのよねえ?」母が赤ちゃんに話しかけるように言った。「そうでしょ、ねえ、かわい子ちゃん? おまえはいい子だものねえ。ほんとにいい子」

犬たちがいっせいに鳴いたり、うなったり、くんくん鼻を鳴らしたりした。どの犬も自分がいい子と言われたと思っているのだろう。母はそれから食事が終わるまでずっと犬たちに向かって話しかけ、ジェイドはむっとしつつ黙って食べた。

それから週末まで、ジェイドは土曜日に何をやらされるのだろうと不安を感じながらすごした。遊園地に忍びこむほどいやではないが（あのときは本当におかしくなりそうだった）、夜にウィッチハンマーや城のあたりへ行くのは気が進まなかった。

夜のクロウは危険が増す。マッド・ボブおじさんが野宿しなくてすむよう、母が何日かソファに寝かせてあげていたときに、さんざんおどかされた。おじさんは自分自身に、あるいは誰にともなくぼそぼそ言っていた。「夜は危険だ。ここは夜はすごく危険なところだ」おじさんの目には過去に見た何かが映っているように、ここではないどこかを見ていた。するとと母はたいてい「そりゃあ、ジャンキーと一緒に誰彼かまわずお酒をせびってたら、そうでしょ」と返すのだった。母の言うとおりかもしれない——が、ボブおじさんが間違っているとも言いきれない。週末はとくにひどい。ドリーの家へ行って帰ってくるぐらいならともかく、町の中心部や北のビーチを通るのはいやだった。そしてウィッチハンマーへ行くにはその両方を通らなければならない。

町の外から夜遊びにくる人間がおおぜいいて、とくにクロウに飲みにくるアホ野郎たちは、ジェイドに親切にしてくれるようなタイプではない。自分もコスモポリタンのつもりでもなんでもないが、田舎からやってくる男たちの一部にとって、短い髪の少女というのは、雄牛の群れに赤い旗を振るようなものなのだ。大人の男たちに面と向かって怒鳴られたり、レズとののしられたり、一度など酒瓶を投げつけられたこともある。

たぶん大丈夫だろう——が、自分たちが外で（それも人目につく場所で）変なことをしているのをどこかの男たちの集団に見られたら、という考えが頭から離れない。アンジェリカはいつもジャンキーやホームレスのことを心配しているが、ジェイドは酔っぱらいの男たちのほうが心配だった。

土曜日の朝からジェイドはずっと不機嫌で、理由もなく母にあたっていた。コナーとも、マリファナをもらおうとしてやりあった。

「だめだ。このあいだ母さんに言われたんだよ。おまえがマリファナを吸ってるのは、おれが悪い手本になったせいだって。おれがおまえにマリファナをやってるなんてばれたらもっとまずいだろ」もっともな言いぶんで、兄は意地悪をしているわけではなかった。それに先週末の残りのジョイントもまだ半分あった。それでもジェイドは兄に突っかかった。

「何かっこつけてんの？　急に責任ある大人ぶっちゃって。クソ馬鹿兄貴」

「クソ馬鹿兄貴だと？　もういっぺん言ってみろ。どうなるかわかってんのか」

「もういっぺんこっちのこと脅してみな。母さんからつまみだされたいの？」

「おまえがおれにドラッグをねだって、クソ馬鹿兄貴って言ったことを母さんにばらされてもいいのか？」

手詰まりだった。ジェイドは憤然とその場を去り、自分の部屋に戻ると泣きだした。コナーとの口喧嘩がきっかけというより、先週からかかえているストレスと不快感のためだった。それでも、コナーに聞こえるほどの声で泣いていたおかげで、落ち着いてきたころに廊下からガサガサと音がした。コナーが部屋のドアの下の隙間からジョイントを押しこもうとしていた。隙間はそれがぎりぎり通るだけあった。

「ありがとう！」ジェイドは言った。「クソ馬鹿兄貴って言ってごめん」

「責任ある大人になろうとしてごめんな」

「お金払うよ」

「いいよ。でもいっぺんに全部吸うなよ」

ジェイドは新しいジョイント（気を遣ったのかハーブタバコと一緒に巻いてあった）をもう一本とともにチャックつきポリ袋におさめた。まだ不安だったが、少なくともドリーの家へ行く前にちょっとはハイになれる。

結果的に、ドリーの家へ行く前にハイになりすぎたのかもしれない。何も考えずに古いほうの残りを全部吸ってしまっていた。それもすきっ腹で。リラックスするというより、頭がぼうっとして、ちょっと意識が飛んでいるような感じだった。

ドリーの家にテレポートしたみたいだった。自分の家の裏庭にいたと思ったら、ドリーの家の玄関にいて、ドリーの母親がドアをあけていた。変な感じだった。いままでドリーの母親からはわざと遠ざけられていたからだ。それにドリーの色っぽい姉にも会っていたから、目の前の女性の野暮ったさには驚いた。地味でぱっとしない見た目、短くてダサい髪型、つやのないたるんだ肌、だぶだぶの垢抜《あかぬ》けない服装。ドリーと同じ大きくぱっちりした目をしているものの、疲れていてどこか焦点が合っていない。

「どうも」ジェイドは言った。

「こんにちは。あなたがジェイド？」

「そうです」

「すごく……素敵な髪型ね。ファンキーで」

「どうも」ジェイドは男役っぽい立ちかたやしゃべりかたをしないよう意識したが、同時に女の子っぽい立ちかたやしゃべりかたがそもそもよくわからないと気づいた。ドリーの母親になかに通してもらうと、イエス・キリストと仲間たちを描いた三枚の絵がほほえみかけてきた。「素敵なおうちですね」ジェイドは声のトーンをあげて言った。前にもここに来たことはあるが、ドリーの母親と義理の父親はいなかった。「とっても素敵」アンジェリカの女の子女の子したイントネーションを真似て言ってみた。前髪を払いまでした。払える長さのある髪はそこしかなかったから。

ドリーが階段を駆けおりてきて、ジェイドと母親が言葉をかわしていることに恐慌をきたしたように、母親に目もくれずジェイドを二階へ引っぱっていき、部屋に押しこんだ。

「ハイになってるの？　ハイになった状態でママと話したの？」ドリーが押し殺した声で言った。ジェイドはまばたきをした。すごくゆっくりに感じた。カメレオンのまばたきみたいに。何か言いかえそうとしたが、睨みつけるドリーに対して「えーと」しか言葉が出てこない。

「ばれてないんじゃないかな」ジェイドは言った。

「ばれてるに決まってるでしょ。ママは元アル中なんだから。九〇年代にはレイブとかに行ってたんだから。馬鹿なの？」

「そんなに詰め寄らないで」ジェイドは言った。実際、ドリーは詰め寄っていた。ジェイドは相手を軽く押しやり、あとずさった。「そんなに詰め寄ってなじらなくてもいいでしょ」

「ハイな状態でママとしゃべったくせに」まだ近すぎて、ドリーの唾がジェイドの顔にかかった。

「しゃべったっていっても、ひと言かふた言だよ」ジェイドも押し殺した声で言いかえした。「それに、ドリーがこっちに怒る権利なんてあるの？　あんなことして、こっちに恥かかせて」

「どういう意味？」ドリーが訊いた。もう噛みつくような口調ではなく、きょろきょろ視線を泳がせて、必要なら蹴飛ばされた子犬モードに入ろうとしている。

「ジョニから聞いた。ドリーがメッセージ送ってきたって」

「送ってない。あの子が嘘ついてるんだよ」

「送ったでしょ」

「どうしてあの子の嘘じゃないってわかるの？」

「メッセージを見せてもらったから」ドリーが傷ついた顔から悲しげな顔、怒りの顔、それからまた傷ついた顔へとめまぐるしく変わるのをジェイドは見守った。「無理だよ、怖いし。もうあんなことやめて」ドリーが何か言う前にジェイドは言った。ドリーの顔にまた怒りが浮かんだ。

「やめないと何？」

「やめないと何、ってどういう意味？」ジェイドは訊いた。ドリーは答えなかった。「またあんなことするなら、もう別れなきゃいけない。だっていやだから」ジェイドの顔は紅潮し、心臓が早鐘を打っていた。胸がきりきりと痛み、パニックに襲われた。ドリーが怒りを爆発させるのではないかと。でも違った。ドリーの顔がゆがみ、目に涙が浮かんできた。

「ごめんね、気遣って」ドリーが芝居がかった口調で言った。「じゃあ何？　ジェイドのこと好きなのがばればれの子が、何度もメッセージを送りつけてくるのをほっとけっていうの？　ジェイドが迷惑してるってみんながはっきり言ってるのに？　あの子がジェイドに迷惑かけるのを黙って見のがせっていうの？」黒のアイライナーとマスカラに染まった涙がぽろぽろと頬を伝った。ジェイドはひどい罪悪感をおぼえた。「そういうことなの？」ドリーがしゃくりあげた。ジェイドの後ろめたさに追い打ちをかけるように。

ドリーが、ゲームセンターの二ペンスのプッシャーゲーム機でジェイドがとったブレスレットをつけているのに気づいた。十ポンド近く使って、山ほどの二ペンス硬貨をゲーム機に入れつづけたせいで、指先が黒くなった。すごくちゃちな、安っぽいバッタもののブレスレットだが、あの日はすごく楽しかった。ふたりでエアホッケーをして、バスケットのゴールにシュートを打って、ドリーが何かとってと言った。それで、クレーンゲーム機は細工されていると知っていたので、プッシャーゲームにしたのだ。

「ずっと大事にする」ドリーはそう言って、ジェイドの頬にキスしてくれた。

ジェイドはドリーを抱きしめた。泣かせるつもりはなかった。

「でももうあんなメッセージは送らないで」ジェイドはドリーの髪に押しつけた口でささやいた。人工的なココナツの香りがした。「気持ちは嬉しいよ。こっちが迷惑しないようにと思ってくれたんだよね。でももうメッセージを送るのはやめて。すごく恥ずかしいし、それに……問題になるかもしれない。ジョニが誰かに言ったりしたら」ドリーが信じられないという顔で身を引いた。

「ジョニは誰にも言わないよ。それにあの子がジェイドにメッセージ送るのをやめたら、あたしもあの子にメッセージ送るのはやめる。なのにやめないあっちが馬鹿なんでしょ」ドリーが目元を拭い、すぐさまメイク直しをはじめた。

「うん、そうだね」それはそのとおりだった。ジョニがまだメッセージを送ってくるようならおかしい。とはいえ、なぜやめなければならないのか。

アンジェリカがこれ見よがしに大きな黒塗りのタクシーに乗ってやってきた。いつものように、酒とスナック菓子の詰まった大きな袋をさげていた。ジェイドはさっそくドリトスの大袋に手を伸ばし、ドリーとアンジェリカが酒を飲むか飲まないかで揉めているのを横目に食べた。

「ヴァイオレットが来たらすぐ出かけるから」ドリーが言った。「五分くらいしかないよ」

「ねえ、大丈夫？」アンジェリカが訊いた。「泣いてたみたいに見えるけど」

「あたしがメッセージ送ったことをジョニがジェイドにチクったんだよ。あたしがすごく攻撃的で頭おかしいみたいに」ドリーが鼻をすすった。ジェイドがドリトスに集中しようとするかたわらで、アンジェリカがさらに煽《あお》った。ジョニは本当にウザくてムカつく最低のカスだ、人のガールフレンドにメッセージを送っておいて、被害者ぶるなんて。ふざけてる。どこまでもふざけてる。

「もういいから」ジェイドはドリトスを頬ばったまま言った。「もうその話はやめよう。おしまい」

ヴァイオレットが来たので、ジョニの話題はそこで終わった。四人はドリーの家を（ドリーの母親に何も告げずに）出て、町なかを通り抜け、ウィッチハンマーへ向かった。

予想どおり、土曜の夜の街は酔っぱらいであふれていた。叫んだり悪態をついたりしながら、バーやパブやゲームセンターを行ったり来たりしている。被害妄想かもしれないが、ジェイドは自分たちが見られているような、注目されているような気がした。

「運試しに賭けてみようぜ」と男が連れに叫んだ。ジェイドは自分が声をかけられたようにびくっとして、ドリーに身を寄せた。ドリーが頼りになるとも思えなかったが。四人はカッターゲーム機の攻略法をめぐって言いあいをする男たちの一団のそばを通った。ゲーム機のなかには〈おおきいあかいクリフォード〉の巨大なぬいぐるみが首に紐をかけて吊るされていた。男のひとりが急にするどい声をあげると、ヴァイオレットが飛びあがって息を呑んだ。

ヴァイオレットが男におびえていることにジェイドは気づいていた。クリスマス前にジェイドの家に来たとき、ヴァイオレットはジェイドの兄のことを見ようともせず、声がするたびに身をこわばらせていた。

すれちがいざまに、男たちがたしかに自分たちを指さして笑ったような気がした。

「海岸通りはやめてべつの道にしない？」ジェイドは提案した。

「うん、やだよね、ここ」ヴァイオレットが同意した。

「もうすぐだから」ドリーが言った。「落ち着いて」

だがジェイドは落ち着けなかった。騒々しくて、変な男たちがそこらじゅうにいる。あたりはまぶしい光と色にあふれ、あちこちから違う曲が大音量で流れている。タバコと綿菓子とカレーのにおいがただよっている。耳に指を突っこみたくなったが、手がまだドリトスのスパイシーな粉だらけだと思いだして、やめておくことにした。

そうこうしているうちに北のビーチの海岸通りを抜け、四人は城とウィッチハンマーをめざして丘をのぼりだした。

アンジェリカが持ってきたウォッカのボトルをあけ、みんなで回し飲みを始めた。ひと口飲んで顔をしかめる三人をよそに、ジェイドは断わった。口がからからに乾いていて、胃がしくしくする。いま酒を飲んだら、そのまま吐いてしまいそうだった。

丘のてっぺんで立ちどまると、ジェイドはアンジェリカが持ってきたソフトドリンクの缶をひとつとった。ファンタだった。湿った草の上に腰をおろし、ファンタを飲んで少し落ち着こうとした。

「大丈夫？」と尋ねるヴァイオレットに、ジェイドは親指を立ててみせた。

ほかの三人もすわって、それぞれソフトドリンクの缶をとり、少し飲んでからそこにウォッカを足した。

「ダイエットコーラだけ？」とヴァイオレットが訊いた。「普通のコーラはないの？」

「普通のコーラは太るよ」ドリーが答え、アンジェリカがうなずいた。

「わたしもダイエットコーラしか飲まない」とアンジェリカ。

「うちも」ヴァイオレットが言った。「ただ訊いただけ」

三人ともすごく痩せている。背が高く、がっしりして筋肉質なジェイドは、三人といるといつも自分が巨体に思える。自分だけ場違いに太っている気がして、三人がダイエットコーラとか太るとか言うのを聞いているといらいらした。

ヴァイオレットは痩せすぎで病人みたいに見える。血色も悪いし、唇も目も貧血っぽく青い。アンジェリカも〝もし女優になるのをやめたらモデルになろうかな〟と自分で言うだけあって痩せているが、モデルになるには身長が低すぎるし、顔立ちも平凡だ。決して醜くはない。ただ取りたてて美人でもない。

特筆するほどの容貌を持っているのはドリーだけだ。そしていつも異様にスタイルを気にしているのに、ときどき急に気にしなくなる。ダイエットコーラを飲んだり食事を抜いたりの日々から突然、マクドナルドにドリトスに甘いアルコール飲料。ジャンクフードをドカ食いする癖はべつによかった。ジェイドが言えた義理ではない。それに食べていないときのドリーは意地悪になる。

ジェイドはその話題が続いてほしくなかった。何を食べると太るとか痩せるとか。

「この儀式がうまくいくには酔ってないといけないの?」ジェイドは尋ねた。「いつも三人とも、その前にへべれけになるでしょ」

「こういうことをする前に幻覚を起こさせるドラッグをやる人もいるよ。LSDとかアヤワスカとかマジックマッシュルームとか」とヴァイオレット。

「でもそれだと、何か起きたっていう幻覚を見るだけなんじゃない？　なんか馬鹿みたい」ジェイドは言った。

ヴァイオレットが肩をすくめた。「うちもよくわかんないけど」

後ろ向きなことを言うなとドリーが叱った。

三人が充分に酔い、ジェイドも少しハイが落ち着いてきたところで、ウィッチハンマーのそばへ行った。そこには花が供えられていた。明日は春分だから、ここにもきっと人がたくさん来るだろうとヴァイオレットが言った。ここへ来て斃《たお》れた姉妹たちに哀悼の意を表するのが好きな知りあいの魔術崇拝者が何人かいると。どことなく冷笑するような口調だったのがジェイドには意外だった。

「たぶんあるタイプの女にとっては」ヴァイオレットが言った。「魔女とかそういうのが……自分にとってのホロコーストみたいなものなんじゃないかな」ドリーとヴァイオレットが笑った。ジェイドとアンジェリカは何がおかしいのかよくわからなかった。

「あんたって意地悪だね」ドリーがにやっとした。ドリーがウィッチハンマーを爪先で押した。「これ、一トンあるって言ってたっけ？」

「うん」

「何人かこの下に立たせたいやつがいる」ドリーがいきなり両手を打ちあわせた。「グシャッ」

四人は手をつなぎ、目をつぶった。ジェイドはドリーとヴァイオレットの手を握った。みんな集中してとドリーが命じた。すごく集中して、クロウ・オン・シーの嫌いなところ、嫌いな人をすべて思い浮かべるのだ、巨大な黒い霧が町を包むところを想像するのだと。だがジェイドはそれについて考えてはいなかった。数週間後のWNBAのドラフトについて考えていた。記事で読んだ目玉選手たちの名前を思いだそうとした。たしか、そのうちひとりはすごく背が高くて、べつのひとりはびっくりするほど背が低かった。ジェイドより少し低い、五フィート六インチかそこら。WNBAの選手は平均的にみんなが思うほど背が高くない。それでも五フィート六インチはすごく小さい。

「だめ、うまくいかない」数分してドリーが言った。ジェイドの鼓動が速くなった。おそるべき霧だかなんだかについて考えていなかったのがドリーにばれるのではないかと。そこで怪しまれないように、眉間にしわを寄せて集中しているふりをした。これがうまくいくとか、いままでこの馬鹿げたことをやってうまくいったことがあると本気で思っているようなふりを。

「うまくいってるよ。うまくいってると思うよ」アンジェリカが言った。「声が聞こえるもん。魔女の声だと思う。ここで殺されたって言ってて、わたしは霊媒だから――」

「ううん、アンジェリカ、うまくいってないよ。うまくいってる、ヴァイオレット?」全員に注目されて、ヴァイオレットがたじろいだ。

「えっと……ううん、うまくいってないと思う」

ドリーが怒ってウィッチハンマーを蹴りつけた。

「こんな赤ちゃんみたいなことやってるからだめなんだよ。手をつないで、とか馬鹿みたい。ここに地獄をつくりだしたいなら、本気でそうしたいなら……ヴェールを引き裂きたいなら……自分たちで混沌を具現化させないと。マティとブライアンみたいに」ジェイドはマティとブライアンが誰だか一瞬忘れていて、思いだしたときには目をぐるっとさせずにはいられなかった。「ずっとこんなふうに何かをつくろうとしてても……」ドリーがまくしたてている。いつもよりひどい。酔っているせいかもしれない。ヴァイオレットとアンジェリカを見ると、熱心にうなずいている。ドリーの言っていることがわかるみたいに。「マティとブライアンは自分たちのつまんない町を憎むあまり、本物のポケット地獄をつくりだしたんだよ」

「でも人を殺したんだよね？」ジェイドは言った。

「うん、でもヨーゼフ・フリッツルの地下室とか。あれもちっちゃな地獄だった。フリッツルは誰も殺してないよ」ドリーが言った。ジェイドは首を振った。「ねえ、何か悪いことをしなきゃいけないって言ってるんじゃなくて、ただ……」

「じゃあ何をしようとしてるの、ドリー？」ジェイドは訊いた。

「ポケット地獄だよ。ちっちゃな地獄」それが適した答えだというように。それで意味が通るというように。ドリーが前にも説明したことがあるからといって、ジェイドがそれを理解したとはかぎらないのに。

「うん、でもなんで？」

「なんでって──」ドリーが絶句した。「だって……ここはクソみたいなところだから。マティが日記に書いてたみたいに、ここはすでに地獄だから──」

「ねえ、マティがなんて言ってようがどうでもいいよ。ここがすでに地獄なら、なんでもっと悪くする必要があるの？　全然わかんない。それにそっちのふたりも、ドリーの言ってることわかってないんじゃない？」ジェイドは言った。アンジェリカとヴァイオレットが首を振った。

「わたしにはわかるよ」アンジェリカが言った。「ちゃんとわかる」

「うん」ヴァイオレットも弱々しく同意した。

「あたしたちはただ……めちゃくちゃにしたいの！　なんでそんなにいやなことばっかり言うの？」ドリーはジェイドに向かってほとんど叫んでいた。いらだちと怒りに目がくらみ、こんなことにのめりこみすぎて、自分がどれだけ変なことを言っているかわからないのだ。

「それに、わたしには聞こえるよ、ジェイド、魔女の霊の声が。こう言ってるんだよ──」アンジェリカの言葉をジェイドはさえぎった。もうたくさんだった。

「馬鹿馬鹿しい、もう帰る」ジェイドは言い、アンジェリカに指を突きつけた。「ほんとは霊と話なんてできないんでしょ」

アンジェリカが息を呑み、むっとした顔になった。

「いいよ」ドリーが応じた。「ジェイドは必要ない。どうせだめにしちゃいそうだから、その……悪い気で」

「なんとでも言えば」ジェイドは大声で言いかえした。もうすでに丘をくだりはじめていた。

暗い裏通りを抜けて家に帰った。そのほうが海岸通りよりは安全に感じられた。

アレック

質問を送ってくれてありがとう。答えられるかぎり、なるべくくわしく答えました。すごく大変で、それにこっちはちょっと読み書き障害《ディスレクシア》の気《け》もあるので、全体的にわかりにくかったらごめんなさい。

春分の喧嘩のあと、ドリーとの関係はどうなりましたか？ 別れてはいないと理解していいでしょうか？ ジョニとはやりとりしていたんですか？

えーとまず、ジョニとはその後も話してた。キックボクシングのクラスが一緒だし、話しかけてくるから、逃げるわけにもいかなくて。でもそれはべつによかった。ちょっと話したり、何度かメッセージが来たりしたけど、こっそりDMを送ってくるとかじゃなくて、普通のこと。ドリーとほかのふたりはジョニがこっちのこと好きだって思いこんでたし、もしかしたらそうだったのかもしれないけど、わからない。どっちでもべつにいい。

春分の前後のあれこれ（ドリーがジョニに怒ったメッセージを送ってるのがわかって、恥ずかしいからやめてって言った件とか）のあと、しばらくジョニからスナップチャットやインスタグラムにメッセージは来なかったけど、キックボクシングではあいかわらず話しかけてきた。ただドリーのことは言わなくなった。十一年生が試験準備休みに入ったころ、ジョニがまたこっちのスナップチャットのストーリーにリプライしたりしてくるようになった。ドリーが怒るからってやめるように言おうかとも思ったんだけど、やたらこそこそしたくもなくて。そんなふうにしたら、ドリーが正しかったことになるでしょ。うまく伝わるかわからないけど、〝メッセージは送らないでほしい、ガールフレンドが怒るから〟みたいにジョニに言ったら、ジョニが悪いことしてるとか、メッセージに返信するこっちが悪いことしてるみたいな証拠になっちゃうっていうか。

　だって、同じ学校の子とちょっと話すくらい何も悪いことじゃないんだから。ジョニがこっちのこと好きだったとしても、告白したわけでもデートに誘ってきたわけでもないし、こっちのガールフレンドと別れさせようともしてないんだから、何が問題なの？　自分のことちょっと好きな相手と何気なくＤＭのやりとりしてる人なんて山ほどいるけど、普通はこんな馬鹿なことにはならない。

　ウィッチハンマーで喧嘩になったあとのことは、なんていうか、別れてはいないんだけど。ドリーから振ってくれないかなってちょっと期待してたんだけど、何ごともなかったような態度で、ただ前ほどは誘われなくなった。メールしたり、学校で話したりはしてたし、学校の外で会うこともあったけど、クールダウンしたっていうか。それで十一年生が試験準備休みに入ってから、もう少し近づいて、ちょっとちゃんとしたカップルに戻ったみたいになった。どっちつかずっていうか、正式に別れてもないし、正式によりを戻してもないしっていう感じだった。

春分のあと、ドリーとヴァイオレットとアンジェリカの態度はどう変わりましたか？　夏までの三人の精神状態について教えてください。

わからない。こっちは蚊帳の外だったから。春分のあと、ああいうことからははずされるようになった。こっちが〝後ろ向き〟で、どうせ信じてないからって。ドリーは四人にしたかったみたいだけど……こっちが全部ぶち壊しにしそうだからって。あの三人がまだ何かを〝具現化〟させようとしてたのは知ってたし、クロウは邪悪だと思ってるとかってドリーが言ってるのも知ってた。

どうやって説明すればいいのかわからない。あのころも理解してなかったから。でもドリーは、クロウがすごく呪われた、邪悪なエネルギーに満ちた場所で、それを利用してものごとを悪くして、地獄の門をあけられる、みたいに思ってた。何をしようとしてるのかよくわからなかったけど。目的は悪いやつらに罰を与えることなのか、それともただみんなにとってものごとを悪くすることなのか、よくわからなかったっていうか。正直、それもころころ変わってたと思う。そのときドリーが何に興味を持ってるかによって。

三人が何か計画してたんだとしても、こっちには教えてくれなかった。ドリーは自分たちのやってることに引きこもうとしたけど、こっちに全然興味がないってわかって諦めた。別れる二週間くらい前、あんまり話さなくなってたころに、ドリーが好きな銃乱射犯の写真を送ってきて、あのマシューとブライアンの。〝あなたが遊んでなければあたしたちもこうなれたのに:(〟ってキャプションつきで。午前三時ごろだったから無視したけど。

ヴァイオレットやアンジェリカとはあんまり会わなくて、ドリーとだけ会ってたんだけど、そんなにしょっちゅうじゃなかった。ドリーは悪化してるように感じてたって言っていいと思う。ヴァイオレットやアンジェリカも一緒に会ったとき、ヴァイオレットは前はときどきドリーに対して異を唱えたりしてたのに、いっさい反論しなくなってたし、アンジェリカはずっと霊の声が聞こえる、霊と話せるみたいなふりしてるし。

ドリーはより妄想が激しくなって、より攻撃的になって、前にもまして変なことばっかり言うようになったと思う。もうこっちを転向させようとはしなかったけど、会うとわけのわからないことをずっとべらべらしゃべってたり。自分で〝マティをおろした〟とか、〝ブライアンをおろすのにアンジェリカに手伝ってもらいたい〟とか言ってた。それを言いはじめたのが五月のはじめごろだったと思うけど、どういう意味なのかも、なんて言えばいいのかもわからなかった。なんなの、って訊くと、ドリーは〝アンジェリカが彼と話せるかどうか見てみたい、マティとブライアンを再会させられるかどうか見てみたい〟って。もう聞きたくないと思った。考えるだけで気味が悪かったから。
たぶん春にちゃんと別れておくべきだったんだろうな。夏によりを戻したみたいになってたけど、そんなに会ってなかったし、だんだんウザくなってきて、ドリーが変なオカルトっぽいこととか、想像上の銃乱射犯のボーイフレンドのことばっかり話して、こっちが同意しなかったり、興味を示さなかったりすると怒るのにうんざりしてきた。さっきも言ったけど、喧嘩になって話さないでいると、しばらくしてドリーがまたメールしてきたり、急にうちに来たりして、何ごともなかったみたいにふるまうっていうのがパターンだった。

事件のあった夜とその翌朝のことをあなたの視点から教えてください。

基本的にごく普通の日だった。ドリーとはもう別れるべきだって本気で考えるようになってたこと以外は。あのころはもう嫉妬がすごすぎて、やってられないって。もうかわいいとか、こっちのことが気になってしょうがないんだとか、そういうのを通りこしてた。だってろくに話してもいないのに、それでもこっちに対する独占欲がすごく強いんだもん。それにずっと頭がおかしいことばっかり言ってて怖かったたし。だからもうどこをとっても気味が悪いし、いたたまれないしで。

とどめになったのはジョニのこと。すごく変だし、ドリーがすごくこだわるから。アンジェリカがジョニを嫌ってたのは知ってるし、ヴァイオレットとジョニのあいだにも何かあったのも知ってる。だから三人で煽りあって、ハイスクールのつまんないいじめを実際よりずっと大ごとにしちゃってたんじゃないかな。

事件の前日にうちでドリーと会ってて、こっちがトイレに行ってるあいだにドリーがまた勝手に携帯を見た。パスコードは十回ぐらい変えてたんだけど、毎回こっちを注意深く観察して新しいパスコードを突きとめちゃうんだよね。肩ごしに覗いたりして。それに携帯を隠そうとも思わなかった。そんなのまともじゃないし。

それでまた喧嘩になって、もう五十回ぐらい言ってることをまた言った。ジョニのことは好きじゃないし、興味もない、だから今回はこっちに近づくなっていうメッセージをジョニに送らなくていいって。だってそんなの変だし、恥ずかしいし、こっちがジョニと友達になりたければなるし。それでドリーに言った。もううんざりだから別れるって。

ドリーはこっちが誠実じゃない、自分のことをわかってないって言って、そのまま飛びだしていった。

ドリーがジョニに何か変な儀式をしようとしなければいいけど、って思ったのをおぼえてる。でもどうせ効果なんてないんだから、知ったこっちゃないって思いなおした。せいぜいイタいだけで。こっちはほっとした気持ちが大きかった。母さんに何を言い争ってたのかって訊かれて、それからどうしてそんなに嬉しそうなのって言われた。

その日、あとになってジョニからメッセージが来た。ドリーに対して自分をかばってくれてありがとう、気まずい気分にさせちゃったならごめんって。つまり、ドリーがまたジョニにメッセージを送ったってこと。頭に来て、ジョニには本当にごめん、恥ずかしい、何も気にしないでって伝えた。で、ジョニがその返信のスクリーンショットをドリーに送った。ほら、ガールフレンドもいまはあんたのこと頭のおかしい女だと思ってるよ、みたいに。それを知ってるのは、ドリーがジョニから送られてきたスクリーンショットのスクリーンショットをこっちに送ってきたから。もううちらは別れたんだから関係ない、って返信した。

そしたらドリーはこっちをブロックした。ムカついて思った。あっそ、これでもう完全に終わりだね、上等って。でもみんなでパーティに行くことになってた。ドリーが何度かファックした十三年生の男子から誘われたから、みんなで行こうって。で、ドリーが次の日（事件があった日）に電話してきて、パーティに行くかって。

こっちは答えた。行かない、もう別れたんだからって。それで押し問答になった。別れたって言うこっちと、別れてないって言うドリーで。最後にはこっちが電話を切った。

ジョニからもメールが来て、同じパーティに誘われたけど、〝行きたくない、ドリーとさっき別れたばっかりで、ドリーも来るから顔を合わせたくない〟って断わった。ジョニからは〝わかった、またキックボクシングでね〟って。それがジョニとの最後のやりとりになった。

その日はすごく安らかな気持ちですごした。母さんとテレビを見たりして。あとになって（その時点でパーティにいたのか、まだいなかったのかわからない）ドリーからメールが来だした。

《ジョニがパーティに来たら殺す。殺したい。あいつは今夜死ぬ》

こっちは誰にも何も言わなかった。まさか本気だと思わなかったから。

誰かが〝あいつを殺す〟って言ったら、毎回かならず真剣に受けとらないといけないの？あなたなら真剣に受けとる？　さんざん言われたんだ。こんな脅すような内容のメッセージが来てたのに、どうして警察に言わなかったのかって。悪いけど、〝こいつにムカついた、殺してやる〟っていうメッセージが来たからって、毎回警察に言おうなんて思う？　馬鹿馬鹿しいにもほどがある。

とくにティーンエイジャーからティーンエイジャーに送ったメールで。〝元ガールフレンドが、自分に惚《ほ》れてる女の子を殺すって脅してます〟なんて言いにいったら、頭のおかしい注目されたがりのレズビアンだと思われて、さんざん笑われて警察から追いかえされるのがオチでしょ。

少しは考えてよ、馬鹿馬鹿しい。誰でも五分考えれば、馬鹿馬鹿しいってわかるでしょ。

それからもドリーから何回も電話がかかってきたから、携帯の電源を切ってベッドに入った。これは警察に繰りかえし訊かれたからよくおぼえてるんだけど、九時から十時のあいだに携帯の電源を切って、十時ごろから映画を見て（『ワイルド・スピードSKY MISSION』で、百三十七分ある）終わってからシャワーを浴びて、十二時過ぎに寝た。なんにも面白くないでしょ。

こっちからするとそういう夜だった。

それで朝の六時ごろに起こされて、警察がドアをドンドン叩くから犬たちが興奮しちゃって、一頭が警察官を嚙んだ。母さんは犬たちをキッチンに閉じこめるまで待ってって頼んだんだけど、警察は無視して押し入ってきた。嚙んだのは一時的に預かってたスキニーって犬で、警察に連れていかれて安楽死させられた。ひどいよね。

母さんがこの子たちは繊細で行動が読めない保護犬で、男の人が嫌いなんですって警告してるのに、無視して階段をのぼってきた警察官ふたりに、こっちはベッドから引きずりだされて、手錠をかけられた。何が起きてるのか全然わからないうちに。母さんはすごく動揺してたし、兄さんはパニックになって、持ってたマリファナを全部トイレに流して、警察が帰るまでトイレに隠れてたってあとから聞いた。

そのまま警察の車まで連れていかれて、後部座席に乗せられて、殺人の共謀容疑で逮捕するって言われた。このへんの話はちょっとごちゃごちゃになりそう。あの何日かはすごく混乱してたし、よくおぼえてないところも多くて。

何時間も取り調べを受けて、何もしてないって何回も言ったんだけど、ゆうべどこにいたのかって繰りかえし訊かれて、誰が死んだのかもわからないし、何を言われてるのかもわからないって言っても信じてもらえなかった。何があったか聞かされて、すごく生々しいジョニの写真を見せられた。取り調べの内容はよくおぼえてないんだけど、その写真はおぼえてる。誰だかもわからなくて、ホラー映画の一場面みたいだった。

うちの近くの防犯カメラを全部チェックして、こっちが家を一歩も出てないことが確認できても、まだかかわってるんだろうって言われた。携帯を調べられて、すごく攻撃的でいやなことを言われた。うちの家族のこともさんざん言われたし、ドリーがいかれたレズビアン殺人カルトを始めたんだろうみたいなことも。すごく同性愛差別的だった。ドリーとの関係についてどうでもいいことを根掘り葉掘り訊かれた。セックスしたのかとか。屈辱的だった。警察署に二十四時間いて釈放された。でも部屋でマリファナが見つかったからって、大麻の害について警告された。

母さんはヒステリー起こしてた。警察に家をめちゃくちゃにされたのと、ポスト・オン・シー紙が警察署を出るこっちの写真を撮ってウェブサイトに載せたから。裁判所から匿名にするように命令が出てたはずなのに。損害賠償は認められたけど、もう出ちゃってたから手遅れだった。こっちの顔と事件のことが。

いまでもその写真をブログに張ったりポッドキャストで紹介したりして、これが犯人のひとりだって言う人がいる。こっちの写真をヴァイオレットやアンジェリカだと勘違いして。ふたりの名前をググると、検索結果にこっちの写真が出てくるから。

事件のことがたくさん取りあげられて、たくさん話題になるごとに、そういうことが増えて、こっちの顔も知られるようになる。この取材を受けることにしたのも、みんながせめてこの本を読んでくれたらいいなと思ったのが理由のひとつ。人に顔を知られても、殺人犯やその共犯じゃないってわかってもらえればまだ耐えられるから。こっちが何かかかわったとすれば、間違った女の子と間違ったときに付きあってたことだけ。これから誰かが事件について書いたり、ポッドキャストをやったりするなら、少なくともまずこの本を読んでくれれば、こっちが何もしてないのをわかってくれるだろうから。

少女C

『チェリーな唇、黒い瞳』3章

作　Cherryb0b0mb
レーティング　露骨な性描写

作者より——殺人を容認してるわけじゃありません。いやなら読まないでください。前章で差別語を使ったことに文句を言ってきた人がいますが、悪いけどマティは日記でそれを何度も使ってます。この章では伏せ字にしましたが、マティが実際に日記で使ってた言葉が不快なら、そういう人はこのファンダムには向いてないんじゃないかな笑。

ブライアンは物知りではなかったが、ひとつだけ知っていた。自分がマティに夢中で、離れている一瞬一瞬が苦しくてたまらないことだ。マティがそこにいない一分一分でマティのことを考え、背の高い少年への欲望に身を焦がす。マティはカリスマ性があってハンサムで、ブライアンはマティに比べると背も低くみじめだ。マティの気を惹くために何かしたいが、何をすればいいのかわからない。マティはハードコアでダークで、マティと一緒にいたいのと同時に、自分も彼のようになりたい。ブライアンはゲイで、それはとてもつらい。マティもそうかもしれないと思うが、わからない。ある日、ブライアンは店で万引きしたアイライナーを学校へ行く前に家でつけてみた。鏡を見て、アイライナーが自分の目を鮮やかなグリーンに見せていることに感嘆した。それから腕を切ると、血は鮮やかな赤だった。

XxX

マティは怒っていて、毎日がそうだった。彼にとっては毎日がとてもつらかった。死にたいが、それ以上にほかのみんなに死んでほしかった。とくに父親に。父親はこの腐った町じゅうでも最悪のクズだった。あの気持ち悪いペドフィリアのクソ父親はアル中で、母親もアル中だった。夜になると父親が部屋に入ってくる。マティがいやがってやめてくれと言っても。

は父親は大丈夫だと言うが、そういうときが一番死にたくなる。母親は何もしてくれず、ただ飲んだくれている。母親が気にかけてもくれないことがときには一番最悪に思える。あるいは、飲みすぎて脳にダメージを受けていて、もうマティのことを気にかけることができない。

は母親のように脳にダメージを受けているのはマティも同じだ。

どこかに自分を愛し、自分を理解し、自分を傷つけようとしない誰かがいてくれたらとマティは願っていた。この世でそれだけが望みだった。

X×X

学校でブライアンはマティの気を惹こうとした。おたがいのロッカーが近かったので、ロッカーで待ってみた。朝、自分を見たマティがアイライナーに気づいてくれるのを期待していた。

「おはよう」マティが来ると声をかけた。マティはすごく悲しそうで、すごくセクシーで、ブロンドの髪が、ありえないほど青い、透きとおった冷たいプールを覗きこんでいるような青い目にかかっていた。

「なんか用か」マティが言った。「おまえ、あのブライアンだよな。ホ×っていう噂の」

「だったら何？」ブライアンは言って顔を赤らめた。

「ゲイは嫌いなんだよ」

「へえ、そうか」ブライアンは言ったが、ばつの悪さと恥ずかしさに、目の奥がつんとして涙が出てきた。トイレに駆けこみ、個室に閉じこもった。学校に持ってきているナイフを取りだして、自分を切った。死にたかった。するとドアがノックされた。「うせろ」とブライアンは言った。

「おれだ……マティだ……血が見えたから……」ブライアンが下を見ると、床じゅう血だらけだった。

「死にたいんだ、ほっといてくれ」

「血は好きだ」マティが言った。「自分で切ったのか？　すごくダークだな。それにすごくハードコアだ」うわ、それこそブライアンが聞きたかった言葉だった。個室のドアの鍵をあけるとマティが入ってきた。床が血だらけで、血で足をすべらせそうになった。

「ごめん、こんなに血を流して」ブライアンは言った。

「いいんだ」とマティが答えた。「この血はすごく美しいと思うよ」

XxX

作者より――この章は短めでごめんなさい。でも書いたらすぐ投稿しないではいられなくて……なるべく近いうちにまた投稿します。

*

二〇一六年六月三十日、〝事件〟クリーカーが現実世界で少女に火をつけ、ファンダムは大騒ぎに〝というタイトルの投稿が、Emperor-Dahmertineというユーザーにより〈デスジャーナル〉の〈犯罪実話コミュニティの炎上まとめ〉掲示板にアップされた。この投稿がおそらく《アイ・ピード・オン・ユア・グレイヴ》に送られたものであり、結果的にこの事件に世間の関心を集めるきっかけとなった。

えーっと……生々しい描写は避けるつもりだけど、いちおう警告しておく。これを読んでショックを受けても、コメント欄に文句を書きこまないで、カウンセリングとかに行ってください。

最初に知らせておくと、(a) 自分はイギリスのノース・ヨークシャーの小さな町の出身で、(b) Ｔｕｍｂｌｒでクリーカー界隈にこっそり出入りしてる。クリーカー界の炎上に関する以下のレポートで、このハンドルネームに見おぼえがある人もいるかもしれない。〝新たなマクナイトの日記の一部がリークされ、彼はナチではないとファンたちがいっせいに釈明〟〝ＢＮＦ15の《ネクロフィリアはＬＧＢＴ》の投稿をめぐりクリーカーが大論争に〟

簡単に言うと、一週間ぐらい前に近くの町で三人の女の子がべつの女の子に火をつけた。地元ニュースでくわしくは報道してない（被害者名だけで加害者の名前は出してない）。ポスト・オン・シー紙に実名と顔写真入りの記事が出てたんだけど、報道禁止令か何かが出たらしくて、いまはその記事にもアクセスできなくなってるし、スクリーンショットもない

（訂正　スクリーンショットはこれ。法的問題にならないように、誤って逮捕された人の名前と顔は消してある。これが間違いなく本人である証拠として、Dのブログの自撮り写真とこの写真を並べたものへのリンクはこちら）。

　地元のSNSの噂で、犯人のひとりの姉が友達の友達だとわかった。その子のことをフェイスブックで調べたら、なんと、クリーカーのファンダムで見たことある子だった。その子の名前を出して法的問題になると困るので、この投稿では彼女のことをDと呼ぶことにする。Dのフェイスブックのプロフィール写真が、数カ月前に彼女がブログにアップした自撮りと同じだったから確認できた。

　Dは二次創作を書いてて、〝マティ〟についてよく投稿してる、ハードコアなマククーパー[16]のシッパー[17]だった。警察がまだDのブログを見つけてないみたいなので、犯罪実話ファンを自認してる人間なら誰でもそうするように、そのブログを読みこんだ。Dの二次創作（すべてマククーパー笑）を全部ダウンロードして保存してから、ブログもダウンロードしようとしたけど、それはログインしないとできなかったので、気になった箇所をスクリーンショットで保存した。

　これも法的問題になると困るので、身元特定につながるような情報は消してある。殺人犯の馬鹿そのものの頭のなかを覗いてどうぞお楽しみください笑

スクリーンショット（自己紹介ページ、ブログレイアウト、サイドバーなど）
スクリーンショット（一部の投稿とリブログ）
ゴミな二次創作

ブログはもう削除されてるけど、過去のウェブページがアーカイブされてるウェイバックマシンで一部はまだ見られる。この事件については、関係者が全員未成年なのと、いまイギリスはブレグジットのことで持ちきりで、ほかのニュースはほとんどやらないので情報があまりない。でもこれがDなのと、何かが起きてることをファンダム界隈も知ってたのは百パーセント確実。以下に挙げるDによる最後のふたつの投稿のスクリーンショットにはタイムスタンプがついてる。もう一度警告しておくけど、これは間違いなくショッキングな内容です。被害者の顔にはぼかしを入れておいたけど、それでもまだ衝撃的です。注意。
自分はDが使ってたディスコードのサーバーにも入ってて（見てるだけで書きこんではいない）そこからもスクリーンショットとチャットログを保存した。あと、Dが誰かに火をつけたことをリアルタイムで知ってた人たちの書きこみのスクリーンショットも。これはヤバいよ。

Emperor-Dahmertineというユーザーが投稿した内容は覗き趣味的ではあったが、示唆に富んでいた。ドリーはふたりの十代の殺人犯をあがめるファンダムにどっぷりつかっており、そして彼女自身が十代の殺人犯になった。ほかのクリーカーたちは、自分たちの興味が健全で無害なものであると――ファンたちのブログにはよく〝殺人を容認するわけではない〟というただし書きが記されている――声をそろえて主張するが、そうではないという明確な証

15　BNFは〝ビッグ・ネーム・ファン〟の略で、ファンのコミュニティ内で多くのフォロワーがいるファンを指す。Tumblrやツイッターなどの SNSが登場する以前には、ビッグ・ネーム・ファンといえばファンアートの絵師や二次創作の書き手だった。いまはSNSで好きなテレビ番組や本やゲームやシリアルキラーについて書きこむだけで多くのフォロワーを集めているファンもいる。

16　〝マククーパー〟とはマシュー・マクナイトとブライアン・クーパーのシップ《カップリング》を指す呼び名。

17　〝シップ〟とはふたりの（多くはフィクションのなかの）人物の恋愛関係を指す。〝シッパー〟とは〝シップ〟を支持して消費する者や、そのようなコンテンツを創作する者のこと。たとえば私が『X-ファイル』のモルダーとスカリーに恋愛関係になってほしいと思えば、モルダー／スカリーが私の〝シップ〟であり、私はモルダー／スカリーの〝シッパー〟ということになる。

拠になったのだ。ジョニの殺害が、二〇一五年二月のTumblrユーザーで犯罪実話ファンのリンジー・スヴァナラスによるハリファックス・ショッピングセンターでの銃乱射未遂事件から比較的間もない時期だったこともあり、クリーカーは大騒ぎになった。ドリーによるブログへの最後のふたつの投稿とは、午前一時四十六分にアップした写真と、午前五時三十七分の書きこみだ。午前一時四十六分の写真には〝ミニチュア地獄空間をつくりだし中だけど質問ある？〟というキャプションがついていて、暗い部屋の隅で意識を失っていると思われるジョニが身体を丸めて倒れているところが写っていた。午前五時三十七分の書きこみは〝すごく悪いことをしちゃってから、取りかえしがつかないって気づいて、でももう手遅れだったって経験ある？ 目がさめたら、ただの悪夢みたいに全部なかったことになってたらいいのにって思いながら眠りについたことは？〟というものだった。

これらの投稿へのリアクションはわずかだった。様子がおかしい不穏な投稿に対して、人はあえて反応しないようにすることがよくある。娘が自ら命を絶ったあと、娘のラップトップを確認していたときのことを思いだす。ついSNSへの投稿を見ずにはいられなかった。フランシスもTumblrをやっていて、数千人のフォロワーがいたのに、娘がつらい苦悩を吐きだした真夜中の書きこみに対しては、おどけたジョークや〝きょうの服装〟の投稿に寄せられていた半分ほどのリアクションしかなかった。しかしそれらでさえ、娘と私の関係を暴露する〝晒《さら》しあげ〟の書きこみにくらべるとリアクションは少なかった。

《Ｔｕｍｂｌｒユーザーの Frances-farmer-420 の父親は、死んだ子供の電話を盗聴した最低なジャーナリストだよ。Ｋｏ-ｆｉで支援を求めたり、ウィッシュリストのものを贈ってほしいって頼んだりしてるけど、家族はすごくリッチなんだよ。こんな詐欺師に支援するのはやめて。自分が貧乏な弱者だとみんなに思いこませようとしてるんだよ、本当は違うのに》

それには数百ものリアクションがあった。フランシスはそれをリブログして、こう書きこんでいた。

《家族からお金はもらってないし、いまはメンタルが不調で、そのせいで失業したので、本当に家賃を払うために支援が必要です。それに父のしたことは許せないし、父とはほとんど連絡もとってません。だからこれは消してくれませんか??》

インターネット上に残されたこの書きこみを見つけたときには、言い知れないショックを受けた。自分があのスキャンダルにかかわったことが、娘にここまでのストレスを与えていたという事実はさらにショックだった。この〝晒しあげ〟の投稿がされたのが、フランシスが自殺する一週間ほど前だったことに私は気づいた。

フランシスのルームメイトのリジーが、娘のログイン情報を見つけて、フランシス自身のブログに訃報を書きこんでいた。リジーとフランシスはＴｕｍｂｌｒで知りあい、同じ大学に進んだ。ふたりは友達だったが、そこまで親しくはなかった。大学卒業後は隔たりができていたが、まだ同居は続けていた。リジーはもうフランシスほどインターネットにどっぷりではなかった。彼女には安定した職があり、長い付きあいのボーイフレンドもいた。フランシスが自殺した夜、リジーはボーイフレンドの家へ行っていた。

《フランシスのルームメイトです。彼女は三日前に自殺しました。みんなこれで満足？信じない人のために記事へのリンクはこちら。おめでとう、望みどおりになってよかったね》

〝晒しあげ〟の元の投稿者がこれにリプライし、許しを乞うていた。本人のブログに行ってみると、この〝晒しあげ投稿者〟が今度は攻撃され、〝人をいじめて自殺に追いこんだ〟として晒しあげられていた。

フランシスが死んだことを悲しみ、〝ダッシュボード〟で娘のことを話し、娘のブログに

〝どうぞ安らかに〟のメッセージを送っているおおぜいの人のなかで、娘が真夜中に助けを求めたときに反応したのはわずかだった。

ドリーに対して反応した人々にしても、ドリーのことも、写真に写っている少女のことも、さほど心配している様子はなかった。ついたリプライはシニカルなもの（〝自作自演やめて、イタいよ〟）から、実際に不安を感じているもの（〝何が起きてるの？？？　ほんと怖いから事前警告して〟）まであった。

それからの二十四時間で、ドリーの相互フォロワーたちにはしだいに動揺とパニックが広がっていった。〝ドリー／Cherryb0b0mb から連絡あった人いない？　本気でびびってるんだけど。イギリスでは早朝なのはわかってるけど、どうなってるの⁇〟という投稿に対して、〝彼女は Murderxbuttons とたぶんリアルの知りあいのはずだけど、Murderxbuttons も何日も何も書きこんでないし、ますますおかしいよね〟というリプライがついていた。フランシスの場合にも同じようなことがあった。

受信メッセージを見ていくと、娘が自殺した翌日に届いている一連のメッセージがあった。〝おーい！　何日か書きこんでないけど、元気だよね？〟から始まって〝フラン、見てたら返信して〟続いて〝フラン、リジーに連絡して心配させたくないけど、でも連絡するね〟続いて〝フラン、お願い、警察に電話させないで。イギリスの警察にどうやって電話すればいいのかもわからないんだから〟そして〝もっと力になってあげられなくて本当にごめんね〟。

フランシスの、あるいはドリーのインターネットの友人は、あれほど極限の心理状態にある若い女性と密に接していながら、現実に近づく方法を持っていなかった。メールやメッセージで連絡をとることはできた。それでフランシスが助けられた――ドリーが助けられた――こともあったのかもしれない。ある時点までは。

ドリーは自分の怒りや寂しさについてよく書きこんでいた。男子に〝公衆便器〟扱いされていると書き、自殺についてあけすけに書くのもめずらしくなかった。そういう投稿はすぐに消していたが、マティやブライアンと関連づけた投稿にはリアクションが多くついていて、それらは消さずに残していた。

〝いますっごくムカついてて、そこらへんのものを手あたりしだいに噛んでる。マティもムカついたとき何かを噛むのがあたしの脳内設定《ヘッドカノン》[18]になった笑〟という投稿には数百のリアクションがあった。ドリーのさほど多くないフォロワーの大半はこうした投稿でついたものだった。

そして事件のあと、このフォロワーたちが、ドリーに何があったのかを知ろうと躍起になった。なぜドリーの投稿がぱたりとやんだのか。あの投稿は新たな物語か悪趣味ないたずらなのか。それともドリーは本当に何かひどいことをやらかしたのか。

ドリーが比較的よく参加していたディスコードのメンバー限定サーバーで、インターネットの友人たちがそれを探りだそうとした。その様子をEmperor-Dahmertineが見守ってチャットログを記録していた。

Brianlovedpocky　あの子どこに住んでたっけ？　誰かおぼえてない？

PoppedCherry　あの子、ただ目立とうとしてるだけだよ！　あのアホな尖ったアートみたいに。おぼえてない？　自分が描いた絵に自分の血を塗りたくったのをアップしてたでしょ？　手首切ったみたいにほのめかしといて、あとでじつは鼻血出しただけでしたって書きこんでたじゃん。そういうただのイタい厨二病なんだから、みんなちょっと落ち着いて!!

Snarf　どこかの海辺の町に住んでた気がする

Snarf　エリカ黙って。笑いごとじゃないんだから

PoppedCherry　ふん

18　辞書『メリアム＝ウェブスター』の定義では、〝ヘッドカノンとは、公式のテキストその他で明確に支持されていないファンによる考えを指す。公式の正典（カノン）にはない、ファンの頭のなかだけの正典〟とされている。

Harambevengence　自分はイギリスに住んでるけど、あの子はスカボローかどっかだったような

Snarf　そこじゃない。もっと変わった名前の場所だった

Kai　こっちもイギリス住みだよ、おぼえてる？　スカボローじゃないけどなんかそのへんだった

Kai　ブラックプールかな？

Kai　あの子、Murderxbuttonsと知りあいじゃなかったっけ？

Kai　リアルで

Harambevengence　ああ、あのブログよかったよね

Brianlovedpocky　うん、たぶん。ちょっと待って

Harambevengence　でもMurderxbuttonsは大学生じゃない？

Brianlovedpocky ふたりが一緒の写真、見つけた

Brianlovedpocky ［ドリーが投稿した、ウィッチハンマーでドリーがヴァイオレットに腕を回している写真へのリンク］

Snarf うん

Kai わかった、クロウ・オン・シーだ

Harambevengence そう、それ！　にしてもMurderxbuttons、これ十二歳くらいに見えるけど笑

Kai だよね。町にはハイスクール一校しかないよ。電話してみる？

Harambevengence 電話してみようか。でもなんて言うの？

Snarf いま地元の新聞チェックしてる

Snarf 「〝十六歳の少女が学校の友人たちに残忍に殺される〟というポスト・オン・シー紙の記事へのリンク」

Kai マジか

PoppedCherry クッソ信じらんない

PoppedCherry ごめん取り消す笑

Harambevengence いや嘘だろ

Snarf 別人かもよ。記事に名前は出てないし

Brianlovedpocky なんなのもう、吐きそう

Harambevengence 残念ながら被害者の髪型と髪色がドリーが投稿してた地獄空間なんちゃらの写真に写ってた女の子と同じなんだけど

PoppedCherry　写真の子っぽいね

Harambevengence　偶然かもだけど、すごく目立つ髪だよね。赤毛のカーリーヘアってそんなにいないんじゃないかな

Brianlovedpocky　マジでびびってるんだけど

Snarf　ヤバそうだね

Brianlovedpocky　パニック障害になりそうなんだけど

Snarf　さっきから自分のことばっかりじゃん、スカイラー。チャットで泣きごと言ってるだけならログオフしなよ

Brianlovedpocky　うるさい黙れ

Harambevengence　みんなこのことはＴｕｍｂｌｒには書きこまないで。もし違ったら大

変だから

PoppedCherry　わかった

Snarf　書きこまない

Kai　もちろんしない

Harambevengence　スカイラーは？

Kai　黙れって言ったあと落ちたみたい

Snarf　あいつがこのこと書きこまないわけないよね

PoppedCherry　いまあいつアク禁にした。さよならスカイラー、めっちゃウザかった

Kai　はあ、みんな

Kai　さっきからずっとここに侵入者がいる

Kai　@trashtrashtrash、おまえ誰だ？　いますぐ名乗りでないとアク禁にする

PoppedCherry　アク禁にしちゃいなよ

この時点で〝Emperor-Dahmertine〟はディスコードのサーバーにアクセスできなくなった。そこでBrianlovedpockyのブログへ行くと、そこにはこう書きこまれていた。

《Cherryb0b0mbが誰かを殺したらしい。マジでびびる。よく話してた相手だから》

ほかのクリーカーたちが信じられないと言うと（そしてディスコードのユーザーが〝これ削除しなよ、スカイラー、馬鹿なの？〟とリプライすると）彼はポスト・オン・シー紙の記事のリンクを投稿した。ドリーが殺人事件に関与したと信じようとしない者もいたが、ドリーが投稿した写真を見ていた多くのクリーカーはその答えにたどりつかざるをえなかった。自分たちのファンダムに属する者が人を殺したと。自分たちの友達が――自分たちの創作やファンアートを褒めてくれて、誕生日おめでとうのメッセージをくれて、午前三時に慰めてくれた人が――人を殺したと。

Emperor-Dahmertineによる〈犯罪実話コミュニティの炎上まとめ〉掲示板への書きこみに戻ろう。

やつらはディスコードはアク禁にできても、Ｔｕｍｂｌｒはアク禁にできなかった。それからの二十四時間は阿鼻叫喚だった。核爆弾が落とされたみたいな大騒ぎで。精神科病院に入れるって脅す母親やら、マシュー・マクナイトのなりきり《ファクトキン》[19]に連絡して感想を聞こうとする連中やら、殺人事件で〝ファンダムが悪く見られる〟って怒ってるやつらやら。長年クリーカー界隈を見てきたなかでも一番の狂乱状態だった。

Weeaboobribri

みんな事件のあとファンダムから抜けるって書きこんでるけど……マティが情けないって刑務所でがっかりしてるよ。彼はたぶんあの子のしたことを喜んでるから、みんなもっと骨のあるところを見せなきゃ。本物のマティのことなんてみんなどうでもよくて、ＢＬのホモバージョンの彼のことしか頭にないみたい。ダサっ。

Vriskadidnothingwrong

みんなが今回のことでドタバタしてるの見てるけど……ほんとにみんなどうかしてる。このファンダムにいることで人間関係を壊すなんて馬鹿みたい。昔からの相互フォロワーで〝何ごと？〟みたいに脇で見てる人には悪いけど、こんなファンダムにいるのが間違ってる理由がよくわかった。もうクリーカーのアカウントは全部ブロックして、ブログをきれいにします。

Tunneloflove-enjoyer

大丈夫、たいしたことじゃないみたいにふるまってる人がいるけど、大丈夫じゃないし、たいしたことだから。うちらは日ごろからサイコだって言われて、この生きかたの正当性を主張して戦わなきゃいけないのに、向こうはこれでうちらがサイコだっていう証拠を手に入れたんだよ。ひとりの自分勝手な女が、たぶんマティの気を惹きたくてやったことのために。こういうファンの子はほんとに不快。うちらがやってるのはただ事件のことを研究してマテ

19　〝ファクトキン〟とは、ある実在人物と自分を重ねあわせている、ないし自分がその実在人物そのものだと思いこんでいる者のこと。多くのファクトキンはたんなるネタとしてやっているが、インターネットのファンダムの世界には〝本物〟のファクトキンも散見される。似たような概念で、フィクションの登場人物で同じことをする者を〝フィクションキン〟といい（こちらのほうが数が多い）、人間でない存在――人狼やヴァンパイアやドラゴンなど――が対象である場合には〝アザーキン〟という。

ィとブライアンについて平和に議論することなのに、これでうちらまであの子と同じに扱われちゃうなんて全然フェアじゃない。あの子のせいで全部めちゃくちゃになっちゃう。

Softxxmatty

うわあ、二十四時間以内にアカウント消すことになりそう。コロンバイナーってばれたときもうちのママに超怒られたのに、このブログと例の殺人事件のことがばれたら精神科病院に逆戻りだよ。

togetherfoureverandever

Cherryb0b0mb のことをあわてて裁く前に考えてみる必要があると思う。彼女はいじめられてたんじゃないか。精神状態はどうだったのか。わたしたちがコミュニティとして彼女を失望させたんじゃないか。みんな殺人犯や精神異常者にやたらと共感を寄せてるくせに、彼女の人生でほかに何が起きてたのか誰も立ちどまって考えようとしてない。みんな自分たちの二次創作のこととかＴｕｍｂｌｒのフォロワーのこととか親に怒られることの心配ばっかりしてて、ほんとムカムカする。

Scout-and-the-system

やあ、スカウトだよ。ぼくのなかのマシュー・マクナイトの人格が今回のことにどう言ってるかっていう問いあわせがいくつか来てるけど、彼はいま出てきたくないって言ってる。たぶん事件のことをすごく重く受けとめてるからじゃないかな。誰かがぼくたちのファンダムをこんなふうに悪く見せたのがショックなんだと思う。

Starsinthemcknight

Cherryb0b0mb とは知りあいで、すごくいい子だった。何年も相互だったけど、あの子はあんたたちが絶対理解できないようなつらいことをたくさん経験してきたの。実際、あの子は追いこまれないかぎり誰かを傷つけたりしないって信じてる。あの〝被害者〟って呼ばれてる子のほうがあの子をいじめてて、自業自得だったんじゃないかって思ってる。傷つけられた人が人を傷つけるってこととか、〝被害者〟がまったく被害者じゃなくて、報いを受けて当然の虐待者だってことがよくあるってことを、このファンダムにいて本能的に理解できないなんてどうかしてる。誰かが自分を虐待した相手を殺したとしても責められない。だから、事実も知らないで、あの子がこんなことして最悪だって言ってる人にはほんといらいらするし、すごくたくさんの人が潜在的に虐待者の側についてることがムカつく。

＊

二〇〇六年五月九日午前十時、マシュー・マクナイトとブライアン・クーパーは、装塡されたセミオートマチック・ライフル二挺《ちょう》を手に、通っているモンタナ州の高校に入っていった。ふたりとも十七歳だった。

マクナイトは銃乱射事件の前夜、クーパー家に泊まっていた。その朝、ふたりはブライアンの両親を殺害し、マイケル・クーパー（四十歳）と妻のキャサリン（三十八歳）が八人の犠牲者のうち最初のふたりとなった。少年たちは午前五時から六時半のあいだに、寝ていたマイケルとキャサリンを撃った。使ったのはマイケルがベッドの下の靴の箱に隠していた拳銃だった。キャサリンはそこに銃があるのを知らなかったが、ブライアンは知っていた。それは父親の〝もしものときのための銃〟だった。

ブライアンとマシューはサリー・クーパー（十二歳）も殺すつもりでいたが、ブライアンの妹は急遽《きゅうきょ》いとこの家に泊まりにいくことになって命拾いした。以下はマクナイトの長い日記の最後の記述だ。

いま、ブライアンの家で明日のＤデイの準備をしてる。ブライアンは自分のママとパパをやるのをなんとか避けようとしてるが、計画のためにはやるしかないとわかってるはずだ。ブライアンの妹は今夜、いとこの家に泊まる。間一髪で助かったわけだ。でももし帰ってきて、明日の朝ここにいたら、おれは真っ先にやるつもりだ。

マイケル・クーパーは狩猟が趣味で、銃のコレクターだった。小児科医で民主党員でもあった。全米ライフル協会の地域支部長を務めていて、銃規制の緩和を死刑の廃止と同様に熱心に訴えていた。

彼は逆張り派のリバタリアンで、二十代のころはグランジバンドをやり、アナーキストを自称していた。キャサリンはいわゆるいい子で、高校のころからマイケルに恋していた。キャサリンはおとなしく、支配的な性格の夫の影に隠れていた。夫が医大を出るまでのあいだは、家計のために働き、子供たちを産んで育てた（両親の助けも借りながら）。彼女は夫を愛していたが、銃は嫌いだった。銃は地下室に鍵をかけて保管され、マイケルはその鍵をベッド脇のナイトテーブルにしまっていた。

ドリーは少年たちの両親についてブログに書いていた。マクナイトの両親が息子を虐待していたと推測する（というより確信する）いっぽうで、ブライアン・クーパーの両親と自分の両親とのあいだに類似性も見いだしていた。

マイケルとキャサリン推しの人が多いのは知ってるけど、正直ふたりの力関係はおかしいと思う、悪いけど。みんなも知ってるとおり、あたしはブライアンよりマティ推しだけど、ブライアンの母親と父親の関係はあたしの両親を思いだすところがある。ブライアンの母親が夫のために人生をなげうったのはすごく悲しいことだと思う。彼は町の大物（笑）で、みんなに愛されてたみたいだけど、うちのママがパパのために自分の人生をトイレに流して、パパにすごく執着してたのを思いだしちゃう。ふたりはあたしが小さいころに別れたんだけど、それでもマイケルとキャサリンのことを読んでると、なんか思いだすんだよね。あたしの両親の関係はある意味でめちゃくちゃだったから、クーパー夫妻がそうだったとしても驚かない。

マイケルとキャサリンを殺したあと、ブライアンは父親の地下の銃保管庫の鍵を手に入れた。ふたりはセミオートマチック・ライフル二挺をタオルにくるんでスポーツバッグに入れた。マシューは〝もしものときのための銃〟をとってジーンズの前に差し、映画やテレビでやっているのを見たように、シャツの裾で隠した。

午前七時三十分、ブライアンは父親のオフィスに病欠の電話をかけた。父親のふりはせず、マイケルの秘書に、家族全員がひどい食あたりで、父親も自分で電話できないほど症状が重いと告げた。キャサリンは主婦だった。教会でのボランティアや馬の保護活動に熱心に参加していたが、その日はどこにも行く予定がなく、嘘の連絡をする必要もなかった。
ブライアンは父親の携帯電話を使って秘書にメールを送り、ブライアンとマシューの病欠の連絡を学校に入れてほしいと頼んだ。ブライアンは次に、父親の携帯からマシューの母親にメールを送った。

《〇七：四四
やあエイミー、元気かな。ゆうべ息子たちと中華料理を食べたら、マティも含めて全員食あたりで寝こんでしまってね。学校にはもう連絡した。都合のいいときにマティを迎えにきてくれるかな。でも急がなくていいし、仕事を早退したりしないでくれ。しばらくは誰もトイレから離れられそうにないからね》
エイミー・マクナイト（小さな手芸用品店の店主）は八時に返信した。
《まあ！　おたくのみんながたいしたことないといいんだけど。パートの人が来たらすぐ迎えにいくわ。学校に電話してくれてありがとう。わたしからも電話しておく》
エイミーはマイケル・クーパーとは昔からの知りあいだった。おたがいの兄どうしが高校時代に親しかったのだ。彼女は学校に電話してマイケルの話を確認した。エイミーがクーパー家へ行き、マイケルとキャサリンの死体を発見した午前十時ごろには、少年たちが家を出て四十五分ほどたっていた。クーパー家は玄関ポーチの鉢植えの下に鍵を隠していて、エイミーはそれを使ってなかに入った。彼女が九一一番に電話して、チェリークリークで銃撃事件があったと告げると、通信指令係は「もう一件？」と言った。

エイミー・マクナイトを殺すべきかについての議論はなかった。マシューの両親も殺そうかとブライアンが提案すると、マシューは馬鹿げたことのように一蹴した。彼の日記を引用する。

あいつはエイミーとニックも殺すべきかなって言った。馬鹿すぎる。おれの両親は何者でもないただの負け犬だ。おれの母さんと父さんになんの関係があるっていうんだ。母さんの手芸用品店なんて誰の眼中にもないし、父さんはただのトラック運転手だ。それにどうせ父さんはDデイにはカナダにいる。でもキャサリンとマイケルはみんなに愛されてる。とくにマイケルをおれたちが殺せば、みんなおかしくなっちまうだろう。

両親を〝何者でもないただの負け犬〟と表現したのは言いすぎだ。エイミーとニックの夫婦は小さなコミュニティで充分に愛され、人気もあった。マシューの父親との関係は、マシューが気分屋の十代で、ニックが留守がちの長距離トラック運転手だったこともあり、読者のご想像どおりぎくしゃくしていた。だが、マティは並々ならぬ母親思いだった。

これについては、ドリーがよくほかのクリーカーと論争になっていた。彼女はブログでバトルを繰りひろげることはあまりなかった（そういう主義だった）が、二次創作のコメント欄では言い争うことがあった。

以下のやりとりはその一例だ。

Fenrisbinch43

この二次創作いいと思うけど、エイミーとニックを虐待親として描いてるのは賛成できないな。マティがママっ子だったのは誰でも知ってることだし、正直それと合わないと思う。こう言ったら失礼だけど、A・J・ロッシの『チェリークリークの虐殺』読んでないんじゃない？　はっきり書かれてるよ。

Cherryb0b0b0mb

笑笑　叩きならよそでやって。『チェリークリークの虐殺』は当然読んだけど、ロッシなんて全然だめだよ。あたしはマティと本当の意味で、霊的に心が通じあってるから、ロッシの言いぶんなんてそれにかなうわけない。ロッシはエイミー・マクナイトからマティの日記を提供してもらったから（まさか知らないわけないと思うけど）マクナイト夫妻のことは悪く書けなかったんだよ。日記を渡すなんて、マティのプライバシーのひどい侵害だし、虐待親のやることだと思うけど。彼の日記の行間を読めばわかるよ。エイミーとニックが本当はどんな親で、マティにどんな仕打ちをして、彼を追いつめてたのか。

Fenrisbinch43

その説の根拠は？　叩くつもりじゃないけどほんとに、でもあなたの解釈は変に感じる。

Cherryb0b0mb

四月十二日の日記にマティは書いてる。〝父さんはきょうもいない。二度と帰ってこなければいい〟って。虐待親でもなければ、どうして帰ってきてほしくないなんて思うの？　それに三月九日の日記では、〝母さんは今夜酔っててウザい〟って書いてる。でも二〇〇六年の三月九日は木曜日なんだよ。いい母親が木曜日に酔っぱらう？

Fenrisbinch43

はいはい、わかったわかった。でも言っとくけど、生モノ《RPF》[20]ジャンルでそういうことを書くのはすごく失礼だよ。架空のキャラクターじゃないんだから、勝手に脳内設定《ヘッドカノン》をつくりだしちゃだめだよ。ちなみにだいたいの生モノジャンルではそういうの許されないんだけど、クリーカーは違うのかもね。このファンダムはヤバいって聞いてたけど、それがよくわかったわ、ありがとう。

Cherryb0b0mb
なにえらそうに言ってんの？　高校銃乱射犯の二次創作を喜んで読んでるくせに。

ごまかしの電話やメールを終えると、エイミー・マクナイトがやってくる前に、少年たちは朝食をとった。ミルクが青く染まる甘いシリアルだった。ブライアンはふだん、それを食べさせてもらえなかった。誕生日や大事なテストの日の朝など、特別なときだけのシリアルだった。ふたりは『サウスパーク』のＤＶＤを見て、原作者のトレイ・パーカーとマット・ストーンがコロンバイン高校に通っていたとは皮肉だと言いあった。マシューとブライアンはどちらもコロンバイン高校銃乱射事件にとりつかれていた。
ふたりは九時十五分にクーパー家を出た。

20　ＲＰＦは〝リアル・パーソン・フィクション〟の略で、実在人物を題材にした二次創作のジャンルのこと。

チェリークリーク高校まで歩けば二時間はかかるので、ふたりはマイケル・クーパーのジープに乗った。どちらも運転免許は持っていなかったが、ブライアンは教習を受けていた。

道路は広く、すいていた。クーパー家から学校までの三十分のドライブは、ファンダムでは〝愛のトンネルのドライブ〟と呼ばれている。クーパー家から学校までの道が地元で〝愛のトンネル〟と言われていたからだ。道の両側に植えられた桜《チェリー》の並木がアーチ状に枝を伸ばしてトンネルをつくっていて、春の景色はドラマチックで美しかった。ドリーはそのドライブの様子を『チェリーな唇、黒い瞳』の十一章で次のように描いている。

ふたりは愛のトンネルを走り抜けた。いつか愛する人とここをドライブするのをブライアンはずっと思い描いてきたが、その日がついに来たのだ。爪の下にはまだ母親の血がついている。この瞬間はとても悲しく、とても美しかった。もう二度と過去には戻れないとわかっているが、自分とマティは永遠の絆《きずな》で結ばれるのだ。これからずっと、この世でもあの世でも。

「愛する者どうしは刑務所で同じ房にしてくれるかな?」

「は?」マティが訊きかえした。

「なんでもない」

「おれたちのことを言ってるのか?」

「そうかな……たぶん。いいかな？」

マティが何か言うまでに長い時間がかかった。自分がこの瞬間も、この日もすべてぶち壊しにしてしまったのかもしれないとブライアンは怖くなった。自分が口を閉じていられなかったばっかりに、もうDデイもなくなってしまうのではないかと怖かった。だが、マティが車をとめた。

「おれも愛してるよ、ブライアン」マティが言い、ふたりは桜の木の下でキスをした。ピンク色の花びらがはらはらと落ちてきて美しかった。

長年のあいだに、このシーンが千回はクリーカーによって書かれてきた。学校までのドライブ中の愛の告白は、ファンにとってなくてはならないストーリーの一部になっているようだ。ドリーもブログで一度次のように書いている。

《ごめん、ふたりはほんとに車でキスしたの?? みんなしたって思ってるみたいだから、どこかから出てきた話なのかなって。まあ、あたしのなかではキスしたことになってるんだけどね笑》

ふたりは九時四十七分に学校に着いた。車が駐車場に入るところが防犯カメラに映っていたが、車をおりてトランクからスポーツバッグを出す前に、ふたりは十分ほどそのまますわっていた。

この学校に着いてから校舎に入るまでの十分間のやりとりも、ファンのあいだではよく議論や考察の対象になっているポイントだ。愛の告白をここにとっておく者もいれば、どちらか（たいていブライアン）が怖じ気づいて警察に自首しようと言いだし、もうひとり（たいていマシュー）がやろうと説得するシーンにする者もいる。『チェリーな唇、黒い瞳』では、ドリーはこの基本的な争点を飛ばしている。ドリーのストーリーのなかでは、ふたりの少年はどちらも復讐に燃え、興奮にはやる気持ちでいっぱいだった。

チェリークリーク高校の一時間目の授業は十時十五分のベルとともに終わる。十時一分、マシューとブライアンは校舎に入り、一緒にマシューの英語のクラスへ向かう。歩きながらスポーツバッグを捨て、銃をくるんでいたタオルも捨てて、長いストラップで銃を肩にかけた。

十時七分、ふたりは教室に入った。

マシューの英語の教師メイシー・リヴァース（三十三歳）が最初に殺された。彼女は教室の前に立って入口に背を向け、黒板を消していた。マシューが銃を乱射し、メイシーの後頭部に弾があたった。

ブライアンがドアを閉め、銃の扱いに手間どっているあいだに（マシューののちの供述によれば、ブライアンはドアをバリケードでふさぐ予定だった）マシューは意図して狙っていたふたりの生徒を撃った。

　ジェナ・モーガン（十七歳）は、事件の二年前にマシューにデートに誘われ、面と向かって笑い飛ばしていた。彼女にはもうボーイフレンドがいて、みんなそれを知っていたから、マシューも冗談を言っているだけだと思ったのだ。ジェナは肩に銃弾を受け、死んだふりをする賢さがあった。倒れて白目を剝き、舌をだらりと出してみせた。この芝居で命拾いした。

　ファンダムはジェナ・モーガンに手厳しい。生き残ったからこそ格好の標的にされている。二次創作では悪役で、自分たちの愛するマティがどんなに心やさしく繊細なのかもわからずに振ったパンピー女ということになっている。こうしたストーリーでは彼女のボーイフレンドの存在はたいてい消されている。ジェナはデートに誘われて困惑したのではなく、マティに見向きもしなかった性格の悪いいやな女だったのだと。

　ドリーはとくにジェナ・モーガンを嫌っていた。よく非モテ男が憎い女性を総称して〝ステイシー〟と呼ぶように、嫌いなタイプの女子を指して〝ジェナ〟という言葉を使っていた。〝ジェナ〟はかわいくてモテて、みんなを見くだしている女子だ。いかにも女の子っぽくて、たぶんいじめっ子でもある。

《うちの学年にすごくジェナな子がいて、名前は言わないけど超やな女だからジェナを想像して。まあその子のボーイフレンドとはメールしてるし、今夜のパーティであの子の目の前で彼とキスしてやろうと思ってるんだけどね。マシューが本物のジェナをひどい目にあわせてるところを想像しながら、ニセのジェナをひどい目にあわせてやろうかなって笑笑》

マシューは次にカリーム・フォアマン（十六歳）を撃った。カリーム（学年で唯一の黒人生徒）を撃ったのは、マシューが人種差別主義者だったからだ。クリーカーたちはこの被害者選びについてはごまかし、マシューが人種差別的なマンガに鉤《かぎ》十字のマークと差別語を書いていた日記のことは無視している。

ときにはカリームがいじめっ子の運動部員に仕立てあげられることもある。実際のカリームは、誰に訊いても、人のいいオタクタイプだったにもかかわらず。カリームは成績がよく、とくに英語と歴史が得意だった。背は高かったが運動神経はあまりよくなかった。まわりの生徒や体育教師はたびたびフットボールをやらせようとしたが、気が弱くて足が遅いのがわかって諦めた。それでもクリーカーは創作で彼をフットボール選手にしている。ドリーは二次創作でもその他の投稿でも、カリームのことを無視していた。彼女は自分のなかのマティのイメージにそぐわない要素はすべて無視していた。だがほかの――彼の存在を無視しない――クリーカーは、カリームをスタジャン姿で描き、鼻持ちならない運動選手として書いている。ジェナのボーイフレンドにされることもある。

実際のカリームはジェナを知らなかった。フットボールをやるには性格がやさしすぎた。十六歳で命を落としたのは、マシュー・マクナイトに至近距離から首を撃たれたためで、助かる見こみはなかった。

マシューはサム・マッキントッシュという生徒（友達からはスマックかスマッキーと呼ばれていた）も撃つつもりだった。マシューの日記から引用する。

あのデブも撃ってやりたい。授業中にスマッキーの首の脂肪を見せられるのはもうたくさんだ。あいつはおれと友達のつもりか？　糖尿病で死ぬ前に頭に弾をぶちこんでやったほうがきっと幸せなはずだ。

サムの命を救ったのは、ベッキー・リトル（十七歳）がタイミング悪く十時十一分に教室に戻ってきたことだった。ベッキーはトイレに行っていて、そのときブライアンとマシューとすれちがっていてもおかしくなかった。彼女がなぜ教室に入ったのかははっきりしない。銃声が聞こえず、乱射後の混乱の騒ぎを、次の授業に向けて生徒たちが荷物をまとめている音と勘違いしたのではないかと推測されている。

ベッキーは教室のドアをあけて、地獄に足を踏み入れた。

ブライアンが彼女の顔を撃った。九年生のテイト・ケアリーもトイレから戻るところだった。テイトは銃声を聞き、ベッキーの身体が廊下に倒れでてくるのを見て、非常ベルを鳴らして逃げた。生徒たちは廊下に出てきて、倒れたベッキーの死体を見るやまた教室に逃げこむか、近くの非常口へ走った。

マシューとブライアンは図書室へ向かった。それがふたりのプランBだった。気づかれたり、非常ベルを鳴らされたりしたら、図書室へ行ってバリケードを築いて立てこもる。図書室は近く、走ればすぐだった。ふたりは大きな本棚を倒し、その上にデスクや椅子やテーブルを積みあげた。

ジェイムズ・ギャレット(十三歳)は地理の課題用の本をとりにきていた。彼はゴビ砂漠について発表することになっていた。非常ベルが鳴りだしたとき、ジェイムズはすぐに図書室から出なかった。訓練だろうと思い、かばんをとりにいった。バリケードが目に入ったが、マシューとブライアンが持っている銃には気づかずに尋ねた。「これってただの訓練だよね?」

訓練ではなかった。マシューがジェイムズの胸を撃った。彼は三日後に病院で死亡した。マシューはジェイムズを撃った数分後、デスクの後ろに隠れていた司書のエセル・マロイ(六十四歳)を見つけた。マシューは彼女の額に拳銃を押しつけて撃った。

いっぽうのブライアンは、扉つきの文房具キャビネットに隠れていたテイラー・シュウォーツ(十五歳)とジェシカ・スパイサー(十八歳)を見つけた。テイラーは数学教師に言われて新しいホチキスをとりにきていた。ジェシカは朝、図書室で落とした車のキイを探していた。少年たちが図書室に入ってきたとき、ふたりは一緒に隠れた。

ブライアンに見つかったとき、ふたりは命乞いをした。ブライアンがこうささやいたとテイラーはのちにメディアに語っている。〝ふたりともを殺したように見せなきゃいけない。だからきみらを撃たなきゃいけない。ほんとに悪いけど。殺さないようにするが、きみらは殺されたふりをしてくれ〟

ジェシカがブライアンに飛びかかり、銃を奪おうとした。ブライアンは揉みあいのなかでジェシカの胸と首を撃ち、テイラーの腹部を撃った。テイラーは生きのびたが、脊椎損傷で障害が残った。ジェシカは生きのびられなかった。彼女が最後の犠牲者となった。

これでファンダムにおけるブライアンのイメージが固まった。情け深く、犯行に及び腰で、マシューに魅入られていた。誤解され、後悔し、恋煩いし、おびえていた。マシューは嵐で、苦悩する首謀者で、憂いのアンチヒーローで、〝モンタナのダークプリンス〟だった。

ジェシカとテイラーが撃たれたのは十時三十分ごろで、ブライアン・クーパーは十一時までに自らの命を絶った。マシューによれば、ブライアンは早く退場したがったのだという。計画では逮捕されて刑務所に入り、ともに影響をおよぼしてインスパイアしようと言っていた。あとに続く者たちへ手紙を書き、マニフェストを出版し、混沌を受け入れ、闇を広げようと。ドリーと同様に、マシューの思想も支離滅裂だった。

ハリスとクレボルド――マシューとブライアンが崇拝もし、馬鹿にもしていたふたり――のように楽な退場を選ばず、生きて自分たちの影響力を見届けようということになっていた。できるだけおおぜい殺し、必要なら人質をとり（マクナイトはテイラーがまだ生きていることに気づいてその役割を負わせた）、数時間粘ってから、落ち着いて警察に投降するつもりだった。

だが、ブライアンは自分のしたことの重みに耐えられなかった。罪の意識や今後の報いに耐えられなかった。そして死を望んだ。ライフルにはもう弾がなかったので、マシューから父親の拳銃を奪おうとした。マシューは〝冷静に〟説得を試みたとされる。テイラー・シュウォーツはふたりが言い争い、怒鳴りあっていたのを記憶しているが、意識が朦朧《もうろう》としていたので、証言の信頼性は低いかもしれないと自ら認めている。

マシューは――ブライアンより結局のところ小柄で力が弱かったので――銃を奪われた。

ブライアンは自らの頭を撃ち抜いて即死した。

ここからは話が曖昧模糊《もこ》としてくる。マシューがブライアンの死体に対して屍姦《しかん》したという噂がさかんに流布されている。それはマシュー・マクナイト本人のせいでもある。裁判でブライアンの自殺について述べた際、こう言ったのだ。〝それからおれはあいつの死体をファックした。もう一度同じことがあればまたファックするだろう〟テイラー・シュウォーツは証言のなかで、マシューが死体と性行為におよんだ可能性はあると述べている。裁判記録から証言を引用する。

ミズ・シュウォーツ　わたしは死んだふりをしていましたが、キャビネットの扉の隙間から外が見えました。銃声が聞こえて、マシューの叫び声がしました。そのあと、何かを引きずっているような変な音が聞こえて、外を見たら、マシューが……死体の上で転げまわっていました。自分の身体に血をなすりつけようとしてたのかなと。よくわかりませんが。

ミスター・ムーディ　マクナイトがクーパーの死体と性行為におよんでいた可能性はあるでしょうか。

ミズ・ホフマン　異議あり。事件と無関係です。

裁判官　異議を却下します。

ミズ・シュウォーツ　その可能性はあると思います。とにかく何か変なことをしてました。

マシューは日記のなかで、また裁判において何度か〝死体とファックした〟とほのめかしている。日記には死体性愛的な性的妄想が記されていた。裁判での発言は人々に衝撃を与える意図があったと思われる。

マシュー・マクナイトがブライアン・クーパーの死体と性行為におよんだ可能性があると

いう事実は、この事件をめぐるファンの信仰のとくに重要な部分だ。これがなければ〝クリーカー〟のファンダムもなかったかもしれない。そもそもクリーカーのファンダムが出現したのは、マシュー・マクナイトの量刑言い渡しの際の動画がバズったときだった。

退廷の際にマシューは叫んだ。〝おまえらの子供を殺したこの手でマスかいてるぜ。あいつらの痛みと苦しみの記憶をオカズに。神がおれの痛みと苦しみをオカズにマスかいてるみたいにな〟その動画でマシューの髪は伸びっぱなしになっている。ひげも剃《そ》っていないが、若い上に毛の色が薄いため、無精ひげはほとんど目立たない。頬にはそばかすが散り、ぽつぽつと小さな紫色のにきび跡がある。

これが最初は犯罪実話ファン、なかでも〝コロンバイナー〟たちの目にとまった。クリーカーを本格的なファンダムの一ジャンルに押しあげたのは、マクナイトに男の共犯者がいて、彼がその共犯者の死体と性行為におよんだ可能性があるとＴｕｍｂｌｒユーザーたちが共同で発見したときだった。

それまであまり注目されていなかったＡ・Ｊ・ロッシの『チェリークリークの虐殺』という本が急に売れだし、アマゾンの犯罪実話本のチャートで三位に躍りでた。

ドリーがこのファンダムの存在を知ったのはクロウ・オン・シーに引っ越してきたころだったようだ。クリーカーのファンダムと出会うまでのドリーのＴｕｍｂｌｒはよくある厨二病的なもので、耽美《たんび》的で悪趣味な投稿――砂嵐のテレビ画面にぼんやり浮かびあがる顔、誰かの自傷行為の写真、プロアナ[21]的画像、とんがったジョーク――でいっぱいだった。犯罪実話ファンダムにも軽く足を突っこんでいて、インターネットの友人がチェリークリーク高校銃乱射事件について投稿しだしたのをきっかけにクリーカーの世界にはまったらしい。その路線変更はすばやく熱烈だった。ドリーはアンジェリカやヴァイオレットほどのTumblrのヘビーユーザーではなかったが、少なくとも毎日一、二回は投稿し、そのほぼすべてがチェリークリークに関することだった。

ドリーはしだいにマシュー・マクナイトと自分を重ねあわせるようになっていったようだ。最初はふたりの大まかな性格についてだけ書きこんでいた。激しやすいところや斜にかまえたところ、日々に倦《う》んでいるところが共通していると。

《自分にはこの先も何もいいことなんてない気がするとマティは日記に書いてる。自分がみんなに嫌われてて、みんなに笑われてる気がして、それに怒るとさらに笑われて、自分をコントロールできないって言ってる。自分の人生について書かれてるみたいで、気づいたら泣いてた。彼の手がページから出てきて自分の手に触れたみたいに感じた。本当にそ

21　〝プロアナ〟とは摂食障害、とくに拒食症を賛美し奨励するような活動やムーブメントのことである。

んな感じがした》

ドリーは刑務所の彼に手紙を出したかったが、どうすれば手紙を送れるのかわからなかった。それで彼とブライアン・クーパーの二次創作を書きはじめた。自分を登場させる二次創作は恥ずかしかったし、マシューとほかの女の子が一緒にいるところは想像もしたくなかったので、ブライアンは器として完璧だった。

ドリーはマシューに自分を重ねあわせようとしたが、二次創作ではブライアンが自分の分身になっていたようだ。ドリーの書くマティは突き詰めれば美化した自分自身だった。自分でこうだと思う自分、自分がなりたい自分だった。ドリーの書くブライアンはもう少しリアルなドリーの自画像だった。ドリーの創作のなかの彼は魅力的でカリスマ性があって怒りに燃えているが、いっぽうでおびえていて寂しがり屋で流されやすかった。

ドリーはよく自分とマティが似ている細かい点を見つけて投稿していた。オレンジのキャップにグレーのTシャツ姿のマシュー・マクナイトの昔の写真を見つけ、オレンジのキャップにグレーのTシャツ姿の同じ年ごろの自分の写真をそこに並べて、〝わあ〟とだけコメントをつけて投稿していた。

やがて、マシューの存在を感じる、霊的に彼に話しかけられる気がする、彼のほうからも話しかけてくれていると投稿しはじめた。〝ときどきマティと自分は同じ一個の片割れなんだって気がする〟とドリーは書いている。〝あたしたちの魂はひとつだと本気で感じる。あたしたちはどっちも混沌と破壊の申し子だ。あたしたちは怒りだ〟

しかし現実には、マシュー・マクナイトとドリー・ハートはまったく似ていなかった。マシュー・マクナイトの安定した中流家庭の両親はわが子を思いやり慈しんでいた。ドリーの家庭環境はカオスで壊れていた。マクナイトの言動は十二歳で頭部に重傷を負ってからがらりと変わった。ドリーは過去にそのような事故にあっていない。

ドリーも怒りの制御に問題をかかえていたが、マシューほど深刻で長期にわたるものではなかった。マシュー・マクナイトは極度の人種差別主義者で、インターネットでショッキングなサイトや4Chanのような画像掲示板に入りびたることで先鋭化していったとみられる。また過激なポルノも大量に摂取していた。ドリーがよく使っていたサイトは〈デスジャーナル〉とTumblrと『ネオペット』だけだった。日々のなかで怒りや暴力の発作を起こすことはあったが、ドリーの書きこみからはロマンティックで妄想に近いほど共感性の高い性格が見てとれる。マシューは辛辣でナルシスティックでサディスティックだった。

マシューとドリーが似た者どうしだったというのはまったくの妄想だ。ドリーの脳内のマティは虐待被害者の迷える魂であり、過激な暴力を通じて力を取りもどそうとした。現実のマシュー・マクナイトは暴力的な性的サディストのネオナチだった。

殺人犯に自分を重ねあわせるのはいい——奇妙だが、ティーンエイジャーにとっては普通の範囲内に感じられる。自分と殺人犯を〝同じ一個の片割れ〟と想像するほどに極端であっても。十代とはときに極端に変になるものだ。とくに社会規範の境界線を試している年ごろでは。

だが、殺人犯との空想上の関係にどっぷりつかりすぎて、彼の真似をして忌まわしい犯罪に手を染めるのはまったく話が別だ。

フランスの社会学者ロジェ・カイヨワは著書『遊びと人間』のなかで、遊びを〝(1)自由な、(2)隔離された、(3)未確定な、(4)非生産的な、(5)規則《ルール》のある、(6)虚構の活動〟と定義している。遊びは堕落しうる――〝遊びと日常生活がまじりあうようなことがあれば、遊びの本質そのものが堕落し、破滅するおそれ〟がある。現実の生活と遊びとの境界は曖昧で、遊びの純粋さは日々の俗事によって堕落させられ、もはや遊びではなくなる。

日本の社会学者の佐藤郁哉《いくや》は著書『カミカゼ・バイカー』において、これに立脚して日本の不良の若者、とくに暴走族の行動について研究している。

佐藤は基本的に、不良の若者は最初はただ不良ごっこをしているところからスタートすると論じている。彼らは暴走族の役を演じている――だが、と佐藤は言う。〝その状況を遊びのようなものと定義していても、遊びのような行動が真剣になることを完全には避けられない〟。つまり、刃物をちらつかせて他人から金を脅しとるような不良を演じている少年は、気づけばいつの間にか本当に刃物をちらつかせて他人から金を脅しとっているかもしれないのだ。

〝行動はしばしば深い喜びを生む。とくにそれが真剣な行動の極に近づき、真に夢中になれるもうひとつの現実をつくりだす場合には〟。ドリーの召喚の儀式について考えてみるといい。夜遅くに出歩いて廃遊園地に忍びこみ、自ら考えた儀式を友達とやることのスリル、敵に対する報いを現実にし、邪悪な力を具現化させる能力が自分にあると信じることの魅力を。

〝そのような場合、しばしば遊びの堕落と取りかえしのつかない結果につながる〟。

ドリーの家族を探しだすのはもっとも大変だったが、それも当然だろう。クロウ・オン・シーで訊いてまわったが、家族と知りあいだった人はあまりいなかった。家族を知っていた教会の人々からは取材拒否された。

私はロックダウンが開始される直前にクロウの町を離れたが、その後何カ月もインターネットで探したにもかかわらず、ドリーの母親の痕跡すら見つけられなかった。彼女とその夫はクロウ・オン・シーから引っ越し、完全に消息を絶っていた。

自分だけでは無理だと悟り、昔の仕事仲間（決して全員が聖人ではない）に頼って彼女らを探しあてようとした。そのなかで何かしら見つけた唯一の人物にも、手がかりはすぐに尽きてしまった、もうイギリスにはいないのだろうと言われた。彼からもたらされたのは、ドリーの異父姉ヘザー[22]の以前の職場の住所だけだった。

ヘザーはSNSをまったくやっておらず、自分でつけた新しい姓を、ありふれたミドルネームとあわせて使っていた。

彼女の以前の職場経由で、新たな職場を突きとめることができた。ヘザーは美容師で、美容院の営業が再開されはじめた二〇二〇年夏、私は彼女が以前勤めていた店へ行った。そしてヘザーを気に入っていたかつての客の夫をよそおい、存在しない妻の誕生日祝いにヘザーに予約を入れたいのだがと頼んでみた。ヘザーの元同僚たちは快く新たな勤め先を教えてくれた。本当に親切な人々だった（個人情報保護の観点からは大いに問題があるが）。

やっと見つけだした彼女は、私のことを気色悪いと言ったが、私自身もそう思った。つまるところ、私は二十代なかばの女性を探しだそうとしている見ず知らずの中年男なのだから、動機がなんであれ不気味だと思われて当然だ。

それにたぶん、彼女のことはそっとしておくべきだったのだろう。しかしどうしてもドリー側の誰かに話を聞きたかったし、ヘザーは裁判で目立っていた人物のひとりでもあった。

裁判は短かった。ジョーン・ウィルソンを殺したのが誰かははっきりしていて、焦点はそれぞれの加害者の刑事責任の度合いだけだった。ヘザーは妹のための証人として出廷し、ドリーが実の父親から性的虐待を受けていたと主張した。ヘザーは虐待を目撃したと述べたが、のちにややトーンダウンした。ドリーが八歳のころから何年も、父親が夜、ドリーの部屋へ入っていくのを何度も見たと。

ドリーはすべて否定した。まさに彼女にとって有利に働く情状酌量の事由になったにもか

22　編集部注　法的な理由により、〝ヘザー〟の勤務先の実名や場所等はすべて削除ないし匿名化されている。

かわらず、否定したのだ。ドリーは裁判官の前で、弁護士が止めるのも聞かず、姉を嘘つき呼ばわりした。

ドリーの生い立ちは重要なパズルのピースに思えたが、そのピースがまだ欠けていた。ヘザーが取材に応じてくれるまでには数週間かかった。申しわけないがしつこく頼まざるをえなかった。とうとう彼女は、これを最後に二度と連絡しないという条件で、インタビューを受けることに同意してくれた。

蒸し暑い夏の日にホテルで彼女と会った。

ドリーより三歳年上のヘザーは人目を引く美人だった。しゃれたヘアサロンで働いていて、妹によく似ていたが、長いストレートヘアをブリーチしてブロンドにしていた。上唇に何かを注入してふっくらさせていて、私を毛嫌いしているわりに、取材にはフルメイクにつけまつ毛までしてあらわれた。

取材中、彼女はたびたび後ろを振りかえり、誰かに見張られたり、盗み聞きされたりしているのではないかとおそれているようだった。

私は取材がどこまで進んでいるか説明した。その時点では被害者の母親、加害者ふたりとその親から直接話を聞いていた。さらに学校の教師や友達、ドリーの元ガールフレンドからも。ドリーのブログを熟読し、彼女の書いた二次創作も読んでいた——が、それでも彼女はまだだいぶ謎めいていた。

「あの子は昔からちょっと謎だった」ヘザーが言った。「あの子の専門家みたいなふりするつもりはない。だって違うから」

そもそもヘザーとドリーはさほど近しい間柄ではなかった。ふたりは性格も趣味もまったく違ったし、父親もほぼ姉妹と呼べないような時期もあった。仲がよかったことはないし、父親も違った。混乱を避けるため、これ以降はヘザーの生物学的父親をミスター・スミス、ドリーの生物学的父親をミスター・ハートと呼ぶことにする。

ミスター・スミスと姉妹の母親は高校時代の恋人どうしだった。母親はパーティガールで、ミスター・スミスは若いころから堅物で信心深かった。ふたりとも二十代はじめのころに母親はヘザーを身ごもったが、ミスター・スミスとの結婚を望まず、それでふたりの関係に大きなひびが入った。ヘザーが生まれてまもなくふたりは別れた。

ヘザーが生まれてからも、母親はパーティガールであるのをやめなかった。ヘザーは幼いころ、父親や母方の祖母のところですごすことが多かった。母親は働きながら社交も活発におこない、ヘザーが二歳のとき、ミスター・ハートと出会った。

ミスター・ハートはDJだった。面白くてカリスマ性があり、母親はすぐに彼と暮らしはじめてドリーを身ごもった。ふたりは妊娠がわかってから数週間後には結婚した。

「でもお母さんはきみのお父さんとよりを戻したんだね？」

「それはちょっと話を飛ばしすぎ。でもそう。ちょっと複雑だけど、事件が起きたときに一緒に暮らしてたのはそっち。だからドリーの父親はわたしの義理の父親で、わたしの父親はドリーの義理の父親ってわけ」

「それで……きみはどんな関係だったのかな。その……ドリーの父親とは」

「えーと……わたしはあの人に虐待されてないよ、もしそれが訊きたいなら。あの人はドリーにしか興味なかったんだと思う。あの子のほうが思いどおりになったからじゃないかな、わかんないけど」私が口を開きかけると、彼女がすぐさまぴしゃりと言った。「どうしてわかったのかって訊こうとしたんでしょ。ただわかったの。ずっと変だと思ってた。あの人が夜、あの子の部屋に入って出てくるのが。わたしは見てたし、あの人もわたしに見られてるってわかってた。でもわたしは何も言わなかった。あの人が部屋で何をしてるのかわからなかったから。まああくまでわたしの意見だけど、あの子に密室で何かひどいことが起きてなければ、あんなことをしでかさなかったんじゃないかって。言いたいこと、わかってくれる？」ヘザーがカクテルを一気にあおり、拳を握りしめた。「わたしが何を見たのか、あの場にいもしなかった人たちがわたしに教えようとするのが本当に腹立つの。自分が何を見たかくらいわかってる」

　私は落ち着いてほしいと言った。彼女を裁くつもりはないし、嘘つき呼ばわりする気もない。ただ彼女の話を聞くためにここにいるのだからと。そして、ドリーの父親について話してくれないかともう一度頼んだ。

ミスター・ハートは最初は陽気で楽しい人だった。面白くてイケてる義理のお父さんだった。彼と母親は毎晩のようにパーティに出かけていた。ヘザーとドリーもそれはかまわなかった。ベビーシッターに来ていた十代のいとこは夜ふかしさせてくれて、お菓子も好きに食べさせてくれたからだ。

母親は彼が大好きだった。彼に夢中だった。ヘザーは子供心にもわかっていた。母親にとって娘たちよりミスター・ハートが優先だと。むしろそれが普通のことだと思っていた。

だが、ドリーとヘザーが大きくなるとともに、両親も歳をとり、パーティ熱も冷めはじめた。ミスター・ハートは昼の仕事についた。DJをやめて警察官になったのだ。その仕事のひどいストレスから、彼は酒に溺れるようになった。母親もずっと飲酒の問題をかかえていたが、ミスター・ハートへのストレスからさらに酒を飲むようになった。

「あの人は暴力をふるうことはなかったけど、悪夢そのものだった。いつもぴりぴりして、しょっちゅう怒鳴りちらすし。陽気なのは飲んでるときだけで、それも長く続くことはなかった。お母さんが友達と出かけると、よく怒って喧嘩になってた。自分はもう仕事のせいでろくに出かけることもできなかったから。ほんとに最悪だった。わたしはお父さんのところですごすことが増えて、お父さんはわたしを引きとろうともしてた。で、お母さんもお父さんとすごすことが増えてきたの。わたしの送り迎えでしょっちゅう顔を合わせるうちに、また一緒にいるようになって。ようするに、あのころから浮気しだしたんだと思う」

ハート家ではさらに二年ほど家庭内不和が続いたあと、決定的なできごとが起こった。ミスター・ハートが重大な不正で解雇されたのだ。

「正確に何をしたのかはわからない。ただお母さんがあの人に叫んでたのはおぼえてる。〝重大な不正って何よ、どういうこと？〟って。そのあとわたしに部屋に入ってなさいって」

虐待が始まったのはこのときだとヘザーは考えている。このころから、ミスター・ハートが夜、ドリーの部屋へ入っていくようになったと彼女は記憶している。酒の飲みかたもますますひどくなり、ヘザーがある日、学校へ行く前にリビングに入っていくと、彼がソファにゲロまみれで寝ていたという。

どん底の状態の夫を見て、母親は自分のおこないを改める気になったようだった。酒をやめ、断酒会に通いはじめた。それで少しよくなった。母親がより地に足をつけてちゃんとするようになった――が、ミスター・ハートはそれに激怒した。

「たぶん嫉妬してたんじゃないかな。自分はお酒をやめられなくて、お母さんが禁酒して威張ってるって感じたんだと思う。お母さんが家じゅうのお酒を捨てて、それで大喧嘩になって……あの人がお母さんを殴った。それでお母さんはわたしとドリーを連れてしばらくおばあちゃんちに行った。で、これも子供だったからくわしいことはわからないんだけど、あの人もついに心を入れかえて、お母さんに戻ってきてもらおうとした。だけどお母さんはわたしとドリーに言ったの。しばらくわたしのお父さんと暮らすって」

ドリーはパパっ子だった。母親に対してはいつも反抗的だった。幼児のころから。ママだと暴れて泣き叫ぶのに、パパだときゃっきゃと喜んだ。ドリーは引っ越すという話に激怒し、「やだ、あたしのパパと住む」と実際の歳よりいくつも下の幼児のように駄々をこねた。

「最初は全員でわたしのお父さんの家に移ったの。そんなに遠くなくて、車で三十分くらいのところだったし、学校も変わらなくてよかった。それにお父さんの家のほうがずっと広くて立派だった。でもドリーはそのことでお母さんとずっと喧嘩してて。自分のお父さんのところに戻りたいって。週末にあの人のところへ行くと、毎回帰りたくないって言って聞かなくて。もうほんとに手に負えなかった。ひどい癇癪《かんしゃく》を起こして、夜中までずっとわめいてたり。頭がおかしいとしか思えなかった。映画の『エクソシスト』の女の子みたいだった。まるで……トム・ハンクスから引き離されたのかと思うくらい。怒りっぽいアル中男じゃなくてね」

それで逆にすることになった。ドリーは平日は父親と暮らし、週末はミスター・スミスのところへ来ることになった。

「あの子は教会へ行くのもいやがって、それが喧嘩の種になってたけどね。行きたくないって駄々こねて。わたしだって教会にはそんなに行きたくなかったけど、でもお母さんはお父さんとよりを戻してからすごく信心深くなってたから、お母さんを傷つけたくなかった。でもドリーはそんなのおかまいなしだった。教会も実際そんなに悪くなかった。ドリーはすごく厳格なカトリックかバプテスト派みたいに言ってたけど、普通のゆるい国教会だったし」

教会へ行かされること以外でも、ドリーは母親に対してしょっちゅう怒ったり拗《す》ねたりしていた。ヘザーは一度、ドリーに認めさせたことがある。むくれているのは〝ママが陰であたしのことを馬鹿にしてるってパパが言ってたから。ママがいっぱいあたしの悪口を言ってるってパパが言ってたから〟と。

「あの人は嘘ばっかりついてたの」とヘザー。「わたしも小さいころは信じてた。わたしにもそういうこと言って、自分の味方につけようとしてたの。でもほんとのお父さんじゃなかったから。あの人はただの……十歳ごろにはもう、あの人はわたしにとって、怒鳴り散らすただの最低男になってた。だからお母さんに言ったんだけど、お母さんは……わたしのことをそんなふうに悪く言ったことはないって説明しつつ、それがあの人のただの悪い冗談みたいに見せようとした。操ろうとする姑息《こそく》な策略じゃなくて」

ヘザーは妹に説明しようとした。それはミスター・ハートの卑劣な嘘だと。だがドリーは信じなかった。〝パパは嘘なんてつかない〟といって。

「あの人はくだらない嘘もたくさんついてた。深刻な嘘だけじゃなくてね。ただの笑えるほら話みたいなのも」

ドリーがミスター・ハートと暮らしていたころ、ヘザーは馬が飛ぶのを見たことがあるかとドリーに訊かれたことがあった。ミスター・ハートが、馬やシマウマやロバはみんな飛べるとまことしやかにドリーに教えたのだという。小さな翼があって、それは使わないときは背骨のなかにたたんでしまわれている。おもに地上を歩くように進化した結果、いまでは飛ぶことはまれだと。

ヘザーがそれは違う、ミスター・ハートにからかわれただけだと言っても、ドリーは信じなかった。一緒に馬やシマウマやロバのウィキペディアのページを読んだあとも、ドリーは姉を信じなかった。

この時期にドリーがほかにも気がかりなふるまいを見せていなかったかと尋ねてみた。するとヘザーはうなずき、時がたつごとにドリーが変になっていったと語った。ミスター・ハートの家で何が起きているのかヘザーにはわからなかった。そして母親も見て見ぬふりをしているようだった。

「でもおかしかったの、たしかに。たいていの子供にちょっとおかしなところがあるのはわかってる。それにああいうことがあったから、深読みしすぎてるのかもしれない。でもあの子がすごく変なときがあったのはほんと」

ドリーは自分だけの小さな世界に住んでいるように思えるときがあった。ドリーは小さな人形とドールハウスをたくさん持っていて、どこへ行くにもそれを持っていった。

「あの子はシルバニアファミリーみたいなのが好きで、父親のところからうちへ来るときもいつも持ってきてた。小さい動物を山ほどと、許してもらえるときは小さなプラスチックのドールハウスも。たいてい許してもらってたけどね。あの人は娘にだめって言わなかったから」

「じゃあバービーでは遊んでなかった？」

「うん。ポーリーポケットは大好きだったけど」

ドリーはバービー人形を買ってもらうと、たいてい傷つけていた。髪を切ったり、階段から落としたりして。おばさんが誕生日によかれと思って買ってくれた人形をドリーが電子レンジにかけていたのをヘザーはおぼえている。それらは大きすぎ、リアルすぎた。大きな人型の人形はドリーの小さな世界にはお呼びでなかった。

おもちゃは小さければ小さいほどよかった。ドリーはポーリーポケットをたくさん集めていて、ポケットランドへ行くという話をしていた。よくポーリーポケットのセットとともにベッドの下にもぐりこんでいた。自分自身もとても小さくて、ポケットランドの小さなセットのなかにいるようなふりをしていた。何時間かドリーの姿が見えないと思ったら、ベッドの下を見れば、ポーリーポケットや小さな動物の人形たちに話しかけているドリーが見つかったものだったとヘザーは言う。

ドリーはつらいことや悲しいことがあると、狭くて暗い場所にもぐりこんで目をつぶっていた。テーブルの下や食器棚のなかやたんすのなかにいることがよくあった。そこで膝をかかえ、目を閉じて、自分にささやきかけていた——すごく小さい子のようなふりをして。また、ドリーはメアリー・ノートンの〈小人の冒険〉シリーズやテリー・プラチェットの〈遠い星からきたノーム〉三部作にもはまっていた。小学生ならちょっと変わっている程度ですんだが、ハイスクールにあがってもまだ〝ポケットランド〟を手放せなかった。父親が死んだあと、ドリーはポーリーポケットのおもちゃを引っ越し先に全部持っていき、クロウに移ってきてからもまだそれで遊んでいた。

また、ヘザーの記憶では、ドリーの動物ファミリーのごっこ遊びには長くて奇妙なストーリーがあり、それは父親の死後、一段と不気味なものになった。ポケットランドがドリーにとって癒やしの場所だったとすれば、動物ファミリーは不安や苦悩を表出する場所だった。ドリーのごっこ遊びの世界でとくにひどい目にあっていた動物ファミリーが六匹のカエルだった。大きなパパガエルとその娘たち——みんな小さなワンピースを着ていた。ただし着ていないときもあった。ヘザーはカエルのファミリーに何があったのかくわしくは知らなかったが、赤ちゃんガエルがよく裸で水の入ったカップに浮いていたり、グラスの下に閉じこめられたり、小さなピンで刺されたりしていた。

赤ちゃんガエルが悪いことをしたからではなく、ただパパガエルの意思のとおりにしているだけだとドリーは言っていた。どうしてパパガエルを止めないのかとヘザーが尋ねると、ドリーは泣いてわからないと答えた。ヘザーは落ち着かない気分になり、ドリーにカエルのことを訊くのをやめた。

だが、ドリーはそれでもカエルのことを話題にした。食事中ににやにやしていて、何がおかしいのかと訊かれると、カエルがこんなことを言ったとか、パパガエルがあんなことをしたとか、次はカエルにどういうことをするつもりだとか答えるのだ。

「彼の自殺までに何かなかったかい。ドリーが何か気になることをしたとか言ったとか、記憶に残っていることはないかな」私は質問した。

「ない。たぶんわたしたちに何も言うなって、あの人が言い聞かせてたんだと思う。わたしたちがふたりを引き離そうとたくらんでるみたいに思わせて。だから、あの人の調子はどうかってお母さんに訊かれると、ドリーはいつも問題ないって答えてた。あの人が自殺したときはすごく衝撃だった。みんなドリーから聞きだそうとした。何があったのかって。でもあの子は誰にも話そうとしなかった。お母さんにも、わたしにも、カウンセラーにも」

父親が自殺したのはドリーが十一歳のときだった。ヘザーに言えるのは、ミスター・ハートがその直前に抗鬱剤を処方されていて、それをのみはじめてから、かかりつけ医にしっかり診てもらっていなかったようだということだけだった。彼はふたつの仕事をかけもちしていた。企業の警備員をしながら、空き時間にタクシー運転手もしていた。そして抑鬱やストレスや慢性の痛みに悩まされるようになっていた。

「でもわたしにわかるのはそれぐらい。あの人、ある日は元気そうにしてたのに、翌日にはもういなくなってた。ドリーはわたしたちのところに来るのをすごくいやがって、お母さんはしかたなくおばあちゃん——お母さんのお母さん——のところにあの子をやったの。でも悪夢みたいな子だから、おばあちゃんの言うことなんて聞かないし、学校でも山ほど問題を起こした。小学校を卒業してハイスクールにあがるあいだの夏休みはさらにひどかった。おばあちゃんが何かのテレビ番組を見せてくれなかったとかで喧嘩になって、ドリーがおばあちゃんを嚙んだの。すごく強く」このできごとがとどめになった。母親が有無を言わさず、ドリーを自分のもとへ呼びもどした。

「わたしは嬉しくなかった。あの子のこと、だいぶ不気味だと思うようになってたし。あの変な人形のこととか。それに……恥ずかしかった。同じハイスクールに通うことになるのが。だってあの子……変だから」

ドリーはなんでも信じた。サンタクロースも歯の妖精もまだ信じていて、それが学校で大きな問題を引き起こした。ヘザーは少なくとも一度、ドリーがほかの生徒に私服の日だと嘘を教えられ、私服で登校したことがあったのを記憶している。

祖母の家の近くに住んでいた年上の少年たちとのあいだでも不愉快な事件があった。ヘザーにはくわしいことはわからないが、ドリーがだまされて、何かと引きかえに性的な行為をさせられたことが一度ならずあったという。母親ならくわしいことを知っているが、絶対に話さないだろうとヘザーは言った。

「それがクロウ・オン・シーに引っ越してきたころのこと。両親はただ引っ越したくなったから引っ越すんだ、みたいに言ってたけど、ドリーを新しい学校に入れるためだってわかってた。わたしはべつによかった。美容専門学校に行きたくて、クロウにはいい学校があったから」

クロウへ引っ越す前に、母親が介入を試みて、小さな動物たちやポーリーポケットを取りあげた。ドリーはひどく悲しんだ。〝もうこういうもので遊ぶ歳じゃないでしょ〟〝大人ぶりたいならおもちゃで遊ぶのはやめなさい〟と言われたドリーは、泣きわめいて情けを乞うた。ヘザーには母親が何をしたいのかわからなかった。どうしてドリーが小さなおもちゃを持っていてはいけないのかも。ドリーが叫んでいたのを彼女はおぼえている。〝あの子たちを殺すの？　あたしからあの子たちを取りあげるのは、あの子たちを殺すことなんだよ！〟ドリーは自分がおもちゃに吹きこんだ命のことを真剣に案じているらしかった。

ドリーは母親を人殺しと呼んだ。ヘザーはそれがただの芝居なのかわからなかった。妹は心から本気でそう信じているように感じた。

ヘザーは赤ちゃんガエルたちとポーリーポケットの一部をこっそり取りかえした（パパガエルは忘れ去られたほうがいいと思ったので取りかえさなかった）。母親は（捨てるのはさすがに気がとがめたのか）それらを箱に入れてたんすにしまっていた。ヘザーはそれを妹のベッドに隠した。メモか何かを残すべきだったかもしれないが、ドリーも察するだろうと思った。

ドリーは察しなかった。予想を超えた魔術的思考によって、おもちゃが自分で帰ってきたと思いこんだようだった。ドリーの意志の力でよみがえったのだと。ヘザーが知っているのは、妹に部屋に呼ばれ、興奮気味に打ちあけられたからだ。おもちゃを呼びもどせた、ひょっとしたら自分の魔法の力で生きかえったのかもしれないと。

ヘザーは自分がそのおもちゃを救出したとは言いだせなかった。

「そのときドリーはいくつ？」

「十四歳かな。十五歳だったかも」

「ふーむ」時系列はよくわかっていたのだが、それでも十二歳かそこらという答えを期待していた。

「そうなの」ヘザーが言った。「変でしょ？　お母さんはあの子に新しくいろいろ買ってあげたりもしたの。わたしがすすめた大人っぽいバッグとか靴とか。わたしのお父さんはドリーの父親よりずっとお金を持ってたから、ティーンエイジャーあこがれの若者向けブランドのものも簡単に買えた。でもあの子はそれより汚いカエルのほうがよかったの」

ヘザーが肩をすくめ、自分に話せるのはこのぐらいだと思うと言った。一家がクロウに引っ越したとき、自分はひとり暮らしを始めたからと。

「友達をたくさんつくって人気者になりたいから頑張るってあの子が言ってたのは知ってるけど……結局はね。あの子、癇癪持ちだから。すぐに全部水の泡になっちゃったって聞いてる。でも本当にこれ以上は話せることないかな。もう行ってもいい？」

あとふたつほど質問したいことと、ひとつ指摘したいことがあると私は告げた。

最初の質問——ヘザーや母親はチェリークリークのことを知っていたのか。

「あー、ううん。お父さんはそれを聞いたら本気でノイローゼになっちゃうんじゃないかな。さっきも言ったけど、両親はべつに信仰にがちがちとか厳格とかそういうのじゃなかったんだけど、ちょっとでも不健全なものとか怖いものとかにはすごくうるさかった。ハロウィーンにもいい顔しなかったし、ドリーにR－15の映画も見せなかったらしいし。わたしは知らなかったんだけど。言ったとおり、ドリーとそんなに仲もよくなかったし、あの子、秘密主義だったたし。あの子がコンピュータばっかりやってるってお母さんが愚痴ってたけど、十五歳にラップトップを買ってあげたらそりゃそうなるでしょって思ってた。学校で必要だったからってお母さんは言ってたけど」ヘザーが目をぐるっと回した。

なぜドリーに車を貸したのかと私は尋ねた。ヘザーの顔がこわばった。何度も訊かれた質問だったのだろう。

「きみを責めてるんじゃないんだ。事件の夜は勝手に車を持っていかれたんだから、きみにはどうしようもなかったのもわかっている。ただ、それ以前に貸したのはどうしてかなと思ってね。貸すのは少し変に思えるんだが」

ヘザーがため息をついた。質問した私に腹を立てるかと思ったが、違った。

「クロウ・オン・シーに住んでるとね、車が鳥の糞だらけになるの。しょっちゅう。それを掃除するのが嫌いで。ドリーに車を貸すときは、掃除してもらうことになってたから」

「ドリーは運転免許試験に何度も落ちてたのに？」

「だってあの子、貸さないとキレるし。あの子が運転してるところを見てたけど、いつもちゃんと運転できてたし。わたしだって何回か試験に落ちてるし。二、三回落ちるのは普通でしょ。それに、そんなに遠くへは行かないしね。たいていは友達とマクドナルドに行って帰ってくるだけ。それがそんなに問題とは思わなかった。馬鹿だったけど、わたしも十九歳とか二十歳とかだったから。その歳で完璧な判断なんて求められる？」

私は肩をすくめた。車のことで彼女を追及する気はなかったし、説明に納得もできた。無責任ではあるが、狂気の沙汰とは思わない。

「最後にひとつだけ……性的虐待のことで、ちょっと指摘したいことがあってね」

「もう行くね」ヘザーが言い、ドリンクを飲みほして荷物をしまい、バッグを手にとった。

私はテーブルを離れる彼女のあとを追った。

私が指摘したかったのは、ミスター・ハートがドリーの部屋に入っていったからといって、見た目ほど悪いことがおこなわれていたわけではないかもしれないということだった。私自身も父親だった。夜、娘の部屋に様子を見にいくこともあった。毛布をかけなおしてやったり、精神的に不調だったころは、娘の息が急に止まるのではないかと不安になり、何時間も娘の寝顔を見おろしていたこともある。

「悪いことをしていたとはかぎらないんじゃないかな、ただ子供の様子を見ていただけで」

「あなたの意見なんてどうでもいい。あの人はドリーの様子を見てたんじゃない。何かしてたの」

「どうしてわかるんだい、ヘザー」私は尋ねた。ヘザーが手をあげてタクシーに合図した。

「だってあの子は人を殺したんだよ？　人に火をつけて燃やしたの。そんなの普通じゃない。理由もなくそんなことしない。わたしは嘘つきじゃないから」ヘザーが嚙みつくように言った。その目には涙が浮かんでいた。タクシー代を渡そうとすると、手を払いのけられた。

「気色悪い」彼女が言った。「あんた、気色悪い。これ書いといて、あんたのその汚らしい本に」

事件へ

ドリーは檻《おり》のなかの動物のように部屋を行ったり来たりした。怒りにわれを忘れ、握りしめた携帯電話を壁に投げつけて粉々にしたくなった。

導きがほしくてマティに呼びかけた。彼ならどうするだろう。彼ならどうするかはわかっている――が、自分はどうすべきなのか。何も感じないし、何も聞こえない。目を閉じて集中し、彼の顔を思い浮かべた。マティは笑っていた。にやついていた。それになんの意味もない。自分をからかっているだけだ。

手のなかで携帯が音を立てつづけている。ジェイドではなくジェイミーだ。ウィンクしている顔の絵文字とともにメッセージ――今夜のおれのパーティには来てくれる？　会えたらいいな。

十一年生と十三年生はもう授業がなく、ほとんどの生徒が学年末の試験を終えている。ドリーの十二年生はまだ授業があるが、金曜日はサボってしまえばいい。

〝行くよ〟とドリーは返信した。〝今夜は飲みまくるから〟

そのとおり、飲みまくるつもりだった。すでに飲みはじめていた。ナイトテーブルのひきだしの下に隠しておいたウォッカの小瓶にもう手をつけていた。

ドリーはヴァイオレットとアンジェリカを呼びだした。〝うちでしたくしなよ。すぐ来て〟アンジェリカからは煮えきらない言いわけめいた返信が来た。〝今夜は無理かも。パパがブレグジットのことですごく忙しいから〟それにはとても腹が立った。アンジェリカは父親のビーチシャレーの鍵を持ってくる約束になっていたからだ。パーティのあと、ビーチシャレーに行くはずだった。そこからがお楽しみだったのだ。町に満ちているブレグジットの悪い気を利用して、何かをつくり、何かを具現化させ、混沌を受け入れる。ジェイドが馬鹿馬鹿しいと言うのが頭に浮かび、かわりにマティを思い浮かべようとした。自分の内なるパワーを想像しようとした。自分にはなんだってできる、誰にも止めることはできないと考えた。

自分は力に満ち、邪悪で、怒りに燃えている。みんな後悔させてやる。ひとり残らず。

アンジェリカにメールを送った。汗ばんだ親指が携帯の画面ですべった。

《フケようとしてんの？》

《シャレーの鍵が手に入れられなかったから？》

《そんなのいいよ》

《とにかく来な》
《鍵貸してもらえないなら盗めばいいじゃん》
《霊媒には来てもらわないと》
《怖じ気づくなよ》

ドリーはTumblrに移り、アンジェリカのブログへ行った。そして質問ボックスを開き、匿名にチェックを入れてから打ちこんだ。

《パパのブレグジットで大喜びしてるんだろうね、このナチのドブネズミ》

それからふと思いついて、もうひとつ匿名で質問を送った。

《タレコミだよ、秘密ね!! Murderxbuttonsをずっとフォローしてて、ときどきメッセージをやりとりしてるんだけど、ジョーン・ウィルソンって子があんたに匿名でいやがらせメッセージを送ってるって聞いたよ。ひどいよね》

ドリーは姉にメールを送り、車を貸してほしいと頼んだ。ヘザーはだめだと言った。明日の朝早くから車を使うし、きょうはもう遅いからと。たったの八時半で、外はまだ明るいというのに。きょうにかぎってはだめと言われて引きさがるわけにはいかない。

ヴァイオレットはすぐに来た。ドリーが〝跳べ〟と言えば、ヴァイオレットは〝どれだけ高く？〟と訊く。今夜はジーンズにTシャツという格好で、いつもどおり黒ずくめで地味だ。ドリーはヴァイオレットに挨拶もしなかった。

「これ見て」とヴァイオレットの顔の前に携帯を突きだした。「読んで。そのスクリーンショット」

ヴァイオレットが携帯を手にとり、ジェイドとやりとりしたメッセージと、ジョニから送られてきたメッセージを読んだ。ヴァイオレットは無表情で反応が薄い。もっと憤慨するのを期待していたのに。こんなことするなんて信じられない、ジョニはなんて表裏があって波風を立てたがるクソ女なのかと。

「ひどいね」ヴァイオレットが言った。「でもどうせ喧嘩してたでしょ。ジェイドと別れたいとまで言ってなかったっけ？　後ろ向きだからって」

「言ってない。ううん、言った。言ったけど、それとこれとは違う」ドリーは言った。ジェイドとはたいして共通点もないし、最近は自分のことを頭のおかしい馬鹿みたいな目で見るようになった。頭に来るのは、ジョニが自分とジェイドの仲をわざわざ裂こうとしたことだ。ジェイドのことをもうたいして好きじゃなくても、そういう問題ではない。そんな陰険なことをして許せない。ドリーがそう説明すると、ヴァイオレットがうなずいた。

「今夜のパーティ、まだ行きたい？」ヴァイオレットが訊いた。少し期待のこもったような口調だったのは、パーティについていかされるのが好きではないからだ。ヴァイオレットは携帯と殺人事件と『ザ・シムズ』でつくった地下の拷問部屋の世界にずっといたいのだ。ドリーも一度見せてもらった。悪趣味だった。悪趣味でいかれてて最高だった。ドリーはヴァイオレットが自分のことを信じているのか疑っていた。でもあの地下室を見て、ヴァイオレットは理解しているとわかった。あの地下室はポケット地獄だ。デジタルなポケット地獄だ。

「うん、もちろん。アンジェリカも来るよ」

「あの子はお父さんのブレグジットのことで今夜はだめなんじゃなかったっけ？」

「ううん、家まで迎えにいく。ビーチに行ったらあの子が必要になるだろうし。それにパーティに行ったら、あたし……ジョニに思い知らせてやるつもり。アンジェリカもきっとそれを見のがしたくないよ。でしょ？」

「たぶんね」とヴァイオレット。「でもムアコック・ヒルまでのタクシー代、持ってないよ」そして携帯に視線を落とし、目を合わせずに言った。「やめといたほうがいいんじゃない？」

「大丈夫、ヘザーの車で行くから」

ふたりはウォッカの小瓶を空にした。飲んだのはおもにドリーで、ヴァイオレットは二、三口飲んだだけだった。

ドリーの母親はヘザーのフラットの合鍵を持っていて、それも含めてすべての鍵を気どった貝殻の形のフックにかけていた。

「どうしてフラットの鍵がいるの？」ヴァイオレットが尋ねた。

「ヘザーが留守だったときのため」

「でも車を借りにいくのは知ってるんだよね？」

「うん、当然」とドリー。

ふたりはヘザーのフラットまで歩いた。ジェイドに出くわすリスクを避けて、ウォレンズは通らなかった。

ヘザーの住むフラットのあるブロックに着くと、ドリーはヴァイオレットに外で待つように言った。

「ヘザーは車を借りること、ほんとに知ってるんだよね？」

「うん、当然」ドリーはささやき声で言った。

ドリーはヘザーのフラットに入った。姉がもう寝ているか、ヘッドフォンでもしているのを願っていたが、シャワーの音が聞こえてきた。完璧だ。フラットのなかまで入る必要はなかった。ヘザーは玄関のフックに鍵をかけていた。母親と同じ貝殻の形のフックに。ドリーは車のキイをとり、外に出て鍵を閉めた。

ドリーはヴァイオレットを乗せてさっさと走り去った。ヘザーのフラットから車は見えない。窓は駐車場とは反対側にある。姉が買い物にでも行かないかぎり、ばれる心配はない。

アンジェリカの家に着いたのは九時過ぎで、ちょうど日が沈んだころだった。ドリーはクラクションを鳴らし、車の窓から身を乗りだしてインターフォンを押した。

「はい、アンジェリカ・スターリング＝スチュワートです。父は留守です。記者か何かなら帰ってください」

「どうも、EU残留派ですけど、どうしてあんたたちはそんなにナチなんですか」ドリーは言った。「冗談だよ！　あたし。あとヴァイオレットも。出てきて！」

アンジェリカが大きく息を吐きだしてインターフォンを切り、しかめ面で出てきた。パジャマ姿だった。

「何やってんの、早く乗って。パーティに行くよ」ドリーは言った。

「うーん……シャレーの鍵は渡せないし、今夜は出かけちゃだめってパパに言われたの」とアンジェリカ。「それにパパのためにブレグジットのニュースを録画しなきゃいけないし、残留派が負けた腹いせにわたしを襲うかもしれないってパパは心配してて」

「それって……考えすぎじゃない？」ヴァイオレットが言った。

「あんたのパパは自分が世界の中心だと本気で思ってるんだね。何も起こるわけないよ」ドリーは言った。「いいから鍵持ってきな。残留派に襲われたりしないから。ただビーチでブレグジットの怖い話を楽しむだけだって」

「でも録画が……」

「BBCの配信で見たらいいじゃん」とヴァイオレット。「それにどうせ離脱派が負けるよ」

「それか、いまから録画しといたら？　お姉ちゃんに頼んでみてもいいし。今夜ここに隠れてたら、臆病なブレグジット馬鹿みたいだよ。みんなきょうのパーティには行くんだから。行かないと恥ずかしいよ」

「ルシアナには録画をまかせられないってパパが」

「だから？　録画くらい誰だってできるでしょ。あんたが必要なの。霊媒がいないと、ビーチに行ったってどうしようもないじゃん」

「でも……わかった。行くよ」アンジェリカがため息をついて家に引っこんだ。しばらくして、自分の参加代だとわかっている甘いアルコール飲料やもっと強い酒の入った袋を持って出てきた。キラキラした赤と白と青のアイシャドウをつけて赤い口紅を塗り、ユニオンジャック柄のワンピースに着替えていた。アンジェリカが酒の袋をかかえて後部座席に乗りこんだ。

「ブレグジットがテーマのパーティじゃなかったと思うけど」ヴァイオレットが言った。

「いいの。わたしはきょうはこれで」アンジェリカが言いかえした。ドリーは車を出した。

ジェイミーから家の住所と自分の腹筋の写真が送られてきていた。「ジョニがＴｕｍｂｌｒ

でわたしに匿名のメッセージ送ってきてたの、知ってた?」アンジェリカが訊いた。

「え?」嘘のへたなヴァイオレットの声が震えていた。ドリーは運転席でにやにやした。アンジェリカが怒りもあらわに足をゆすっていて、ヴァイオレットが顔を真っ赤にした。

「ヴァイオレット、ある人から聞いたんだけど。ジョニがわたしに意地悪な匿名メッセージ送ってるってあんたが言ってたって」

「誰から聞いたの?」

「そんなことどうでもいいでしょ」とアンジェリカ。

ヴァイオレットがすがるような目でバックミラーごしにドリーとヴァイオレットの目が合った。

「何見てんの? あたしじゃないよ」ドリーは言った。「あんな子が何やってようと知らないし」

「アンジェリカに何か送ったってジョニから一度メールで聞いたけど、でも一年くらい前だよ。うちらが一緒に遊ぶようになる前」ヴァイオレットが言った。

「一緒に遊んでないけど」アンジェリカがあざけるように言った。

「遊んでるでしょ。まあいいけど」とヴァイオレット。「でも言っとくけど、じゃあ誰だと思ってたの? ジョニがあんたの『キャッツ』の写真をみんなに見せてまわりだしてからは、わかりきってたんじゃない?」

「うるさい」とアンジェリカ。その声はしゃがれている。やがて話題を変えた。「ジェイドは？」

「振られた。ジョニに失《う》せろってまたメッセージ送ったら、あいつそのスクリーンショットをジェイドに送って、そのせいで」

「信じらんない、ほんとにやなやつ、大っ嫌い」アンジェリカが言った。かんかんに怒っているのがドリーにも伝わってきた。「悪魔みたい」

「最悪だよ、あいつ。マジであいつって……」ドリーは言葉に詰まった。頭のなかで歯車が回っていた。マティならどうするだろう。「あいつは死肉。そう死肉だよ。地獄の肉」

「地獄の肉？」

「そう。あいつをポケット地獄の餌にしてやる」

三人はジェイミーのパーティに行き、庭の隅で固まってアンジェリカの袋の酒を飲んだ。ジェイミーの家の塀と物干しロープからは豆電球がぶらさがっていた。驚くほど人が多かった。十一年生の女子と十三年生がおおぜいいた。ドリーの学年はあまりいなかった。学年末の試験がきょう終わった生徒が何人かいて、誰より酔っぱらっていた。その生徒たちは自由に乾杯し、来週まで試験がある生徒に出くわすと〝残念、残念〟と囃《はや》したてていた。ジェイミーはそのグループの女子のひとりに気をとられていて、ドリーにはかまわないでいてくれた。好都合だった。

ドリーは酔いすぎたくなかったし、パーティの中心から離れたくもなかった。運転できなくなるのは困る。このために運転する必要があるのだ。

アンジェリカもヴァイオレットもドリーに話しかけてくるが、ふたりが言葉をかわすことはない。三人はおしゃべりをした。アンジェリカはジョニの悪口を言い、ヴァイオレットはブレグジットの結果が離脱になるか残留になるかで、クロウを中心としたポケット地獄空間にどのくらい影響するのかというような話をぶつぶつ言っていた。ドリーは甘いアルコール飲料を飲みながら視線を走らせてジョニの姿を探した。ジョニは来るはずだった。ジェイミーの友達があのアナベルとかいううぬぼれ女と付きあっていて、アナベルが友達全員を呼んだから、ジョニも来るはずだった。

「来た、あそこ」アンジェリカがひそひそ声で言った。「どうするの？　何か言ってやるの？　殴るの？」

「かもね」ドリーは言った。ジョニはローレン・エヴェレットとケイリー・ブライアンと一緒にいた。やはり甘いアルコール飲料を飲みながら、三人で笑いあっていた。ジョニがジェイドとドリーの仲を裂いたのを祝っているのかもしれない。

「あの子たち、きっとドリーのこと笑ってるんだよ」とアンジェリカ。

「アンジェリカ……」ヴァイオレットが小声でたしなめた。

「何？　それがあの子たちだよ。わたしもいつもやられてる。ジョニがドリーとジェイドの仲を裂いたのを面白がって笑ってるのかもよ。同性愛差別だよね、マジで」ヴァイオレットがその言葉に目をぐるっと回した。でもアンジェリカの言うとおりかもしれない。あの子たちは実際にアンジェリカをからかって笑いものにしている。ドリーにしないとは言いきれない。

ひとりが鼻を鳴らした。笑ったのかもしれないし、豚の真似をしたのかもしれない。ヤリマン《ディック・ビッグ》ドリー。ローレンみたいな子にとってドリーはそういう存在でしかない。ドリーは声をかけようと決め、アンジェリカとヴァイオレットには待っているように告げた。必要になったら応援に来るようにと。そしてジョニの肩を突っついた。ジョニはドリーを見て文字どおり飛びあがり、もじもじした。

「ちょっと話せる?」ドリーは尋ねた。落ち着いた冷静な声で。だが奥歯を嚙みしめ、拳を握りしめていた。

「えっと……」ジョニがローレンとケイリーを見た。ふたりは困惑顔で心配そうだった。

「いいよ」ジョニが言い、ローレンとケイリーに「大丈夫だから」と声をかけた。

「何かあったら大声で呼んで」ローレンが言った。

「何もないから大丈夫」ドリーは笑顔で言った。精いっぱい〝ほんとになんでもないから!〟というような明るい笑みを浮かべて。

ジョニを物置小屋の陰に連れていった。そこならローレンやケイリーにじろじろ見られずに話ができる。

「あたし、ジェイドに振られたよ。嬉しいでしょ」ドリーが言うと、ジョニはぎょっとしてうろたえ、飲んでいた甘いアルコール飲料を喉に詰まらせた。

「ち、違う、わたし――」

「いいの。ほんとにいいの。恨んでないから。どうせ別れるつもりだったしね。だから気にしないで。メッセージのこと、ごめんね。ほんとに……」ドリーはとっておきのやさしく親しげな笑みを浮かべた。ジョニの顔はまだこわばっていたが、いまにもお漏らししそうなほどではなくなった。「ね、もう水に流したから。自分が頭のおかしい女だってことはよくわかってるしね」ドリーが笑うと、ジョニもおずおずと笑った。「ところで……これからビーチに行くんだけど。ジェイドも来ると思うよ」

ジョニが咳払いをした。

「えーと……うん、そうだね、もしローレンとケイリーが――」

「車にはあとひとりしか乗れないんだ。ふたりにはあとから来てもらえばいいよ」

「えーと……」

「ヴァイオレットも来るよ。アンジェリカも。友達でしょ、ふたりとも」ドリーは何気ない口調をよそおい、穏やかに言った。握りしめていた拳もどうにか開いた。「来たくないならべつにいいんだけど。ただきっと楽しいかなと思って」

「そうだね……うん」ジョニがほほえんだ。「行く」

「いまからでもいい?」ドリーは尋ね、これ見よがしに携帯をたしかめた。十時半だった。

「ヤバい、もう行かなきゃ。ジェイドが向かってる」

「わかった」ジョニが言い、物置小屋の向こうに目をやったが、ケイリーやローレンの姿は見あたらないようだった。「うん、もういいよ、行こう」

「いいの?」

「いい!」

ふたりは顔を見あわせてくすくす笑った。ドリーはジョニと腕を組み、アンジェリカとヴァイオレットのところへ連れていった。そしてわざとらしい満面の笑みをふたりに向け、〝調子を合わせて〟と暗に伝えた。

「ビーチに行くよ。さあ出発!」ドリーは言って手を叩いたが、ジョニと腕を組んだままだったのでぎこちなかった。

四人は車に乗りこんだ。ドリーがエンジンをかけると、ジョニが携帯を出してメールを打ちはじめた。

「携帯、取りあげて」ドリーが命じると、アンジェリカが携帯を奪いとり、笑いだした。

「ジェイドにメール送ろうとしてたよ」アンジェリカが鼻を鳴らした。「ほんと哀れ」ドリーが後部座席のアンジェリカ側の窓をあけた。ジョニがあわてて携帯を取りもどそうとした。

「捨てな」ドリーが言い、アンジェリカが窓から携帯を投げ捨てた。

ヴァイオレット、アンジェリカ、ドリーの警察の取り調べにおける供述では、ここから話が大きく食い違ってくる。

携帯電話が窓から投げ捨てられるまでのことは、全員の供述がおおよそ一致している。暴力がエスカレートしはじめるまでのことは。

＊

ドリーが城へ車を向かわせた。アンジェリカとヴァイオレットのどちらかが、グローブボックスにあったヘザーのマフラーでジョニの手を縛った。どちらなのかは誰に訊くかによる。ドリーはアンジェリカが自発的にやったと言い、ヴァイオレットはアンジェリカがドリーに命じられてやったと言い、アンジェリカはヴァイオレットがやったと言った。

それからアンジェリカが予備の靴下でジョニに猿轡《さるぐつわ》をした。アンジェリカは当初ヴァイオレットがやったと言っていたが、のちに認めた。靴下はアンジェリカがバッグに入れて持っていたものだったのだ。猿轡をするのに少し手こずったが、走っている車から放りだすとアンジェリカが脅すとジョニはおとなしくなった。ドリーがわざとらしくドアのロックを解除して〝ほんとにやるよ〟と言ったとヴァイオレットもアンジェリカも供述している。ドリーはこれについては何も言っていない。

車はゆっくり町の中心を抜け、北のビーチの海岸通りに入った。平日で多くの店が閉まっており、静かだった。アンジェリカかヴァイオレットのどちらかが、外から見えないようにジョニの頭を押さえつけていた。アンジェリカはヴァイオレットがやったと言い、ヴァイオレットはアンジェリカがやったと言い、ドリーはふたりがやったと言った。

城に着くと、三人はジョニをウィッチハンマーの前へ連れていった。そこでジョニがこの夜最初の重傷を負った点では三人とも一致している。

ドリーはジョニにハンマーを試してみようかと冗談を言った——本人の弁では本当に冗談だった。持ちあげられないのはわかっていた。ただジョニをおどかしたかった。それでハンマーの横に頭が来るようにジョニを地面に寝かせた。ドリーが本気でハンマーを持ちあげようとし、アンジェリカにも手伝えと要求していたとヴァイオレットは供述している。ドリーがどこまで本気だったのかはわからない。

ドリーは次にジョニに馬乗りになって（ヴァイオレットによれば）ヴァイオレットから聞いた半分つぶれた娘の話を語り聞かせた。ただし、ドリーとアンジェリカの供述では、途中からはヴァイオレットが口をはさみ、細かい部分を訂正してそのまま残りを話したとされている。

それからアンジェリカが煉瓦《れんが》を見つけた。半分に割れていたが、それでも煉瓦だ。アンジェリカとドリーはそれをジョニの頭に落とそうと話しあった。ヴァイオレットによればふたりとも乗り気だった。ドリーによれば、それはやりすぎだとアンジェリカを止めようとした。アンジェリカは、ドリーが落とせとけしかけたと言っている。

ジョニはだいぶ酔っていて、泣きながら暴れてドリーを振り落とした。そして立ちあがり、逃げようとした。

アンジェリカが煉瓦を投げ、それがジョニの後頭部にあたった。

「誰がシュートがヘタだって？　負け犬はどっちよ？」

ドリーとヴァイオレットはアンジェリカがそう叫んだと主張する。アンジェリカ本人はただパニックになって煉瓦を投げたと言っている。ジョニに逃げられて、自分たちのことを言いつけられたくなかった。頭にぶつけるつもりはなく、足止めするか、おどかすだけのつもりだった。たぶんあたらないと思っていた。

衝撃でジョニは倒れこみ、喉の奥から音を発して、土と草の上にうつぶせになった。完全に意識を失ってはいなかったが、重傷を負ったのは子供の目にも明らかだった。

ここにいたって、三人とも一線を越えてしまったと悟った。本格的にまずいことになったと。

「病院に連れていかないと」ヴァイオレットは自分がそう提案したと主張するが、ドリーは自分が言いだしたことだと述べている。アンジェリカも自分がジョニを病院に連れていこうとしたと供述している。それぞれのストーリーのなかでは、ヒーローになりそこねたのは自分だった。

三人ともジョニを病院に連れていきたかったのに、連れていかなかった。みんな面倒なことになるのがいやだった。いま病院へ連れていったら大ごとになってしまう。ジョニをビーチシャレーに連れていけば、一時間ほどでよくなるかもしれない。そうしたら少しおどかして、揉めごとを煽ったり、悪口を言ったり、他人にいやがらせメッセージを送ったりしたことにお仕置きをし、今夜のことは黙っているよう言い聞かせる。それで万事オーケイだ。これらの点は三人とも挙げていて、誰がどれを言ったとは述べていない。三人で話しあい、全員で気休めと正当化を図った結果なのだろう。

ヴァイオレットは「本気? ほんとにやるの?」と訊いた。するとアンジェリカが「やるって何を? 何もしないよ」と答えた。

そしてシャレーへ行った。着いたのは十一時十五分ごろだった。アンジェリカとドリーがジョニを運んだ。アンジェリカが足を持ち、ドリーが手を持った。ヴァイオレットは非力で手伝えなかった。ジョニはアンジェリカとドリーのあいだでぶらぶら揺れ、かたわらでヴァイオレットがそれを見ていた。ドリーはアンジェリカがジョニの重さをあざけっていたと話す。〝ヴァイオレットが脚も支えられないくらいのデブ〟と。

ヴァイオレットはあとをついていった。ふたりに何度も「ねえ、もういいでしょ」と言い、もうやめてジョニを車に乗せようと頼んだ。「救急病院の前でジョニをおろして逃げちゃえばいいよ」と言った。映画でそうやっている場面を見たからだ。

アンジェリカはヴァイオレットがそう言ったことを否定した。ドリーはヴァイオレットがジョニを救急病院の前に置いていこうと言ったのを裏づけた。

ドリーは「黙れ」とヴァイオレットに言ったのも認めている。

四人の少女に気づいた者がいたとしても、ジョニが酔いつぶれているか、四人がただふざけていると思い、気にとめなかったのだろう。目撃者は出てきていない。

シャレーに運びこんでもジョニは意識朦朧としたままで、少女たちはどうすべきか言い争いを始めた。ヴァイオレットは外で吐いたと言い、ほかのふたりを説得してやめさせようとしたが、耳を貸してもらえなかったと話す。アンジェリカはドリーとどうするか相談するあいだ、ヴァイオレットをシャレーから締めだした。

アンジェリカとドリーはヴァイオレットをシャレーから締めだしたことを否定したが、ヴァイオレットの供述を裏づける目撃者がいた。夜遅くに犬の散歩をしていた人が、シャレーのドアを叩くヴァイオレットを目にしていた。

犬の散歩をしていた人は声をかけたりはしなかった。ティーンエイジャーがふざけているだけだと思った。その人と目が合うと、ヴァイオレットはシャレーから離れて車に戻っていった。

シャレーでは（誰の話を信じるかによるが）ジョニの意識がないあいだにいたずらをして

やろうとアンジェリカがドリーをそそのかした。どうせジョニの話なんて誰も信じないから、ちょっと面白いことをしようと。ドリー本人は、怒っていたと同時におびえてもいたと述べている。マシュー・マクナイトを思い浮かべて、彼ならどうするかと考えたが、なかなか決心がつかなかったと警察に話している。

迷っていたのは自分のほうだとアンジェリカも言っている。どうすればごまかせるか考えだそうとしていた。ジョニをアルコールまみれにすることを提案した。そうすれば警察はジョニがただふらふらといなくなったと思ってくれる。警察に行って〝友達が酔っぱらって頭を打った。そのあとはぐれてしまった。知らないうちにシャレーの鍵を盗まれていた〟と言えばいい――あるいはただ救急病院に置いてくるか。アンジェリカはどうすればこの窮地を脱することができるか考えようとしていた。ドリーはマティとかポケット地獄とかについてぶつぶつ言っていた。〝いまがチャンス〟とか〝あたしにはできる〟とも。

ドリーがジョニの顔を強く平手打ちしはじめて、やがて唇が切れた。これはジョニの目をさまさせようと必死でやったことだとドリーは主張している。アンジェリカは異を唱えている。

ヴァイオレットの携帯電話の通話記録によると、九九九番にかけて二秒後に切っている。ヴァイオレットはパニックになっていて、どうすればいいかわからなかった。自分もドリーとアンジェリカに何かされるのではないかと思ったという。それに警察も怖かった。かかわりあいになりたくなかった。あのひどいできごとが起こったあと、警察はやさしくなかった。ヴァイオレットが嘘をついているようなことを言われ、（母親も誰もそばにいないところで）将来ある若者のことで嘘をついてどんな得があるのかと責められた。

ヴァイオレットは午前一時ごろに携帯の電源を切った。そのとき車のなかで何をしていたのか、何を考えていたのかよくわからないという。とても現実とは思えなくなっていた。事件の前から繰りかえし見る悪夢があった。誰かを殺してしまって、死体を埋めなければならないというもので、夢のあいだじゅうずっと、ただただその死体に消えてほしいと願っていた。そして汗びっしょりで目をさまし、全部夢だったことに心からほっとするのがつねだった。

ヴァイオレットは車内で自分に目をさませと念じていたと話す。

いっぽうのシャレーでは、それから四時間にわたって暴行がエスカレートしていった。アンジェリカとドリーははさみ、コルク抜き、外に落ちていた石、サイモン・スターリング＝スチュワートがシャレーに置いていた小さな工具セットでジョニをいたぶった。工具セットには金槌《かなづち》と各種サイズのドライバーが含まれていた。

ドリーはいつジョニの〝目をさまさせようと〟するのをやめて、いつ拷問を始めたのかについては語ろうとしなかった。

ここではくわしくは書かない。知りたければインターネットで検索してほしい。ジョニが受けたすべての傷のリスト――アンジェリカいわくドリーがやったこと、あるいはドリーいわくアンジェリカがやったことを網羅するリスト――を喜んで提供しているウィキペディアの項目もあるし、ポッドキャストもある。

アンジェリカは当然のように、ドリーがそのほとんどをやったと言っている。ドリーがどんどんひどいことをして、アンジェリカにそれ以上のことをしてみせろと煽った。もっとめちゃくちゃなことを考えろと。感じるか、いま地獄にいるのがわかるか、とドリーに何度も訊かれたとアンジェリカは証言する。自分たちはいま本物の地獄にいるのだと。

自分がそう言ったことはドリーも否定していない。ついに本当のちっちゃな地獄をつくりだしたのだと感じ、そのことに気分が高揚したと認めている。自分には力がある、世界を意のままにできる、マティと通じあっていると感じた。いまの自分はどのクリーカーよりもマティのことを理解していると。ドリーは自分が拷問を主導したことには異を唱え、平手打ちでジョニの唇が切れたところから徐々にエスカレートしていったのだと述べた。

ドリーはアンジェリカがシャレーにあったはさみ（袋や箱をあけたり、缶ビールについているプラスチックのリングを切ったりするための）を見つけて、ジョニの髪を切ったと証言している。

ドリーはジョニの顔に唾を吐きかけた。そして〝もっと目をさまさせられるようなことをしろ〟とアンジェリカに焚《た》きつけられて、ジョニを嚙んだ。

そこからが始まりだった。

ヴァイオレットはどこにいたのか。ヴァイオレット自身の話では、四時間のあいだずっとシャレーから締めだされ、だいたいは車にいて、ときどき出てきて鍵のかかったシャレーのドアを叩き、ドリーとアンジェリカにやめてと懇願していた。

アンジェリカはヴァイオレットがシャレーにいて、暴行を見守りながら声援を送っていたと述べている。ただし、この部分の供述は一貫していない。訊かれた相手や時によって、ヴァイオレットはその場にいたりいなかったりする。ドリーはヴァイオレットがいたかどうか思いだせないと供述している。

やがてジョニが意識を取りもどした。その手はもう縛られていなかった。ジョニが金槌をつかみ、アンジェリカのすねを叩いた。アンジェリカが悲鳴をあげ、ヴァイオレットはシャレーのドアを叩きはじめた。

ヴァイオレットの携帯の電源がふたたび入れられ、彼女はもう一度九九九番にかけてすぐに切った。

ドリーはジョニの手から金槌を奪いとろうとした。アンジェリカはすねを押さえて金切り声をあげていた。アンジェリカがシャレーのドアをあけ、ヴァイオレットに助けを求めた。ヴァイオレットは携帯を手にその場に凍りついていた。

金槌の奪いあいは長くは続かなかった。アンジェリカによれば、ジョニは弱っていて、ドリーがすぐに金槌を取りあげた。ドリーによれば、ジョニはアドレナリンが出て馬鹿力を発揮し、ドリーを金槌で殴ろうとしているように思えた。ドリーが奪いあいに勝ち、ジョニの頭を金槌で殴った。胸が悪くなるようないやな音がした。ヴァイオレットはそれしか記憶にないという——その最後の一撃。ドリーがジョニを殺してしまったと思った。

ジョニは動かなかった。ヴァイオレットは駆け寄って猿轡をはずした。ジョニの口に手をあててみたが呼吸を感じられなかった。脈をたしかめてみたが、脈も感じられなかった。

ヴァイオレットは即座にシャレーを燃やそうと言った。シャレーの火事をジョニのやったことにできれば、不運な事故による死ということになるだろう。ヴァイオレットは車のなかでこの最悪のシナリオに備えた計画を練っていたことは否定した。とっさの思いつきだったと述べた。ドリーとアンジェリカはとっさの思いつきとは思えなかったと証言した。

車のトランクにガソリンの携行缶があったのをドリーが思いだしてとりに走った。パニックになっていた少女たちは、ジョニにまだ息があることに気づかなかった。

誰かが気づいていたとしても、ほかのふたりには言わなかったし、裁判でも取材でもそのことを認めなかった。

缶に入っていたガソリンはさほど多くなかった。ジョニの服にかけるくらいはあったが、シャレーじゅうに撒《ま》くほどはなかった。

アンジェリカとヴァイオレットは外で待った。

ドリーがジョニにガソリンをかけ、手を縛るのに使ったマフラーを携行缶に詰めこみ、ドリーがジェイドから盗んだライターで火をつけた。ドリーが携行缶をシャレーに投げこみ、全員で走って逃げた。

そして、冒頭に戻る。物語の結末に。

三人が火をつけた。マクドナルドへ行った。火が消えた。ジョニが這いだしてビーチに出た。そしてホテルに助けを求めた。逮捕。限られた報道。カルト的な扱い。ポッドキャスト。〈レディット〉の掲示板。サムネイル広告。そしていま、私がこれを書いている。あなたが読んでいる。

その後

もちろん、まだ付け加えるべきことはある。

少女たちが――不運にもまったく無実のジェイド・スペンサーまで一緒に――逮捕されたのはご存じのとおりだ。ヴァイオレットは母親に連れられて警察署へ行き、そこで自首した。アンジェリカは早朝に逮捕され、ドリーはその数時間後、ヘザーから盗んだフィアット五〇〇のなかで寝ているところを道路ぞいで発見されて逮捕された。

ドリーは警察署でも眠り、起きたあとはとりとめもなくしゃべりつづけた。話は支離滅裂で、とうとうポケット地獄をつくりだしたと嬉々《きき》として説明した。ついに生みだそうとしてきた恐怖と戦慄の高みに達したのだ、当然のことを訊くなと。警察にはわけがわからなかった。誰にもわけがわからなかった。ドリーはもちろん〝マティ〟と口にしたが、模倣犯というわけでもなかった。ドリーに明確な動機はないように思えた。午前五時三十七分のTumblrへの投稿で見せていた後悔の念も、空想と妄想の泥に深く埋めてしまった。

アンジェリカは即座にドリーのせいにした。自分は復讐心に突き動かされてなどいないと主張した。ジョニにいじめられて恨んでいたということはない、なぜなら自分はいじめられるようなタイプではなく、Aクラスの人気者で、ヴァイオレットとは違うのだからと。全部ドリーが悪い。いかれた悪魔崇拝だかなんだかもしていない、だって自分はそんなものを信じるほど馬鹿ではない。ドリーは嫉妬に狂い、振られたことでおかしくなってしまったのだ。ジョニにガールフレンドを盗られて、それでジョニを殺したくなったのだ。自分はただついていっただけだ。みんなでジョニをからかっていただけで、死んだのは完全な事故だった。火をつけたのはパニックになったからだ。すべては事故だったのだ。

それにジョニを拷問などしていない。ドリーがそう言ったなら嘘をついているのだ。だってドリーは頭がおかしいから。仮に誰かがジョニを拷問したとすれば、それはドリーであり、自分はどうすることもできずに見ていただけだ。それに焚きつけたのはヴァイオレットだ。すべてヴァイオレットのアイデアだったのだから。ヴァイオレットはそういうことにとりつかれている。『ザ・シムズ』で家に人を閉じこめて拷問しているのだ。完全なサイコだと思わないかと。

ヴァイオレットは取り乱していたが、それでも知っていることを正直に話しているようだった。とはいえ、自分をできるだけよく見せようとはしていた。拷問殺人に魅了されていたというのは違う、純粋な学術的興味だった。ずっと車にいたし、九九九番に二回も電話した。ではなぜその電話で通報しなかったのか。

わからない。その質問には答えられない。何もかも本当であってほしくなかった。ふたりを止めようとした。悪いと思っている。本当に後悔している――でもやったのはドリーとアンジェリカだ。ドリーにいろいろ教えたり、〝ポケット地獄〟のことで背中を押したとしても、ふざけているだけのつもりだった。比喩的な話をしていただけだった。それに、ジョニを本当に憎んでいたのはアンジェリカだ。アンジェリカがピットブルみたいにドリーをジョニにけしかけようとしたのだ。

程度の差こそあれ、三人がたがいに罪をなすりつけあっても、誰も責任は逃れられなかった。罪の重さから、少女たちは三人とも、少年審判ではなく刑事裁判にかけられた。裁判は比較的短かった。誰も無罪は主張しなかった。アンジェリカとドリーは誘拐と暴行と殺人の罪に問われ、ヴァイオレットは誘拐とその他の幇助《ほうじょ》の罪に問われた。弁護団に有罪答弁を強くすすめられたにもかかわらず、アンジェリカは裁判においてたびたび自らの罪を否定し、質問をはぐらかし、裁判官に何度も叱責された。ドリーは裁判でも支離滅裂な証言に終始した。具現化、魔力、ポケット地獄。裁判を受けられる精神状態ではないと思わせるぶんにはうまくいった。また、性的虐待をめぐる姉の主張を真っ向から否定した。

ヴァイオレットは何度か泣きくずれた。量刑言い渡しで、裁判官は彼女を臆病と断じた。求刑はもっとも軽かったが、自分はいつでも止められたということをよく考えるようにと裁判官は諭した。ジョニが車に乗せられるときから、逆上した同校生がジョニの頭に金槌を叩きつける瞬間までに、電話一本ですべて止められたということを。

サイモン・スターリング＝スチュワートが著名人である——ブレグジットの国民投票がらみでとくに知名度があがっている——ことから、裁判官はアンジェリカを匿名扱いにしないという判断をくだした。さらに、あとのふたりの少女についても匿名扱いにしないと決めた。アンジェリカの名前が出れば、残る匿名の加害者の名前もどうせ簡単に突きとめられてしまうだろうから、という理屈だった。

裁判官は最後に「被告人らの利益より公共の利益が優先すると感じてこうした」と述べた。この決定はのちに、政府通信本部の長官を含む政府高官から批判を受けた。この決定のために、各少女には釈放時に新たな身元を与えなければならなくなり、それに多額の税金が使われることになるからだ。

少女たちの刑期は未定となっていたが、いずれは釈放される可能性が高かった。ヴァイオレットの求刑はほかのふたりにくらべてだいぶ軽かった。ドリーは十五年、アンジェリカが十年の求刑だったのに対し、ヴァイオレットの求刑はたった四年だった。ヴァイオレットが成人用の刑務所に移される可能性は低かった。

ヴァイオレットは少年用の保護施設で二年すごしたのち、二〇一九年に釈放された。その際に新たな身元を与えられた。三十歳近くになる二〇二九年までは条件つきの仮釈放扱いとなる。

アンジェリカは十八歳の誕生日を過ぎても保護施設にとどまることが認められた。相当の改善が見られ、罪を深く悔いて反省し、心理療法も受けていた。そのため成人用刑務所や精神科病院に入れるのは不適当と考えられた。アンジェリカの求刑は十年だったが、三年後の二〇二〇年に釈放された。ただし生涯にわたって条件つきの仮釈放扱いとなる。

ドリー・ハートが釈放された場合（釈放されるとしてだが）、彼女もまた生涯にわたり条件つきの仮釈放扱いとなる。ドリーはアンジェリカのように保護施設での改善が見られなかった。最初に中等度保安精神科病院に移され、その後イギリスに三ヵ所ある高度保安精神科病院のひとつに移された。

私はドリーの小さな地獄のことを考える。彼女が自らつくりだし、自らはまろうと決めたポケット恐怖空間のことを。彼女が体験したかった極限を、自ら呑みこまれることを望んだ炎を。どこまでそれができたのだろうかと思わずにはいられない。

ジョニの母親のアマンダ・ブラック（現在は旧姓を名乗っている）は、この結果に特段満足でも不満でもなかったという。少女たちを牢屋《ろうや》に閉じこめて鍵を捨ててしまえと望んでいたわけではないが、アンジェリカが四年未満で本当に〝更生〟できたのかは疑問に感じている。そもそもこれほどひどい犯罪を償うことなどできるのだろうか。ヴァイオレットはずっとこの罪を背負いつづけ、忘れて前に進むことなどないだろうとアマンダは確信している。

しかしアンジェリカはそうするのではないか。アンジェリカもドリーと同じように人生が一変するのにふさわしかったのではないか。

とはいえ、彼女らが今後、普通の人生を送ることはもうない。誰ひとりとして。二度と。それで充分なのかもしれないし、充分などということはないのかもしれない。何をしても娘はもう帰ってこない。夫も。事件前のアマンダの人生の一切も。

しかしこの事件自体は生きつづける。事件を取りあげたポッドキャストが聴けるかぎり。この本が売られているかぎり。ジョニが受けたすべての傷を列挙した〈マーダーペディア〉のページが、″史上最高のアダルト・オンラインゲーム″や最新のスーパーヒーロー映画の広告とともに見られるかぎり。それは私を最初にこの事件と引きあわせたサムネイル広告のなかで生きつづける。クロウ・オン・シーを訪れたすべての人、日にさらされたジョニの追悼スポットを目にしたすべての人の記憶のなかで生きつづける。

それはインターネット上で生きつづける。ドリーやヴァイオレットが怖い話や残忍な殺人について会話していたのと同じタイプの若者が、いまはヴァイオレットとドリーについて会話している。″混沌のレズビアンカップル″のハッシュタグがついた、ウィッチハンマーの前でヴァイオレットに腕を回すドリーの写真。誰かがその写真を加工してヴァイオレットの肌をきれいにし、ドリーの目を大きくした。さらにふたりの頭に花冠をかぶせた。そこには″このふたり大好き″のキャプションがつけられている。

ドリーの一連の投稿が〝この子、わたしそっくり、マジで‼〟のキャプションと泣き顔の絵文字とともに拡散されている。

文字だけの書きこみもたくさんある。

ユーザー名削除
おまえ——非モテ、童貞、コロンバイナー
おれ——アルファ男、混沌推し、ドリー／ヴァイオレットのシッパー

ユーザー名削除
ドリーとヴァイオレットは普通に付きあってればよかったのに。すごくかわいいし、マジ泣きたい

ユーザー名削除
アンジェリカはこのファンダムではほぼ無視されてるんだね、みんなアンジェリカが存在してなかったみたいなふりしてない？　笑

ユーザー名削除

混沌のレズビアンカップルのシッパーの誰かがジェイド・スペンサーにインスタグラムでメッセージ送ったって聞いたけど、あんたたちみんな恥ずかしすぎ、マジ最悪！！！

ユーザー名削除

このハッシュタグの異常者のみんな、どうも。いま《クリーピー》のこの事件の回を聴き終わって、どうしてもひと言言いたくてさ。おまえらみんな最低。子供が死んだ事件をシップのネタによくできるな。全員火をつけられればいいのに、マジで

そして、この新たなファンダムはインターネットの世界を越えて広がっている。〈テリーズ・ツアー〉のテリーが懸念していたように、本書の出版時点で、犯罪実話はクロウ・オン・シーの新たな産業となっている。ウィットビーを訪れてドラキュラがらみの名所を楽しんだ観光客はいまや、毎回満員の〈クロウ・オン・シー怪談&事件ツアー〉目あてでクロウへ来るようになっており、ドラキュラ・ツアーとセットでこのツアーを予約することもできる。

国内の観光業が上向きなことも手伝って、クロウ・オン・シーの景気は多少盛りかえしそうな見通しだが、それがいつまで続くかは誰にもわからない。

地元の商店主らは当初、事件を嫌い、私が訪れた二〇一九年にはジョニの殺害現場をうろ

つく気味の悪い観光客について公然と文句を言っていた。いまも文句を言っているとしても、もう誰も大っぴらに口にはしない。〈テリーズ・ツアー〉のテリーさえ、ツアーで事件について熱く語っている。おそらくは〈クロウ・オン・シー怪談&事件ツアー〉と張りあうためにそうするしかないのだろう。

そのツアーでは、まずウィッチハンマーへ行き、ヴァイオレットがドリーに話したのと同じ言い伝えを聞かされる。次に〈ポセイドンズ・キングダム〉の跡地でアリーシャ・ダウドの溺死について聞かされる。

その後、ヴァンス・ダイアモンドの墓があった場所とダイアモンドが経営していた会員制クラブ（いまは〈ポーキーズ〉という店名になっている）へ行き、最後にツアーの目玉として、ジョーン・ウィルソンの殺害現場へ案内される。

なんとも落差が激しい。ヴァンス・ダイアモンドの悪評にまみれた生涯とその時代について聞かされた直後に、燃えたシャレーがかつて建っていた場所へ連れていかれるのだ。そこはいま空き地になっていて、花が供えられている。ツアー参加者はジョニが歩いた場所をホテルまで歩きながら、ガイドに想像してみてくださいと言われる。ここを裸足で歩くのを――しかも皮膚のない状態で、と。

蛇が自らの尾を呑みこんだのだ。

インタビュー
アレック・Z・カレリ　〝良心のとがめは感じていないと認める〟
取材――シュルティ・テワリ

初出　ガーディアン紙、二〇二二年十月

数カ月前に出版界を揺るがした衝撃的スキャンダルは、訴訟と警察の捜査につながり、被害者の心にさらなる傷を負わせることになった。人生やキャリアが台なしにされ、評判が傷つけられ、多くの金銭が失われた。

目の前にすわっているのがそれをやった張本人の男性だ――ジャーナリストで作家のアレック・Z・カレリ。以前から毀誉褒貶の的となってきたこの中年男性は、さほど目立つ外見ではない。黒い髪はこめかみのあたりに白いものが混じり、中背で痩せがた、日焼けした肌が外国での休暇から戻ったばかりであることを物語っている。

アレック・カレリとは

カレリは一九六八年、ロンドンのハムステッドでイタリア人の父親とイギリス人の母親とのあいだに生まれた。父親のヴィットーリオはフェラーリ社の重役で、母親は現代彫刻家のユーターピ・キャンベル＝ライアン、王太后のはとこだ。キャンベル＝ライアンは一九八五年に自殺している。

カレリはウェストミンスター校でルイ・セロー、アダム・バクストン、ジャイルズ・コーレンら同年代の文化人とともに教育を受けた。当初、左翼的な〝キワモノ〟政治報道で知られたカレリは、一九九〇年代なかばからタブロイド紙に活動の場を移した。

家族の友人で刑務所改革に取り組んだ弁護士の第七代ロングフォード伯爵フランシス・パケンハム（反ポルノ運動と殺人犯マイラ・ヒンドリーとの交流で知られる）の薫陶を受け、犯罪と刑事司法制度に関心を持ったカレリは、全国タブロイド紙〈ポラリス〉の記者として事件取材に携わっていた。しかし二〇一一年にニューズ・インターナショナル社の電話盗聴スキャンダルで（本人の言葉を借りるなら）〝巻き添え被害〟を食らった。スキャンダルにおけるカレリ自身の役割は小さなものだったが、それでも関与の責任を問われ、〈ポラリス〉を解雇された。カレリは新聞報道の世界に別れを告げ、〈ポラリス〉時代に取材した重大犯罪を題材に数冊の本を書いた。著書の『彼女はなぜ?』と『ある日忽然と』（前者はレイモンドとキャスリーン・スケルトンの夫婦による殺人事件、後者はモリー・ランバート失踪事件を扱っている）は批評家から好評で売れ行きもよかった――が、賛否もあった。モリー・ランバートの両親は電話盗聴の被害者であり、違法に入手された情報が〈ポラリス〉のカレリによるランバート失踪事件の記事に使われ、のちに『ある日忽然と』にも使われた。カレリの娘フランシスは二〇一四年末に自殺した。二〇一五年春に回顧録『私の事件記者人生』の出版を控えた矢先だった。カレリは著作のプロモーションができず、本は売れ行きも批評家からの評価も振るわなかった。三冊目の犯罪実話本『蜘蛛の巣』は、書評はおおむね好意的だったものの、まったく売れなかった。

カレリは犯罪実話関連のイベントやポッドキャストの常連となり、ドキュメンタリー番組のゲストとしてもおなじみになった。しかし業界への嫌悪感を募らせていったらしく、ほかの作家やポッドキャスターに批判的（でしばしば侮辱的）なツイートを浴びせては、自らが〝飯の種にしている〟（と多くの人が指摘する）業界の怒りを定期的に買うようになった。

なかでも有名なのが、犯罪実話ポッドキャスト《アイ・ピード・オン・ユア・グレイヴ》（その抜粋が『ブレグジットの日に少女は死んだ』にも取りあげられている）のホストのアンディ・クーンツとのバトルだ。それは二〇一八年なかばのカレリによる以下のツイートがきっかけだった。

《〝おまえの墓に小便を〟なんてタイトルを誰が認めたんだ？　不快なポッドキャストだし、犯罪被害者への冒瀆《ぼうとく》そのものだ。あんなアホの話、金をもらっても聞きたくない。〝女が何人死んだ、ハッハッハッ〟を〝ダークユーモア〟と言って二時間しゃべってるだけ。下劣な男だ》

このツイートへの反応は芳しくなく、カレリはIPOYGのファンから集中砲火を浴びた。アンディ・クーンツはカレリのツイートを引用し、電話盗聴スキャンダルへの関与を報じた四件の記事のスクリーンショットを投稿した。その見出しは〝電話を盗聴して本を出した最低記者〟〝あの子を眠らせて　モリーの両親が本の出版中止を求める〟〝左翼のイカレ記者カレリが電話盗聴スキャンダルに関与〟〝異常な記者に狙われたモリー・ランバートの両親〟というもので、それにひと言〝これあんた？〟と添えられていた。

これでカレリはツイッターの〝きょうの主役〟となり、予定されていたイベント出演はすべてキャンセルされた。出版エージェントにも見放され、契約が交わされたばかりだった本（ブックセラー誌によれば〝自らの娘の自殺について探る〟内容となるはずだった）の企画も中止となった。

こうして屈辱を味わってから、しばらくカレリはなりをひそめていた。著作『ブレグジットの日に少女は死んだ』の刊行が明らかにされるまでは。

鳴り物入りで出版されたこの本は、まさに絶好のタイミングだった。この事件を扱ったネットフリックスのドキュメンタリーの情報が発表されたばかりだったのだ。だがカレリの成功と人気は長くは続かなかった。

ファラ・ナワズ＝ドネリー――本に登場する人物のなかで匿名を希望しなかった数少ないひとり――を筆頭に複数の取材対象者が、記載内容が誤っている、発言が不正確に引用されていると声をあげたのだ。彼女らはカレリにインタビューの録音を公開するよう求めた。カレリが録音の提供を拒むと、サイモン・スターリング＝スチュワートがカレリによる取材中の自らの録音をデイリー・メール紙に公表した。以下はサイモンによるツイートだ。

《私の政治的立場がいくら嫌われようとかまわないが、私は@alecZZZcarelliが最新のパルプ小説で主張しているように他人様《ひとさま》の死んだ娘を愚弄したりなど絶対にしない。真実をたしかめてほしい［リンク］》

カレリの本に書かれたインタビュー内容の大半が録音にも残されていたが、フランシス・カレリの自殺をあてこするような発言はまったくなかった。またインタビューの雰囲気も、本でほのめかされているほどのとげとげしいものではなかった。

ほかにもある。ファラ・ナワズ＝ドネリーは、きょうだいについて語った内容は〝オフレコ"にすると言われていた。彼女の妹でクロウ・オン・シーから国会議員に選出されたばかりのファイザも、ツイッターでカレリを皮肉った。以下は彼女のツイートだ。

《姉は北部の小さな町でただひとりの褐色人種だったの。あなたが私立校でスパゲティのネタでからかわれるのとはわけが違うわ》

@alecZZZcarelli

［ドラマ『ザ・ソプラノズ　哀愁のマフィア』シーズン4からシルヴィオ・ダンテという登場人物が"これはイタリア人差別だ"と言っているシーンのスクリーンショット］

このツイートには数千の"いいね"がついた。

ジェイド・スペンサーは、自身の母親に関する描写が気に入っていないほか、自分の提供した情報をカレリが小説仕立てにしたことをひどく不快に思っている。

彼女はジョーン・ウィルソン殺害までにあった重要なできごとについてカレリに話したエピソードの多くが劇的にふくらまされ、それらのできごとの描写や表現がかなり脚色されていると主張している。

被害者の母親アマンダ・ブラックも本に対して公に強い声をあげ、カレリを"人を操る詐欺的でモラルに欠ける〝人間と非難している。

「アレックは自分の娘についてとても個人的なことをたくさん話して、わたしを味方につけようとしました。自分のそういう痛みを利用して、べつの子を亡くした親の警戒心を解こうとする人がいるなんて思いもしませんでした。わたしについての記載に誤りがあるとは思いませんし、情報のほとんどが正確ですが、わたしや娘や元夫とわたしの関係についての彼の書きかたは立ち入りすぎだと感じます。カレリは子供を亡くしたという共通の体験を利用してわたしを油断させ、情報を引きだしたんです。それに出版前に本の内容を確認させてくれると言っていたのに、取材のあと連絡は一度もありませんでした。あの男は人の生き血をすするヴァンパイアです」

そしてとどめになったのが、カレリがアンジェリカ・スターリング＝スチュワートとヴァイオレット・ハバードとの〝通信〟と主張していたものが、実際にはふたりが拘留中に矯正治療の一貫として書いた文章だったことだ。二〇二二年九月にハバードとスターリング＝スチュワートが入っていたそれぞれの保護施設から、匿名の内部通報がガーディアン紙に寄せられた。カレリが保護施設の職員からそれらの資料を買ったことを示す証拠も添えられていた。

法的な理由により、これらの容疑についてカレリに質問することはできなかった。ガーディアン紙によるスクープが出て数日後に、本は出版社により回収の決定がくだされた。

インタビュー

待ちあわせたカフェで会うと、彼はオーツミルクのラテを注文し、健康を意識して最近ヴィーガンになったと説明した。本が出版されたころにまた酒に手を出してしまい、いまは禁酒十二日目になるという。

彼が口火を切った。「自分をトルーマン・カポーティとくらべるつもりはないが、多くの人にくらべられるんだ」そして、記者自身の比較を待つようにこちらを見た。「カポーティはゴシップ好きの嘘つきだったが、同時にとても才能があった」口に出されない〝あくまで私の意見だが〟という言葉が宙をただよっていた。

あなたの見積もりでは、本のうちどれくらいが捏造なんですか。

感情的真実という点から見れば、百パーセント真実だよ。事実とフィクションが混ざりあっているのは現実でもよくあることだ。私は少女たちのブログから多くの部分を拾ってきた。素材は山ほどあって、その一部を整理したり、文章を整えたりしただけさ。散文形式のセクション——ちなみに本を読んだ人はみんな気に入ってくれたよ——の大部分は、彼女たちがSNSに投稿した内容と、ジェイド・スペンサーから聞いた話にもとづいている。それにそのまま引用した部分も多い。ほぼ手をつけずにそのままね。少し手を加えた部分は、彼女たちのブログの内容から補っただけだ。彼女たち自身の言葉を彼女たち自身の言葉で修正したんだ。

でも多くを捏造したんですよね？

すべて、きわめて本物の、きわめて真実の素材にもとづいている。

ジェイド・スペンサーからこういうコメントがあって、ぜひ意見をうかがいたいのですが。読みあげますね。〝アレックには何カ月もしつこくスパムメールを送られて、もっともっと話を要求された。本のなかのハロウィーンとクリスマスと春分の部分は、だいたいこっちが話したことがもとになってる。でもそんなにくわしく話してないのに、アレックはメールで三、四行の内容を短編小説に仕立てあげた。そんなことするとはまったく言ってなかったのに〟

しつこくしたというのは同意しかねる。二、三度、確認のメールを送っただけだ。もちろん彼女の話を多少ふくらませたが、それは彼女にも伝えたつもりだった。

問題は、彼女が語ったエピソードにあなたが大幅に手を入れたことではないでしょうか。

なぜ素材をそのまま提示しなかったんですか。なぜ彼女の言葉をそのまま書かなかったんですか。なぜそんなにふくらませたんですか。

読者はプロの作家の文章を読みたいんじゃないだろうか。何がいい文章か、目の前に突きつけられてもわからない二十歳が書いたスペル間違いだらけのエピソードより。

アレック。

なんだね？

心から知りたいんですが――あなたを信頼した多くの人も知りたがっていると思うんですが――どうして嘘をついたんですか。あなたが書こうとしているのはノンフィクション・ノベルだと、あるいはただ……事件を素材にしたフィクションだと、どうして言わなかったんですか。半分小説のようなものを書いておいて、なぜ調査をつくした重大犯罪に関する決定版の記録のように見せかけたんですか。

〝嘘〟という言葉は気に入らないな。それに調査ならつくしたさ。私が思いつきで多くの内容をでっちあげたと思われるのは心外だ。私は何カ月もクロウに滞在して、地元の人にオフレコで話を聞き、何百という地元紙の過去記事に目を通した。アーカイブされたドリーとヴァイオレットとアンジェリカのブログの投稿もすべて読んだ。そこから興味をそそられる物語が浮かんできたんだ。

遊びの堕落という点については——少女たちは悪者ごっこをして遊んでいた、魔術ごっこをして遊んでいた、殺人ごっこをして遊んでいた——ごっこ遊びをしていただけのことを、現実に行動に移してしまったという、これはわたしがでっちあげたことじゃない。事件を取りあげたさまざまなポッドキャストで、少女たちのブログなどを題材にして、みなこの点に触れている。それをさらに掘りさげようとしただけだ。それこそがこのおそろしい、考えられないほど暴力的に思える犯罪の説明になると感じたからね。それに犯罪実話本はともすれば退屈になりがちだ。私は真に明確な文学的価値のあるものを生みだしたかった。それで少しばかり脚色したのは認めるさ。それがいけないことだとも思わない。

あなたのしたことは、少しばかり脚色した程度ではなく、取材対象者や事件関係者の家族に相当な害をおよぼしたということに多くの人が同意すると思いますが。

うーん、まあ。

まあ？

まあ。

アレック、どうして事件を題材にした小説を書かなかったんですか。あなたの主張ではそれだけの調査をしておいて、なぜかなりの部分を創作したんですか。

かなりの部分というのは違う。かなりの部分じゃない。それと〝あなたの主張では〟というのも心外だ。本には大いなる感情的真実がある。私はこの本をトルーマン・カポーティの系譜に連なるノンフィクション・ノベルと考えている。簡単に言えば、事実にもとづくストーリーのほうが面白いんだよ。小説にすれば、その真実が相当程度失われてしまっただろう。なぜならフィクションだからね。私がしたのは、実話を美しい文と殺人犯の心理の感情的探索によって高めることだと思っている。私の本を読めば、事件について、事件が起きた背景について、より深く理解することができる。

混乱してきました、アレック。あなたの言っていることはわかります。ただわからないのは、ジャーナリストとして訓練を受けたあなたがなぜ、真実をこんなに曲げて平気なのかということなんですが。

真実はとても柔軟で曲がりやすいものだと昔から思ってきた。細かいことにこだわらないという点では、良心のとがめは感じていないと認めるよ。私が関心があるのは感情的真実だからね。ストーリーのよりよい理解を広めることに関心があるんだ。

それはこの事件について書くことで出版社から支払われた金額とは関係ないんですね？

ああ、金はいつだって関係あるさ。私はとくに金持ちではないが、慣れ親しんだライフスタイルがあるし、そりゃ金は大事だよ。しかしきちんと感情的に真実のストーリーを伝えることも大事だろう？

純然たる事実にもとづく正確な報道をより大事にすべきだと個人的には思いますが。

だからきみの書くものはたいしたことないんだよ、シュルティ。

それは置いておいて――では被害者の家族や加害者の家族に接触したことはどうなんですか。みんな、子供が殺されたこのおそろしい事件にひどく苦しめられてきた人たちですよね。あなたはそういう家族に近づいて、事件について繊細かつ正確に描きだす本を書くつもりだと言ったんですよね。良心に欠けるどころではないように思えますが。

まあひとつ言っておくと、全員に充分な取材の謝礼を払ったよ。事件に関する決定版の本を書くつもりだと全員に言い、全員がそれなりの金を受けとった。私の本が出れば、もう誰も彼らをわずらわさない。私の本を読めばすむからね。彼らはそれに惹かれたんだろう。つまり彼らにも得るところはあったんだ。それを……私に言葉たくみにだまされたように言うのは違うんじゃないかな。だまされてなんかいないからね。彼らは自分が何をしようとしているのかちゃんとわかっていた。

それには同意しかねます。あなたは嘘をついたでしょう。あなたの本が唯一の本になるなんていう約束はできなかったはずです。あなたにメディアをコントロールできるわけでもあるまいし、ほかの記者や作家が彼らに接触するのを止められないでしょう。現に、あなたの事件に関する〝決定版〟の本がこうしていらぬ関心を集めているせいで、その人たちはさらに迷惑をこうむることになるのでは？

犯罪実話業界にいれば儲かるというのは指摘しておくべきだろうね。サイモン・スターリング＝スチュワートも事件の本を出すことにしたそうだよ。知ってたかい？

あなたは本のなかで〝犯罪実話業界〟にだいぶ批判的に思えました。実際に起きた犯罪を娯楽として消費するのは悪いこととして書いていたのでは？

ああ。私は事実を述べているだけさ。それは儲かる。そして悪いことだ。それどころか、じつに不快だ。

でも、犯罪実話本は退屈だからストーリーを脚色したと言いましたよね。本をより面白くするために嘘をついたと。

それは同じじゃない。私はストーリーの感情的真実を保持した。面白くしようとしたんじゃなくて、読者により理解しやすく、感情移入しやすくしたんだ。

次に行きます――あなたは取材対象者にお金を払ったようですが、これまでそのことは伏せてきましたね。

いま言っただろう。しかし金を払ったことは正当化できると思っている。人々の多くは私が取材の対価として渡した金で助かったし、私が事件に関する決定版の本を書いたことで助かるからね。今後、この事件が取りあげられる際には、かならず私の本も紹介されることになるだろう。それで家族に向かう批判の一部は私に向けられることになる。

つまり、あなたがある種の……緩衝材の役目を果たしていると？　家族とメディアのあいだの？　いわばスポットライトの一部を引き受けていると？

ああ、そう言って差しつかえないだろう。本が出たころは、まさにポッドキャスターたちがあの気の毒な人々に群がりはじめていた。彼らはコメントを求められたら、ただ私の本を読んでくれと言えばよかった。いろいろな意味でだいぶ楽になったはずだ。

でもあなたはそのポッドキャスターたちと何が違うんですか。あなたも彼らを〝コンテン

ツ〟として利用しているという点では同じでは？

私はひとりしかいないが、犯罪実話ポッドキャスターはたくさんいる。それに私は事件を笑いものにしたことは一度もない。おおぜいの犯罪実話ポッドキャスターが、被害者や加害者をせっせと笑いものにしている。たしかに私も、少女たちのティーンエイジャーらしい奇行にユーモアを見いだした部分はあるかもしれないが、彼女らを馬鹿にしたり侮辱したりしたことは一度もない。それに彼女らを道徳的に裁く必要も感じなかった。加害者は自殺すべきだと吠えたりもしていないし、アマンダの子育てについてどうこう言ってもいない。事件を扱うにあたり最大限の敬意を払ったつもりだ。

捏造したこと以外は、ですね。

私としては、敬意を持って、感情的に真実の形で一次資料を補ってふくらませたつもりだ。

何度も〝感情的真実〟と口にされていますが、どういうことか教えてもらえますか。それはどんな意味ですか。

私は関係者の感情を――情動や心理状態を――正確に提示したつもりだということだ。散文形式の部分はすべて、エピソードと少女たちが書いたSNSへの実際の投稿内容から組みたてた。さっきも言ったとおり、すべて正確な情報だ。私はただ情報を提示する際に少し脚色しただけだ。

あなたはこの本の前に、完全に正確な本を四冊書いていますよね。脚色をいっさい加えずに四冊も。

この本ほどよくないかもしれないがね。

この本を構成するにあたって、あなたの真実との向きあいかたが変わったのはなぜでしょう。

まあ、三冊目と四冊目があまり売れなかったからね。それを重く受けとめたんだ。昔からカポーティやゴードン・バーンやブライアン・マスターズといった作家たちに影響を受けてきたから、彼らのように題材を高めたいと思ったのさ。

でもマスターズやバーンは話をでっちあげてはいませんよね。

わかったよ。しかしカポーティはやっていた。まあ彼の本が出たのは一九六六年だから、当時はこういうことが見逃されやすかった。当時の人のほうが作家の権威に敬意を払っていたんだろう。

そこはくわしくうかがいたいですね。あなたは作家の権威ですべて許されるべきだと思っているんですか。本がそのなかに出てくる人たちに与えたダメージについて、よく考えましたか。とくにアマンダ・ブラックは、あなたの柔軟な事実の描きかたや、あなたが娘を殺した犯人たちに重きを置いて同情を示したことへの嘆きを表明していますが。

アマンダは——アマンダのもっとも立派なところは、娘を殺した犯人たちにも同情の心を持っていることだ。犯人たちを生涯刑務所に入れてほしいとは決して言わなかったし、三人とも周囲の環境からそこに追いこまれてしまったのだと考えていた。

ええ、でもあなたは犯人たちにかなりのページを割いて、彼女の娘を——娘のプライベートな部分を——きわめて非好意的な表現で書いている箇所があります。娘を殺した犯人たちに寛大であるかどうかにかかわらず、そんなことを喜ぶ母親がいるでしょうか。あなたはようするに、彼女の娘が殺されたことを娯楽小説に仕立ててあげたんです。多くの一次資料にあたり、少女たちを知る人々に話を聞いたうえで、あなたは事実上、事件についての二次創作を書いたんです。それとあなたの言う感情的真実とはどう折りあいをつけるんですか。

シュルティ、きみには記者としての品位を問わざるを得ないな。私はインタビューを受けにきたつもりだったんだが。小言を言われにきたのではなく。

カレリはそこでインタビューは終わりだと告げた。気分を害したわけではなく、二十歳も年下の記者から説教されることにはまるで関心がないのだと言った。恥をかかされるのはお断わりだと。そこがカレリの問題のひとつなのかもしれない。恥ずべきことをしておいて、恥をかかされたくないというところが。公の場で恥をかくことへの恐怖と忌避が大きくなるいっぽうの社会で――失敗や過ちや悪いおこないが記録され拡散されて嘲笑される社会で――カレリのような人物は公の場にはふさわしくないのかもしれない。

この記事の発表時点で、カレリはサイモン・スターリング＝スチュワートから名誉棄損で、アマンダ・ブラックから精神的苦痛で訴えられている。またカレリは現在、二カ所の保護施設から治療を目的とした資料を不法に入手したとして検察の捜査を受けている。

カフェを出ていく彼に、また本を書く予定はあるのかと訊いてみた。彼は「ほっとけ」と言った。

参考資料

直接引用した本、および本書を書くうえでとくに参考にした資料を以下に挙げる。

『Kamikaze Biker』佐藤郁哉著（シカゴ大学出版局、一九九八年）＊未邦訳
『遊びと人間』ロジェ・カイヨワ著（多田道太郎・塚崎幹夫訳、講談社学術文庫、一九九〇年）
『Savage Appetites』Rachel Monroe著（Scribner、二〇二〇年）＊未邦訳
ポッドキャスト　The Nighttime〈リンジー・スヴァナラスの回〉二〇二一年五月
ポッドキャスト　Monster Talk〈第八十六回　スレンダーマンとタルパ〉二〇一四年七月三十日

謝辞

パートナーのジョージ（この本を捧げた人でもあります）、この本を書きあげるまで何年ものたゆまぬサポートをありがとう。また、この本に出てくるエピソードを拝借したことにもとくにお礼を言いたいです。

両親のケンとウェンディの愛とサポートにも感謝します。ふたりが読みたいならこの本を読んでもらってかまいません。

この小説を出版するうえで力を貸してくれたみなさんにも心から感謝しています。具体的には文芸エージェントのJULAのレイチェル・マンと、レイチェルの産休中にとどこおりなく仕事を引きついでくれたシャーロット・コルウィルに。加えてフェイバー&フェイバーのチームのリビー・マーシャルとルイザ・ジョイナー、そしてサラ・ヘレン・ビニーにも。またマーク・シモンソンとMMBの仕事にもお礼を申しあげます。

アーヴォンのみなさん、働いていた二年半のあいだの友情と厚意と便宜に感謝します。この本を期限内に完成させるうえでは、アーヴォンの配慮と柔軟性が欠かせませんでした。

デイヴィッド・ロイルとマリア（ジョージの両親）、ロックダウン中のかけがえのないサポートをありがとう。ふたりは取材のために親切にスカボローを案内してくれました。また友人たち——直接の友人もオンラインの友人も、昔からの友人も新しい友人も——には、ロックダウン中に（比較的）正気を保たせてくれて、愚痴を聞いてくれて、直接再会できたときには愛と笑いをくれてありがとう。

『Boy Parts』を読み、感想を書いてくれたみなさん、そして出版してくれたインフラックス・プレス、どうもありがとう。二〇二〇年に本を出すのはとても現実とは思えないような体験でしたが、手を差しのべてくれて、その経験の異様さを多少なりともやわらげてくれたみなさんにも心から感謝しています。

〈ニュー・ライティング・ノース〉には、ヤング・ライターズ・タレント・ファンドにわたしを選び、人生を変えてくれたことに生涯の恩があります。この数年で途方もなく人生が変わったのは、すべて〈ニュー・ライティング・ノース〉なしにはありえませんでした。感謝してもしきれません。

解説

森 達也

最初に書かねばならないことがある。解説を引き受けるかどうかの判断をするために、僕はこの作品をまだ校正前のゲラの段階で渡された。そして読み始めてから読み終わるまで、ノンフィクションだと信じて疑わなかった。

もちろん、巻頭には著者名としてイライザ・クラークの名前が記されているのに、本書が販売中止・回収された経緯を記した冒頭の「おことわり」では著者の名前がアレック・Z・カレリになっていることとか、なぜ（よりによって）トルーマン・カポーティのエピグラフを配置したのかとか、今にして思えば明らかな伏線やささやかなネタバレはあった。でも気づかなかった。だから読み終えてすぐに、担当編集者に、僕は以下のメールを送った。

質問があります。この本の著者はイライザ・クラークとされています。

ならば最後のカレリへの追及のインタビューを補足でつけたのはクラークだとしても、それ以外の記述、つまり本文はすべてカレリが書いているのでしょうか。ならばクラークは著者ではなく、編者、と記すべきと思うのですが。

それと、本書がいったんは販売中止・回収されたとの経緯を記した前書きのような短い記述（おことわり）を書いた主体は、今回文庫を出版する小学館ですか？　あるいはクラークですか？　あるいはイギリスの出版社でしょうか？

森

これに対して編集者は、

本作の構造がわかりにくくて申し訳ありません。

まず、この小説『ブレグジットの日に少女は死んだ』の著者はイライザ・クラークであり、本作自体、全編が完全なフィクションです。

ジャーナリスト「カレリ」は、この小説の中の架空の登場人物であり、作中作（本書と同題の少女リンチ殺害事件を描いたノンフィクション本）の著者という設定で、イライザ・クラークが作り出したキャラクターです。

この「ノンフィクション本」も、「カレリ」が書いたという体裁をとっていますが、要はイライザ・クラークによる創作です。

なので、最後のインタビューもイライザ・クラークによる創作で、インタビュー記事の体裁をとった本小説の最終章となります。

冒頭のことわりも、もちろんイライザ・クラークによる「ことわり書き」の体裁を取ったフィクションです。

本作は言うなればマトリョーシカのように、小説の中に架空のノンフィクション作品をまるごと挿入しており、その架空のノンフィクションの著者の捏造《ねつぞう》疑惑の顚末《てんまつ》（これも架空）がマトリョーシカの外側、という構造になっていて、つまり『ブレグジットの日に少女は死んだ』という作品すべてはイライザ・クラークによる創作です。

くり返しになりますが、冒頭部分も最終章もすべてイライザ・クラークによる創作の一部で、著者や出版社による本当のことわり書きではありません。

編集者のこの返信を読み終えて、僕は数秒間は虚脱していたはずだ。心情を言葉にすればオーマイガー。そういうことか。すっかりイライザ・クラークの術中にはまってしまっていた。

ただし僕自身もかつて、クラークのこの手法を使ったことがある。テレビ東京で放送された『ドキュメンタリーは嘘《うそ》をつく』だ。テレビ東京の替山茂樹プロデューサーから「メディア・リテラシーをテーマにした番組制作に協力してもらえないか」との打診を受けて、「ならば視聴者を騙《だま》しましょう」と僕は提案した。つまりフェイク・ドキュメンタリーだ。フェイクであることの伏線はいくつか配置したつもりなのだが、放送後に驚いたのは、最後のネタバレのシーンを見るまで、フェイクであることにまったく気づかなかった視聴者が予想外に多かった(ほとんどすべてだったと思う)ことだ。

このとき実感した。人はなかなか思い込みを修正できない。いや「できない」ではなく「しない」。そして自分が解釈したい方向に解釈する。方向が違うなら目をそらして見なかったことにする。もちろん僕もその一人だ。本書を読むことで、(今さらではあるけれど)それを追体験することができた。

ノース・ヨークシャーやスカボロー、ウィットビーなどは実際の地名だが、スカボローとウィットビーのあいだに位置してイングランド東岸から伸ばした小指のように突き出た形をしている海辺の町、と本文で説明されているクロウ・オン・シーは実在しない。確かにイングランド東岸から北ヨーロッパ大陸に向けて小指のように突き出た形の岬はあるが、実際の地図にはSouth Cheekと記されている。

ご丁寧に脚注まである「ポラリス」という新聞も、地元紙である「ポスト・オン・シー」も架空の存在だ。もちろん、クロウ・オン・シーの歴史と沿革の記述として登場する「ハーコン物語」やアイスランドの族長で竜を退治したとされる英雄「ハーコン・ザ・ホワイト」、町の始まりとされる「ホロークルル・シグルズソン」なども、ネット検索のレベルでは確認できない。

アンジェリカの父であるサイモン・スターリング＝スチュワートが書いたファンタジー小説『エルフたちの王』を原作にした映画『ブラッド・スローン』は実在しない。同じ日本語タイトルの映画は実在するが、原題が異なり内容もまったくの別物だ。ちなみに『ブラッド・スローン』に並ぶ駄作として挙げられている『ザ・ルーム』と『ショーガール』は実在する。確かにどちらも評価はきわめて低い。

クロウ・オン・シーの中心街にある大型デパートとわざわざ脚注にある「ファーンハムズ」も実在しない。あたりまえか。クロウそのものが実在しないのだから。でも試しに「ファーンハムズ」「デパート」で検索したら、「ハムデパート」なる単語にヒットした。ただしこれはゲームの名称。可愛らしいハムスターたちが登場する経営シミュレーションゲームと説明されている。

アレック・Z・カレリがユーチューブやネットで「人気のスポット」「私がとくにお気に入りの動画」「この十分間の動画は十万回ほど再生されている」と形容する「アストロ・エイプ・アミューズメント・パーク」についてもネット検索では一件もヒットしない。画像検索でヒットするのは宇宙服を着た猿ばかり。PCのモニターを見つめながら、クラークに「やっぱり検索したのね」と嘲笑されているような気分になる。古墓地跡に建てられたいわくつきの屋内プール施設「ポセイドンズ・キングダム」も見つからない。ただし「ポセイドン・キングダム」はある。これはボードゲームだった。

クロウ・オン・シーの出身でナイトクラブのオーナーであると同時にラジオやテレビの司会者で慈善活動家として知られながら児童性虐待スキャンダルで告発されたヴァンス・ダイアモンドも実在していない。しかしダイアモンドと同様にイギリスのテレビ番組の人気司会者で王室とも交流があって慈善活動家として知られながら、多くの未成年者への強姦や性的虐待をおこなっていたことが死後に発覚したジミー・サヴィルは実在の人物だ。本書においては重要なアイテムである「チェリークリーク高校銃乱射事件」もまったくのフィクションだ。

まだまだいくらでもある。でももう充分だろう。虚と実の配置はとても複雑で、アトランダムのようでありながら作為的でもあり、まとめてしまえば実に巧妙だ。

虚と実を下敷きにしながらクラークは、それでなくても不安定で幻想や願望や思い込みなどが現実と境界なく入り混じる十代少女たちの嫉妬や憎悪など負の感情が、SNSにシンボライズされるバーチャルな領域で増幅する過程を執拗《しつよう》に描く。

しかし、その感情が閾値《いきち》を越えて殺害にまで至るには、もうひとつの因子が必要となる。集団のメカニズムだ。もしもアンジェリカやヴァイオレットやドリーが、あの夜に一人で考えて一人で行動していたら、ジョニが死ぬことはなかったはずだ。三人だからエスカレートする。誰も明確な殺意などもたないまま、気がついたらありえない惨事に自分も加担している。同様の事件は日本でも世界でも、実のところとても頻繁に起きている。

つまりこの創作（フィクション）は、現実に起こり得ることとして圧倒的な普遍性とリアリティを提示している。

最後に付記されたカレリへのインタビューを読みながら、あなたは（もちろんカレリに同意などできないが）、その言説に対して時おり頷《うなず》きかけている自分を発見するかもしれない。当然だ。客観的な事実など存在しない。世界は重ね合わせだとか観測によって初めて波動関数が収縮するなど量子論的なレトリックではなく、純度一〇〇%の客観的な事実など記述できない。撮影もできない。「雨が降った」とか「ガラスは透明だ」などのワンセンテンスやワンカットはともかくとしても、作品として形になっているならば、どんな文章であれ映像であれ、そこには必ず書いた（撮った）人の視点や主観が入り込む。つまりカレリが言うところの「感情的真実」だ。それは僕も同意する。でもこの前提を負い目と感じて謙虚になるか、開き直ってより恣意的になるかの選択はまったく違う。

後者を選択したカレリは、こうした煽情《せんじょう》的で悪辣で猟奇的な作品が市場に広く流通することについても、それが多くの人の選択なのだと暗にほのめかす。つまり市場原理だ。人は見たいものしか見ない。読みたいものしか読まない。そしてインタビュアーとして設定されているシュルティ・テワリも、「混乱してきました」「あなたの言っていることはわかります」などとつい口を滑らせたことが示すように、ジャーナリズムやメディアを支配するこの基本原理についてはもちろん気づいている。

すべて読み終えたならば、まだ何も心の準備ができていなかったときに読んだ（あるいは読み飛ばした）カポーティのエピグラフをもう一度読み直してほしい。

そのうえで考えたい。本文中にカレリ（実はクラーク）が書いた以下の記述に込められた意味を。

そしていま、私がこれを書いている。あなたが読んでいる。

（もり・たつや／映画監督・作家）

ホステージ 人質

クレア・マッキントッシュ　高橋尚子／訳

CAのミナは5歳の娘ソフィアを別居中の夫アダムに預け、ロンドン―シドニー直行便に搭乗したが、機内で次々と不可解な出来事が起こり、やがて重大な選択を迫られる。英国サスペンスの女王が放つ、航空パニックスリラー！

クラーク・アンド・ディヴィジョン

平原直美　芹澤恵／訳

1944年、父母とともに強制収容所を出てシカゴに着いた日系二世のアキ・イトウは、一足先に新生活を始めていた姉の死を知らされ、真相を求めて奔走する……。戦時下の日系人の知られざる歴史を掘り起こした傑作ミステリー。

——本書のプロフィール——

本書は、二〇二三年にイギリスで刊行された小説『PENANCE』を本邦初訳したものです。